U0064257

遺憾先生遺憾的包裹掉進了遺憾的海——黎煥雄劇場文字作品集

遺憾先生遺憾的包裹掉進了遺憾的海

但願他是不懂的，不然，接下去的一切將會顯得如此殘酷 ……

遺憾先生出門了

他可能是去跑步

可能送洗一些衣物

順便去看牙

或者只是呆呆看天空

遺憾先生不受不取

遺憾先生不觸不愛

他出門

只是他出門

神秘

的`

回信

一

收件人—黎煥雄

黎先生，素昧平生，我必須遺憾地通知您，您寄給一位遺憾先生的包裹，已經第三次錯寄給我，前兩次，我默默地退回。這一次附上信函是希望您不要再寄了。我姓周，我在鄉公所上班，不是甚麼遺憾先生。順帶一提，這個稱謂，讓我很不舒服。

神秘

的

回信

二

收件人—黎煥雄

黎先生，我姓周。第四次退回遺憾先生的包裹。順帶一提，人生有許多不圓
滿，看開點，隨波逐流些，不要一直一直遺憾了。

神秘

的

回信

三

收件人—黎煥雄

黎先生，你真的還第五次寄過來。我拆開看了。但我看不出裡面的凌亂的筆記本跟文件到底跟我有甚麼關係。順帶一提，你的手寫字要好好練練，有夠難看，不然現在電腦輸入那麼方便，用打字的就好。

包裹 001

虛構飛行（仍然在河的左岸）

M 的一九八六至一九八八夏 或：一個劇團成形必經的數件瑣事

1. 一九八六年

一九八六，M 才開始一個劇場的人生。

對於彼個人生，現在企圖回想便已經有點吃力；至於一個另類劇場團體成形過程的記憶，通常糾結起曖昧不清的人情瑣事，可以迴避的就盡量跳脫或變形，M 不知道自己會怎麼選擇，他開始閱讀時間軸彼端的自己，的確，一個端倪、不瑣碎似乎是困難的。必須翻開填滿自言自語的詩的筆記、翻開劃著雜亂動線走位而毫無效率的劇場工作筆記、翻開千篇一律孤絕樣態的內心筆記……M 不確定面對這個記憶的意義、不確定如何面對。只是感到立即性的一種暈眩，轟隆隆地迎面撞上、輾過、逃逸，彷彿感官記憶中所有關於冬天漏水牆面的冰冷斑駁、昏暗燈光下積水的走道、黑色河水及魚市場混雜的腥臭……通通都隨這一個缺口奔瀉而出，然而劇場——關鍵、卻那麼地不強顯。

大學三年級，M 其實還沒意識到劇場試煉的漫長及危險。M
相當的無知。位臨河流出海口的小鎮並不算封閉的世界，但是與
東南方距離它十公里的都會總常在意識上被區隔開來，M 喜歡
說：我們淡水如何如何……然而，他後來自然會明白，在那一年
之前的「我們」，其實只是山上的大學社區加上假日的觀光地圖，
而那一年之後的「我們」在距離上是拓寬了，然而在心靈上卻尷
尬地畸零與萎縮了。對這種狀態，M 有時稱之為：河左岸。

　　是的，最初並不在河岸，通往大學側門山腰上的一棟學生公
寓，可能在三樓或四樓，劇團命名者貸居的小小房間，書架上可
以找到西洋戲劇史、中國戲曲研究、安部公房的小說、南方雜誌、
當代雜誌、西方馬克斯……M 記得幾次擠著七八個人的會談，
在前一年命名的首度演出之後，他們才開始考慮讓這個劇團持續
下去，但是命名者堅持「一回性」的美學，他不反對 M 及其他
幾個成員繼續下去的計畫，只不過這與一九八五年第一回的演出
之間將不存在必然的關連。因此，他的河左岸必然是更接近神聖
核心、更早夭的純潔的吧——M 在很多年之後才玩味起那樣的推
論——那麼，一九八六年，就是所有不純粹的開始了，將要充滿
試煉與挫敗、充滿誘惑的真實與墮落、很長很長但是很難跳脫的
旅程的真正起點。

排戲是在頂樓加蓋、沒有租出去的套房，原來另一些人聚賭打牌的空間。這是 M 在河左岸的第二個導演工作，第一個劇本是大學生墜樓的虛無主義故事，不到第三次的發展便無疾而終。現在則是梅特林克的劇本，四月底的首演之前，《闖入者》成為這些人另一段汗濕的專注青春——封閉的空間，盲目而焦慮的先知，漫無止境死亡陰影中的暗夜守候，形式是 M 一知半解的表現主義加上象徵主義，音樂是英國女歌手 Kate Bush 充滿劇場感的詭異歌曲——專輯《第九波》，沒有人知道那是什麼典故——為什麼不是第七、或第十波，為什麼是在專輯《愛的獵犬》同張唱片的 B 面，這成為 M 自己的祕密心事，排演，其實意外地複合著音樂而獲得結構；劇本同時加入卡波特的短篇小說《美莉安》作為第二幕，另一層意外的複合，便貼切地透露了這群小知識份子的社會處境：生命平靜的表面底下躲著逃避的靈魂，直到結構發生變化、主宰者易位，我們，相濡以沫，彼此傳遞騷動的眼波，都察覺到不安了，介入、改革、反撲行動的真正熱情卻都如此地未見必然。

　　初夏，隨著劇團命名者重考研究所再度敗落而面臨的離開，M 及其他繼續工作的成員必須尋找新的團址。尋覓的路線沿著河岸，由遠而近。一個午後，M 與另一位團員進入了某棟公家的半空置日式平房，連棟的結構、室內的穿廊、木質地板，M 想到電影《海

灘的一天》裡頭胡茵夢與一名男子跳著交際舞的場景，他轉過身，滿腦子錯雜的音樂及影像，那麼接近了，視線穿出落地門、越過花草雜蕪的院子再過去就是河面⋯⋯暑假來臨，從山上的學生公寓搬進渡船頭邊的老舊樓房，淡水鎮中正路一百二十七號，光復後才加蓋的兩層樓房以 L 字形奇怪結構包攏著一棟日式平房，內部半層樓高地安置神祕的互通梯道。劇團租下了二樓的大部，M 住在臨河兩個房間中的一個。期末考結束的次日搬家，入夜後，小房間裡堆滿雜物，M 和一個剛剛確定被退學的團員坐在直接臨河的陽臺上喝著酒，聽著他瑣碎地慨嘆無法參加秋天的演出，喃喃自語著家人對這些事的不諒解⋯⋯M 漫不經心地想著自己的心事，突然對岸來的渡船黃黃的探照燈便將這樣虛無青春的寥落，投射成歪斜的窗格影子，神祕地環繞過還沒有開燈的室內牆上。

　　有人堅持 M 的房間有貓的騷味，以此訕笑起他，M 沒有辯駁但是心底對此不高興起來，其實，甚至還有河水的腥臭味哩，但是 M 驕傲地強調，味道不重要，重要的是視野，還有半夜直接拍擊到屋基的潮浪⋯⋯事實上的確是貓的日式老屋，神祕的老房東幾個月才偶而出現一回，M 常常因為好奇，便窺探起日式房子的室內，他必須在二樓戶外平臺吃力地彎腰、從相當老屋天窗的高度看進去，即使有陽光照入，通常都要經過一會兒，一隻母貓帶著幾隻小貓才會從灰塵的空間中白日鬼魅般顯現。一直

到第二年，中正路上、魚市場斜對面一家布店的老闆買下整棟一百二十七號，劇團興奮地租下老屋，然而對於繼續住在二樓臨河房間的M，同時也因為環河道路的接通，便進入了另一段漫長、陰暗、潮濕的喧鬧暗夢了。

到秋天來臨時，已經兩個人入伍、一個人出國、三個人就業，其他的，還是大學生，還是無行動而中產、繼續自認不虛無地虛無著。八月，命名者入伍前，劇團邀集一群朋友去到南投草屯辦文藝營，與本土派文學的幾位重要旗手傾談闊論、跟隨著轉往鹿港目睹反杜邦運動的集會現場⋯⋯而所有這些夏天的劇情，到秋天，就只剩像睡過頭的午覺醒來時的汗濕茫然了。M的劇團受到邀請，將要在市內新興的小劇場中演出。而終於向臺北出發之前，M惦記著的還是命名者留下的意象：在寒芒與夕陽的河左岸。至於離去的命名者，當他從服役的東海岸來信，M深深地為他信中形容彼處為族群混處、盛產地震及詩人的說法所動——仍然是新天新地、他想像，如果河的左岸還有河左岸，那麼，就會是在那兒嗎？

冬至之前，M熱衷地參予新結識的都會劇場界朋友所主持的泛劇場行動，一起研讀六〇年代的西方劇場理論，果托斯基、貧窮劇場，一起勤奮地在地下室的大排演場開發身體意識，一起

到八斗子海邊的山頭上進行劇場儀式……空氣中，充滿改變的分子，M 開始捲入另一波類似運動般的劇場新風潮，而那樣的處境，常常讓新進入圈子的 M 有著輕微的焦慮，不夠世故、不夠品味訴求，但是處處義無反顧，好像，真的是什麼重要的使命似的。M 來不及察覺的，其實就是另一段失落的起點了。

十二月的一個午後，M 要記得，彷彿演出後放了個長假的劇團重新聚會，河面的陽光強烈耀眼，團員們陸續到達，午覺剛醒的 M 在小小的房間裡看著朋友們進進出出……好像夏天一般、而大家正準備出發去某處海邊玩耍或野餐的氣氛。一些未來的影像幻覺一般重疊著這個場景。如果一個劇團也有青春的記憶，那麼，M 會一直認定就是那樣的午後，西曬的陽光在胚布的窗簾上浮動，窗外的水上鄰光像是任何一個最令人讚嘆的神祕啟示。而緊接在後，是 M 在河岸渡過的第一個冬天。潮濕。漏雨。斑駁的牆。一些厚重的書被白蟻蛀食，依序是古文選、文學史、劇場史……

2. 一九八七年到一九八九年夏

然後就是一九八七年了，二月之前，河左岸劇團仍然與主持泛劇場行動與身體訓練的劉靜敏一起工作，但是參與的人越來越

少。新的創作計畫開始，M 選擇了陳映真先生的短篇小說《兀自照耀著的太陽》。小說帶著理想主義式社會主義的色彩，以年輕的熱情探討著階級差異、以及「布爾喬亞」的罪的醒覺──以小女孩純潔無邪的生命祭獻為代價的醒覺。

在新象小劇場(舊址：仁愛路圓環東南側)的五月第一版演出，M 陷入與演員們對立的僵局，強大的不確定的焦慮支配了這群劇場青年，距離首演的午後只剩四個鐘頭，三個月的工作壓縮在可能一觸即發的溝通障礙裡。語言準備好了、身體準備好了，第三幕的調度與動線卻遲遲無法定案。最後是儀式的想法暫緩了封閉空間中的苦悶，角色壓抑的身軀、低限的動作正好應和壓抑的創作情境。然而沒有釋放，只是埋下更長久心理糾葛的第一步。

喧鬧的夏天，新一波的小劇場正式宣稱了全面闖入的季節。M 和他的河左岸成為新邊緣焦點的一部份。河流，黑色的河流仍持續不可見地淤淺。鄰近淡水渡船口、團址所在的日式老屋換了新房東，河左岸正式承租下鋪滿他他米的老房子，但是隨著環河道路的開通、河流也跟著被隔離。《兀自》第二版演出，因為同時推出的環墟《奔赴落日而顯現狼》，小小的劇場圈子竟然得以烘熱起來、甚且將這樣的溫度感染至劇場所處的臺北盆地。

島嶼解嚴。十月，國家劇院開幕。M 和他的小劇場戰友們以一場風雨裡的行動宣示某種對立姿態——環墟、筆記、河左岸的聯演：《拾月》，狂歡的、犬儒的、喧囂的……一切都在淡金公路海邊的廢棄造船廠裡、與當年最大的颱風過境相應和。M 記得，他自己揮動著被風雨打翻的黑傘在漲潮中的淺灘來回奔跑，M 記得，《拾月》之後，河左岸遺失了一頂五星帽、幾樣道具以及一大落隱沒在風雨中的語言腳本。

　　狂歡之後的一九八八年，然而突然失去座標似的 M，二月前往蘭嶼參予行動劇場反核廢料行動，受邀至木柵參予長達七個月的「優」劇場創團工作及演出。河岸隨時可能離去。排滿的劇場行程並未說服感受自己像個社會邊緣人的 M，某種依賴體制的本質，讓他焦慮地覺得自己像是夏目漱石筆下的廢人族。五月，充滿排演後期的膠著與繁瑣。二十日，結束下午的排演，晚餐中的 M 驚駭地看著電視上關於農民示威遊行爆發衝突的報導。然而之後排演依然進行到深夜，M 偶而失神地在場邊黑暗的角落，對於一種強大的無力感，M 甚至恐懼地落淚。二十一日凌晨一時三十分，終於結束排演回到市區，M 的機車停在臺北郵局前，人群早已散去，M 只看到一整排玻璃被敲碎的公共電話亭……他走進其中一個，拿起電話、投了幣卻不知道該撥什麼號碼。或許，那時候的他，該撥給至今已進入中年的自己，探詢一些前路的去

向、戰鬥失落的警訊等等。但是，一九八八年五月，M 終於茫然地掛回電話，走出暴力的廢墟，一個月之後，「優」劇場創團首度演出：《地下室手記／浮士德》，M 出演浮士德的魯西佛，杜斯妥也夫斯基的地下室人。

3. M 的閱讀者

距離 M 開始他凌亂的閱讀有一些時候了，我開著車，回到淡水，尾隨 M，企圖追溯他已經消失了的版圖。海岸近了又遠了。回到渡船碼頭，十年後的河岸，有著陽臺與日式老屋的所在，被改裝成一家外觀做作的餐廳，原始的內部空間全毀。到這個時候，我決定停止追蹤；M 終於回過頭來，他看到了我，但是裝做沒看到，誰還在意什麼呢？突然想過去告訴他，我已經離開河左岸，至少目前不在，我因此不再是他的敵人，至少當下不是，不過又好像不是那麼必要了。誰在誰的河左岸、誰又在誰的另類劇場版圖？讓他人繼續追問吧，我下車走到水邊，漲潮了，後悔了重頭閱讀的 M 此時非常靠近我，渡船鳴笛離去的時候，他在黑色水紋上分解浮動的身影，我不必低頭就看到了。

虛構飛行：給演員 S 的信（或史上最漫長的告別之一，或 —— 仍然在河的左岸……） (1994)

(一九九四年的聖誕夜，M 在一個 party 上對一位朋友提到要寫一篇很長的文章來記錄他的愛情生活，體裁可能介於虛構敘事、排演記錄或工作日誌之間。一九九五年五月，虛構飛行的初稿完成，我接到 M 的電話，他說他即將離去、希望一切都結束了。可疑的是，我們並不知道到底誰記錄了誰，誰在幕後、誰上了場。)

1. 排演後

對於劇場，沒有必要再逃離，過於漫長的告別之後，留下或者不留——在含混著慾望動機、觀望、失神的片刻——已經失去關鍵的張力。

我承認沒有愛過你，你只是一名很久沒有再接我通告的演員。

但是是我聲稱不再與你合作，而這必須成為某種劇場的行為理論，關於記憶與虛構之間動作的線性構成，必須透過長期的密集訓練，而後身體意識的開發將緊密貼合概念與想像的整合。流放吧，過度損耗的藝術產業裡互為勞資的不良契約。

　　或者如你所言、另外的：心理醫師與病人的契約——使我必須承認你不過是我曾經的演員，在內面史的嚴苛發展上，這樣就成就了某種神祕的平衡、不得不然的終局了嗎？而相對於你被訓練作為導演的我，猶仍無法卸任，只好煞有介事地談著陳舊的排演場經驗，可有可無、尚在行程外的創作計畫，越來越輕的靈魂、越來越退化的肉體，不夠精確的語言，喃喃自語的黑色夢境，邊緣、愈來愈遠地小眾。

　　沒有必要狼狽地落荒而逃，但是請遺忘——與其時間軸上的傾軋將它血肉糢糊地扭曲。

　　而進退兩難著，肉體已經在不可見的內裡變幻著形貌——卡夫卡、是的，甚至快速如卡夫卡一夜間變形的虫。秋天夏天、冬日春日，死去的虫不懂得遺忘，變形的記憶讓他越來越不可解地悲傷。

但我們的變形呢？請自行選擇：一部車或一棟郊區的電梯住宅、每年二至三次長程飛行、異地的旅行、精確而世故地掌握中產階級的潔癖、若無其事地躲進資本主義跨國企業的密集網路裡。但是請遺忘，我們交纏的軀體一度共同領有的版圖已經註銷。個體存有的共同帝國瓦解、重組，戰火中，小國紛紛獨立。

那麼，這將是（遵循某種可預料的發展）我寫給你的最後的信，最後的排演記錄，一張曲折的逃逸路線圖。我們仍需擬定標題，像一度慣習的工作模式。你必須想像、連結感官與形上的記憶，而後棄絕。直到落幕都不能下場的角色，不管落淚與否，散場時總得有人認份地收拾因為不滿而過度枝節的斷裂慾望、因為扮演而始終混亂的曖昧人稱。

2. 飛行 -1 若存若亡

如果不是因為一些必須在異國才能採集到的書或氣味，其實大可不必冒險單獨去旅行——多麼容易便因為途中的孤寂而淪陷在自憐裡，其實沒有人在意你去了這裡那裡，只是一廂情願地編造那些關於距離與方位的神祕啟示。然而因此讀到吉田兼好《徒然草》關於「憂患」一篇的話，那又另當別論、成為另外更大的

危險：「有遭逢憂患感到悲傷之人，不必突然髮心剃髮出家，還不如若存若亡地閉著門別無期待地度日更為適宜⋯⋯」就是前夜夢中僅存、依稀記得的神祕聽聞，而後駭然疾醒──溫帶冬日的北國首都機場，正準備往南，前往另一個臨海的陌生都市，因為一場大雪之後班機延誤的滯留，你翻開新買的書，就這樣突然撞擊而來的訊息──被揭露了，其實未曾真正遠離的事實，即便死去的都有可能回返，遑論若存若亡者。而飛行，尤其是暗夜裡的航程，時間若存若亡、意識也若存若亡，空間的移轉在不可察覺的極高速中、以一種近似凝止的視象欺瞞著願意被欺瞞的心。

飛行，非常若存若亡，你看見他在零下四十七度 C 的窗外，航行向東，向南⋯⋯時空變幻的宣稱只剩下機械亮著的儀表板、笨拙的航程圖螢幕──「相信我，飛行機器並未移動，天外之天，時間海域的雲層的雲層之上，三萬英尺厚的黑夜，我看見你在零下四十七度 C 的窗格⋯⋯」失眠，聽不見他正在說話，隔著凝結的時間觸探不到的臉，微笑著告別，非常堅持。

3. 回到 ⋯⋯ / 聲波

（這是一個對信任與慾望的終極考驗。一九九三年，在經過半年的交

往之後，M 決定與對方分手。事實上，從第三個月起，他們便已無從對話。只有僵局持續著，剛好一整個冬天裡的僵局。）

　　回到事發後第一日、整整兩年四個月之後的重返第一現場。請開始恍惚，不必複述激情、暴烈對峙的沈默，只剩牆上的鐘帶著脅迫的節奏——不要再打電話！是的，那就得先將電話線的接頭拔下——從傳真機到答錄機、到第一支電話、到第二支，微微硬化而泛黃的電話線、舊式轉接頭、纏綁的膠帶、蜘蛛網、灰塵到黑色的另一段；搬開三個櫃子，陰暗角落的生物開始竄逃，越過原因不明的一灘死水，潮濕的牆角還沾黏一些不久前經過、無意間遺落的殘斷對話……最後拿起脫離線路的話筒，不可置信、竟還有未傳送完的聲波；拆開話機外殼，抖出竊聽者、幾隻小蟑螂。

　　然而終究關鍵在你內耳膜，殘存著雜訊、他的聲音，干擾越來越強，舐舐著的蛇的聲音讓你屈辱地感到徹底的失敗。你的肉體逐漸開始消溶，他的則只剩下聲音、聲音轉化的電訊拼湊出的不確定輪廓。誠實成為一種折磨與報復的口實，言出必行的美德徹底摧毀第一階段的復仇慾望、放縱慾望、情慾色慾與佔有慾。

　　回到第二季，大雨成災的季節終於結束。仍然灰冷著天幕的

傍晚，距離打卡下班還有兩個鐘頭的工作者突然地起身走出凌亂擁擠的辦公室，讓同事們驚駭地看見完全喪失表達機能的臉。定位淪陷的都市人，突然襲上有風的河堤高牆，他看見整治工程中的河，荒蕪仍然蔓生，截彎取直的座標、浮屍繼續在水面旋浮。

強風中鼓脹飛起的靈魂看見自己蹣跚的軀殼，不知道背負誰的罪疚、漫無張力地沿著岸邊走著。走著，你聽見他在內心的對話——自己扮演的被棄者追問自己扮演的背叛者，氾濫的感傷，毫不羞恥地重複言情小說中不知節制的放縱、需索與絕望；然而聲音被壓抑，寂寞到了眼神因此只剩一種空洞浮流、微黯的光。不知道背負了整片天空的幾分之幾，終於灰冽的雲在遠處緩緩化融、流淌，流體的異象經過白晝的深重天幕、黃昏塞車的橋、橋上的車、車內的駕駛，經過或許正厭倦或思戀著一個家的某人的疲倦眼神。

持續地，仍有朋友問著不必回答的問題，持續善意地揣測但惡意的圍困——是的、是的，我短暫而繁複的愛情生活已經結束，是的，我單身但不懷好意——簡化生理需求同時惡化心理需求。回到第二季的最後一日，事實上你並不那麼確定日期，總之電話線早已經接回去，重新不定期地出現在朋友們的聚會，偶而也平靜地回到沒有工作進行的排演場。沒什麼人感覺有什麼改變，只

是多多少少自己知道、腦袋裡房東換了人——或許是原來那個的遠房親戚、或許是他的債主，你不想也不必弄清楚，反正繼續按時繳著房租，沒有人要趕你搬家。

4. 網路

　　網路中有一些超自然的鬼魅，我自己。深夜，還在辦公桌前，面對著電腦，現在是更玄秘的光纖輸送了，準備好了嗎？狂熱地投入你不存在的領域裡工作，生命型態離肉體更加遙遠，我必須對你陳述這片大網：上千個陌生名字的同事，散佈在晨昏各異的不同都會，沒有你的名字，我確定，因此進行一種假設的尋索是安全於絕望的；按鍵移動遊走在不同的辦公室，不同的語言、膚色、性格，然而在這裡統一著符號的格式，我總是在輸入密碼進入電子郵件信箱之前神祕地暈眩，在極短暫的意識灰色地帶，我是思念你的。

　　永遠望不見邊際的網路、永遠不清楚網的中心有沒有一隻大蜘蛛；左邊或許是 3D 的花草鳥獸、往上則是異次元的飛行模擬，但是沒有傾斜的身體、跌落的天使，沒有劇場。我必須對你陳述，探險的勇氣陷落之後的心情，賭氣的意味並沒有讓

以為你還在聽著的假象持續很久，當然很快地察覺，你其實無法知道我可能的迷途、甚至毫無所知我已經朝深處出發。遊戲、工作與寂寞立即失去快感，我在網路與網路之間踩空。太陽升起或落下、傾斜射入冷清辦公室的光，是光在下達指令：exit、log out……一度瀕臨滅跡的肉體模糊地、疲倦而緩慢地重新顯影，回到你的陳舊世界。

（一九九四年的網路已經是一個陳舊世界，還沒有 Internet，即使，在 M 上班的跨國公司使用的 Intranet 曾經是一種領先，但是如此快速地，在二十世紀的最後半個世代，世界被迫更強烈地改變了……）

5. 回到 …… / 肉體

回到第三季，冬天，按計畫如期購車，一個舊的階級結束，保證不再被突臨的熱雷雨打濕、不再讓高落塵量的空氣混著雨水替你製造汙濁的眼淚、不再像所有依靠機車奔波的人生有著容易蒼老的面容，即使寂寞於新的階級，也不讓自己以他預期的速度老去。

至少一百個夜晚，你開著你的新車重覆繞行著自己的輪軌，

假裝目的地距離非常非常遙遠，在有限的三、四條大街與隨機組合的無數巷道間，假裝已經經過一座座陌生的城市、一個個寂寞的朝代；終於不甘心地疲憊了、車讓你失去下車的動力，即使已推開車門，冰冷的夜晚空氣滲進了一些，或許已望見前方不遠處、自己居住的大廈某個因恐懼而猶仍暗啞的窗口；之後拉起外套蒙頭伏在方向盤上，通常，這個時候先消失力氣，接著從緊壓的心臟與橫膈膜之間抽出一道銳利的發光流體，憂傷快速而全面地滲進動力系統，儀表板的各種指標失控地擺動，警示燈微弱地閃動自憐的訊號——讓自己變形、毫不遲疑你變形成為一部車。

回到第四季，持續地生病，不同的症狀交替在不同區位。背部右上方的舊傷、左後腦勺濾過性病毒輕微感染、脊椎尾段異位……而他一項也來不及察覺，或者他會認為那又是另外的一些虛構？嘲弄地賦予象徵意義、對它們進行文學性的描述——存在狀態異化的徵兆、思想機能障礙的恫嚇、生命結構的傾斜。一個越來越不真實的身體，我們的肉體都一樣——越來越不真實。

復健持續地進行，你甚至以為你會愛上中醫院整脊科的主治醫生，因為接觸時感受到了身體的柔韌與溫熱，一種超越了性別的肉體思念，情慾襲籠時的軟弱。放鬆，雙手抱頭，他的手穿繞過你的頸側、探至脅下反掌托住，非常恍惚、你攤在他人的懷中、

腿上——突然使力，你聽到脊椎某一處很輕的扳裂聲，慾望暈厥；側睡，雙手交疊錯放胸前，他整個人傾壓下來，你上方彎起的腿在他的胯下、緊密地被夾住，放鬆——突然使力，所有被扭轉的力四向竄開、瞬間再反彈回某一處匯集。來不及意淫迫力來源的肌膚，你只剩下你、和你嘆息竟然沒有散落的脊椎。

看不到整體、然而局部陷入介於被迫與自願間的曖昧，感到巨大的茫然，你認為是重新獲得、可以取代記憶的，甚至稱不上情感，只是一連串易位而處的錯置角色，你以輕微的受辱、類交易行為的空虛，代換了無以名狀的、對過去肉體記憶的抗爭。然而失落——愛戀著一般的失落，如此神似。

6. 飛行 -2 城市

深夜巷弄的轉角，望見一閃而過的身影，跟了上去、你又到了另一個轉角，微明路燈裡的曖昧微笑取代了真理。即使明白繼續追索的多餘與枉然、也知道一整個人生將因此失去什麼，但我們一度如此迫近不容挽回的禁域——誰都不許睡，繼續尋找第四座海外的飛行城市。經過聖·文生教堂，經過古斯塔夫·阿道夫教堂，經過市政廳、皇家劇院、人民英雄紀念館，所有陰沈到夜

晚最深處的建築的外牆上，幻術一般斜長地拖曳著你的影子。之前是一座隨處浮移而過海鷗影子的都市，只有影子的飛行，影子掠過廣場上的水晶與大理石紀念碑塔、影子掠過摩天樓的巨大時計、海鷗的影子、你的影子。相信我，不斷飛行著的是那些城市、它們的肉體歷史，我們只是站在某個窄小的排演場，拉開彼此的距離，找出自轉與公轉的軸心，非常寂寞地在自戀裡旋轉。

然而寂寞的愈加寂寞。一九九五年二月，深夜自極惡的夢醒來，卻也不能怎麼樣，甚至忘了最後一霎那放聲喊叫的原因；最後的異國都市，另一個港濱旅店，枕邊出現你沈睡著的鬼影——不知道是不是也在極惡的夢中，再近一點、近一點……眼看就要觸及我們並不交集的慾望，鼾聲時起時息，起身抽菸，微明的空間，煙幕無所謂消散與否，你也是。再要入睡，仍是立即的遠闊曠野、跋涉之間的疾聲呼喊、聽不見的遙遠的愛，立即、立即被確認咫尺間無垠的絕望。

7. 演出 / 他人的戲的觀眾席上

只要回到若存若亡，凹陷的大網在常動原點的三次元座標現在看來是一種浮昇，那就勝利了，必須儘快結束最後的談話，能

放過自己的只有自己。

　　終於你也接了別人的戲，終於徹底虛構了你自己，是的，虛構了情感流放生涯的偉大、虛構了遭逢背叛的悲劇意識，但是堅強而略略蒼白地出現在某齣戲中，面對那名寡情男子的驚惶失措，趁著他的優柔寡斷，控訴、哀求、與挑釁兩人共同的記憶與未來；在他人的戲的觀眾席上，我甚至更能感受與你對戲的演員所被要求、卻無力呈現的愧疚與慌張，我強烈地顫抖——相信沒有人能夠同意我的反應，被劇本經營成寒冷春日幻影一般的你，才是應該稍稍顫抖的，旁觀者應該最多聯想到自己的寂寞之後不由憐惜地喟嘆。成熟極了，生命換來的演技，精確而絲毫不帶學院氣味。至此你必然已經完全相信了自己，一如我相信了我的部份。

8. 飛 行　終 止

　　「憂患」一篇最末、吉田兼好的結論：「顯基中納言曾云：『願得無罪而賞謫居之月』，其言至有味。」

　　那麼，到此為止，這樣荒瘠的田地上，爬滿惡質之愛的現行犯，還有誰多少有著那樣玩味的機會？《徒然草》徒然成為一種

藉口——所有宣稱絕情者的放逐一再緩刑，月亮並不升起、沒有任何一座城為我們傾頹，交通依舊繁忙、空氣依舊令人窒悶，超越肉體的形上消費越來越強大。而我們仍然要在毫無防備的情境中、措手不及地在同一個路口的紅燈之前停下，然而多麼令人慶幸，沒有排演工作的日子裡，我們的存在大都不再依附肉體，陌生，無垠蔓延、混雜在汽車廢氣裡的陌生，像森林裡的芬多精——之於絕情。完美從容的速度，慢慢升起的電動車窗，睜開或閉上了眼？反光玻璃上將只剩一座混雜蠻荒與尖端文明的城市的輪廓、毫無愧意的厚顏。綠燈，反射地踩下油門，所有的人，那麼，都各自有了各自一再重新開始的虛構飛行。

散落的飛行筆記⋯⋯

(在 M 消失一陣時日之後，我意外地在他的書桌底下找到了這些殘稿。
我決定將它編號、加在《虛構飛行》的正文之後。那是在河左岸劇團
開始改編他的同名作品的一九九八年六月⋯⋯)

I 床

毛髮深密的稜線⋯⋯之後

發現正迷途於時間的肌膚上

無指向的指尖到無律動的心室間

你沈睡了嗎？但偶而蠕動

筋脈是伏流於皮下的祕密甬道

舊城的地下水路

我不再看見的神聖結構

骨骼、你的肉身、容貌

因為潛行必須持續

還不能昭告的神祕諭旨

關於神的禁城、進入之前

我最後記憶的隱密曲線

黑色、暗褐與無意識陷落的白

河流與血管改道的歷史令我迂迴

而沒有魚骨、水藻或沈船

揚散中的激情是僅存的線索

卻纖細於毛細孔同樣

不可察覺地全面蔓延

航向何處呢？我的神祇

請掀起大浪、將疲於問道的我捲入

你只在夢的遠方隱隱聽見微弱的呼聲

自然是我與最臨界死亡的瞬間照面

取代了合體的狂喜——一時間

我竟忘了的所有經文

II

我看見你在零下四十七度 C 的窗外

航行向東

飛行器不動　天外之天

時間的海域　幻化在雲層的雲層之上

三萬英尺厚的黑夜

我看見你在零下四十七度 C 的窗外

聽不見你正在說話

隔著凝結的時間觸探不到的臉

微笑著告別，非常堅持

航行向北

我寂寞的極地

安靜沈睡

又看見你在夢的窗外

（必定比零下四十七度 C 更冷）

解體中的冰山或飛行器

（必定比三萬英尺更厚）

III 城市

　　第四座海外的城市。

我知道你與最愛我的生命至敵之間的關係，你們有著親愛如姝弟的盟約，我先離棄了那個如今欲置我於絕地的，再來卻朦朧地愛上你，愛上復仇者。

　　之前是一座隨處浮移而過海鷗影子的都市，達文西。
　　之前是一座隨處浮移而過鐘樓擺影的古城，卡夫卡。
　　之前……

IV

　　開始在憂鬱時微笑、在寂寞時喧鬧。

V

　　毛髮森林。
　　解釋小腿上的瘜肉的形成。解釋肌肉的有機與無機。解釋一切的與情慾沒有關連。

VI

　　立即的謊言、當刻與一回性……不再存在、無法與真實抗衡之後，屍體便化作天使。

　　你預期於我的、我無法做到，我們必須盡快結束尚未開始的契約。

VII

　　喔，摩拉巍歐弟，我今天在海港邊有著倒影的城市，替自己買了新的靴子、65% Polyester、35% 棉的灰色風衣。然後回到窄小的旅館房間聽你的鋼琴獨奏錄音。睡著了。

VIII

　　前往與你相會的渡輪上，心情──18:50，頭髮──一九九五年二月，船──〇年代，海浪──殖民者的二〇年代，水上迴光──不確定的未來……

IX

怎麼可以因為自己沒有帶傘、就認定深夜的上海不應該下雨，十二月，什麼樣的季節，我提著笨重的行李，不確定是否下對站地兀立街頭。和平飯店。

X

深夜通往市外的六線道馬路，只剩自己一部汽車，突然湧出數十輛機車圍陷了你。那個到達時是個陌生人、離開時也還是陌生人。深夜，一九九七年一月底，臺北，風突然吹的冷冽而兇猛。在無法睡去的時刻，想著即將離去的人。關於孤獨的思考，非常舒伯特的心情。凍結的眼淚。晚安。晚安。

XI

白色的猿猴，就一隻白色的猿猴，蹲在褟褟米房間的中央……我們的聖殿。

XII

　　迷路在德弗札克寧靜的波希米亞森林，唱片封面上的大提琴
手左手單手握持琴頸，食指與拇指扣把琴弓向著他的左後方揚懸
四十五度角，他自己朝反向的右下方凝視，一定是秋天了。(場景：
一張床，床上突然的醒來，仰望神祕的遠方，Awakening……)
我在心底對你說了無數的話，一直解釋我們之間的愛情，以及與
第三者之間的關係，都是一個人在初秋的黃昏河岸新砌建的水門
外環道，壯闊而陰沈的雲天一直讓我無法面對已經結束的狀態及
過程只是另一個平凡的事件。

XIII

《聖經·啟示錄》第二 - 三章
你要寫信給以弗所教會的使者，說，……我知道你的行為，你要
寫信給士每拿教會的使者，說，……我知道你的患難，你的貧窮，
(你卻是富足的) ……
你要寫信給別迦摩教會的使者，說，……我知道你的居所，就是
有撒旦之處……
你要寫信給推雅推拉教會的使者，說，……我知道你的行為，你

要寫信給撒狄教會的使者，說，……我知道你的行為，按名你是活的，其實是死的，你要儆醒，堅固那剩下將要衰微的，因我見你的行為，在我 神面前，沒有一樣是完全的。

你要寫信給非拉鐵非教會的使者，說，……我知道你的行為，……你要寫信給老底嘉教會的使者，說，……我知道你的行為，你也不冷也不熱，我巴不得你或冷或熱，你既如溫水，也不冷也不熱，所以我必從我口中把你吐出去。

你要寫信給誰、我知道你的行為。你要寫信給誰、我知道你的行為。你要 e-mail 給誰、我知道你的行為。你要打電話給誰……

飛行書 （1998 演出劇本）

● **S.0 在床上醒來**

（一張大床。床頭飄動的布帷。沈睡中的赤裸軀體。燈漸暗，出現強
風吹動布帷的音效。全暗。雲湧動的天空影像。有一些字飛出，疊
現在雲影上──標題、一些句子的片段⋯⋯「開始的時候 沒有人知
道誰會愛上誰 後來 沒有人知道誰真的 不愛誰⋯⋯」）

（燈光再進。音樂進。之後可以看到大床前方的地板上、兩三名女子
貼著地面「行走」，她們的左右邊各有一名另外的女子反覆一些以
手勢為主的舞蹈動作。原來沈睡的人現在是一隻禿鷹，在床頭上蹲
踞。床頭另一名男子坐著抽煙。）

（布帷後方出現逆光，一個呢帽、長大衣、提行李箱的旅行者身影浮
動在布帷之後⋯⋯）

（燈再暗去，投影──）

開始了嗎　準備好離開了嗎

給演員 S 的信——或
史上最漫長的告別之一 ……
河左岸劇團　虛構飛行

（ 燈亮。沈睡者回到沈睡。旅行者消失。其他五個人轉過頭沈默地長
久凝視著觀眾。燈暗。）

• S.1 信的開首

（一開始只有聲音，下雨的聲音、綿長的弦樂單音齊奏，然後是預錄
的文本與一些音效。舞台人員在暗場中先撤掉床頭架、床單。微亮的
背光進，OS 進，之後，場內可以看到演員——他們在搬開組成大床
的方塊。方塊定位後，演員各自站上去，開始聆聽。慢慢地旋轉。）

OS（女）：　對於劇場，沒有必要再逃離，過於漫長的告別之後，
　　　　　　留下或者不留，在含混著慾望動機——進而觀望、失
　　　　　　神的片刻，已經失去關鍵的張力。

我承認沒有愛過你，我只是一名很久沒有再接你通告的演員。

但是是我聲稱不再與你合作，而這必須成為某種劇場的行為理論——關於記憶、虛構的慾望之間，動線的複雜構成。必須透過長期的密集訓練，必須讓身體意識的開發、緊緊貼合所有的概念與想像。

流放吧，過度損耗的藝術產業，互為勞資關係的我們，誰來撕毀那張無法達成協議的契約。

（方塊上的演員開始放低身體，一邊撫摸自己的臉、身體。突然雙手高舉、向上輕輕跳躍，恍惚、或者狂喜。）

OS（男）：　流放吧，過度損耗的藝術產業，無法達成協議的不良契約。或者如你所言、另外的——心理醫師與病人之間的默契 —— 基於這樣的默契、使我必須承認你不過只是我曾經的演員。在內面史的嚴苛發展上，這樣就成就了某種神祕的平衡、不得不然的終局了嗎？而相對於你、被訓練作為導演的我，猶仍無法卸任，只好煞有介事地談著陳舊的排演場經驗，可有可無、尚在

行程外的創作計畫，越來越輕的靈魂、越來越退化的
肉體，不夠精確的語言，喃喃自語的黑色夢境，邊緣、
愈來愈遠地小眾。

● 第一現場

（演員坐下在方塊上開始恍惚，各自喃喃地複述一些激情、暴烈對峙
的經驗，帶著脅迫節奏的時鐘滴答響著、還有電話鈴……）

（演員 A、或 E 的手機同時響起，接聽，跑出場、又進來、搬動方塊，
立起來放。遙遠地對峙，越來越遠，離場。D—坐在方塊上，「失神
的片刻」。B、C、F 拿出連著電話線的話筒，懸吊著。）

（C 走近 D，像蛇一般在受困者的耳邊舔舐、吹氣，受困者的屈辱感，
最後 D 將電話話筒蒙貼住雙眼。B、C、F 也將方塊搬至場邊，F 並
回頭搬 D 的那塊，D 只好離開。演員 E 走出，冷冷地看著盲者一般
摸索著離場的 D，之後走到前方——）

演員 E：　　所以，故事的開始，是一個人在離開很多年之後，才
　　　　　　決定寫下一封告別的信。他是一個劇場導演。對誰告

別呢 —— 一個、或很多個不再與他工作的演員。在那封信裡，他已經不確定自己是不是真的曾經在劇場裡頭受過傷。而在劇場不在的日子裡，他記錄了他的旅行、工作以及各種形態的寂寞。後來並把這些記錄寫進不知道該寄給誰的那封信裡。

至於我們，這些後來的演員，則從所謂第一現場的重返開始，但是激情、暴烈的對峙、帶著脅迫的背叛與懷疑⋯⋯都很難再被重現，很難再被重現、也很難真的在意那些不屬於我們的經驗。他和他的記憶其實都明白，離開之前、最後的衝突場景，其實已經不重要。況且，在我們加入他的記憶之後、一切都開始變形⋯⋯

(當場拉開黑色的長外衣、轉成 party 的穿著。音樂進。
暗場，其他演員直接就定位。)

● Party 1. I've been to a marvelous party

(怪誕的氛圍。頹廢做作的男女。關於放縱、勾引與閃躲的場景。)

（一開始五個人各自站在邊上，非常故做姿態。一個女人走過去拉出場上唯一一名男的，把左腿盤上他的腰上，男人將她的上半身往後仰放。拉起。男人被打一個耳光。）

（音樂突然轉進 Indusrty Techno 的段落。一群人開始追逐、扭打成兩處，但是，卡通化的暴力逐漸轉成性愛般的交纏。音樂再跳回開始的氣氛，眾人若無其事地回到原位。）

（另一個女人走過去打了男的一巴掌，男人委屈地走向前面那個女人尋求安慰。）

（音樂第二度轉成 Industry Techno。眾人開始一個接一個地追逐成一個行列。有人在追逐的奔跑中跌落，越來越狼狽，B 停下，打了個呵欠走出場。剩下的人突然加入一個共同的舞蹈的 form。最後音樂進入最後的合唱，眾人到最後面排成一排開始脫掉身上的外衣。然後當音樂一停、同時轉身向前跑兩步朝地面翻滾，翻身起來成為蜥蜴。旁邊還有一個人吃驚地看著爬行起來的他們。最後像帶寵物散步般帶著他們離場。）

（演員 A 幾乎撲跌地衝入場內，帶著一束花、一瓶酒，他是 party 遲到的人。不解地看看手錶、無助地看著其他人離去。離開後便一直坐在場邊的演員 B 回到場內，她找不到打火機點煙、轉身與演員 A 沈默地面對，演員 A 會意後殷勤地先把花遞給她、然後趕忙掏出打火機替她點煙。演員 B 吸了口煙、吐出，全然不在意 A 的存在，A

也察覺到了、他頹然地轉身離開。 ）

演員 B： 我本來並不準備答應參加這個演出。今年夏天之前，
我希望自己漸漸淡出劇場，雖然，事實上我從未真正
的進入。八月，我按照自己原訂的計畫去了紐約，因
為是一個異國的城市，導演希望我記錄一些旅行的心
得，在回來排演場的時候、當作發展的一些素材。可
是我懷疑，如果必須交出的不單只是風景明信片、而
是更多內在的情感，那麼，此刻我和角色之間，還能
保持多少距離。我不喜歡當我站在台上時、可以讓人
輕易地把角色連結到真實的我的那種感覺。就算是紀
錄片，我還是會希望是一部事件真實、而角色虛構的
紀錄片。當然，虛構之後的誠實、或不誠實，演員、
導演和觀眾的道德標準，恐怕是相當不同的。

可是我真正想說的並不是這些，劇場，其實是個很容
易受傷的空間——身體的、情感的。可是，它也是當
你在外頭受傷時、可以回來告解與療傷的一個空間。
我真正想說的、也是我沒有把握能說的，其實是一些
自己、或朋友們受傷、告解、離開、回來、又離開的
故事。（沈默）。很抱歉，我想說的、我現在不知道從

何說起。（把煙蒂踩熄）

我剛剛從一個 party 離開，等一下還有另外一個，希
望我不會遲到。（離開，燈暗）

● S.2 旅行者 / 卡夫卡 / 飛行

（追逐自己想要逃離的腳。然後回到大皮箱。男人。卡夫卡的氛圍。）

（後來，打開皮箱。裡頭有很多的紙。選了一張，折出一個紙飛機。向後方擲出、在紙飛機快碰觸天幕時、突然出現電腦動畫的紙飛機飛翔、音樂同時響起——急促反覆的清脆撥弦樂器分解和弦……）

（之後是另一組在投影幕上翻飛的文字——信應該能夠自己飛行……信應該能夠自己發出聲音……我們要讓信自己飛……記憶應該可以自己飛行……旅行的人、趕路的人、寂寞的人、一律不准寄信給自己……查無此人、原件退回、但是讓信自己找路回家、讓它自己飛……）

（另一個女人走過去打了男的一巴掌，男人委屈地走向前面那個女人尋求安慰。）

（三個旅行者開始在音樂裡起舞，先只有追隨與被追隨、阻擋與冷漠轉向，然後開始有人做出飛行與旋轉的動作，第二個、第三個在不同方位也加入。翻躍、三個人的大衣都揚曳起來。一開始折飛機的那個、也是因追隨而失落的那個，當另外兩人已經進入繞場邊的奔跑、剩下他小小地撲拍著雙手想要飛……同時，在反覆的動作間，有人飛快經過面前時，便彷彿對那人喊叫著：）

信應該能夠自己飛行

他退回所有我寄給他的信件、

信應該能夠自己發出聲音、自己讀出寫在自己身上的內容

我們要讓信自己飛

我聽說有很多人在旅行時會在異國把明信片寄回家裡給自己

那是不應該的、那是對時空秩序的一種擾亂

記憶應該可以自己飛行……

（最後的八拍之內，三個人精確地一起衝向後方的一只皮箱、之後又
轉身一起衝向靠近觀眾席的另一個，剛好人一到達、三隻手一探上、
音樂一停——燈立刻暗去。旁白出。燈再進時，背光，幾個人安靜地
或在皮箱上、或在方塊上坐著，翻動手上的書。然後，有人闔上書、
起身離開。B、C 著洋裝慵懶地靠著場邊立放的方塊。）

OS（男）： 如果不是因為一些必須在異國才能採集到的書或氣
味，其實大可不必冒險單獨去旅行——多麼容易便
因為途中的孤寂而淪陷在自憐裡，其實沒有人在意你
去了這裡那裡，只是一廂情願地編造那些關於距離與
方位的神祕啟示。然而因此讀到吉田兼好《徒然草》
關於「憂患」一篇的話，那又另當別論、成為另外更
大的危險：

OS（男女）：「有遭逢憂患感到悲傷之人，不必突然髮心剃髮出家，還不如若存若亡地閉著門別無期待地度日更為適宜……」

OS（男）： 冬日的溫帶北國首都機場，正準備往南，前往另一個臨海的陌生都市，因為一場大雪之後班機延誤的滯留，你翻開新買的書，就這樣突然撞擊而來的訊息──被揭露了，其實未曾真正遠離的事實，即便死去的都有可能回返，遑論若存若亡者。而飛行，尤其是暗夜裡的航程，時間若存若亡、意識也若存若亡，空間的移轉在不可察覺的極高速中、以一種近似凝止的視象欺瞞著願意被欺瞞的心。

（場內有提旅行箱的女人走過，趕路。）

OS（女）： 飛行，非常若存若亡，你將看見我、在零下四十七度C的窗外，航行向東，航行向南……時空變幻的宣稱只剩下機械亮著的儀表板、笨拙的航程圖螢幕──相信我，飛行機器並未移動，天外之天，時間海域的雲層的雲層之上，三萬英尺厚的黑夜，你將看見我在零下四十七度C的窗格外……你將失眠，聽不見正在說話的我，隔著凝結的時間、觸探不到的臉，我將微笑

著告別，非常堅持。

（一個旅行者拿著一架紙飛機進場、與趕路的女人遭遇……燈暗）

● **舞蹈／飛行者與 techno 年代的失眠者**

（開始時只有音樂。燈光以逆光進。音樂第一段結束，演員也開始說話──些紛雜、關於方位與飛行高度等等的報告。之後開始反覆倒立。當音樂到達崩塌的音效時，倒立停止。出現絕望的獸。）

（關於失眠的敘述。兩個、兩個一組開始極親密的身體接觸。陸續離場，留下兩個做愛的人。燈突然暗掉，再亮時，出現 disco 裡瘋狂跳舞的人。）

● S.3 信的第二段 / 網路

（先出現投射著水波的光影。演員進場，將方塊圍在光區外圍。OS
的聲音進入後，演員跪在方塊上、將手探向水中。突然抽回手。再
探、又抽回手……）

OS（男）： 網路中有一些超自然的鬼魅，我自己。深夜，還在辦
公桌前，面對著電腦，現在是更玄秘的光纖輸送了，
準備好了嗎？狂熱地投入你不存在的領域裡工作，生
命型態離肉體更加遙遠，我必須對你陳述這片大網：
上千個陌生名字的同事，散佈在晨昏各異的不同都會，
沒有你的名字，我確定，因此進行一種假設的尋索是
安全於絕望的；按鍵移動遊走在不同的辦公室，不同
的語言、膚色、性格，然而在這裡統一著符號的格式，
我總是在輸入密碼進入電子郵件信箱之前神祕地暈眩，
在極短暫的意識灰色地帶，我是思念你的。

（演員們在各自的小平台上，定定地成為自己想成為的人以外的某種
動物。）

OS（女）： 永遠望不見邊際的網路、永遠不清楚網的中心有沒有

一隻大蜘蛛；左邊或許是 3D 的花草鳥獸、往上則是異次元的飛行模擬，但是沒有傾斜的身體、跌落的天使，沒有劇場。

你必須坦白承認，虛擬探險的勇氣迅速陷落之後的心情，孩子般賭氣的意味，並沒有讓以為可以報復我的假象持續很久。甚至很快地察覺，我根本不在乎你的迷途、甚至毫無所知你已經朝深處出發。遊戲、工作與寂寞立即失去快感。你在網路與網路之間踩空。

太陽升起、或落下，傾斜射入冷清辦公室的光，是光，光在下達指令：exit、log out……一度瀕臨滅跡的肉體模糊地、疲倦而緩慢地重新顯影，回到你的陳舊世界。

演員 D：　進場工作之後，導演一直要我們回答幾個問題，其中第一個就是——在你受傷的時候，你會希望變成什麼樣的野獸，才不會被其它的野獸傷害。我選擇成為一條魚，這讓導演有點為難，他表面上說我的 form 很有意思，一方面卻又煩惱在動態上很難處理——你怎麼在沒有水的空間裡、自在地到處游動呢。

我知道，一隻禿鷹、一頭獅子、或者有九條命的貓，或者，生理作息完全異常的貓頭鷹，可能都比較合他沒有明說的期待，可是如果受傷的話，我真的只想變成一條安靜地躲在石縫裡頭療傷的魚。後來，他只好在我們自己選擇的動物之外、規定每個人都同時要變作蜥蜴。為什麼是蜥蜴？我問過導演，他沒有回答我。他只是要我在這裡告訴大家關於變形的意象，然後跳舞，非常 Pina Bausch 的舞——這個我們都知道，是因為他對 Pina Bausch 非常不理性的一種迷戀。所以，也許變成很像 Pina 作品裡的動物（轉頭看看在她身邊出現的動物、Pina 舞作《康乃馨》裡的兔子），至少，確定不會被導演傷害。

可是我真正想說的並不是這些，劇場，其實是個很容易受傷的空間——身體的、情感的。可是，它也是當你在外頭受傷時、可以回來告解與療傷的一個空間。我真正想說的、也是我沒有把握能說的，其實是一些自己、或朋友們受傷、告解、離開、回來、又離開的故事。（沈默）。很抱歉，我想說的、我現在不知道從何說起。

（〈Singing In The Rain〉音樂進，「兔子」們跳到一個角落各自拿了一把傘，同時拿了另一把交給演員 D，然後打開。） 我剛剛從一個 party 離開，等一下還有另外一個，希望我不會遲到。（三個人撐著傘、跳著簡單的舞步離開）

- Party 2. Sophiscated Boom

（舞蹈。怪誕的詼諧，關於四個 SM 女王與一個被捆綁的男人。）

（在歌的開頭，演員 D 跨坐上男人的腹部。用有紅色小跑燈的打火機點燃大蠟燭，男人可笑地一直掙扎著想把火吹熄。另外三個人作伴唱狀、並對嘴做 big kiss 音效的姿態。演員 B 離開伴唱的行列，提著冰桶走近，她抓起冰塊去挑弄男人。）

（最後，男人像寵物般爬行著被帶離場。演員 C 穿上長外衣、隨即回到場內。）

演員 C：　　所以，故事的開始，是一個人在離開很多年之後，才決定寫下一封告別的信。他是一個劇場導演。對誰告別呢 —— 一個、或很多個不再與他工作的演員。我們

並不真的知道他和那些人之間發生了什麼事。在與我們的排演裡，他安排了很多關於變形、旅行、以及談論受傷的發展，還有幾個怪異而露骨的 party。至於那封信，那封感傷、而意象濃稠的信，則只剩下聲音。優雅、感傷的聲音。有時，當我們在現場又翻又滾之後，回頭聽到那樣的聲音，就覺得有點怪怪的，有點——格格不入，好像是對我們的一種漠視、或者嘲笑。我在想，到底，這是誰的劇場工作？誰的記憶？誰的聲音？誰的身體（似乎說完了，正要離開又轉回來）喔，對了，他還從一開始就要我們讀聖經啟示錄。啟示錄裡的第一個異象，約翰見到耶穌，耶穌要他寫信給小亞細亞的七個會所。我不明白，這七封信怎麼又跟他的虛構飛行扯上了關係。但是因為有七封信，所以導演說他需要七名演員，但是，剛開始的時候，我們只有三個人。後來，有一個車禍受傷、另一個去了紐約。有一天，我來到排演場，發現只有我一個人。等到似乎都到齊了，但是卻也始終只有六個。我們就這樣一邊等著第七個人、一邊進行戲的發展。我們一直在等第七個人。我們不知道會不會看見約翰、也不知道會不會看見啟示錄裡後來的其它異象。

（燈暗，下雨的音效進）

● 插曲 殺人 /Revenge

B： 你殺人，你知不知道你殺了人？

A： 你在說什麼？（定位後甩手）

B： 兇手！

A： 你胡扯些什麼？

B： 我沒有胡扯，就是你、你殺了人。

A： 是嗎？什麼人？什麼時候？什麼兇器？屍體在哪？（B 感到手
腳冰冷）

B： 噓——上天在看……你昨天沒有回去，你在哪裡？（A 踩進
厚厚的雪地）

A： 我昨天沒有出去。

B： 那你為什麼不接電話、也不回電話。

A： 我沒有聽到什麼電話。（A 牙痛）

B： 那不是真的。每一通電話都被記錄了，你的手機被轉進語音
信箱、你家裡的電話都開著答錄……

A： 那就是有人不希望接到電話。這讓你感到難堪嗎。

B： 是，每一刀、每一道傷口都被記錄了。你也沒有回 e-mail。

你在過濾發信者、過濾尋找你的人、你在躲避什麼。

A： 我沒有什麼好躲避的。我沒有殺人。

B： 我現在不是在問你殺人的事。我不能再和你工作。

A： 我也不能再和你工作。（A 清理自己的鞋底）

B： 從一開始我們就不應該在一起。

A： 那倒不見得。是有人對待工作的態度有問題。

B： 你在指控我？

A： 那是你也覺得自己的態度有問題囉？（A 胸口悶痛）

B： 當然不。有問題的已經死了，你殺了他。

A： 你到底在鬼扯什麼。（A 越來越痛）

B： 你殺了他，而我是共犯，我幫著你殺他。

A： 你到底在說誰？（痛感緩和）

B： Cuidado!（注意了！）（B 小腹激痛）

A： Que pasa!（什麼嘛！）

B： Cuidado! Damas y caballeros, por favor observen los ojos del cencuate.（注意了！女士與紳士們，請仔細觀察那對毒蛇的眼睛。）

A： No lo se que tu dices..（不知道妳在說些什麼）

B： Años después, al volver al teatro —— La gente se ha ido, sólo el viento......（很多年後，當我回到劇場，人都離開了，只剩下風、只有風……）

A： No importa, no hay nada que importa......（不重要，沒有什麼是
重要的）

（兩人突然快速流動起來，阻擋、閃躲，同時開始提高聲音重頭對話。
一直到 A 說：我沒有什麼好躲避的。我沒有殺人──兩人停住，位置
正好與第一次進行對話時做了一百八十度調反。在 A 最後的回答之
後，B 在他身後亮出利刃，指向 A）

B： 我愛你。
A： 我沒有愛過你。
B： 我愛你。（燈暗，音樂進）

● **舞蹈 / Revenge**

（四個人──三個女的、一個男的，男人坐在最前面的地板上擦一隻
皮鞋，三個女人分別在後方不斷撥著舊式轉盤電話、在舊式打字機上
打著字、在燙衣板上熨燙著一件男人的白襯衫。音樂裡出現一段長笛
吹奏的過場時，男人突然就往後倒下、死亡。女人們轉過頭看見。打
字的女人站起來、但沒有離開，燙衣服的女人連熨斗也沒放下，只有
撥電話的女人走了過來，她在屍體邊看了一下，掏出一截粉筆，開始

在男人身體周圍畫線，然後深情地吻了他，起身，走回去。打字的人開始不斷地抽出紙張、揉掉、再開始，衣服那邊，女人拿起剪刀，異常平靜地開始剪開衣服，打電話的女人回去後，撥了兩個號碼突然停住，話筒滑落，她轉過身，突然做了一個舞蹈動作，然後蹲下哭泣，聲音像硬擠出來的金屬線。燈暗之前，剪破衣服的女人穿上了那件襯衫，呆滯地望著前方，音樂漸逝。燈再亮，場內只有演員 A 蹲在粉筆畫出的人形邊上，他的手慢慢向那個形體探觸。之後開始說話──）

演員 A：　我突然往後方倒下──算是暈過去了、其實是沒有暈眩的，就這樣，我躺在地板上，眼前是一大團越來越亮的白光……白色的光……卻不刺眼，那片光，非常溫柔地擁著我。然後，在我看不到的頭頂方向，有上千個人走了過去，我看不到他們，但是，我那麼確定有上千個人。我並不害怕，只是地板的震動讓我不太舒服。他們一個房間接著一個房間地交錯穿行，我想起身看清楚，這才發現我彷彿失去了身體，只是靈魂被黏在一個被白光包擁的空間裡。我想睡了，於是閉上眼，其實只是眨了一下眼，再張開時，白光消失了。我躺在地板上，我看見了天花板。（演員 A 躺進圖形裡。音樂進，燈暗。）

• S.4 THE CENTRAL (啟示錄的七燈台──你要寫信給⋯⋯)

(投影── 一個單字接著一個單字──)

HOW SMALL A THOUGHT IT TAKES

TO FILL A WHOLE LIFE !

── 維根斯坦

THE CENTRAL...... THE CENTRAL Station...... THE CENTRAL

Park...... THE CENTRAL Café...... THE CENTRAL Stage......

(場內出現六名演員繞著圈子走動、手指向中心點，燈暗。)

你要寫信給⋯⋯ (取材《聖經啟示錄》，但奉愛之名)

我轉過身來，要看是誰發聲與我說話，

既轉過來、就看見七個金燈台，

燈台中間、有一位好像人子 ⋯⋯

我一看見、就撲倒在地，

在他腳前、像死了一般。

凡有耳的、就應當聽 (閃動著)

（演員們開始搬動箱子，將它們重新組合一整個的平台。）

（演員 G 之後穿著風衣、提著公事包走出來，站到平台的中央。他看起來像個推銷員、或公務員。）

演員 G： THE CENTRAL，中央（四下張望）……Shit！真有這樣的地方嗎？（攤開地圖）……中央公園，紐約。中央咖啡館，維也納。中央車站、中央空調、中央日報，Shit！到底在哪裡。我不知道我是誰—我是指我扮演什麼角色，我不知道這裡是不是他們要我來的地方？一開始，我甚至不知道他們這裡頭（拍拍公事包）放了什麼？我在火車上睡著了。醒來時，發現自己在另一列火車上，我不知道車往哪裡開。我自己的行李都不見了，懷裡被塞了一張地圖，還有這個公事包。（打開公事包，拿出一疊信件）信，一疊信——為什麼要我送這些信？

G： 你要寫信給以弗所教會的使者，（他看著第一封信，唱名。）以弗所！以弗所！

（演員 C 走出來，到平台旁邊。G 把信給她。G 把信打開 ——）

C： （讀信）我知道你的作為，你的勞苦與忍耐，也知道你
不能容忍壞人。你曾試驗那些自稱為使徒的人、你發
覺他們是說謊的。你在忍耐、為了我名的緣故一直堅
持不懈，沒有變得困倦。
然而有一件事我要指責你——就是你離棄了起初所懷
之愛。（右手抓緊信紙、舉起而顫動，反覆著後退著
靠近平台時突然轉身——）

G： （手按住 C 的額頭）「行以前所行之事」。（輕聲地）
妳可以走了。（拿出下一封信）你要寫信給士每拿教
會的使者……士每拿教會！士每拿教會！（人一直
遲遲不出現）士每拿！士每拿教會！

（演員 E 不甘願地出現。G 反過來刁難地不讓她拿到信。最後擲出，
E 迅速抓到手——抽出信。）

E： 我知道你的患難、你的貧窮，(All：你卻是富足的），
也知道別人對你的褻瀆。他們說自己是猶太人，(all：
其實不是猶太人），卻是撒但的猶太會堂。你將要受
的苦你不用怕。魔鬼要把你們中間幾個人下在監裡、
叫你們被試煉……（憤怒、不屑地轉身把信丟回給 G）

G：　　　（悻悻然地去撿起信、側頭低聲說）「受患難十日、至死忠心」。走吧。（拿出下一封信）你要寫信給別迦摩教會的使——（演員 F 帶著幸福滿足的表情自動出現。迫不及待拿到信——）

F：　　　（讀得很快）——者……我知道你的居所、就是有撒旦座位之處。當我忠貞的見證人安提帕在你們中間、撒旦所住的地方被殺之時、你還堅守我的名、沒有棄絕我的道。（開始跳舞）然而有幾件事我要責備你、因為在你那裡、有人服從了巴蘭的教訓、這巴蘭曾教導巴勒將絆腳石放在以色列人面前、教他們吃祭偶像之物、行姦淫的事……

G：　　　（伸出手、E 走過來、又縮回）「當悔改」——（F 一臉茫然，抬頭看他）悔改！聽不懂啊！（作勢趕他走）你要寫信給推雅推拉教會的使者……推雅推拉——（B 憂傷地出現，遲遲不去拿信……G 謹慎地把信放在平台邊上……）

B：　　　（舉起左手、露出包紮傷口處）我知道你的行為、愛心、勤勞、忍耐、又知道你末後所行的善事、比起初所行的更多。然而有一件事我要責備你、就是你容讓那自稱先知的婦人耶洗別教導我的僕人、引誘他們行姦淫、吃祭偶像之物。不是這樣的、我沒有！

G： （手矇住 B 的雙眼、在她耳邊）「當持守等到我來」……
你要寫信給撒狄教會的使者，撒狄教會——

A： 我知道你的行為，按名你是活的，其實是死的，你要
儆醒、堅固那剩下將要衰微的。因我見你的行為，在
我神面前，沒有一樣是完全的。（開始跳舞，在自己的
action 中說著：他寫信給我了、他寫信給我了……）

G： （手按住 A 的肩膀）「要回想你是怎樣領受、怎樣聽見
的。又要遵守、並悔改。」你要寫信給非拉鐵非教會
的使者——非、拉、鐵、非？ （D 從他後面拍拍他，
G 嚇一跳、跌下平台，把信給 D ——）

D： 那聖潔的、真實的，持有大衛的鑰匙，開了就無人能
關、關了就無人能開的那位，這樣說，我知道你的行
為——你看！我在你面前設置了一道開著的門，是無
人能關的——又知道你略有一點力量、也曾遵守我的
道、沒有棄絕我的名……（轉身離去）

（G 坐下在台的前緣，公事包在腰邊放置，茫然地抽煙。六名演員一
起回到場內，盯著他看，沈默地看著……）

演員 G： 還有什麼？你們還希望知道什麼？第七封信？ （冷笑）

煩不煩，沒有了！！又不是情書，哪來第七封信。

D： (然後 C、B) 你要寫信給老底嘉教會的使者……（G 以
手勢打斷他們、認命了一般，從口袋掏出最後一封信）

G： 我知道你的行為，你也不冷也不熱，我巴不得你或冷
或熱，你既如溫水、也不冷也不熱，所以我必從我口
中把你吐出去……

A： 我勸你向我買火煉的金子、叫你富足……

B： 又買白衣穿上、叫你赤身的羞恥不露出來

C： 又買眼藥擦你的眼睛、使你能看見……

F： 所以你要發熱心、也要悔改。

D： 所以你要發熱心、也要悔改。

E： 所以你要發熱心、也要悔改。

(眾人邊說著最後的結語、邊玩著跳格子遊戲離場。)

(G 收好信件，關上公事包，起身。走開了，又轉回來。)

G： 我就是他們一直在等的人，送信的人。原來我以為我
要飾演寫信的人：約翰，但是最後卻只是這個送信的
人── 誰是約翰？我怎麼會知道。我其實是有點被半
強迫加入這個演出的，導演在距離演出只剩不到一個
月了，還找不到他要的第七個演員，他只好對我威脅

利誘、半哄半騙地苦苦哀求，他甚至說我註定了就是

他的約翰……操，我是約翰？他以為他是誰啊……

● S.5 在床上醒來 II／信的第三段

(暗場中，床重新組好、鋪好床單，五名演員蜷縮擠在床上。)

(歌詞投影 ──)

How could I change the world?

If I can't even change myself.

How could I change the way I am?

I don't know, I don't know...

(燈光進。演員 E 醒來看著飄動的帷幕、文字投影，她的頸部套

著護套。)

- **舞蹈 / 還活著嗎。techno 年代 -II**

(當音樂節奏變強。床上除了 E 之外的其他演員像蛇一般地滑床。到達地板後，轉成蜥蜴向四周爬開，到場邊時，蜥蜴轉過頭看著床上的 E。燈暗。)

(再進場，全部的人，一致的節奏、舞步。拍擊自己的軀體、腳步重重地踩撞地板。好像這樣才能確定自己還活著。燈漸暗。音樂遠去。床再次被拆解。演員 B 獨自在平台上，夢遊一般。其他演員搬動箱子、組成三組小平台。)

OS（女）：　至少一百個夜晚，你開著你的新車重覆繞行著自己的輪軌，假裝目的地距離非常非常遙遠，在有限的三、四條大街與隨機組合的無數巷道間，假裝已經經過一座座陌生的城市、一個個寂寞的朝代；終於不甘心地疲憊了、車讓你失去下車的動力，即使已推開車門，冰冷的夜晚空氣滲進了一些，或許已望見前方不遠處、自己居住的大廈某個因恐懼而猶仍暗啞的窗口；之後拉起外套蒙頭伏在方向盤上，通常，這個時候先消失力氣，接著從緊壓的心臟與橫膈膜之間抽出一道銳利的發光流體，憂傷快速而全面地滲進動力系統，儀表板的各種指標失控地擺動，警示燈微弱地閃動自憐的

訊號 ── 讓自己變形、毫不遲疑你變形成為一部車。

OS（男）： 回到第四季，持續地生病，不同的症狀交替在不同區位。背部右上方的舊傷、左後腦勺濾過性病毒輕微感染、脊椎尾段異位……而他一項也來不及察覺，或者他會認為那又是另外的一些虛構？嘲弄地賦予象徵意義、對它們進行文學性的描述──存在狀態異化的徵兆、思想機能障礙的恫嚇、生命結構的傾斜。一個越來越不真實的身體，我們的肉體都一樣──越來越不真實。

（場內三個平台，演員 A、D、E 各橫躺其上，演員 E 起來，手上帶著還沒穿上的物理治療師的白袍）

演員 E： 在我加入這個演出後的第一次工作當中，我的脖子與肩膀因側邊倒立而受傷。這個動作在從前我作過許多次，向來沒什麼問題，我沒有想過會因此受傷。受傷後，每天起床是最痛苦的時刻，在起身的那一剎那，我可以感到脖子與肩膀間、彷彿有把刀割過的疼痛。最痛的時後，甚至真的想有一把刀，最好把我的脖子、肩膀、右肩胛骨全部割掉。有許多瞬間，我覺得自己是與身體分離的，因為我對「她」是那麼無知、殘酷

以及忽視。「身體」與「我」的關係，變得十分怪異地 —— 既親密又陌生、既真實又虛無。

我其實不確定後來該不該繼續參加演出，我擔心還會在受傷。有時候甚至覺得被導演留下來繼續工作、對我是殘酷的，每當其他演員毫無障礙地發展著身體演出時，我便感到越來越強烈的寂寞⋯⋯ 這個「演出」與「我」之間的關係，也變得十分怪異—既疏離又貼近、既嘲弄又失落。（轉身邊走邊穿上白袍）

（音樂是美國五〇年代的復古少女合唱，三個演員穿上醫生的白袍，替另外三名演員進行模仿脊椎矯正治療的行為。但是進入第二階段時，變成病人意識裡的騷擾者。D 掙脫了 F 後跑開。另兩個病人也跑開。F 自戀地走到前方，開始陶醉在自己的肉體的欣賞。所有其他人在遠遠的後方對嘴「唱歌」、當合音天使，音樂結束，燈暗。再亮時 A 一個人在最前面。其他人背對觀眾、在最後方一排站開）

演員 A： 這是我第一次與這個劇團工作。導演在看過我上一次的演出之後、透過我上一個導演找上了我。七月，我們開始排練場的工作，但是在第二次通告之後，我出了車禍，這裡（手置於右頸）、還有左腰（拉開衣服）從這裡到這裡，都因為拉傷而肌膜發炎。原來以為只

是個幾天就會復元的小傷，卻在緊接著的工作中再度

受傷。（其他演員隨著他的敘述動作，先慢慢躺下、突

然爬起、又重重摔落，反覆）那天在排練場，導演給了

我們一個指令──音樂進行時、我躺在地板上，音樂停

止時、我要立刻爬起來……我不知道開始了沒有，但

是我已經躺在地上、聽到音樂，突然，音樂毫無預警

地打住、我反射地想立刻彈跳起身，然而同時一陣電

擊般的劇痛、從腰間切過，我大叫一聲、摔了下去。

演員C：　　我們衝過去的時候，他已經痛得無法動彈。我不知道

該怎麼做可以讓他的痛苦消失。我緊緊地摟住他。而

他也沒有別的選擇地緊緊依賴著我的安撫。

演員A：　　整整一個月之後，我才終於能夠回到排演場工作，而

對待工作的心情，也明顯地改變了──我不知道是否

還能像受傷之前那樣有把握地控制自己的身體，我不

知道，但我也不在乎了。後來導演提出了一個問題，

他說：如果有一天，有一個更大的聲音──我是指更權

威、更強制的力量，透過更不得不然的情勢，給了你

指令，說：「當音樂停止的時候，你就再也不能回到

劇場……」──當音樂停止的時候，你就再也不能回

到劇場……那麼，在拉扯的瞬間，我們可能受傷的部

位又會是哪裡呢？

● 插曲 殺人／誰殺了誰

（開始時兩個演員在對詞 —— E 躺臥在 C 腿上。另一個在搬箱子、把平台再拆散）

C： 我愛你。

E： 我沒有愛過你。

C： 那不重要。

E： 那什麼是重要的？

C： 你愛不愛你自己？

E： 關你什麼事？

C： 我為你殺了人。

E： 我為你感到遺憾。

C： 我準備再殺一個。

E： 最好不要，就算你已經準備要付出代價，被殺的那個沒道理一起付代價。

C： 你不知道我要殺的是誰。

E： 那不重要。 （E 起身、同時丟開手上的稿子）

C： 那什麼是重要的？（C 跟上、也丟開自己手上的台詞稿）

E： 除非你要殺的是我。

C： 很難說，我還沒決定。

E： 夠了，你需要去告解，或去看心理醫生。

C： 那你得跟我一起去。

E： 我不用，我沒有犯罪、也沒有那個意圖。

C： 可是你讓我愛上你，卻不愛我。

E： 那……不如還是殺了我好了。

C： 不要命令我。

E： 你有病，而那只會讓你的愛更絕望。

C： 不，有病的是你，你讓一個愛變得絕望。

E： 我沒有那個義務不讓它怎麼樣，我沒有要你愛上我。

C： 可是你支配了我。

E： 那是為了工作，另外也還有人支配我，可我就沒有愛
上他。

C： 不要扯進第三者。

E： 第三者？就是因為有第三者才讓你更加偏執，不是嗎？

C： 不要考驗我，不要拿第三個人來考驗我。

E： 第三個人，還有第四個、第五個、第六個……是你在
考驗你自己、是你在跟自己過不去、是你的慾望在支
配你，你虛構了我。

C： 不，這一切都是真的。

E： 你的刀是真的、你的槍是真的、你的迷亂是真的、但
是你看到的我，卻是你虛構的。

C：　　　　我愛你，我——

E：　　　　噓——上天在看……你不愛我，你愛的、是你不懂得
　　　　　　怎麼去愛的人。

（演員F撿起剛剛兩人丟下的紙張，看了看、坐下來開始唸著，唸完
前兩句，音樂進，E唸台詞的速度彷彿搭應著音樂的節奏。C、E重
新出現，一前一後牽手疲倦地走著，然後擁舞。F繼續邊唸邊蹲下。
突然抬頭，看著上方，再低下頭時開始折飛機，歌唱完，把飛機擲出。
燈暗。燈再亮時，F正在搬動場內最後兩個方塊。搬好一個之後，他
停下來——）

演員F：　　所以，故事的開始，是一個人在離開很多年之後，才
　　　　　　決定寫下一封告別的信。他是一個劇場導演。對誰告
　　　　　　別呢—— 一個、或很多個不再與他工作的演員。然而，
　　　　　　我們並不真的知道他和那些人之間發生了什麼事。我
　　　　　　比較在意他和我們這些演員之間的工作。工作開始一
　　　　　　陣子了，導演給的功課裡突然加了一個題目——他要我
　　　　　　們每天對他、或對這個工作提一個問題。到後來，我
　　　　　　提到的問題最多。我問導演是什麼星座、問這個作品
　　　　　　是什麼顏色。後來比較嚴肅地問到演員在這齣戲裡的
　　　　　　功能。我覺得真真假假的多重角色很難掌握，你會在

不同的段落被拆解又重組、又拆解，所以我問他——
我們是不是只是七個會表演的積木？ 他說不是，他覺
得我們像七張寫滿文字、但是不一定會表演的紙張，
而他在閱讀過我們之後、就把我們折成紙飛機。

他還很陶醉地說 ：想想看、滿場飛來飛去的紙飛機
耶……（搬起最後一個方塊、邊走邊喃喃自語）紙飛機？
真的能飛嗎……

● S.6 飛行影子的城市 / 獨自跳著的舞

（文字投影 ── ）

尋找第四座海外的飛行城市
幻術一般斜長地拖曳著的影子。

（布幕後方出現光，一個女人朝著布幕上出現的男人的剪影慢慢靠近，
影子越來越巨大、女人的步伐越來越踟躕，最後，他們都向著對方伸
出了手，並且重疊了卻並未碰觸……）

OS（男）：　深夜巷弄的轉角，望見一閃而過的身影，跟了上去、你又到了另一個轉角，微明路燈裡的曖昧微笑取代了真理。即使明白繼續追索的多餘與枉然、也知道一整個人生將因此失去什麼，但我們一度如此迫近不容挽回的禁域 —— 誰都不許睡，繼續尋找第四座海外的飛行城市。經過聖‧文生教堂，經過古斯塔夫‧阿道夫教堂，經過市政廳、皇家劇院、人民英雄紀念館，所有陰沈到夜晚最深處的建築的外牆上，幻術一般斜長地拖曳著你的影子。

OS（女）：　之前是一座隨處浮移而過海鷗影子的都市，只有影子的飛行，影子掠過廣場上的水晶與大理石紀念碑塔、影子掠過摩天樓的巨大時計、海鷗的影子、你的影子。相信我，不斷飛行著的是那些城市、它們的肉體歷史，我們只是站在某個窄小的排演場，拉開彼此的距離，找出自轉與公轉的軸心，非常寂寞地在自戀裡旋轉。

（音樂進，同時有幾個演員進場，開始隨著音樂舞蹈旋轉。後來，只剩演員 D 一個人跳著很 Pina Bausch 風格的獨舞。演員 D 漸漸向後走去、在遠遠的後方繼續跳著，演員 C 則在音樂中段之後加入，然後走向前區——）

演員 C：　我不知道他們是怎麼受傷的，但是他們都認為是我傷害了他們。我自認我對待身旁的人是溫暖的，但是導演堅持這與部份的事實有出入，我不懂他的意思。他舉出一些我認識的名字……是的，我認得這些名字，我知道他們不再與我往來、至少不再與我在劇場裡合作，但是，我不了解關於傷害的指控。或許，我認為的耿直、對他們是一把刀，而我不懂得取悅、對他們而言卻是連基本的尊重都被動搖了。這些，都是因為工作，我能夠說──因為這樣，所以我也是受傷的人嗎？是工作傷害了我嗎？如果是，我感到非常遺憾。我心裡存在著一個天堂，在遙遠的距離之外，因為遙遠、因為一時到達不了，所以我在現在這個地方。我沒有怨尤或不滿，但有時，卻不自覺地與周遭的人有著距離。我接到這樣的一封信（拿出信），信上寫著──「我知道你的作為，你的勞苦與忍耐，也知道你不能容忍壞人。你曾試驗那些自稱為使徒的人、你發覺他們是說謊的。你在忍耐、為了我名的緣故一直堅持不懈，沒有變得困倦。然而有一件事我要指責你──就是你離棄了起初所懷之愛……」（停住許久）最後，寫信的人說「行以前所行之事」。行以前所行之事，我真的變了嗎？起初所懷之愛？我現在沒有了嗎？

• S.7 大旋轉／信的結尾

(一個男高音在極簡風格中反覆吟唱同一主題⋯⋯ 七個人、七個燈台、七張小桌、書寫著的場景。書寫突然中止的筋攣、突然的抽慉。旋轉開始。)

OS（男女）：只要回到若存若亡，凹陷的大網在常動原點的三次元座標現在看來是一種浮昇，那就勝利了，必須儘快結束最後的談話，能放過自己的只有自己。

OS（男）：　終於你也接了別人的戲，終於徹底虛構了你自己，

OS（女）：　是的，虛構了情感流放生涯的偉大、虛構了遭逢背叛的悲劇意識，但是堅強而略略蒼白地出現在那齣戲裡，我飾演一名不知來自何處、幻覺一般的女人，面對一名寡情男子的驚惶失措，趁著他的優柔寡斷，控訴、哀求、與挑釁兩人共同的記憶與未來；

OS（男）：　在他人的戲的觀眾席上，我甚至更能感受與你對戲的演員所被要求、卻無力呈現的愧疚與慌張，我強烈地顫抖──相信沒有人能夠同意我的反應，被劇本經營成寒冷春日幻影一般的你，才是應該稍稍顫抖的，旁觀者應該最多聯想到自己的寂寞之後不由憐惜地喟嘆。

OS（女）： 成熟極了，我們的生命，換來這樣的演技，精確的
混亂、

OS（男）： 冷酷的激情

OS（女）： 至此我已經完全相信了自己，

OS（男）： 一如我相信了我的部份。

（最後兩句重覆，之後重疊唸著各自的詞，然後 fade out...）

演員 F： 開始的時候，沒有人知道誰會愛上誰。後來，卻是沒
有人知道誰真的不愛誰。

我不想說太多關於我自己的故事。雖然我的確有很多
比導演更濫情的經驗。

就像他們已經說過的 —— 劇場，其實是個很容易受
傷的空間——身體的、情感的。可是，它也是當你在
外頭受傷時、可以回來告解與療傷的空間。他們想說、
也都沒有把握能說的，其實是那些關於自己、或朋友
們受傷、離開、告解、回來、又離開的故事。

可是我真正想說的也不是這些。我想我知道我應該說

些什麼，但是，在被拆解又重組之後，我不確定我還
想說什麼。

不久前，我才從一個 party 離開、之後又參加了另外
一個，我都沒有遲到。關於 party，總是有時候很
high、有時很失控，而總是有人快樂的時候，就一定
有人受傷。這讓我感覺很像不排戲的時候的劇團。我
喜歡參加 party。不知道等一下，還會不會有另一個。
我愛你，但是不關你的事。

● **尾聲 / Sail Away**

(演員再度進行平台的組合，同時投影幕上出現模糊的影像，是旁白
者 M……)

M： 我是遺憾先生，此刻我可能在現場、也可能不在，我
可能在演出、也可能同時就在觀眾席。一九八六年，
河左岸成立的第二年，我加入了這個劇團，開始長達
十二年與導演黎煥雄的合作，我們彼此憎恨過、友好

過，疏遠過、親密過，但是，幾乎所有他導演的作品，我都參加了演出，而除了他、我也幾乎不曾與其他導演合作過。我不確定我有沒有愛過他，但我相信，這麼多年之後、確切地相信，他是愛我的。

對於劇場，沒有必要再逃離，過於漫長的告別之後，留下或者不留，在含混著慾望與動機—進而觀望、失神的片刻，真的都已經不重要。我三十三歲、不久就將與和我相愛的女孩結婚，我是陳哲鵬，我只是一名很久沒有再接他通告的演員。(重覆最後一段，fade out)

(一首標題為〈Sail Away〉的歌曲進。燈光進之前，演員已經在場、穿回自己的衣服，有人戴上墨鏡。一些整齊而簡單的動作，跟隨著音樂。之後，輪流走向前，告訴觀眾他的姓名、以及不在劇場工作時的身份。)

(以為是謝幕。但是其實是開始歌唱、諒解、寬容地擁抱以及互吻。)

(微笑著告別，非常堅持。)

(漸漸重疊進歌劇《鄉村騎士》的間奏曲，場上只剩下最後的文字投影 ——)

那麼，就到此為止。

我們生存的荒瘠田地上，

爬滿惡質之愛的現行犯，

所有宣稱絕情者的放逐一再緩刑，

月亮並不升起、

沒有任何一座城為我們傾頹，

交通依舊繁忙、空氣依舊令人窒悶，

超越肉體的形上消費越來越強大。

而我們仍然要在毫無防備的情境中、

措手不及地在同一個路口的紅燈之前停下，

然而多麼令人慶幸，

沒有排演工作的日子裡，

我們的存在大都不再依附肉體，

陌生，無垠蔓延、混雜在汽車廢氣裡的陌生，

像森林裡的芬多精──之於絕情。

完美從容的速度、慢慢升起的電動車窗，

睜開或閉上了眼？反光玻璃上

將只剩一座混雜蠻荒與尖端文明的城市的輪廓、

毫無愧意的厚顏。綠燈，反射地踩下油門，

所有的人，那麼，

都各自有了各自一再重新開始的虛構飛行。

（燈光進，打在空而寂寞的大床上。漸暗。）

延伸航線 –1 A flight over the fictional clouds （1998 年跟演員的工作紀錄）

1. 倒數

九月二十九日，距離首演十七天。凌晨四點。我仍然想要繼續追問你們許多問題。雖然，你們可能已經開始為進度感到憂慮，但是，我們必須不斷地回到這個起點。作為劇場工作者，我了解安全感的建立、重心常常被放置在技術的層面，但是，如果我們忽略藏有許多工作動機的起點，就算你終於安全地執行完演出，也一定終於會陷入失落的斷層。我其實害怕因為趕戲而忘了這些，很多問題發出，但是沒有回應，接著，我也開始對「沒有回應」沒有回應……

九月三十日，距離首演十六天。凌晨五點半。我的失眠仍然毫無改善的跡象。劇本最後的工作階段充滿與你們拉鋸的挑戰，這不知道就成為我失眠的藉口、或者失眠時值得慶幸的依靠。

十月一日，距離首演十五天。凌晨六點。我總是像一個恭敬的學生、親自 key in 你們交給我的每一個問題。我非常享受這樣的過程。雖然不是每一個問題都立刻可以回應，但是，的確都立即地讓它們在心底發生觸動。

　　十月五日，距離首演十一天。把車開進地下停車場的車位時、剛好凌晨三點正。更早時，回家的一路上，雨越下越大。車子裡，播放著五個人工作超過十個鐘頭的旁白錄音帶，總長是二十八分鐘。我想到工作時間長度在這個數十倍以上的演員們，而你們的呈現，不過是這個內容長度的兩到三倍。然後想到自己，十月四日，幾乎完全無法入睡的清晨。七點時應該總算睡著了。十點二十，編舞姚芬的電話終止了三個半鐘頭的睡眠，然後是音效製作、然後是家人、然後是哲鵬。十二點四十出門，路上因為塞車，我竟然差點在某個紅燈前睡著。一點半到達電台之前，我像個盡職的唱片公司小宣傳，先去給所有人買了熱咖啡。兩點半，簡單的溝通結束，開始進錄音室。煩躁的重複、未達預期標準時的焦慮，這些，都必須世故地被壓抑及掩飾。六點一刻，旁白演員的工作結束。晚飯。六點五十五分到達排練場……跳過了最困難的 THE CENTRAL，我開始感到有點無法集中精神，場地太空、溫度太低，可能都是原因。這一次推場，算是為我自己推的，因為開始對一些細節感到不確定。我需要熱咖啡。但是只能勉強進

行著說明與要求，水庫在一個導演的腦袋裡接近乾旱季節的低水位，抽煙也幫不上忙。十點離開排演場，十五分鐘內回到錄音間。再足足進行了四個鐘頭的工作，開始 track down 前的 checking 時，我好幾次事實上不自覺地睡著，但又立刻驚醒。少量的幻影出現在這樣的接縫之間、竟然還是跟劇本意象相關的……突然地這樣描述一整天的流水帳，是因為我和你們一樣也感到不自由。可是，沒有任何一種約定是自由的。自由的就是 dating、或 party 了（雖然我在戲裡說劇場有時很像一個 party）。我們為什麼做這個作品？我們為什麼在劇場裡創作？導演的自由是什麼？演員的自由是什麼？我們都想要的自由是什麼？先讓我睡一覺吧。

　　十月九日，距離首演七天。剛剛把對第十四個問題的演員回覆誤作他提出的每日一問，後來發現了，卻覺得把它當作一個來自演員的質疑也沒什麼不可以。裏頭提到沒有共同認知的演員們、在各自的想像去捕捉不明確的氛圍。不是不能全力以赴，只是一點心虛、不會理直氣壯！謝謝提醒，這也完全會是身為導演的我的最大夢魘。

2. Q&A

　　這次進場後的排練發展從一張導演發出的十個問題的 Q&A list 開始，演員原則上每一次都必須針對其中一題提出書面報告，可重複。時間行程壓力比較大的，可能就以面對面的口頭討論進行。不久之後，突然覺得，為什麼演員只能被問問題？如果他們在對等的位置上也開始對導演提出問題呢？於是我們的 Q&A list 的第一題便出現「每天問這個計畫、或導演一個問題」這樣的要求。於是每次排練時開始零零落落地接到一些——有的勤於發問、有的慎重謹慎地兩個月只問了一兩個，每次回到家，我處理好工作紀錄與下一個通告的準備之後，便增加了新的、演員指定給導演的「家庭作業」，思惟因此重新鮮活、態度因此開始變得 humble。最後，甚至相當在預期之外地——這樣的往返讓這個演出變得相當「後設」，我不知道有沒有這樣的名詞，但是，最後我幾乎可以稱自己的這個作品為「後設劇場」了。底下，是我發出的問題，以及局部摘錄的對演員問題的回答。（出於部份演員的要求——演員提問部份原標示的發問者與發問日期在此將一律不予列出）

● 導演的問題：

1.　每天問這個計畫、或導演一個問題

2. 你要變成什麼樣的野獸、才不會被其他野獸傷害 –i.e.「在我受傷時，我希望我變成什麼非人、非植物、非昆蟲的生物（寫實或虛構）」

3. 你寫信嗎？寫給誰？什麼時候寫？

4. 描述自己受過的傷

5. 詮釋這樣的一個命題——在殘缺中尋找狂喜

6. 說一個愛情故事來詮釋啟示錄七個小亞細亞會所中的一個

7. A study on the lizard

8. 談談你身體裡面的法西斯

9. 談談你對「自慰」（masturbation）的看法

10. 如果有人以「你在自慰」表達他對你的創作（任何形式的）的看法，你怎麼反應

11. 你讀詩、或者寫詩嗎？（抄錄或影印一首）

12. 舉例說明「寫信／受信」的各種權力關係

13. 失眠的敘述

14. 你最痛恨（最無法忍受）在演出（作品）裡出現什麼狀況（或處境）？

15. 告訴我們 —— 在沒有排演工作的日子裡，你的工作（身分）是……

- 演員的問題（及導演部份的回答 — M）：

這齣戲是否反應導演本身對生活的一些體驗與經驗呢？若否，是以何種心情來發展這戲的

M： 是。還有對自己某些記憶的迷戀、困惑、以及敬畏。

如果說肢體在這齣戲的背後要傳達什麼觀念或宣言，可否用一二句話描述。

M： 你記得你身體的什麼部位在什麼時候有過什麼樣的感受？抱歉，不是宣言、也稱不上觀念。另外，劇場是身體構成的。

如果現在要推薦一齣戲、除了電影 *Dark City* 之外是什麼。

M： 法國導演 Patrice Chereau 的《愛我就搭火車》。因為這部電影也談論到了記憶、慾望、重返、變形、揭露……等等主題。而且，一群人因為參加葬禮而被迫集合到同一個空間（火車、墓園、風雨夜裡很多房間的大房子）這樣的事情，讓我覺得非常像一個劇團。

我們為什麼要做這齣戲？

M： 1.「我們」？ 2.妳為什麼終於還是決定參加演出？

請問「卡夫卡」在劇中，扮演何種層面的影響？

M： 對我而言，「卡夫卡」幾乎已經成為某種精神狀態的指稱詞。
是一種介於脫困與宿命間的變形、或者對抗變形。影響的層面
非常內在。但是選擇一種動物分身的功課，應該是源自於他的
聯想。

請問「虛構飛行」是否指的就是在網路中的不定向飄移？

M： 包括。但是還有很多可能。不同詮釋、寄寓的「飛行」導向不
同的指涉。

OS 部份文字濃稠，是否只有片段的意象能夠閃現？

M： 那就當作一種濃稠的聲音存在，介於催眠、施咒之間的夢的
聲音。

**找不到各段落間的內在關連，表演時可否當成單獨的段落，不管
與其它段落的關係，或甚至只去執行動作，不需太多內在情緒？**

M： 外在意象的確較接近詩的跳躍結構，所以不見得能（也非必
要）呈現敘事性的關聯。但是各段落的內在關聯是存在、而
且並要的。請再試試連結，譬如：以妳自己做為一名演員的
後設意象為放射狀結構的核心？之後，我們才能回到執行動
作與內在情緒的討論。

演員之於導演的意義，是為了完成某人的東西，or ⋯⋯

M： 看一段 Grotowski 的說法：「⋯⋯戲劇在創造人員之間也是
一種對峙（encounter）。就我本人而言，作為演出人，也是
和演員對峙的人，演員的自我揭露使我自己進行揭露。演員
和我都是與劇本對賽（compete）的人。我們不能立即表現劇
本中的客觀的東西，事實上，只有那些真正淺薄的劇本才使
我們得以毫無二致地進行表演。一切偉大的劇本卻向我們揭
示出一種深邃的懸隔。⋯⋯」（戲劇就是對峙，1967 年，
Nalm Kattan 的訪談，收錄於 *Towards The Poor Theatre*）
當然，我並不期待我們的文本有甚麼「偉大」的，但是，我
們本來就是在一個以「小敘事」為主要構成元素的時代，那
麼，可以嚮往的所謂深邃的懸隔 會是什麼呢？

**使用詭魅、怪誕與 sex 的用意？因為實際上已有人使用，擔不擔
心重複？**

M： 為了重新感受自己的慾望界限。為了重新考量「RE」字
首的一些字義。smart people 的本事就是強調創新，但是為了
being smart，他們不能容許自己「重複」、「逗留」與「重
訪」，必須比快、比新鮮，當然他們有他們存在的價值，但
不能所有人都那麼「smart」。重複不需要擔心，需要擔心的
是沒有感受、沒有靈魂、沒有詮釋、機械性的重複。

文字與肢體的關係（單指文字、非已以語言傳達出的情緒）

M： 妳得指明、以某個段落為例。

演員如何在導演所謂的「舊東西」中去尋找新的「希望之光」？

M： 其實我不會用「舊東西」這個字眼稱我提到的那些所謂「做過的」或「以前」。對演員而言，那些事情的確是由我主導開始、並包含大量我的生命記憶的，但是我也期待你們的「舊東西」加入，新的希望之光存不存在我不確定，但是因為這樣的邀約，我們或許會有不同的角度看、不同的質地感觸 —— 即使 form 或 action 一點也不新。我的 concern 一部份就在提出這樣的問題：我們真的掌握了自己的歷史或記憶了嗎？電影 *Dark City* 的一句 slogan 這樣寫著 —— "You're Not The One Who You Think You Are"，想想妳對自己受傷的描述，那個傷其實是「舊東西」，可是卻在現在浮顯、劇烈衝撞，折磨應該帶出妳的敬畏，而不是懊悔。這個工作，也就是出自對自己過往太多不確定的這樣一種敬畏的吧。

「殺人場」所帶給觀眾的訊息，是否只是單純的「誰殺了誰」？是否還有更深一層涵義？

M： 還可能有「慾望」殺了「理智」、「虛構」殺了「飛行」、「離開」殺了「倒立」、甚至「票房」殺了「劇場」……不過，

這些訊息是不是能傳達給觀眾，我並不很確定，也不很在意。

導演在構想劇本時，是如何將聖經的片段編入劇中的，是否因為找不到比它更適合傳達某些訊息的資料？

M： 其實是一種對於「書信體」內在權力關係的思考，讓我決定將聖經的這一段放進來。無所謂有沒有更適合傳達某些訊息的材料的吧，但我可不是只讀聖經的。另一方面，雖然不同於西方人面對宗教原典而希望進一步詮釋、或顛覆時的強烈張力，我們這些不同文化脈絡的人，的確有時是更能還原這些文字為人類共同文學資產的吧。另外，我喜歡沿襲一種所謂「典故使用」的創作傳統，因為這樣的對話所產生的歧義空間，總是很有效地可以增加作品的想像 / 爭議層次。

請問導演序場與信的開首之間的連貫性？在表面上看來，這兩段的關聯相當低，或是序場中的禿鷹代表第四段及第五段的「卡夫卡及飛行」？而信的開首代表著旅行（任何形式的旅行）後所發生的情況？

M： 下一版 update 的腳本會開始讓你們有進一步結構聯結的處理。而且其實序場對我而言常常只是一種音樂主題的聯想，以前常常用安魂曲，現在比較通俗一點。空間意象不會直接延續進下一場，但是一定與整個作品有密切的內在關聯。另

外，我喜歡讓所有角色先都有一次亮相。

《虛構飛行》的出發似是籠罩於某個「概念」之下，除了這個「概念」之外，是否有要完成的一貫的「氛圍目標」？如果有，那個「目標」是什麼？（比方某些戲意圖將電影立體化等等。）

M： 將記錄散文化、將散文詩化、將詩立體化、將立體意識化、將意識肉身化、將肉身音樂化（這樣會不會也很概念？）我其實不甚確定妳提到的「概念」、「氛圍目標」這些字眼之於妳的定義。

演員在這個戲裡的拼貼段落中，是否有要維持的某種基本「態度」？（「態度」意指選擇呈現方式的出發點。）

M： 後設性的演員情境。

排戲時你常說「我想像的是……」，我們〔演員〕的工作是複製它，還是豐富它？我不想用權力關係去看這件工作，而是合作方式。

M： 我倒是不覺得權力關係可以避免。「我想像的是……」（我exactly 這樣說嗎？）可以是一種期待、也可以是一種偏執。我不想鄉愿，當我那樣說的時候，你們具現它、豐富它都是必要的，但是請不要「複製」（就現實而言是不可能的）、也不要違心而為。

預計戲有多長？

M： 希望在七十分鐘左右。但是應該會將近一百分鐘。

為什麼要變蜥蜴？

M： 我想在演出完之後再回答。

為什麼要倒立？

M： 1. 把存在狀態的慣性打破。2. 行以前所行之事。3. 除了飛行
之外，另一種讓雙腳離開地面的方式。4. 讓人重視腰。

段落剪裁得很密集，每一段都不長，是否刻意避免耽溺？

請問導演是什麼星座的？〔很重要一定要回答〕

M： 金牛座。〔可是你不會知道我是哪一種金牛〕

請問「the lizard」〔蜥蜴〕有何特別的指涉嗎？

M： 有，但是不必急著深究。

**生活中的肢體／舞台上的肢體？（我察覺不穩所以我放低重心／
我放低重心那麼我就不會不穩）**

請問用一個顏色給這齣戲，那是什麼顏色？（除了黃色是大家都知道的以外）

M： 有點濁、但不太深的湖水綠。（也是因為參雜了你已經知道的黃色的緣故）

請問導演關於對自己某些記憶的「敬畏」，我有些不明瞭？

M： 那是在你發現自己曾經有過對現在而言相當不可思議的存在狀態時。（no matter good or evil）

導演所提出要演員回答的作業，除了戲本身以外，是否有其它意義？

M： 在這上頭我們透過比較多的書面往來，其實也接近一種書信模式。書信（不管傳統或尖端媒介的）的溝通是一種相對間接、折射結構的過程。我要你們回答問題、又要你們提出問題，其實除了戲本身可能需要準備的素材之外，也勾動一種所謂的「對峙」——模擬書信溝通系統的對峙。至於對峙當中的權力態勢，我覺得如果只是一面倒的只容許我是 powerful 的，那一定很沒意思。當然，如果你們變得比我 powerful，那我又會覺得不想玩下去。很弔詭，就像你們曾問到的關於所引用的那段聖經素材，也許我想最好玩的應該是「誰是約翰」的遊戲吧。

在過往的經驗中，不同的演員對導演的東西有過什麼不同的反應？在這些「對峙」中，有什麼感動或憤怒？

M： 雖然同樣強調「對峙」、但是已經經過不知道多少不同階段
的差異。最初始的階段，我的演員在人格上都比我成熟，縱
容我的主宰的同時，必須忍受我非常強烈的不確定性，因而
常常在完全沒有安全感的崩潰邊緣上。但是，what a mercy
that we've survived。其實，有很大的比例是那種情境塑造了
河左岸的獨特。感動或憤怒？誰的？

**本齣戲以一封「信件」的形式呈現（嗎？），會不會有自說自話（自
慰）的可能，如何擔保這封信件就是給每個觀眾的（或者只是讓
每個觀眾都能看得懂的！）？ 而演員作為敘事的元素，前後似乎
該有明確且合乎邏輯的定位嗎？**

M： 請不要以這個角度替觀眾憂慮。他們不一定會把這個作品當
作寫給他們的信（或者對他們有意義的信）。劇場的發生——
一個劇場行為的進行─是我們唯一可以擔保的。另外，演員
作為敘事的元素（主體），他在文本結構中一定要有明確的定
位，但是「合乎邏輯」？我得先確定你的邏輯是否是開放而
後設的，我們才能進一步討論。

**除了關於劇場的回憶性的敘述之外，我們演員在戲中同時是否也
是排演場中的一群演員（接通告、對詞）飾演著 party 1,2、復仇、**

肉身治療等獨立事件的場景？那旅行者、飛行、網路等部份，演員該如何自處？而多重身分的呈現，就劇中人物作為觀眾閱讀的依據而言，又該如何區分辨認？

M： 你所希望在這些意象群間建立、可以「自處」的那種邏輯，基本上還是相當依賴敘事傳統的。然而，回答九月十八日的問題所提及的「後設性的演員情境」，卻是相對地不依循這種傳統，這樣說吧，如果對你來說「在戲中同時也是排演場中的一群演員（接通告、對詞）並飾演著 party 1,2、復仇、肉身治療等獨立事件的場景」—— 這樣的命題可以成立，那麼，旅行者、飛行及其它場景，就可以在同樣的前提底下成立。至於觀眾能否連結上這樣的詩化後設系統，我們當然應該持續地檢驗我們的表達系統是否已經自足、或到達某種要求。但是，如果我是觀眾，我想我不會因為演員／角色出現多重身分的呈現、而急於去區分辨認，因為，我會透過其他元素尋求其他層面的對峙（或對話）。

演員設定各段發展的意象，很難排除其他演員而獨立成立，而這與其他演員的關係似乎又在別的段落被拆解重組，感覺像是「七個會表演的積木」！？

M： 如果我們可以不用「積木」這樣的意象的話，我覺得我會更想用另外一種比方來談論你提到的「拆解與重組」—— 恰巧

就是你會在戲裡執行的一個行為：先想像每個演員都是一篇正反面都寫了字的信、或文章，按理我應該是閱讀的人，但是，在這次的工作裡，我在閱讀後（或閱讀前）卻先做了一件事——將這封信折成一架紙飛機。結果會如何？往壞處想，你可能會因為被折疊而不舒服，往好處想，則是新的結構可能可以讓你飛上一小段。還有，被折疊過之後，原來不相連接的文字段落、是不是也會有新的組合，儘管這新的組合可能相當不合語法、也沒有了原來的秩序，可是，想想，七架飛起又掉落、又飛起的紙飛機……（如果你覺得當紙飛機被丟上丟下很沒意思，那下次你也可以試試來折飛機）。

在獨白的部份以一個「演員」的角色出現，這個同時也應和了現實生活的角色，有種感覺我甚至不想讓人知道我真的看過 *Dark City*！有沒有可能是 A 去了紐約、我傷了脖子，類似的互換？如此在創作的概念上會打折嗎！？在表演呈現上的差別會讓人無法接受嗎？

M： 這樣的想法一點問題也沒有。概念會不會被打折、呈現的差別會不會讓人很難接受這類的憂慮，並不是這個想法本身該負擔的包袱。事實上，在處理 A 關於白光的神祕經驗時，我已經有一點在這樣做了（你擦鞋的意象其實就是 A 的經驗）。不過，把演員自己的真實生命經驗與角色的距離放得很近很

近、自然也有它神祕的魅力。我很難精確地描述這種魅力，但是，卻相當確定千萬不能變得 self-indulgent、以及不知節制地自我膨脹，那絕對是魅力殺手、超級解 high 的事。

為什麼寫信會和權力有關。

對於你要我們回答的問題，你是否也準備了一份回答。你也得坦露一些吧。

M： 妳可以換個方式、把那些問題當作你的發問。也許，我會有局部的「坦露」。

除卻陽光、空氣、水等維持生命之基本必要條件，還有什麼是你生命的必要？亦即驅使你繼續生活的動力，感覺真正地存在，而非行屍走肉、徒具形體。

M： 回答這個問題，我還太年輕。不過，謝謝妳的問題，我會一直想的。

這次的作品音樂性極強，會不會蓋過其他的演出內容？抑或抽去音樂之後，所剩的演出顯得貧乏不足？

M： 那就是我希望這次的作品在聽覺上跳脫幫襯的功能。蓋過其他的演出內容？作品是整體的構成，其他的演出內容 因此是

個有問題的命題。如果非要依此命題的邏輯，我只能說，聽覺（包括音樂及旁白）不是幫襯的角色，那麼反過來，你們也不會是聽覺部份的幫襯。至於後半個問題，如果是一個不能使用音樂的前提，那麼我對演出文本、表演方法的運作，都會徹頭徹尾地不同。考慮一下你（現場演員）與音樂／旁白之間的對峙吧，很重要的關鍵喔。（你的憂慮與質疑，只能成立於那些奉 Poor Theatre 的精神為最高指導原則的創作者 —— 我不是。）

演出中裸露之意義、裸露之必要？若無如此的裸露，又如何呢？

M： 還原，以及逾越。沒有什麼是絕對必要的（因此不裸露也是如此）。但是如果我們還沒有準備好成為一個可能提出挑釁的共體，那麼，我不想花時間去與演員 un-prepared 的自我規範拉扯。這點我承認我的世故，我不想用什麼大道理去勉強一個人解除「被剝削」的心理疑懼。

基本上，一個可以在舞台上裸露的身體 (色情場所以外)，必須夠 powerful、必須夠自主、必須夠超越觀者的視界及目光水平。但我絕對懶得去提什麼「神聖」、「嚴肅／藝術」、「無邪」 這類假道學的字眼。另外，即使無法裸露，也請不要用1.「我要保持神祕」這樣的說法，我看過舞台上眾多神祕迷

人的狀態裡，有不少是裸露的。2.「我裸露不好看」⋯⋯（對這樣的說法，我完全不予置評。）

至於在我們這個作品裡頭，裸露可以像重音一樣地強調說：看！這就是那個離開劇場的人所反覆提到的真實的肉體⋯⋯

觀眾之於你與作品是在什麼樣的位置？你在乎他們嗎？或是他們其中一部份的人士？

M：我在乎所有在乎我的表達的人。在一些系統裡面，導演的功能起源之一、好像就是在觀眾進場之前，代替他們先看到呈現。我／我的作品與觀眾的關係構成，同時也視呈現空間的開放或隱密程度而有所不同——通俗取向的，我要考慮整體delivery 的廣度，小眾取向的，我則先考慮自我對話的密度。其中一部份的人士？你是指評論家或圈內人嗎？是的，我也很在乎他們，但沒有可能只在乎他們，我在乎所有在乎劇場的人。

想像一下一個場景，沒有共同認知的演員們、在各自的想像去捕捉不明確的氛圍。不是不能全力以赴，只是一點心虛、不會理直氣壯！

延伸航線 -2 在紐奧良 (40 歲)

　　紐奧良第二日，剛入夜快六點半。旅館 Place D'armes 密閉無窗的小房間內。下午逛回來已經好幾個鐘頭，因為下雨，不想再出門。想要帶電腦下樓到花園邊的餐室工作，又打消念頭，繼續待在日夜不分的房裡，什麼都好，精緻細膩、但是遺憾著沒有自然光的房裡。

　　繼續思索著。為什麼旅行、而且一個人獨自旅行的意義。想著關於南方的意象。為什麼感覺似乎在乾枯的邊緣，為什麼左腿在出發之後常常感到血液的循環不順暢，等等。

　　早上七點多醒來過，之前模糊著記憶的中斷睡眠、吃食、飲水至少一回，然後又睡去，九點過了、十點過了才起床。趕在十點四十下樓吃早餐，非常簡單，只有 croissant 跟另一種麵包，咖啡、果汁，但是伺應的黑人女僕非常和善。之後到幾步路而已的傑克森廣場閒逛。什麼也不做的，感覺陽光、風、跟雲的存在。公園內的草皮上開著洒水器，另一邊流動的自動音樂箱源源不絕

地傳送著〈My Blue Heaven〉……昨晚才在 Preservation Hall 聽到。
鴿子。睡在公園椅上的黑人市民……。

我在想，關於南方，譬如，這裡、還有地中海岸的馬拉加。
流放當然不必然是這個方向，但是，相對於北方這個字眼，南方
有著比較多的溫潤與鄉愁的連結。譬如，因為馬克吐溫，密西西
比河流變成一種深蔭的夏天跟童年。

但是，那些都有著許多關於人的交會與遭遇，我一個人，深
覺寂寞是帶著某種程度難堪的，姿態與步調都不那麼容易，因為，
老覺得被懷疑，被揣測。即便幸好這裡是紐奧良。

終究似乎只是證明了自己可以不被縛綁。如此而已，但是也
還不一定就算數。至於尋找什麼的那種心情，越來越顯得不可能，
那種關於浪漫的匱缺，因為自己一直走著、一直走著、在路上、
在自己的安全範圍裡，便愈是形成了更大的隔閡、匱缺持續懸宕。
一點都不神奇，這樣想到時，就重新被自己縛綁了。

只能繼續想像，有一天你會在那裡，聽到我說這些話，你
是一個演員，一個年輕的演員，譬如說──（我這樣開頭）「你
有很深的焦慮，我無法替你解決、事實上沒有人能替你解決的焦

慮……」你問我為什麼要旅行，我想說因為我們是必須流動的人，我們的心靈必須流動，因為我們是導演、或者演員。流動、以及外在事物的新鮮感讓我們保持一種敏銳，像是一種訓練。一個人，而且一個人。一個人沉默地走在最多世界交會的街頭，察覺最多美麗而勿促的人、或者聲音，一個人站在巨大的經典的畫作的美術館裡，一些更漂泊、更敏銳的人在不遠處，譬如一個頭戴美麗呢帽的男子安靜地站在畢卡索或者歐琪芙或者艾爾布萊特的作品前面，他的沉睡中的最多兩歲的小孩在他胸前側頭匍伏著。或者在音樂廳裡看著具現為偉大指揮動態線條的馬勒。或者，在紐奧良，雨季未臨前的午後驟雨。這些，都可以是一個人，比較好是一個人。

但是，這些也都需要體力。走路的體力，維護孤獨角度的體力，消耗虛無的自我懷疑的體力。你都聽得懂嗎。你這麼年輕。但是你會說，我是不快樂的，或者你會說，但是我是快樂的。寂寞，真的只是一種藉口而已。我們都有很深的焦慮。也許簡單虛浮的肯定可以短暫地化解一小部份。但是，事實上，我們要的多很多，很多到一種稠密而黯黑的程度。不是體液、口水或者濃重的耳邊喘息、更不是輕且無謂的讚美可以理解的一種狀態。我們需要的是撞擊。一邊懦弱地害怕著痛楚、一邊卻無法停住，矛盾，的確是一種矛盾讓我們決定眼前與現下的旅途。同樣的矛盾，讓

我們的對白隱藏在漫長的獨白後頭。

　　波本街，體現著這樣的矛盾。不知從何而來的腐臭的水，倒影著歡樂的音樂與喧鬧的人群。你必須一個人不動地站在波本街上。波本街，在與畢恩維爾、康提、聖路易斯、杜路斯、聖彼得的交叉路口之間。高分貝著沉淪、又浮起、又沉淪的世界。一個人可以經過一條街就立即衰老敗壞、卻在到達下一個轉角之前又繁盛豐美，如此交替循環。「當太陽拒絕照耀的時候，我想成為其中的一員，就在所有的聖者前行之際……」

　　你是一個演員，一個即將不再年輕的演員。我想說的，其實是我們都在慾望的遂現與失落之間焦慮，模擬、表達、成功或失敗地解決一小部份、然後被更大的陰影反撲、又再重新對抗。你不懂，其實你的焦慮應該同我一樣複雜，而不是你以為的被賦予的角色過於沉默。就像波本街，沉默的眼淚，永遠無法讓你在年輕的叫囂之中察覺。而因為我們是導演、或者演員，我們不能輕易地說世界是美好或者醜陋，我們不能輕浮地鼓動讀者或者觀眾帶著不該有的錯覺與期待隨便地出發。但是，我們也不能像某些波本街上的酒館侍者那樣怠惰，因為持續的不景氣或者職業的疲倦，而在門口招徠客人時開始顯得機械而乏味。那種失落感的空洞不免讓人感到心酸。

延伸航線 -3 巴黎的群盲 (33歲)

　　那一次，我們走了許久的路，在巴黎的北區，出了地鐵站以後，還要經過一些看起來有著北非氣味的居民的社區，才到達那個大學的附屬劇場。一個有著假日感覺的初夏的午後。一個戲劇系的教授過世了，以年代看來，很可能是愛滋，當然或者根本不是，演出也為了紀念那個死亡。我們跟著久居巴黎的朋友走進一個無比熟悉著氣氛、卻無比隔閡著語言的空間。戲快開演了，我才知道是梅特林克的《群盲》，梅特林克，我導過他的另一個劇本，主角也是一個盲者，彷彿這樣平淡無奇地對著巴黎的朋友提起，我轉頭看了你一眼，有些揶揄著某種默契地，因為突然記得你也參加了那個演出。啊，多麼像是一種時日正要開始久遠的愛情關係，闖入我們的青春，既無所謂又如此煞有介事的虛無，出奇慎重的象徵主義。

　　幾乎沒有裝置的空台，那個大學裡的劇場，小劇場，比想像大些、比記憶小些。五個、還是六個、還是七個應該與我們世代

相近最多年輕個五六歲的演員燈亮就在曠野般的場上，啊多麼多麼的梅特林克，木製的導盲杖時而群舉、時而孤獨憤怒地揮動，跟我們一樣——他們在等待誰、等待何種真理或啟示？空中有著充滿威脅感的聲音飛來飛去，焦慮漸漸分化了群盲，或者觀眾席上我們記憶中的自己。一個芻像被抬出、又扯裂。那是他們剛剛逝去的導師嗎？緊緊握住自己的手，我其實有些激動地覺得應該握住的是你的手，就像很多年之後，當你終於安份於我不可碰觸的別人的滄桑，偶而翻看到那天的節目單又複雜起心思的寂寞。

之後，其實就很少充滿期待了，事實證明也是如此，我們並沒有更有智慧、沒有更出色、沒有更好看。因為在那時，在小劇場，在自己的城市、遙遠的他方，竟然，我們就模擬了自己的老去，譬如群盲，從來不知道自己會朝哪裡走遠，繼續恐懼著生命的嘲弄，大笑之後就想痛哭。而除了多一些寬恕（原諒自己、原諒別人以及期待被原諒），我們從來也都沒有更老。

M 在草地上睡著了

　　也許就從一九七八年的一個早晨開始。十一月的冬日出現了難得的烘暖陽光，一個穿著藍夾克的高中生在教室前面的草地裡睡著了。第二堂課到第三堂課的課間休息總是比較長，M 在不太遠、卻因為草高而有些些遮隱的角落咬著草讀他的《卡拉馬助夫兄弟們》，艱澀濃密的翻譯小說，過小的印刷字體，他讀了也許不到半頁，決定翻過身仰臥著專心曬一下太陽，他瞇起眼，他的腦袋裡思緒紛雜，一個高一曾經同班的同學逃家了，聽說幾天前在高雄準備上遠洋船之前被家人攔阻下來，M 一度隨之而起的嚮往與想像為此感到小小的困頓與挫敗。不遠處的幾個同學捉弄地朝他丟了幾塊小石頭、甚至還有一小截煙蒂，M 完全沒有心情理會。他閉上眼睛，陽光變成暗紅色的流質，緩慢地流轉在眼球四周，M 睡著了，M 在草地上睡著了。上課的鐘響沒有驚動他，第三堂化學課的老師也沒有察覺，高空的雲翻騰、更高空的風呼嘯，但是，世界如此溫柔地對待著 —— 沒有人叫醒 M。

沒有人叫醒 M——而為了追溯一個曾經的劇場文藝青年的養成歷史，讓我假設他長久地就未曾真正自那個甜美的夢中醒來。我走近他的身旁。我拿開了他已經在其間纏鬥超過一個月、卻還沒突破半本的杜斯妥也夫斯基。我假設他沒有真正醒來卻察覺到了我、開始跟我對話。「你會告訴我一些關於以後的事嗎？」也許、但你不會記得。「我會成為一個存在主義者或是安那其主義者？」完全無法論斷。「我開始寫詩了，我會繼續寫下去嗎？」你確定你已經在考慮這麼不切實際的問題了嗎。「我想讀艾略特——空洞的人、荒原——四月是最殘酷季節……」為什麼？那不是在你看了柯波拉的《現代啟示錄》之後嗎？不是還要再一兩年的事嗎？「你忘了時間在這裡是一直繼續流動繼續流動、而且充滿迴繞的嗎？」我沉默下來，微笑著示意他繼續沉睡，示意我就要離開。然後我轉身，我走開。

　　我走開，我推開門，從草地走進一個排演場。我遇見許多 M 以外的人，但是 M 還是在他們之中。一九八五、或者八六年，我安靜地坐在房間的最角落，聽著 M 興致昂然地討論著自然主義與現實主義。舊日的朋友都還如此年輕，我有點想提醒他們，關於即將發生的劇場會是相當辛苦的一個選擇 —— 也許，不如持續地在文學溫潤的光澤下長大、中年、老去。M 開始讀詩，自己的詩、別人的詩，他果然相當程度地承諾了一種忠誠。但是，排練

遲遲不開始，梅特林克的劇本、楚門·卡波特的小說，在散落的影印稿上沉默而寬容地陪著我。不久之後的陳映真先生的小說、貧窮劇場的葛托夫斯基……陸陸續續就加入了原本的文學史、藝術史等等功課。臨河而居的一個劇團，我想睡了，因為窗外已經隱隱泛著藍藍的天光，不睡的話，再望遠一些，就會是海了。

就會是海，但就直接是了，我從一處崖邊俯瞰著底下的波浪與岩石——另一個冬日的清晨，天剛亮。M 已經要離去，這裡，島嶼東北角一個漁港旁邊的山頭上，他跟一大群台北的劇場文藝青年剛剛渡過一個類似成長見證的儀式劇場長夜，米蒂亞在山上，他們行動作品的標題。離去之前，所有人煞有介事地、虔誠肅穆地一起進行了面朝朝陽的身體儀式。然後吃少少的糙米飯與蔬菜湯，接著立刻又回復二十來歲的青春的浮動節奏。下山的路上，M 走在一位他始終仰慕的前輩女演員身邊，他的恭敬客套讓我會心地笑起，因為那麼生硬而傻氣。我想追上去，把 M 忘在山頭碉堡入口的外套送過去，但是他已經開始專心說話，於是便只是遠遠地尾隨。猶仍年輕卻已見風華的女演員和善地回應她看了 M 第一個劇場導演作品後的意見，哪些是聰明的，哪些是值得發展的，似乎特別都關係著某種文學的質感。M 如此嚴肅、像個學徒般地認真點頭，他一定還完全不懂那種私下談談該有的放鬆與世故節奏。前輩突然轉移了話題：「你知道布雷希特也是個

詩人嗎？」他是革命性的戲劇大師，他寫詩？主要還有一些算是歌詞吧，她眼神變得更加光亮了，當她回憶在紐約看到的布雷希特詩歌的紀念演出，她細細地講述著其中一首歌，一首〈士兵之妻的歌謠〉。我想加入，告訴他那些作品約莫都是跟作曲家寇特·懷爾的合作。但是又覺得也許沒有必要吧，再過個十年、或不到，他會在他自己的柏林、紐奧良、以及許多美麗舊世界的尋訪裡頭找到更多。那時時間的流動又將我推往離 M 更遠更遠的他方。M 如此笨拙於回應、卻又如此深深地神往，直到偶然地轉頭，終於看見我。他像故舊般地向我招手。但是我越來越遠。山腳的港澳，港澳間的水域反射著璀璨刺目的光。我也許稍稍閉上了眼，連同陽光、我自己也成為流質的暗紅色。極度明確的瞬間，我突然意識到，原來，我一直都還在 M 的夢中，在他在草地上、在文學的身側的那個夢裡面。

包裹 002

後來 M 來到東京（在歧路花園裡的閱讀）

塔科夫斯基的犧牲

另一種革命：犧牲，或者 精神分裂——如何通過漫長的黑夜以火賦名受洗。(M 以米胥肯之名 —— 讀塔科夫斯基電影《犧牲》) (1991)

一條漫長而宛延的歧路，引領著朝向何處？不可預知的探險之途，然而一路繁花似霧。關於塔科夫斯基、和他在自己的譬喻中所形成的一座森林，你越來越無力於一種明確簡單、精準著結構的賦名、定位、與詮釋。

"Look here my boy, we've lost our way......" 此刻，你聽到蟲鳴、鳥獸在不可見的近處經過的空氣撲掠或草葉摩擦著的聲音。四周都是凌亂散落的典故、符號……莎士比亞、杜斯妥也夫斯基……你將被賦名為米胥肯（但誰是米胥肯？）。我感到虛弱，過多的言談、與過多的角色令人有著迷失的恐懼。

(現在，一九八九年秋冬之際，我坐在錄影機與電視螢幕之前，猶豫著……但是，開始了……)

Offret

0. 巴哈與達文西

Leonardo da Vinci（1452 - 1519），義大利畫家與發明家。
死後一百六十六年巴哈出生。死後兩百三十一年巴哈死亡。
Johanne Sebastien Bach（1685 - 1750），德國作曲家與管風琴樂
師。死後一百八十二年塔科夫斯基出生。死後兩百三十六年塔科
夫斯基死亡。

一開始是巴哈的《馬太受難曲》，第二部第四十六曲女低音
演唱的〈Erbar me Dich〉（請悲憫我）。誰對誰以第一人稱、對
第二人稱憐憫著呢？孤獨而哀傷著調性的小提琴引領著朦朧的光
影與夜晚的色澤；弦樂群在後撥弦對位；溫潤沉厚著母性的女低
音開始詠唱，獨奏的小提琴跟隨、應和……除了被引為小標的第
一句歌詞〈Erbar me Dich〉之外，你無法了解其它的內容，因此
你陷溺在有限的幾個命題裡——動作的主體之於客體，是神的家
族之於泛靡的世人？或是聖母的哀慟之於基督的受難？還是只
是——藝術家之於被剝露的良知與人類的苦難？……一開始，才
一開始，你就惶然地察覺去向的的不確定性，女低音反覆頌唱著：
"Erbar me Dich, Erbar me Dich……"

一開始是達文西——他的《三王朝聖》在鏡頭下切割放大的局部。令人如此不安的長久凝視……凝視那躬著背敬虔老人手捧某種盛裝有蓋的容器，一條胳膊從左上方斜探，觸撫及器皿上方—嬰兒的手與主題的核心具象：「禮物」。那是從東方的耶路撒冷來到伯利恆的博士，奉希律王假意朝拜之命隨那因聖嬰誕生而昇起的明星前來尋訪，此刻「他們看見那星，就大大的歡喜。進了房子看見小孩子和他的母親馬利亞就俯伏拜那小孩子，揭開寶盒，拿黃金乳香沒藥為禮物獻給他。」（《馬太福音》第二章）……然而，他們尚且未知希律王的惡意、與惡意背後的恐懼，他們尚且未知（不然必也憂慮反側）——更遑論世人們仍在期盼的光耀之中同感目眩神迷。而預警他們違離王命不在歸返的夢，也尚未降臨，在此刻。

　　音樂繼續，漸漸地，你開始聽到海鳥與潮水的聲音——來自一個尚未顯影的空間，鏡頭往上緩緩攀昇，你看見聖嬰與另一名老者——喜悅，但不知為何瞠目愕然，恍若突然意識到心底有著陰影。然後就是那樹，筆直上升的樹。在到達茂盛如雲的葉叢之前，出現雙頭的馬（或者只是一前一後地站立的兩匹），標示原典的空間所在，附加了守護的姿態。但我開始感到納悶——沒有聖母入鏡一那個在原畫中應該更居主位的母親，鏡頭在帶入聖嬰

之後並不垂直繼續，它必然在一種刻意的意圖之下往右偏移過去了──那樹因此到了銀幕構圖的正中央，而馬利亞被隱藏⋯⋯

「十一月將末，早晨九點鐘，瓦爾嘯列車疾馳地到達聖彼得堡⋯⋯」（註1）

（但是這是誰？誰在漫長孤寒的返鄉列車上？到達一座等待受試練的城⋯⋯）

1. 空間 I：海濱的草地

塔科夫斯基經常在這樣開闊的戶外開始他一段又一段的旅程。一種流動著神秘啟示與生命鄉愁自然空間。在這裡，語言狀態與一株被扶植的枯木，被安靜的草地、海、灰茫的天空觀看著，路與遠方岬角的小屋在兩種系統之間維持一種中立。在這裡，觀看的距離相當「劇場」，但關鍵也許並不在一鏡到底的長拍（事實上長鏡頭更常因其過於冷靜的窺探而顯得「紀錄」、而不那麼劇場），塔科夫斯基的劇場感在於攝影機移動的速度與方位，近乎神秘地貼近演員的動線與節奏，因此透過鏡頭你成了「在場者」，有時甚至是經過好一陣子了，你才會猛然察覺軌道的存在，

意識到觀看者距離的可動性，你的視點與角色們的行動 ── 成為不精確的對位與辨證。軌道曖昧的弧度與同人腳步般的沉緩，又是如此強烈異質於非人的機械鏡位。如此劇場、或至少在介入的邊線上。亞歷山大的語言呼應著這樣的狀態──一開始便介於對話與獨白之間。

關鍵在於接收者的獨立性與非語言狀態……（那個脖子上還圍著繃帶剛動過聲帶手術的小男孩，以及我們──我們這些坐在暗處的觀眾……）

這一天是他的生日，在朋友們到達之前，他帶著小男孩在海邊植樹，我們的好亞歷山大──should be good at words──歐陸文化社群中的菁英分子，「著名的記者、劇場與文學評論者，在大學中為學生演講美學」的亞歷山大，但是這一天他如此沮喪焦慮，他在海邊的草地撐起一棵近乎枯枝的樹，序幕中「三王朝聖」圖中的樹就這樣交融重疊過來……他訴說著充滿禪意的寓言── 日本僧侶日日澆灌著枯木、終於那枯木奇蹟似地開滿了花……（聽起來又像是贖罪者的羅恩格林在朝聖歸來時的行丈上發了芽的聖蹟）。語言，企圖架構起一種異於平常生活的儀式系統，介於對話與獨白之間 ── 受話的小男孩幫著把樹立起，但是不發一語。堅定的沈默歸因於「受損的發聲系統」── 小男孩剛剛動過

手術、在頸上纏圍著白色的繃帶，彷彿在聆聽、又似乎無感於父親無休止的話語，白色的繃帶成為受傷的語言系統的標示、或宣告。

接著一個傳遞者出場 —— 郵差奧圖騎著單車送來遠方友人的生日賀卡，他們交談，亞歷山大的思索陷入尼采的 "eternal return" 之中；奧圖，另一個中介角色，還有他的單車（或單車這個物體本身）。

我突然開始偏執地感到好奇、並開始追索生日賀卡上的稱謂暗語：Mighty Richard to Good Prince Myshkin...... 理查大帝？哪一個理查？莎士比亞的理查嗎？哪一個？……那麼，是亞歷山大被賦名為米胥肯親王了。

（但誰是米胥肯？）

（密室，只有電視銀幕的光閃動著的深夜的密室，影像凝止。朦朧的意識之中，火車在遠處疾馳。一個宿命的祕密訊息：eternal return ......）

2. 穿過樹林 I (in the beginning was the Word —— 《約翰福音》第一章)

"Look here my boy, we've lost our way……" 亞歷山大告別了奧圖之後、帶著小男孩正穿過樹林準備回家。樹林，曖昧的區域，讓人輕易地失去方向……而某些區域通向自然的更原態、某些則迎向建制好的文明。

醫生維克多出場，建制文明與原始病毒、傷殘的中介。妻子阿德蕾出場，愛與恐懼的中介。中介與中介在樹林邊相遇。阿德蕾正前來尋找亞歷山大，她對醫生抱怨：「我不喜歡他的自言自語。」自言自語？不是有聆聽者嗎、我們不都在聽著嗎……阿德蕾雙手抱於胸前、藉此挽住垂掛的披肩，她的不喜歡讓她微慍、但同時又彷彿心虛地感到恐懼。

"Words, words, words……" 還在迷失中的好亞歷山大順口念著哈姆雷特王子的臺詞，他在煩心什麼？明明只是一時找不到出路，卻藉故厭煩起過度的言談、總是優柔的無行動。但行動又如何？改變得了過度建制的文明末路嗎？「一個自始至終便架構在罪惡之上的世界」 —— 罪惡，部份源於「過度」、「不必要」的貪婪，罪惡造成精神與物質之間可怕的不平衡。還有呢？如果沒有受傷的話 —— 小男孩會不會這樣追問？但此刻他的靜默仍然還

是像一種宣稱。尤其根本不在聆聽的小男孩現在更像個樹林裡的動物，他自得地在林間爬行、嘴裡銜著草……

(還有呢？我按鍵快轉前進、快轉倒退著錄影帶，看——話語消失了、只剩下膠卷與金屬的磨擦聲。聲音——)

　　亞歷山大翻摔的動作、亞歷山大、翻摔、翻摔突然從背後撲襲而上的小男孩。

(撲襲動機不明，倒帶、撲擁、極快的三格跳接鏡頭——左後、正前、稍右——動機不明……)

　　小男孩被過肩拋出、淌著鼻血、難以置信而怨怒地注視著父親，亞歷山大為自己反射性回應揭露出的暴力本能更是感到震驚。話語消失了。亞歷山大昏厥。意識裡、滿滿的夢的沼澤暗暗地浮湧而昇：廢墟、廢墟、廢墟……

　　"in the beginning was the Word, but you're mute, mute as a fish......" 亞歷山大回答著、逗著低低嘟噥著不知什麼的小男孩。在告別了奧圖之後、他們、正穿過樹林準備回家。樹林，曖昧的區域，讓人輕易地失去方向，以及建制好的定位。他們走進

了樹林。

3. 空間 II：松樹林外的雙層木屋

　　我們必須趕在亞歷山大的生日聚會開始之前、同時開始面對越來越激烈明顯的系統對立──分裂著內在的整體：這棟木屋，質材直接取自自然，造型與空間意義的賦名卻如此無可挽回地彰顯布爾喬亞的知識菁英品味。

　　而人群的陣營也開始重組。當亞歷山大在屋外、妻子與友人在屋內；當亞歷山大談論小男孩出世後的生活新的賦名、妻子阿德蕾與已成熟的女兒瑪塔仍憶緬沈醉於過去出入社交的日子；當維克多的宗教畫冊與奧圖的古歐洲地圖以禮物之名如此堅持「犧牲」「奉獻」意義的透顯、毀滅性的核戰陰影則在戰鬥機的飛行音爆中襲籠。越來越煩燥的阿德蕾在家事的遣命中，對立出神祕冷靜的女僕瑪莉亞；越來越不確定的現實對立著奧圖滔滔不絕偏敘且強調著真實性的奇幻人間故事（關於一張神祕的照片有深情不去、追隨著的亡靈顯形的照片）。奧圖瘁死般摔跌、然後又令人懷疑是個玩笑般地甦醒爬起，他聽看了一下懷錶──時間有沒有出錯？時間其實已經神祕地開始環籠著木屋裡外迴滯錯序地慢

溢衝流。當戰鬥機如惡靈的宣告一般飛過上空，所有的玻璃器具顫晃，櫥櫃上的牛奶甚至滑落傾覆了，屋裡的人們左右奔跑探看著窗外，對立亞歷山大怪異而孤獨地在屋外遠遠的濕漙林地邊，然而同樣惶惑在機聲的不祥天空下，此刻他正愕然於泥地上幻影一般木屋的縮小模型——「你們之中的哪一個造了它？上天嗎」暗暮中回家行過林邊的瑪利亞說「我走了，回家去吧，外面這樣的濕冷……」她剛剛告訴他模型是小男孩在奧圖的協力下為他的生日所做。（我開始懷疑亞歷山大、小男孩與奧圖間的關係之于三位一體的對應是否存在）。亞歷山大一個人回到屋內的樓上，（顯然他從露台外搭了扶梯爬上來的，小男孩察覺了嗎？否則他為何從睡夢中坐起）。

片頭的《三王朝聖》這一次出現在亞歷山大書房內的壁櫥裡，奧圖與亞歷山大的倒影重疊在上，「多麼的不祥！」奧圖對著這畫聲稱他向來懼怕達文西，（但是為什麼懼怕，畫又是如何地不祥？）奧圖離去——一樣是翻出露台柵欄爬扶梯下去，（亞歷山大必定同我一樣感到困惑著。）

一場大戰的宣告終于透過元首在電視的藍光閃動中傳達，亞歷山大關了空遠逃避的日本尺八古樂走下樓去。電視雜訊越來越多，戰爭的昭告已經明揭。電訊中斷。多麼死寂的室內。桌邊凝

死般的人們對比著走動的亞歷山大。突然歇斯底里起來的阿德蕾對比著不祥地平靜著的亞歷山大。「我等了一輩子了，我所有的一生是對此刻漫長的等候……」──亞歷山大出神的喃喃著令人感到不解地微悚。這個終結性的試煉的最後一夜。

（「十一月將末，早晨九點鐘，瓦爾嘯列車疾馳到達聖彼得堡……」，我陷入過多的筆記，過多的臆想與過多的線索，繼續追查米胥肯。一九八九年秋天，我仍然繼續著從兩年前電影院中延觸而至的影像，在我隨時錯序的總部密室裡的錄影放映裝置中。）

4. 穿過樹林 II

　　每一次都是在遙遠處有一個男聲反覆地發出一種介于梵唱與某種呼喊間的單一樂句吟哦。所有的潛在憂懼都在此具現。亞歷山大在夢中看到什麼？核戰後的荒涼廢墟，文明的破敗碎片，壓抑的性與貧瘠困頓于溝通的人際，床邊赤裸的女兒召喚著「幫助我，維克多」，然後在逆光的積水甬道中落荒奔逃而出的背影是誰？維克多嗎？對瑪塔而言，慕戀著父親的密友是不是一種亂倫情事的變形，然而這是在亞歷山大的夢中，誰對誰有這樣的情結呢？還有穿行雪地間的樹林到達的建築物，在它之前凝佇後又調

頭離去的建築是什麼地方？教堂嗎？如此令人心虛猶豫著的告解與歸藉之所，踩著因為溶雪而濕漉污濁著泥土的曠原延續著文明過度膨脹後衰敗的恐懼，再一次戰鬥機強凌飛過……

醒了或未醒呢？而時間猶兀自迴瀾在所有投射與對立之間，現實與夢境、實體與幻影、室內與室外、沈默與話語、奉獻的禮物與剝奪的毀滅陰影。而所有這些的清楚界線都逐漸地瓦解著，曖昧地互易，小男孩的房間成為一個純粹的關鍵點，神祕的異次元轉換觸，微冥的光，浮動的淺色布廉，鏡子與窗，兩個最曖昧的臨界物進行著光的投照與反射、物象的觀望與複顯。而始終安靜地在乾淨的牀上的小男孩成為救贖象徵的最核心。

（關於救贖或不救贖，循著這個題旨回到筆記中早先的兩條線索：莎士比亞的理查三世和杜斯妥也夫斯基——亞歷山大在劇場中經常演出的那類角色與素材。理查三世的瘋狂、政治陰謀與暗殺強掠朝向一種抗爭與顛覆的沈淪悲劇或失樂園原型，而杜斯妥也夫斯基自己和他的舊俄時空中身處新舊時代衝突交疊縫面中的黑暗角色們，則在東正教低沈厚重的傳統下有著更大的分裂與矛盾——他們對於救贖有著更大的渴求。瓦爾嘯列車疾馳，是的，我們的米胥肯因為這列歸返的列車，認識了他長居祖國的年輕朋友，回到了與他的作者共同身處的毀滅與救贖辯證著的試煉空間，無疑地，杜氏/米胥肯成為亞歷山大/塔可夫斯基尋求救贖旅程中最潛在的標的與最繁複的隱喻。）

5. 空間 III：黑夜／記憶與告解意識／瑪莉亞的房子（「主啊，憐憫我的兒子。他害癲癇的病很苦，屢次跌在火裡，屢次跌在水裡。」《馬太福音》十七章）

（我是米胥肯，我感到虛弱，過多的言談與試鍊與原罪。我是米胥肯，一名舊俄沒落王族最後的王子，一名癲癇病患者，見證苦難逐步朝向不可名狀的痴茫。請不要再追查我。）

動作一：禱告

　　在草地上，奧圖問過亞歷山大「與上帝的關係如何」，"Non-existent, I'm afraid" 亞歷山大回答，但是此刻他在為最深沈的恐懼做最深沈的禱告，「讓我們脫離恐怖的時刻」，他將棄絕所有既得與深愛者，家庭、小男孩，甚至語言，一切繫維他與生命的事物，戰爭的毀滅外還有什麼如此令人恐懼？我相信大毀滅只是其中的一個事實，是不是在個人內裡應和著這等罪行的僵死與敗壞？那麼其它繼續維繫在生活中，被他脫離遺留在原處的人們呢？如果他的祭獻自我不能造成顛覆或解構，那樣的徒然而無效……

（停止那個動作，停格或跳過，離開那些賭咒般的禱告。我是羅格辛，我是伊波里──好米脊肯的虛無主義，無神論的朋友。帶他去到荷爾賓的畫之前，那個十六世紀的荷蘭人他畫基督剛從十字架上被解下來。「因此這個死人的臉上還有著受難的神色，彷彿他還感覺著似的。」「耶穌的受難並不是象徵的，倒是現實的，」「這幅畫上的臉因受打而摧殘得可怕，腫脹著佈滿可怕浮腫有血的傷痕，兩眼張開斜睨著……」 （註2）「那幅畫可以使人失掉信仰的。」米脊肯也同意。但是來不及了，或者，亞歷山大只是要為正成形的決定找到一個名，讓自己成為一個受驅策的子民。那麼，基督這樣態的死難或者反倒令人更加決心前去的吧。）

動作二：叩門

　　亞歷山大聽從了奧圖，相信瑪莉亞是個女巫，他得去和她睡，一切厄難將可解除。但奧圖是現實中的奧圖嗎？或者是亞歷山大潛在意識驅策下命名出的奧圖 —— 他命他出現從戶外扶梯爬上前來獻策，在逐漸模糊的真實裡。「騎單車去，不然你會被其它人發現。」 單車此刻，是的，受命名為介於人力與機械力之間的朝聖工具。亞歷山大敲了門，在家犬與羊群受擾的吠鳴聲中，瑪莉亞開了門，瑪莉亞被命名。

動作三：受洗

　　「我從單車上摔了下來。」 亞歷山大說著竟有些覥覥，滿手的污泥必須洗淨，靈魂也是。水從瑪莉亞手捧的瓶中傾出，量少而足，適分而溫潤。水被命名。此刻接近了，意識的最核心，亞歷山大彈奏幼時的前奏曲，用那潔淨的手，亞歷山大追述著替病中的母親修理花園的往事，為彼時自己「文明的暴力」毀壞了自然而內疚。所有狀態的母親與水都被命名：那些無法圓滿的女性 —— 病弱的母親、焦慮苦悶的阿德蕾/瑪塔，與在傳統格局中限囿的女僕茱莉亞，像在泥濘草地間滯佈的水或潑灑翻覆的牛奶的

那些女性，此刻都透過瑪莉亞而救贖，透過瑪莉亞在黑暗中因為著白而光亮的臉 —— 削瘦而堅毅、勞動的女性的臉，長久地傾聽凝視著你，如此專注得令人不安，然而這種心虛鼓動著告解，引領著救贖。剩下的便是結合，回到長時匱乏而潛在慾求著的母體，剩下的便是塔科夫斯基固定如儀式的意象；飄昇和浮旋。夢的沼澤滿溢了。畫面外是亞歷山大抽搐彷彿癲癇症者恐懼的聲音、瑪莉亞的安撫。我們看到：大毀滅前奔逃的人群，污水、鏡頭像落塵的沈緩速度下降著，一直下降，到達一具伏覆地面的嬰屍。松林邊瑪莉亞在貴婦阿德蕾的衣裳髮式裝扮下曖昧地回視微笑。身邊躺著的是維克多或亞歷山大？《三王朝聖》中的聖母與聖嬰；赤裸著在屋內驅趕家禽的女兒。這便是最後的密室。亞歷山大的內宇宙之旅，終結於房間外神祕地窺探著的阿德蕾，於是她的左邊是夢，右邊是現實，鏡頭自左而右無切割地搖過。

6. 空間 IV：精神分裂

（「時間進行著，天漸漸亮了。羅格辛不時忽然開了口，用響亮粗重的聲音，不連貫地喃喃著，他開始喊著笑著……」（註3）此刻，我必須跳過一些人的死亡提前閱讀米胥肯的收場。這裡——「米胥肯在地板上他（羅格辛）的身邊一動也不動地坐著……」）

清晨之後，世界仍在平靜地運轉，暫時沒有了戰鬥機的嚎叫，維克多決定遠赴澳洲，離開糾纏的愛憎，阿德蕾更加神經質地焦燥著，與維克多的曖昧行將終結。小男孩離開了的空房間：是倒回前一日了嗎？如果如此，天黑的時候，毀滅的陰影豈不是勢將再臨……但是亞歷山大必須「還願」，沒有人可以取消，他自己尤其積極。

（「米胥肯在地板上他的身邊一動不動地坐著，每逢那昏迷的人發著驚叫或是昏話時，他便趕忙把他顫動的手伸到他的頭髮上臉頰上，彷彿撫慰著他。但是現在，他卻聽不懂人家問他的話，認不得圍繞著的人們。……」（註4）亞歷山大必然演出過這重要的場景，必然也同我一樣仔細閱讀而為之心悸不已。現在是他自己了）

現在是他自己了，灰茫的天氣，家人們一起往海灣散步去了。現在是火，縱火之前，他仍喃喃掛念著妻友間對話的內容，跛著腳可笑地竄來竄去，經過餐桌，急急抓了口食物。疊起來了，精緻的布爾喬亞屬性物體，蕾絲邊的布廉桌巾、木製桌椅，必然適合燃燒吧 —— 這一些連同瑣碎的人際。火苗出現，他還上樓開了音響，又是日本尺八，（你認為這是屬於可嚮往的救贖國度的或只是一種浮面情調性的異國氛圍呢？）重複你的舞台位子與動作，亞歷山大，在露台背對我們眺望然後緩緩順時轉過六點鐘方

向到達九點鐘方向朝左走去翻身下扶梯 —— 你出發尋訪瑪利亞時一樣的過程。然後是烈焰濃煙的瘋狂了。張惶的人群自遠處奔回，多麼渺小，極度驚愕的阿德蕾跌坐地上不可置信地看著逐漸焚逝的一切。瑪利亞與奧圖騎著他們的單車都趕上了。鏡頭如此遙遠地看著草地上的人群的反應，愕然的、憤怒的，安撫強制與道別，積水的地方映射著火影與天光，鏡頭緩緩移動著，冷靜，但也茫然。帶走亞歷山大的救護車繞個彎朝正後方駛離，瑪莉亞毅然地牽起單車橫過一排呆立的人群朝右騎去，她去那兒呢？

(一九八七年秋冬之際，我在暗黑的電影院中，對著昇揚的大火感到無比驚心怵然，一些人則發出了不安的笑聲，為螢幕上亞歷山大的瘋癲異常顯現得的滑稽唐突不安地發出荒涼逃避的笑訕，那些人必然心虛，不曾體察深義的火，我突然感到暈眩——大火，漫燒出影像、整片光影浮動的那大幕著火了。「我是用火給你們施洗，叫你們悔改。但那在我以後來的，能力比我更大，我就是給他提鞋，也不配。他要用聖靈與火給你們施洗。他手裡拿著簸箕，要揚淨他的場，把麥子收在倉裡，把糠用不滅的火燒盡了。」《馬太福音》第三章「必有聖靈與火的洗」)

7. 朝向革命之途

「唉，讓那負傷的鹿去垂淚，沒受傷的去嬉遊，因為有的醒著，有的睡……世界就這樣逝去……」（莎士比亞《哈姆雷特》第三幕第二場）

(那麼，亞歷山大，你在舞台上飾演過丹麥的王子嗎？)

我始終未曾深入透析——對塔科夫斯基在生命的最末端仍呈現出救贖與悲愴的影像不可名狀的感動，直到島嶼內一些人為孤獨而堅持的政治訴求，在被俘圍的寓所內，在黑冷的鐵網拒馬焚燒起他們自己的身軀，我如此驚覺駭然於那火的意象，那般地同樣令人心悸。

孤獨、輕易地被曲解，因為他們造成的不安，人們由心虛轉引著輕蔑。但是如果它被稱作一種附魔般的瘋狂，那麼必定是因為在我們身上有著罪，因此那火除了被迫害與拒斥的陰影，同時燃燒著的便是自許為知識分子者的病弱於行動的罪疚之感吧。而對於塔科夫斯基，當亢奮的文明罩籠著霸權陰影，對於「語言——已建制世界」的摧毀與決絕，隱然成為一條可能的出路。亞歷山大因此與那些激進的政治異議者有了可溝通的外延可能。

然而，他是在另一種反覆命名與解離的過程中，構築起一種生活然後棄離；先是劇場，然後是木屋，然後是宗教。最後當聖體的自我命名完成，便是無從命名或無所謂命不命名的瘋狂狀態，一種全新的文明英雄。然而犧牲是否就保證救贖？這是我無法跳脫的命題，自我對自我的顛覆能夠形成多少對周遭的外滲，尤其當聖體與血已經不再是核心符碼，在充滿冷漠懷疑的交遞中，所成就的會只是一種菁英分子的孤絕格局？

　　那麼，最後讓我們回到開始的海灣去告別，白色的救護車經過那樹，瑪莉亞自捷徑剛好趕上，令人動容地佇立目送，另一邊小男孩辛勤地提水澆灌，全然不察父親的瘋狂變故。當〈Erbar me Dich〉哀傷的歌聲再現，瑪莉亞兀自歸去的單車與小男孩堅信著但必須長久等候奇蹟才得發芽的那株枯樹，能夠承續什麼樣的犧牲，達到什麼樣的救贖？除非像他們那般行動，我們將無所預期，革命者與塔科夫斯基亦然。

（然後 M 長久地遠離了那個海濱的場景，直到十一年後，二○○一年一月，無預期地在某個影展中看了一部的塔科夫斯基的紀錄片，平靜而熟悉地、沒有驚奇也沒有厭倦地看著他人對一個自己曾經逼視追尋過的靈魂凝視、分析……然而，突如其來地，紀錄片拍到病床上的導演，在他生命的最尾端還檢視著剛剪輯完成的作品，也許

有些甚麼不滿意，焦躁起的老人嚷著開燈開燈，M 的愧疚意識突然也被啟動，愧疚甚麼？ M 也很難說清，只是在不必激動的當下，開始流著難以遏止的眼淚，彷彿不會停止也不知如何停止的眼淚……）

註 ——

1.　杜斯妥也夫斯基《白癡》第一章開首。

2.　同 1，第 34 章，伊波里的論文《重要的聲明》。

3. 4. 同 1，第 49 章結尾。

後來 M 來到東京 —— 寺山修司遭遇戰戰前徵信 (1994)

後來，M 湊巧來到寺山修司的東京——一九九四年的深秋，沒有登陸的第二十九號颱風外圍氣流帶來微微寒意的陣雨，同一個颱風在 M 出發前一日還全面襲籠他生活的亞熱帶島國、島上的都會，M 於是原來以為他是隨它北上溫帶的，然而終究只是下著雨，記憶中有幾個第一次造訪就遇到下雨的城市？而且沒有傘，在陌生的街頭提著行李非常狼狽時，灰濛濛的空間連距離也變得恍惚，也許腳下正陷於溼濘的折騰，就那樣歸屬感與流放感完全模糊著分野。M 或許是沈迷於這樣的情境的，疲倦與滄桑的外在必然深深催化了遠離故鄉的距離張力，或者說，偶然地扮演起徵信社落魄偵探般的追查者角色，也因為這樣，彷彿便有著黑色電影的低迷情調了吧。

車渡過荒川，M 突然醒來時以為自己還在飛機上，之前意識裡有一些黑白片般反差很大的超現實意象浮動——他知道那是誰的場景，無聲地緩緩移動著、那些臉上抹著白粉的憂鬱的角色，打

著傘或戴著黑色高禮帽，背景有模糊的手風琴演奏著東洋風的探戈……車繞過港區異次元科幻般的高空環道，M 茫然地看著初次相會的巨型都會，思緒裡混雜著的不知道是傳統日本人小津、存在主義的安部公房、未來異時空者大友克洋、還是德國人溫德斯視角下的東京（註1），而那時他已經知道帝都某個陌生的角落有寺山修司的劇場作品演出──無意間在衛星電視上看到了介紹，聽不懂日語的 M 認得寺山修司這個名字、一個叫麿赤兒的舞踏演員，以及不太有把握地唸來像 Ba-Ru-Ko 的劇場，現場訪談著年輕且中性傾向的男孩大約出演了其中的重要角色……實在沒有來得及預料，會有機會在他告知的日期之內，就因為公務來到了這個都市。

五點五十分，剛入夜的 Akasaka 區，離開了飯店的 M 撐著一把剛買的雨傘、另一隻手抓捏著簡易地鐵圖，心裡默背著幾個站名的英文拼音，憑著直覺混入幾乎無聲地移動著的人潮，他正要前往「國會議事堂前」地鐵站，是下班的人群嗎？大片的傘陣下與暮色一樣黯淡的臉，內心其實微微騷亂的 M 的眼神與速度卻是相當融入昏濁流動的，地鐵站外正在施工，神似於台北凌亂與狹隘的空間感讓他一度忘了這是異國，乃至於當與某人雨傘擦撞、而對方用日語致歉時，他用中文小聲地脫口說出「沒關係」，那樣的恍惚必然是因為一種「不可顯露異鄉人樣態」的過度自覺所致吧。綠色的千代田線地鐵此去三站到「表參道」、然後轉橙色

的銀座線……地下鐵呼嘯而去，擠在車廂裡的 M 閉著眼睛專心聽著規律的軌道摩擦聲，像是某種機械生物的喘息……人力飛行機，是的，M 必須在這樣的當刻、立即想到的意象，寂寞而又迫切的寺山記憶。

Shibuya 涉谷，走出車站的 M 即刻地感到隱約的暈眩，現在離寺山修司還有多遠？或者，寺山修司距離這樣的時空多遠？巨大的電視牆上反覆播放年輕偶像歌手的 MTV，乾燥、吵雜接近叫賣的歌聲將空間壓縮得非常有限，但是 M 仍然註定要有短暫的迷途，他試著用英文問路，但是連續五個路人微笑地避開了他，M 在離演出開始只剩二十分鐘時做了錯誤的選擇，穿過高架鐵路的甬道可能剛好是 Parco 完全相反的方向……他終於回到車站弄清楚方位、重新經西武百貨左轉找到他該去的地方時，距離演出開始只剩三分鐘。

電梯的頂端，東京璀璨的夜景在外，M 看著手上的演出特刊：《女裝劇：毛皮のマリー La Marie-Vision》（註2），甚至連劇名都不甚明瞭，M 懷疑自己到底能夠蒐證到什麼程度—— 一九六七年九月新宿首演，寺山這樣標註自己的作品：「世紀末 抒情 變態 幻想／少年愛 犯罪 詩人港町」，然而必定相當不一樣的吧，看著過往已然經典化了的劇照想像出的空間，華麗隱現於陰暗繁

瑣的臥室、同樣由三島由紀夫鍾愛的女裝男演員美輪明宏出演的瑪莉躺臥在舞臺中央的浴缸裡，九〇年代超現實裝置的舞臺上，法國來的舞臺設計師與德國來的導演將鋼鐵的懸空通道像陽具一般穿透舞臺左側的牆面，破牆而出的地方詭異地如紙頁或花瓣捲曲，港口的娼家、需要不時剃著體毛的女裝男娼瑪莉與屠夫般的男僕就在這樣冰冷如廢墟或監獄的空間監管著青春的美少年，其實是一個原本沒有母親、然而「母親」又非常男性中心地成為飢渴與試煉關鍵意象的一個作品，然而男性主體又曖昧糾葛著變性慾，M 覺得是非常惹內（Genet）風格的變奏了。

　　顯然，這不是他接觸過的寺山，那麼 M 所熟悉的是些什麼？原來以為會有一堆時鐘在舞臺上，或者至少像電影《田園死神》中充滿詩人氣質的少年啟蒙，但是這裡只有某種超現實的脈絡是可依循的吧，也許過去的記憶中就只有《上海異人娼館》帶著憂鬱狂想的情色癡狂還算接近，當然，還有那些七〇年代的短片——一個月前 M 才十分詫異地目睹寺山在那些短片中的恣狂，而一直還抱持某種保守憧憬的 M 竟然希望那只是一些夢境的殘片，寺山可以頹廢、可以華麗，但是有著不可絕對揭露的慾望指標——寺山必須是個因為壓抑而充滿張力的詩人，皮毛瑪莉，卻徹底地反對著 M 脆弱的想望，那麼，M 其實是不了解寺山的吧？詩人絕望激情之後的僅存、性倒錯的男娼母親，高聲歌唱著真正的東京。

現在，後現代氛圍的現場流動著隱約的共體意識，八個遊魂般女裝的美少年飢渴不安地觸撫著自己胯下隆起的部位，空間在時而暴烈、時而詭譎的節奏中被扭曲翻轉一如 M 的眼神與心緒。

　　終於，來自黑暗王國般、舞踏最中堅團體「大駱駝艦」的麿赤兒扮演的男僕，突然揭露自己在陽剛冷酷的外表下其實渴望成為一個女人的場景之後，因為旅途的疲倦，M 逐漸陷入朦朧的半睡眠狀態，那麼，就讓他在這樣的恍惚間隙中以為自己還在家裡的電視機前、看著始終有著雜訊的錄影帶，也許就是寺山的十四部短片，一群等待的女人、黑色洋服與抹白的面容，但是意識之外仍然來自現場舞臺的聲音化身為瑪莉，她對 M 全然視而不見地在客廳走上走下、不清楚地嘮叨著……醒醒！M 突然睜眼，舞臺上瑪莉正風華絕代地和水手愛人跳著雙人舞，女王般地穿著拿過奧斯卡獎的知名設計師和田惠美（註3）命名為「夜空之星」的禮服，那是在「千淚之服」與最後登場的「三日目之血」之間穿的。不久，少男在猛烈的做愛中意外地讓劇中唯一真實著性別的少女致死，之前他們背著瑪莉愛憎交纏地折磨與吸著對方的血一般地邂逅，他們做的其實正是瑪莉因為「母子」倫常所無法做到的事，少男逃離現場，男僕平靜地將攤臥於罪惡之水中的少女抬起將屍體置於粗網懸吊在空中，一場註定無法完成的叛離接近尾聲，完成的是性別倒錯的易妝儀式，氣急敗壞的瑪莉慌張地替他的美少

年戴上銀白色的假髮與天使般的白色短袍，跌跌撞撞地回到臥房，突然插入跳舞音樂、瑪莉抽蓄般反射性地扭動身軀的短暫同時，少年冰冷至極的悲傷臉上浮現了令人戰慄的獰笑。

「夜霧的碼頭，毛皮瑪莉喃喃著一般──變態！」M 在回旅館的地下鐵上頭仍然感到寒意，一九六六年創辦的天井棧敷不知道在現在頭頂的東京的哪個角落，寺山的劇場與電影據說在他死後成為顯學，但是 M 知道這並不是徵信的動機，難明的焦躁與失落感才是，在都會中漸漸死去的田園或海的夢才是，他決定提早一站下車，由於遺失了地圖，M 走出赤阪地鐵站之後便不得不隨著心情迷了路；雨停了，在他繞了一個鐘頭的路才終於找到旅館之前，M 經過了某處複雜結構體的高架首都高速環狀道路底下，抬頭望著超過五個方向同時進行的深夜車流，他知道在某個持續翻轉的次元裡，那是一樣著心情但完全陌路的星際航線。是的，雨停了，但是那種完全喪失歸屬感與流放感的熟悉心情，竟成為 M 彼時唯一的寂寞慰藉。

後來 M 離開了東京，帶著天井棧敷的介紹錄影帶，回到島國的北都，約莫是這樣的線性互動，越在警戒線接觸前方的東京都，最接近現世時空的「寺山」意象反而保持在某種低調狀態，然而遠離東京之後，在逆溯於過往時光座標上的 M 愈加地迫近寺山

的劇場，狂熱地正轉倒轉錄影帶，大段大段寺山的訪談除了他的拘謹神色之外 M 絲毫無從捕捉更多的訊息，天井棧敷的劇場印象越來越強顯，暴動一般《盲人書簡》、《奴俾訓》……的影像殘片大落大落地襲來，全然無法再思及關於劇場成為影像記錄間的可能落差，噤聲下來的 M 緩緩地退出錄影帶，他知道他僅存的空間，似乎只剩下寺山影片作品華麗而憂傷的記憶。

一個月之後，當 M 的城市開始放映寺山七〇年代的短片及一兩部後來的長片時，M 幻想自己應該神祕地消失，在這個無法得到而又強烈著飢渴的愛比比皆是的都會裡，M 其實明白寺山的詩的國度透過劇場、電影及錄影帶如何召喚著孤寂的靈魂，M 但願他寧可不去面對的召喚。在我與 M 最後的一次談話中，他抱怨著說在臺北與寺山的遭遇讓他心神不寧，而當我察覺到一種神奇的頹廢華麗像藤一般蔓生纏住了他，M 開始模糊著形影、終於不見，突然襲籠的恐懼、惶惑地意識到我也許也是 M 吧，一個尋索著他人心靈內面史的徵信社員，終究也在對他公開往來然而祕密徵信的過程中、漸漸地人間蒸發 (註4)。

1. 小津安二郎《東京物語》、溫德斯《尋找小津》*Tokyo Ka* 及大友克洋的動畫 *Akira* 預先架設了 M 的東京城。

2. 1994 年《毛皮瑪莉》由德國的 Hans Peter Cloops 執導。

3. 服裝設計 Emi Wada 曾為黑澤明《亂》、《夢》，市川崑《竹取物語》及香港電影《白髮魔女》等電影設計服裝。

4. 「微信」與「蒸發」可能來自安部公房小説閱讀的遙遠印象。

寺山修司，短片，夢的編年（或——敗德、虛無與記憶的配色事典）（1994）

一九六二年……

應該有怎樣的感受呢？多年之後，在你死去已經那麼久的九零年代、突然遇見你蒼白的青年，介於熟悉與似曾相識的恍惚感覺，或者就才意識到相逢的際遇也許並不比一個過度虛構的記憶來的真確。

我開始架構一些場景背後的筆記，但是我已經不記得六〇年代中的真確景觀，畢竟那仍然是我島嶼中部安靜山村的童年，生命還可能是清澈的，戒嚴者的眼神掩飾在秩序的光圈裡，一切不安都還是晦澀的現代主義，北國的你還在這樣的版圖之外何止幾千幾萬哩，一九六二年，我剛出生，你的浪人的血還不知道什麼時候洶湧成大海洋，而叛離與顛覆已經開始。

1. 檻囚（1962 / 64）：綠色

　　一開始的時候，你夢到門、地獄的門，夢到時計、畫在廣場地面的與彷彿遺像或碑石被中年婦人抱在懷中的，犬經過的廣場，寬邊帽、黑披風神祕獨立地面時計中心的男子，你夢到兩個健美先生，有點做作可笑地操練著，你夢到兩個可能的戀人：一個倚在窗口的憂鬱男人、一個提著豬肝穿過廣場回家的女人，那就跳舞吧，也許是那隻瓦礫上的山羊這樣建議，肥胖的男人穿上碎花的連身洋裝，在很快令人感到焦慮的背景音樂節奏中，滑稽地踩著日本式的舞步……這是你的「檻囚」，如果你問我，我會說：只是一堆沒有組織的心理分析師慣見的意象而已，形式主義？存在主義？你提醒我在用那樣學院的名詞時應該謹慎些，好，那就不精確地說是游離而渙散的夢的初航吧，介於童戲與舞蹈間，介於你二十九歲情慾的壓抑與年輕詩人的記憶間，永無休止反覆的音樂節奏中，世界走到哪兒了？文革之前、學生運動之前，虛無已經開始。

2. 蕃茄醬皇帝／猜拳戰爭（1971）：紅色、黑色

　　安保鬥爭、東京戰爭羽田鬥爭──共生於六○年代的左派「全

「共鬥」持續中，全球造反派狂熱持續中，毛派、赤軍旅之外，你開始到處打著犬儒的叉叉，像所有時代社會主義結社曖昧邊緣的黑色青年，參加革命卻又懷疑革命，也許更急進、也許更虛無的安那其主義，暗殺與血腥被大量書寫但不被執行，那麼執行的是什麼？頹廢？或自戕？你用犬儒者的媚笑繼續打著叉叉——否定、否定，連同否定者一起否定！

一九七一年，創辦「天井棧敷」演劇實驗室的第五年，文革的第幾年？全球風潮的學運第幾年？現在是《蕃茄醬皇帝》，是的，蕃茄醬，一種其實可以食用、但屬性曖昧的血腥的模擬，一百名與我年齡相仿的學童在你糾結下穿起軍人的制服、拿著武器用法西斯攻佔另一個法西斯，表演革命的成功、革命的背叛、革命的墮落，權力之外，肉身真的是唯一可以確定存在的嗎？性交或者拘囚或者刑虐，相對於權力的非理性，肉體恍惚而茫然地的確存在著，包括那些隨處可見殘破的洋娃娃、或戴著誇張金色假髮像洋娃娃的赤裸女體。但是你可疑的「戀童狂」意象令我感到不舒服，當「小拿破崙」赤身從浴室走出，「小約瑟芬」赤裸躺在床上等候，或者就讓三名赤裸的女人將他拉上床剝光他，肉博廝磨間小男孩的神色介於戲耍與尷尬間，是的，除了支配的逆轉外，一種被過早與過度揭露的懵懂的性，成為另一個很難說無辜或罪感的殘酷、我們都害怕去面對的禁忌，至於權力鬥爭的核

心，你卻只能將它化約為可笑的猜拳戰爭，被虐狂與虐待狂共犯結構的荒謬劇，化約為廢墟裡的狼狽角力，只能這樣了嗎？我們繼續站在場景後方的窗外，藉著這接近真實的小小暴力茫然旁觀，繼續等待果陀，而世界，一個冷戰結構早已經開始。

3. Laura／ 蝶服記／ 青少年映畫入門（1974）：桃紅色

快一點騎上你的「快樂機器」吧，真的，如果你相信放映投影的過程其實是一種性的互動，或者女體的切割應和著影像的切割，而記憶本身就是交雜著痛楚與快感、在隱匿與曝露拉鋸間才到得了高潮的投映。原來我們根本就不用等到伍迪艾倫的《開羅紫玫瑰》，你逆向地讓三名可能都叫羅拉的娼婦大剌剌地對螢幕外的世界叫囂挑釁，讓螢幕外的真人闖入、飽受女神的拉扯羞辱後又赤裸地抱著衣物落荒逃出，或者有捕蝶人出現現場的少年性史，現場同時有三面螢幕同步放映、月中國國樂為配樂最後坦露陽具對著鏡頭噴出尿液的映畫入門，我開始感受你的放浪淫蕩，也開始因為對照著那個年代的世界的戰火與不安而感到寂寞與哀傷，七〇年代，反戰的年代，對一名虛無者如你，單向的放映一如傳統的性行為可能都是不足於欲求的，所以盡其地俗豔吧，世界的盡頭遠遠地、中南半島叢林裡的殺戮遠遠地，而吾等的青春

期正要開始、敗德者猥瑣的笑容正要開始。

4. 皰瘡譚／審判／迷宮譚（1975）：各種藍色

　　病的電影、釘子的電影與門的電影，你四十歲，終於承認自己的哀愁與耽美，開始對青春慕戀的告解。一九七五年，我們的島正在為統治者的喪禮黑紗蒙眼，如果我也已經四十歲，或許一樣感到憂鬱，頹廢的前路無限延展，慾望，成為一種瘡疹、成為一扇扇失去依附建築物的門、成為太像陽具的釘子，海與曠野成為放逐與鄉愁的劇場，四十歲而縱慾，組合了兩性性徵的快樂騎行機器已經很難滿足你，宇宙定律的犯罪博士漸漸失去遊戲的樂趣，盛夏正在遠離，死神在田園裡出沒，受難者的意象複合著全裸的男體與黑紗、白紗洋服的女人──打著傘或非常懷舊地異國情調，慾望的指標非常曖昧，但是同時異常地美麗，謝幕吧，背對著海面對攝影機與你、站在淺灘上的一整排演員，新高惠子、蘭妖子、大野進……謝幕，然後各自回家，留下你自己，釘釘子，而運動的幻滅、革命的終結正要開始。

5. 擦膠／二頭女（1977）：泛黃的褐色

滔天的排浪，國殤中快速齊擊的小鼓，你終於回到沒有父親的童年，回到母親的悲苦、戰爭、死亡與無盡等候的記憶，氣溫極低的海岸、光度極暗的幽暝內室，落寞的鋼琴聲遠遠地、迴旋曲式的無聲獨白，誰都知道這是失聲痛哭後的抑鬱，但是可以抹去什麼呢？時間在初嫁的少女到仆倒淺灘的女屍之間流動，時間在小男孩到軍裝的父親之間流動，你得先抹去自己不可置信的眼神，抹去自己對男性的渴求，不然就只是非常後設的巨大的手在影像前方，抓著擦膠，即使是無人的海都要心慌意亂地刮刮抹抹，不要了嗎？父親的臉、母親的軀殼——不要了！抹去天空，抹去海，抹去電影。一九七七年，還剩下什麼呢？你變成「二頭女」的實體或是影子，宿命的平行次元，永遠寂寞的真相。外面的世界呢？什麼正要結束？ 什麼正要開始？

一九七七年以及之後

我不再看你其他戀物癖傾向的影像，不再被誘騙而深陷，《馬多路之歌》、快轉，《讀書機器》、快轉——需要倒帶的是隱藏在每個陰影裡的感官的記憶，世界走到那兒了？你過度曝光的門，

過度曝光的童年、來不及參加的葬禮。外面的世界，革命終究沒有成功，資本主義極快速地擴染另外半邊地球，愛滋時代不久降臨，那是你死亡的黑紗來不及加蓋的榮勳，不再相信那種虛無了，畢竟，九〇年代是九〇年代，但是歡迎你，苦澀的絕望，我一邊在鍵盤上書寫、一邊想著你的人力飛行機，二頭女一般，指尖朝向世紀末，腳下老是踩出不一樣的方向，朝向哪兒呢？不知道，說不定一開門，又是轟然的海，說不定，只是另一個演出結束、正開始清場的劇場。而影像異端的審判早在不知何時就已經開始。

賈曼的岐路花園（音樂‧詩與劇場的末路）

「夏日憑何帶來慰藉

對於秋天之火與冬日之霧

在夏日高溫中我們能做什麼──

除了在荒蕪的果園中等待另一個十月

一些疾病降籠吾等，我們等著、我們等著以及聖者以及殉道者等

著，等著那些將要殉道還有成聖的。」（T. S. 艾略特〈教堂中的

謀殺〉）

　　不願意面對了，做為一個書寫者必須感到困厄於面對賈曼的

影像，解釋或者評析都顯得危險而不智；那些音樂與光影、人情

與事典，既黑暗又純真，誘人深陷且每每令人不安。快速閃動但

未流逝的記憶，極私隱的曝裸、極顛覆的安那其式批判。

　　政治家的急進不如一名異國導演的愛滋病來的令人敬畏了，

「橡樹今年謝世，隨處綠色山丘佇立與悲泣著送葬者──為英倫

最後的臨終。」（註1）然而還有誰呢？當駭人的意象在詩人末期病症上龐大而頑強地滋蔓，島國的現世情結反覆撥撩，賈曼的與我們的，不斷被推到臨界的社會歷史希望，懸勒在過去以為將登臨的高峰、非常遙遠。我睡去又醒來，角色們也是，賈曼進出更替，又睡去，安魂的燭火點燃、吹熄，剩下朦朧意識的清烟，花園或許一直在眼前，但是要不要進去仍令人非常猶豫。

前往夢想與潛意識的三個可能的起點

之一，劇場。你沈睡在白色的鐵床上，鐵床在清晨海水的淺灘間，你聽到被放大了的心跳聲，嘶嘶燃燒的火花聲，Simon（註2）還在夢中讓你聽到什麼？湖水反覆接續拉長的高音樂句——小提琴與口風琴的合奏，合成器莊嚴而神祕的人聲一般，整群的海鳥飛過，不安的音階心悸一般無法醒轉的夢，而他們圍繞著你行走，赤裸上身寬大的白色褲裙、高舉煙火，繞行，四個人一致的節奏——心跳的節奏，在定點旋身退行再旋身。鋼琴詭譎如遠鐘的警示、玻璃器皿盛水磨擦的共鳴合奏浮現、聖杯與最後晚餐變奏的場景再現，這次並幅昇起紅花少女扮演殉難救世主。

之二，夜間外景現場。所有角色場景再鏡頭外以聲音的蒙太

奇預演。上粧中的演員──準備出演失樂園中的亞當與夏娃，測試、打光、intercom、流竄的風一般的鏡頭，仿人聲的合成器反覆單音，高空的氣流一般。弦樂組織輓歌的動機、送葬行進的節奏浮顯，襯底的卻是合成器如無休止墜落的音效般的泛音，潮聲，海在遠方或者就在黑白片的內室的你的意識中。近乎全裸的蓄鬍同性戀者出眼伊甸園中的蛇，I want to share the emptiness with you──你說，伏在雜亂的案頭沈睡，耶穌受難的小木刻與大幅圖案各在一方，你知道身後的門外站立著舉炬火的少年嗎？誰對誰的邀約，黑夜的戶外，花園，然著炬火的少年卻只看到自己映射在門窗上的身影……

之三，末世的少年龐克尤里西斯。另一場景從案頭出發的意識之旅。精確極的對衛位點──少年手中的火炬一點燃，聲音以豎琴的撥弦琶音同時應和，然後是大提琴，開始了，暗黑的漫長的旅途，弦樂的歌唱柔緩而哀傷，豎琴的音點提示著火光的特質，嘶嘶發散的烟火，全然異質於熊熊猛燒的聲音，介於光與幽暝之間、純真與頹喪之間，一種足以宣稱自我但不必然強加他人的光度。有著放大了迴響的石塊落水聲，帶著虛無的憤怒一般，與弦樂、與嘶嘶的火的細語拉拒出極撼人的張力。

「不真實的城市，在一個冬晨濁霧籠罩下，人群流過倫敦橋，這麼多──沒想到死亡毀滅了這麼多」（T.S. 艾略特〈荒原〉）

詩人歐文死了。劇場，布烈頓以歐文的詩譜寫的合唱作品〈戰爭安魂曲〉，沈重的開場，自切分拍衍生拉長的樂句令人聯想 Shostakovich 第五號交響曲，一樣源於二十世紀戰爭陰影的深邃悼亡的心神；荒原的內室，光打在簡約的祭壇上，受難者是歐文，整齊的制服，蒼白的臉，Tilda （註3） 穿著護士的服裝，帶著恐懼憎怒用盡全力嘶喊但除了音樂我們什麼也聽不到，手指按住雙眼彷彿深陷肉中，肢體的意象簡單而凝聚，管弦樂像在曠野反覆迴盪的風，直到人聲合唱加入：主啊，讓他們獲得永生，讓永恆的光照耀他們……

「於是 Abram 越身，劈開樹叢前行，帶著火與一把刀……」。男中音與男高音合唱出歐文敘事詩的段落，莊嚴的行板中，不同音域但相合地衍生或同步但不同場景的儀式過程──祭獻的儀式。一個是歐文獨自在案前的瞑思。一個則是神蹟劇反諷變形的表演現場，歐文在圍上屠夫外套的祭司引導下褪去外衣並躺下，四面牆上包廂裡，抹白臉的政客貪婪地等著羔羊的犧牲，血紅的厚唇流露著飢渴……

困獸。散亂長髮赤膊上身的倒錯芭蕾舞伶。凌亂快速的交叉剪接、肥胖赤裸的人群的狂舞，沒有音樂，或者，就是那些形成一種節奏的槍擊聲、各種鳥獸被捕獵的倉惶驚恐及哀嚎聲，獨舞的倒錯者額頭上是月牙狀飾物，濃粧，所有動作的線條都透露他相信自己的女性。蒙面的恐怖份子一直出現，也有四個人舉煙火繞行的走位。重金屬搖滾介入，取代槍聲及撞擊聲，然後是驚悸的歷史記錄介入、希特勒與他對群眾的魔咒……

遠雷與排笛。少年龐克尤里西斯坐在龐大的水泥廢墟上，龐大的文明獸屍，冷漠而憂鬱的笛聲，「半空裡響起了什麼／母性哀慟之喃喃／那些罩著頭蜂湧而前的都是些什麼人」（註4），群蛇般崢嶸探首的鋼筋，尤里西斯你對抗的都是些什麼人？倫敦街頭衣著整齊的市民朝你走來，不真實的城市，昏濁的天光，排笛與遠雷是過遙遠的召喚與警示。

「哪些根會抓緊、哪些枝會從這礫石垃圾中長出？

人子啊，

你說不上來，也猜不透，

你只知道一堆零碎的印象……」（T.S. 艾略特〈荒原〉）

夜晚的爵士樂。十六世紀的世紀末，Caravaggio 帶著他的朋友們參加了主教的家宴，周旋在羅馬的貴族圈，就像你在倫敦或巴黎的文藝圈內所做的嗎？Simon 給你一組慵懶頹廢的爵士樂師吧，自由拍的鼓點引導，貝斯與鋼琴加入，做後是停都停不下了的 Tenor Sax，不真實的城市，每一個世紀都相同的世紀末氛圍。

「我們曾在巴比倫的河邊坐下，一追想錫安就哭了。」（《聖經》詩篇 137）

　　「美麗的泰晤士河，慢慢流，聽我唱完一支歌。美麗的泰晤士河，慢慢流，別怕我大聲唱個沒完。」(註5) 什麼樣的一首歌呢？Marion Faithful 滄桑歷經的歌聲清唱著〈The Sky Boat Song〉，蒙面的恐怖份子持槍押守的河岸的人群，恐懼空洞與受傷的眼神，熊熊燃燒著火、寂寞的歌聲與無休止的定點，無情節場景，近乎凝滯的簡約抗衡著同樣的簡約，急遽擴張充滿虛無的張力，與掏空的心神、強橫地掏空，賈曼你才是恐怖份子，而我們就這樣陷困在你歌聲與影像的押守間。

　　生澀破碎的聲音，巴哈的十二平均律。誰的童年？初初練琴的小布爾喬亞記憶，彈不到幾個音節的開首；廢墟、犬吠，無家

的男子遊盪的空曠荒地；絕對不平均的平均律失控成為對琴鍵的撞擊，衍生出極粗暴的聲響——合成器或是某種 fixed piano，記憶一下褪成黃褐色調的家庭電影，年歲立即荒蕪、反覆地荒蕪。

那麼在河岸恍盪著秋千的逆光身影是誰？琴音淙淙奏出的西班牙吉他有著清朗而感傷的思憶，乾淨而中產的宅院中，誰的童年嬉戲，主弦歌唱的主題像是對母親的傾吐——那個只在微微褪色的家庭電影中出現的母親，還有藍天綠樹的平野、蝴蝶的特寫……嘎然而止的吉他、嘶嘶的火花聲再現，你還在水泥廢墟上遊走、聲音是放大了迴響的合成器低沈單音……

浮現了合唱的人聲，延續的單音，肅穆祭典的氛圍，大量而疾速的快門聲，這是怪異的「三王朝聖」（註6）場景，失控的排演，東方來的博士裝扮成恐怖份子般的攝影師，媒體的暴力本質，聖母在疑懼中崩潰逃開，一群人奔逃在荒瘠光亮的空地上，一艘廢置的船，被抽離了水與行為能力的船；小提琴焦慮不安的和弦加入，高低音的跳奏、扭曲拉扯開的音的線條，歇斯底里的與人與攝影者扭打起來，強暴與被強暴者一般。無限延長的人聲持續，快門的節奏持續，聖嬰自己在花草前的毫無察覺持續……

鐘聲紛紛響起，古代學者裝扮的書寫者在快速閃動的夜晚都

市景觀前追述伯利恒的聖經歷史，合成器詭譎地埋伏在後方，竄流起光的線條、鍵盤的高音反覆樂句，現代都會的超現實光影，鐘聲持續，遠處有儀式中齊唱的人聲……巨石滾落……年輕的同性戀者未曾意識到降臨的厄難為掘出的冠冕欣悅，同時弦樂尖細的高音與鋼琴的懸疑動機浮動著，書寫者敘述完伯利恒的男嬰遭到希律王屠殺後，音樂轉入緊張的快板，打擊樂的主題、鼓聲、響板與金屬樂器，哨音的插入與不安的潮水……但是誰是迫害者，誰是受難者，或者在歷史的過程中，他們之間有著某種必然的遞換……

"......the world will never forget......" ——晦澀極的意象，狂笑著拍轉地球儀的肥胖的人，熊熊的火、火邊的都市……電吉他分成兩條線進行，高音的分解和弦反覆，一種運轉的動機，另一則為撕扯的暴烈長音……合成器的沈重低音不時地加入像極大的火把的揮動……兒童嬉鬧的背景聲音、快速而強大的擊打聲響……你的意識瀕臨在狂暴的錯亂邊緣了嗎？火來自於煉獄。摩天樓的無生機的線條，不真實的城市，不久你就要帶領我們在蒙面的恐怖份子脅迫下，聽到哀傷極的大提琴死亡的主題，或許在岸邊、或許在荒涼的樓頂去目睹生命的終結 —— 很快，顛覆掉大提琴的哀吟以再現的電子合器的沈重打擊，以及恐怖份子首上連發的機槍……

"It seemed that out of battle I escaped......" 詩人歐文從黑暗甬道的彼方端著小小的燭火走來……男高音以憂傷的詠嘆輕撫著所有的死者與歐文自己，這是什麼地方？殺人者與被殺害者都無所遁逃了，清唱持續著、老人兒童與戰士，有的站有的坐、有的無言地張大了嘴，其餘的沈睡；幽暝極的弦樂高音如抑絕的恐懼冒出、額頭裹了傷巾的德國士兵衝出黑暗，但又愁苦著臉凝結了……戰士們在淒淒的小攤邊清洗自己，死亡的小號則像屍首般靜靜躺著，男中音接唱，双簧管應和……暗黑的路，豎琴的短促播弦……太暗太暗的路，離童年母親懷中的記憶多遠、離安息的聖柸又多遠……

"You're my St. John, and this is our wilderness......"（Caravaggio）

不要用石頭投擲異鄉人，注意妳們的處境──被壓迫的人，因為被壓迫而去壓迫，看著他用巨大的強邊被逐打、難道沒想到這個濃粧的倒錯者可能是個天使？大提琴幾近無調性地哭泣，或沒有了眼淚般地乾嚎著……有著迴聲的放大了的石頭撞擊聲，投石的人與扭打的人注意遠遠身後的沈默者吧──那是曾經吹著哨音驅策屠殺的人；嘶嘶的火花混在尖聲斥喝的人聲中，粗嘎的撥弦與顫音中妳們必須懼怕地警覺那些飛出去的石頭有一天可能飛回自己的身上。

Tilda，遭哈姆雷特遺棄的奧非莉亞，精神分裂的女人，處女新娘與無法完成的母親，「Derek！」妳在最後的夢中叫喚他，頭上頂著篩籠；在河岸妳撕扯自己的禮服，瘋狂地哭泣並且旋舞，在中世紀的羅馬妳是乾瘦的吉卜賽女人，在兩個男人間周旋，一度閃現母親的希望光亮然而立即在水殤中隱滅，所以妳現在是他的使徒約翰，在荒原上行走、篩石並接受試煉，最後將石塊變成食糧，或者就在戰爭的安魂儀式中以恍惚的入神狀態聽到女高音吟唱 Sanctu，快了——我就要向妳道別，光影的鄉愁即將剩下絕症詩人的死亡詩句與妳，走出封閉的祭壇內室，再看一眼然後離去，成聖者與殉難者都將難以成為妳的戀人，夏天海岸的青春記憶也終將寂寞地落幕，在動人極的弦樂以行版奏出花園的生命主題之後，我們將在大提琴與吉他的慢板中重新點一支蠟燭像妳領受聖餐。

謝幕了，Derek！你也很難意識到死亡竟以如此兇狠令人驚悸的病的形體降臨吧，Chapentier（註7）的華美詠嘆中，你只想讓那樣的生命帶著對生命無悔的追憶在白髮風華中光耀的謝幕，不斷飄將的是羽毛或花瓣都可以，盛裝的蒼老女伶彷彿才從青春的膠卷中回到真實生命的劇場，傾撲著扇子，微微抽搐了頸項間的筋肉，流動的回響仍是 Tilda 與 Spencer，你的最愛，無法抗拒的感傷與愛戀——對于生命，夏日海灘浮沈著的戀人以及你自己。

「海面下一股潮流低與中撿走他的骨骸。他起來復跌倒

就這樣度過了衰老及青春而進入大漩渦。

外邦人或猶太人

你們阿轉動舵輪並望向上風

要紀念弗勒巴斯，他從前跟你們一樣瀟灑又高大。」（T. S. 艾略

特 〈荒原〉）

註 ──

1. 〈英倫末路〉開場詩句。

2. Simmon Turner，賈曼固定的配樂搭檔。

3. Tilda Swinton，賈曼固定班底中的女演員。

4.5. 皆引自 T. S. 艾略特詩作〈荒原〉。

6. 聖經典，耶穌誕生于伯利恆，希律王派遣三名博士前往查探。

7. Gustave Charpentier（夏邦提爾），19 世紀末浪漫樂派作曲家，賈曼於短片集《華麗的詠嘆》 *Aria* 中選取其作品拍攝《白晝之後》*Depuis le jour*。

馬奎斯,我記得……

"Muchos años después, frente al pelotón de fusilamiento......" 整個八〇年代中期,我們或多或少地都讀馬奎斯,我們──劇場青年、或猶仍稚嫩莽動的某個新劇團,但是關於百年孤寂,我記得什麼?

馬奎斯……我記得一九八七年秋日海岸的廢棄大造船廠裡颱風天的劇場演出,獨裁者與他娼婦的母親、三名墜落海上的天使……(我多麼希望天使們夠老、翅膀夠厚夠重夠殘破),還記得些什麼?馬康多看著雨在下而獨白不休的伊莎貝,在鬼魅的大雨中婚而不孕,我們的馬康多就那樣一直都是從未完整實現的劇場,其實沒什麼道理──那麼繁複的多面體一點也不是我們那種低調極簡傾向的劇場,能夠做的大概只是掛在嘴邊,變成不甚清晰喃喃著的臺詞之類……

進入九〇年代,遷徙著愈加遠離青春的行路之後,仍然將十

年前讀的馬奎斯置於書架最外側，並且無意識地收購後來的任何一本發行、而未必去讀，但是我知道他們的意義，他們本身就是梅爾奎得斯、那個百年孤寂一開始就帶來煉金術與其它奇蹟的吉普賽人，但現在是鍵盤的書寫時代了，一隻螞蟻爬過電腦終端機的螢幕邊緣，我出神地想著多年之後，此刻已臨近死亡的馬奎斯面對他的終端機時，行刑隊的火槍會不會出現在螢幕上……我看著它、那隻螞蟻，進入主畫面、記憶的劇場、充滿虛構鄉愁的馬康多……後來我明白，魔幻寫實是一種過度逼視真實時的恍惚，我們其實不曾有過那樣的恍惚，但是劇場，遲早還是要感到自己像那個有一對大翅膀的老人。

碧娜·鮑許，旅行中

一開始就看見了一整座大紅洋紫荊花堆起的小山。那是香港，一九九七。

曾經是全球矚目的年度盛事，殖民地主權回歸祖國的儀式。同時也是進入世紀末情境的眾多重要標的之一，就彷彿一個季節、或一個時代真正的結束。

然後你看見烏帕塔來的紅男綠女開始在舞台上、在紅色的山丘前往返奔波走。先是一傾叫 Shanon 的高大女子，一陣戲謔的神經質遊戲，接著那個叫 Rainer 的男舞者就在極其迴腸盪氣的吉卜賽音樂中、展開後來許多段（那麼多）獨舞中的第一段，他以行雲流水、敏捷驚人的動態勾勒出第一個隱含東西交遇的肢體意象。但是立即地寂寞，滄桑，猶如困獸般的憂傷。

有一些劇場內外交疊的空間與情感經驗，自己的、他人的，

在地的、外來的，離開的、歸返的，駐留的、漂泊偶遇的。我是說當我去到香港，一九九七（當我還有一種熱情可以為了看這樣一個作品專程前往香港）——那就是碧娜‧鮑許《拭窗者》開場讓我至今猶仍難忘的印象。

一九九六年秋天，碧娜和她的舞者就已經到了香港——十月二十四日到十一月十四日。他們接受創作的委託，他們進行觀察、接觸、還有吃。然後回去烏帕塔，進行發展、排練以及繼續過著平常日子。一九九七年二月十二日，當時尚未命名的新作在烏帕塔全球首演。三個禮拜之後，還是仍未訂題的這隻舞，在委託單位的地主城市：香港首演。沒有標題，但是大家都知道這是香港，香港的九七。

一個被好教養的外國人家強行領養的小孩都成年了（甚至都老了），沒什麼選擇餘地、又被迫得回去跟家境一直不甚理想的親生父母生活——一個香港的朋友用這樣的比方告訴我她的感受：「這樣的心情能跟碧娜‧鮑許有什麼相干……」她質疑。我企圖反駁她的比方——終究香港不是只是一個小孩、或者——根本就很難比做一個小孩的啊。可是心底開始也有點動搖——是啊，烏帕塔的舞者（儘管來自五湖四海的）能在幾個禮拜之間替香港表達些什麼呢。

就歷史經驗、政治處境而言，香港朋友明顯地不滿意，我不便堅持那樣的不滿意可能出自期待的誤解。但是，碧娜·鮑許怎麼想這樣的事——一個殖民地充滿政治意味、百味雜陳的慶典年代？舞團的香港行程日誌結尾，她說：「我們在這裡吃了這麼多美食，讓我覺得我們應該做一個只跟吃有關的作品。」

原來這是一個誠實的、過客式觀點的書寫。政治面的觀照必須沉隱到更底層（或者刻意地被保持距離），生活（而且更是外來者的生活）以及文化的差異趣味主導了更大的篇幅、更前景的表情。當然就是一種旅行的經驗，一種風景明信片式、寄回自己家裡的紀錄。差別在於一有些人只為蓋個郵戳、寫著千篇一律「到此一遊」的空洞，而另外一些人卻帶著永遠屬於短暫過客才會有的神奇準確、記下精簡而洞悉的感觸與經驗。碧娜·鮑許和她的舞者當然屬於後者。

一個過客、卻敏銳的心靈，然而並不儘相同於曾經在《康乃馨》（1982）或《交際場》（1978）這些作品裡遭遇過的深邃，當我說《拭窗者》以香港為背景、以慶典為藉口，展現了超過二十個的舞者的城市感觸，儘管帶著詩意，卻更接近散文的結構，其實好像是說——碧娜·鮑許曾經是個更精確（因此更具張力）的詩人，但是在某個階段之後（這個某個階段顯然與年紀、以及

舞者新舊世代替換有關），她不再那麼銳利或嚴格地透過擅長的結構方式去書寫了。也是說，對峙的張力或許必須發生在一個較集中的空間意識底下，因為壓縮而引發各種程度的爆發，譬如知名藍鬍子的城堡、某個叫做穆勒的咖啡餐館、或者沒有名字的交際舞場、甚至布雷希特筆下的資本主義七大罪……等等。但是現在，更大程度上卻是一種抒情的流動，大幅調降對生命質疑的批判本質，那就是旅行，因此你持續看到各種抵達、接觸、然後告別的姿態與情境，譬如一九九六年去了加州、一九九八年在里斯本，處處皆是既熟悉、而又陌生的邂逅與擁抱，才從嘉年華會的喧鬧廣場（或者就譬如節慶狂歡的蘭桂坊）一離開、就轉進赫然發現只剩自己拉長黑影的寂寞後巷。

　　除此之外，也許很不一樣的是一個越來越老（因此更溫潤）的碧娜‧鮑許、一群然而越來越相對年輕（因此更無拘束）的舞者。幽默（或某種遊戲的模式）在這個舞團的過去，常常都帶著一定程度的暴力、陰影甚至殘酷的揭露，現在比較傾向當嬉戲就是嬉戲、而寂寞就是寂寞了。關於生命之中歡悅與恐懼的反差、衝突縮小了，集體與個人的強大緊張對峙也不再被突顯。

　　儘管過去有的華麗撩人的大動態群舞還是看得到，只是，烏帕塔的舞者已經較少在作品裡頭直接陳述揭露他自己、而在台上

更大成分地回復為「舞者」了。略略暗黑的夢倒是一直也還存在的，譬如《草原》（2000）裡頭透過幾名同伴舞者抓緊四肢而反覆被拋出又扯回翻轉的男人這類的意象，在《拭窗者》裡面我記得的則是上半場接近結尾前、男舞者 Dominique 彷彿溺水中求救或掙扎著，而那座紅色的小山卻緩緩地朝前台移動，當你開始懷疑他是不是就要被逼下台時，所有人開始在慶典的煙火中、漫天地拋撒起紅花。然後下半場半空中懸起了吊橋，一些人的牽著單車不平穩地走在上面、通常就是 Yan（他在這個作品裡還有一個傑作：把洋紫荊花的山坡當作滑雪場……）。

很難說到底你會覺得這是一種自我的放逐、或者一種釋懷的放任。這將影響你覺得碧娜・鮑許是轉向、還是鬆手了。終究碧娜・鮑許沒有作一個只關於吃的作品（雖然早在《一九八○》裡就出現過一個不斷吃食的角色、而在更近的《草原》裡更是全體到了餐桌邊），恐怕，吃這回事，大約就是香港留給碧娜・鮑許的非政治、但擴充而言仍然還是介於生命政治與本能生命之間的遊戲場域了（當然還有羅文的歌、兒童年畫、Frenando 用彆腳廣東話帶領大家唸頌的西瓜太極拳「一個西瓜切兩半、一半給我、一半送妳……」）。香港人、中國人的恩怨情仇簡直庭園深深深幾許啊，碧娜・鮑許只是反覆用著自九○年代中期以來慣用的模式：佔滿天幕的投影、少少看來只用作串聯的歡樂群舞、幾種關

於自日常生活聰明的逃逸或嘲弄、此外就是一個接一個的大篇幅的獨舞了，旅行，但是也是各自觀點的旅行。而其中可能還是會有無數讓你著迷心碎的美麗身體，因此你也可以無怨無悔地跟隨，忘記生命的沉重思考，忘記深刻的質疑，就是重新以他們舞者的身體再一次（兩次、三次……）地反覆愛上她們。那麼，即使到了《拭窗者》的結尾，燈暗暗的，天幕投滿維多利亞港夜景，舞者一個接一個地爬上小山又下去、又從幕後回到隊伍排後再爬上去……那樣漫長的簡直令人焦慮的過度漫長、近乎儀式的單調漫長……那是指天黑了嗎？沒有離開的人就爬著山回家去嗎？還是指涉旅人／過客的隊伍無休無止……這般緩慢的低限，你，就一定可以繼續跟隨了吧。

只是等天亮之後，記得探頭看看外邊、曾經在夢裡懸在半空的洗窗人還在不在。

野鴨的寂寞與時差（以及 Pina Bausch 的交接點）₍₁₉₉₈₎

三月二十四日夜裡《交際場》演出之後，一位朋友追根究底著關於下半場開頭那段野鴨生態記錄片的用意，另一位心理醫生朋友適時提出「人跟鴨子一樣——一定的時候到了就得開始關切求偶問題」的解讀。從這樣的說法延續下去，也許就是各個生命對寂寞的恆久恐懼、以及對恐懼的化解，當然——還有為此付出的代價、以及成或不成時的失落。也因此同野鴨一樣有所遷徙、築巢、改變棲息環境——只因為「求偶」。而所有由此衍生出來生物性的唐突可笑、心理性的緊張與虛弱、精神層面的喜樂或哀傷，有的昇華有的隱沒，為此，數度舞台上的光慘然黯淡下來，而幾近滅去的關頭、堂皇光亮的群集與音樂又轟然切入。

早在一九七八、沈鬱逼人的《穆勒咖啡館》完成的同一年，交際場上的社交男女、瀕臨瘋狂地為求偶的文明在烏帕塔的舞台上疲於奔命；然而二十二年後的這個夜晚，我恍惚地感受一種追求過程過於長久地延伸之後、類似時差的延遲效應。延遲、或者

時代的距離——就像演出中兩度出現的場景：微弱彷彿深夜夢境的光線裡、所有的人急促地反覆移位做出一對戀人的親密姿態，然而卻總有一方提前到達、自顧擺弄，而當後者追上定位、他又立刻決絕掉頭而去……，因此永遠追趕著未能及時完成的契合。

一個編舞家與舞者、及觀眾之間，也不免面對類似求偶以及延遲的情境——如果溝通與契合仍然是表達後的一種本能性的期待。而我常以為對碧娜‧鮑許而言，劇場狀態正具體而微地映照著自己與自己、自己與他者之間的這種拉鋸，而且不單是性別的（即使她在作品中確切關切過這個議題）。舞台象徵地成為佈滿人際地形的生命場景——溫柔愛欲與粗暴掠奪的錯雜、荒謬嬉戲與哀傷緊張的並陳，然而弔詭地，每到舞台內部的緊要關頭，又開始若無其事地打破界限、直接對著觀眾放電，至此每個人列隊反覆一致的步態與手勢、故做無辜地婉約笑著，笑意之中，又暗藏隱隱作痛的失落。

儘管《交際場》仍然是一個精彩的作品——冷冽簡約的空間反覆進行著挑逗與排擠、對立著各種狀態下的群體與個人，有時向著空間外的遙遠他方虛無地嚮往、有時回頭遵循交際舞場的遊戲規則，處處滿佈無奈的溫馴、親暱的暴力與殘忍的幽默。然而，這一次的演出，卻無可避免地面臨新舊世代交接的時差效應。按

理如此迷人的儀式，應該要有超越性的最大共鳴，然而這與跨文化、跨世代的融合，畢竟不全然等同。鮑許的作品或許是一種重疊了權力結構的情慾在劇場空間中的最大延伸，但是八〇年代以及之前的鮑許無疑還是「德國的」。而所謂最大延伸的基礎點之一，則是帶有後設與辯證意味的鮑許／舞者／角色關係。在這樣的關係中，舞者的特質往往比技巧強顯。包括眾人世代時空的印記、鮑許主導意識的滲透等等，因此無可避免、或多或少無可取代起來。也或許就是這樣獨特的取向，讓幾年前巴黎歌劇院芭蕾舞團演出的《春之祭》（首度外團演出鮑許／烏帕塔作品）、和這次在台北本團演出的《交際場》，畢竟都面臨了經典記憶的小小崩解、以及原譜換手重製的微微傾斜。

有趣的是——九七年以來，烏帕塔舞蹈劇場在華人地區的演出記錄，剛好形成一種世代對照：九七年應香港之邀作了《洗窗人》，演出後一週首度來台、搬演相隔十五年的《康乃馨》；今年則在台北的《交際場》之後、緊接著飛香港演出相隔二十年的近作《火熱瑪祖卡》（一九九八年）。所以台北看到的是中年的鮑許——意象繁複精確、言有所指，舞者則原本普遍高大身型、多國背景、卻仍以歐陸為主。而二十年後充滿感官魅惑的《火熱瑪祖卡》呢？更老的鮑許、更年輕的舞者、更多元的體型、更全面的文化交融；此外議題輕淺、過去的黑色戲謔轉成裝可愛的幽

默，大幅回歸舞蹈——尤其是獨舞——動態技巧兼具、魅力驚人的獨舞，而因為是為里斯本的博覽會所作——泛葡語系族群的生活舞樂與自然景觀、水與海洋的意象成為主題，巨大得同時佔滿舞台背景以及左右翼牆的鮮豔投影、以及即使讓結尾背上反高潮爭議也要六分鐘完整播放完畢的甜美情歌……在在都讓人感受鮑許對創作截然不同於中年時的態度。而且就在少數的老舞者不只一次在舞台上直接被對比起年齡狀態時、九〇年代加入的舞者莫不以他們的最大能量恣意揮霍各自的風情。

但寂寞與迷人繼續著，有了愛也一樣。偶而的偏斜、新舊風格的傾軋，烏帕塔還是烏帕塔。做為一名劇場導演，關於舞蹈的，我無法說得太多，而舞台的真實與人生的隱喻，眾人又各有各的詮釋與感觸。至於寂寞從何而來？物理空間的距離、充滿細節失落的時間旅程、以及求偶本能下的心理匱缺，也許多少都埋伏了一些。至於對差異的焦慮也許是多餘的，生命的沼澤邊上，除了舊群聚的綠頭鴨，總也是有來來去去的侯鳥、以及新遷入的族類，不一定誰比誰強，但是生命總要因為誠實的相異、而繼續獨特迷人。

奇異雲門

1. 夢土

一九八五年春天，我記得在看完雲門舞集的《夢土》之後，恰好，我們在淡水的一群年輕人也正開始一個新的、青春的想像，關於文學、劇場、一個後來叫做河左岸的夢。

所以對我而言這是一個「適時」的作品。適時地整理了舞團自一九七三年創立以來第一個階段的美學與觀點、適時地呼應著台灣在現代與後現代銜接時期的氛圍與人心、適時地引發了更深更遠的時間旅程。

我記得孔雀、我記得敦煌的一些意象，記得全身被繃帶纏綁的無臉之人。但是對一個正開始被啟蒙的劇場青年而言，分析與理解仍然偏向文學的基礎，在視覺、景觀、肢體上頭，拼貼美學的創意帶來更大的驚奇，或者嚮往。

之後又過了十年，一九九五年，在劇院重新看到這個變形金剛般不斷修整組合的中堅作品，才察覺了記憶與青春的距離如此微妙。孔雀還在，但這次，我深深被星宿段落的能量、還有鬼魅般濃重的紅衣吸引， 那個緩慢鋪展著血色布疋的側彎女人，如此象徵、如此雲門。

《夢土》，當然是在談論我們自己的現實，夾在傳統與現代、東方與西方、宗教與心理分析之間的島嶼。淨土的期待、如同《九歌》與《鄉愁》那些名作，但是更前導、衝突感也更明顯。相對更後來的美學風格的純粹與自若，《夢土》，非常八〇年代，而那是即使拼貼過於外顯、也見文學／人文深度底蘊的青春年代。

我期待以這個底蘊，雲門始終溫潤、重新年輕卻又無懼老去。

2. 行草

關於《行草》的奧妙美感，其實已經有太多精闢的論述分析肯定。但對我而言，作品的溫度，一種看似不冷不熱的世故，其實卻才是所有故事或重大的旅程的關鍵眼神。恰好，這是一個關於字的故事。身上有字如紋身的男人們，潑灑沉穩自若如墨的女

人們，非常、極度吻合著我個人對雲門的想像。

　　一個字的存在，當它工具它是表達與溝通的載體，但每一個都是 character（字形，角色）。許多 character 形成文句、語言，言志、載道、抒情。然而書法，凌駕了曖昧了混搭了所有的字的可能，相當程度地，《行草》也因此一樣凌駕了曖昧了混搭了身體與思想裏頭的這些成份，或者，好的舞蹈，都應該形成這樣的溫度與存在。

　　這支被標的在二十一世紀開端的舞作，真的也具有里程碑式的重大。早期文學底蘊的敘事意圖、言志系統，至此，都因為一種抽象而純粹，因純粹而異常迷人。現代主義、後現代主義、心理分析式的夢的投射，至此都回到氣與形體，風格與文化。

　　對應打擊樂與獨奏弦樂的大比例黑白對比視覺，當然是書法與紙墨的基本起點與主軸，但反白投影與紅色光源的段落卻讓我念念不忘，在裸身上因移動而變幻的字的紋身，一個地面上的紅色光環，那麼神祕、科幻，甚至像一種祕教，於是我又合理地懷疑起，所有抽象的、概念的、風格純粹的，正也都還精確地述說著一個或許多我們的故事。

3. Gershwin Hotel

　　然後就到八〇年代，我北上到了淡水繼續唸書，繼續以平和異端的文藝青年的各種姿態生活著。雲門已經完成第一個十年，那時舞團一度設址在民生社區附近、南京東路幾巷幾巷的位置。一位在編輯校刊的同班同學透露他們暑假將會前去為舞團進行一次訪談，我軟硬兼施地竟爭取到同行採訪的工作。

　　終於，那個台北炎熱夏天午後有電梯的公寓房子裡的雲門接觸，成立了我的雲門忠誠短而簡扼的見證，首度瞥見（想像）工作中、生活著的一個舞團，鼓舞了整個夏天、全心投注在訪談稿件的整理，用根本還不夠歷練的文筆、完全踰越的格式體裁，全心全意、煞有介事地經營我的第一回雲門詮釋。在儘管不成熟的文路裡，起落著夏日午後的光影、舞蹈進行時的劇場光影，紀實、訪談交雜在一個仰慕意識裡的身形舞影，一次生澀而誠懇的閱讀，我私自而獨特的雲門，幾乎是。

　　然後就到了公元兩千年的冬天，為了小提琴家胡乃元的一個錄音計劃，短暫地去了趟紐約，到達那天城裡五點剛過天就黑了，時差都還沒來得及調，乃元夫婦便拉著我一路從 midtown 搭地鐵趕往 Brooklyn，原來是雲門在那年 Next Wave 藝術節演出的最後

一場《流浪者之歌》，多奇異，在 BAM 的歌劇院最高樓層的觀眾席上，充滿全新感觸、與視角地首度在他鄉異國看到「我們的」雲門。演出的最後，很難解釋的，心裡竟是一種肅穆的敬意與滄桑的寂寞混雜交織的隱隱翻騰。

演出結束，我們跟著舞團裡認識的朋友一起搭他們的專車回曼哈頓，二十七街的蓋希文旅館，簡單的宵夜之後，本來準備與小提琴家夫婦一起離開各自回去 midtown 與上城區了，卻在路口遇到林老師，他說正好想跟乃元聊聊，於是陪著一起回到旅館，接著超過五個小時的漫長談天，一個舞蹈家對一個演奏家叨敘卻溫暖的對話，時而責求、時而勸誘，好多的話、好多不會在他舞作裡聽見的聲音，聊文學、講「俠隱」、講費茲傑羅的小說……自始至終，我只是安靜地陪坐旁聽，但感覺如此飽滿，彷彿就是另一場、另一版本的《流浪者之歌》。

告別的時候離天亮已經不久，舞蹈家在送客的門口充滿期盼地數唸再過幾個幾個小時又可以回到台北……突然轉向順口問起王家衛《花樣年華》如何？我說好看，他滿意地露出微笑繼續期待。

漫長的告別（給 Pina）(2009)

　　坐在觀眾席上哭泣，實在是件很糗的事。在某些動人、或者
煽情的片刻突然濕了眼眶、甚至意思意思掉幾滴淚是一回事，但
是有一種掏心掏肺、彷彿觸動了什麼生命遺憾痛處的哭泣，有
時真的會讓人失控的很尷尬，因為你不知道如何掩飾、不知道何
時停止。一直到現在，我自認都很能控制自己看戲的情緒，換句
話說，我絕不是一個哭點很低的人。然而有一年在看一部俄國導
演 Tarkovsky 的紀錄片時，看到已經病重的他在病床上看完他自
己最後作品的試片，也許是因為還不滿意而心事重重地叫身旁的
人開燈，在那當下，突然意識到，在藝術上，自己原來領受過他
那麼多養分、但卻從來沒有絲毫體察藝術家為創作付出過的一切
苦悶與磨難，那種虧欠感、以及對於自己創作停滯心虛的不明狀
況，讓我開始不停地流淚，激動地流淚，一直到散場了，燈亮了，
走出戲院、甚至遇見認識的朋友了，都還淚流滿面，情況變得甚
至有些荒謬了，但我就那樣透透徹徹地因為 Tarkovsky 哭泣了。
但那是這輩子的第二次。第一次是一九九三年，在香港，看的是

Pina Bausch 的舞作《一九八〇》。一個大男人因為台上的演出，那樣眼淚沒完沒了流著的情節，很多年後出現在一部西班牙電影裡——阿莫多瓦的《悄悄告訴她》，那當然不可能是我的故事，但意外相同的是，那個哭泣的男主角在電影裡看著的演出，也是 Pina Bausch。

那年跟著一群文藝圈的朋友來到香港，因為，世界知名的烏帕塔舞蹈劇場跟他們的大師 Pina Bausch 首度來到亞洲演出，但是因為工作上的壓力，以及一個失敗的愛情，我其實不少時候都有點心不在焉、意不在此，只是努力想讓第一次造訪香港、第一次在國外看演出的興奮與新鮮感蓋過那些不足外人道的寂寞心情，我甚至絲毫沒有記得自己的生日，直到那個單單鋪滿活生生草皮的舞台場景就已經讓人大呼驚奇的舞蹈演出裡，一個舞者安靜地坐下，根本不跳舞，對著小小一根點燃的火柴唱起祝他自己快樂的生日歌，因為情境的錯愕喜感，滿場的觀眾都笑了，只有我心裡暗暗驚呼糟了、來不及了，因為某個開關被啟動了。而這個啟動，除了尷尬的淚腺外，甚至還包括了之後延續了超過十年的熱烈愛慕。當然《一九八〇》並不是只是一個生日快樂歌的詭計，舞臺上貨真價實的草坪，在自動撒水器的水花中跳舞跳到寂寞最深最痛處的女孩，許多唐突荒謬、喧鬧嬉戲的場景，跳舞的時候讓你哭，而讓你笑的時候也還帶著眼淚在哭。這樣一個舞作，包

藏了那麼多人性的寂寞，包藏了 Pina Bausch 自己對於一個摯愛的人的亡故的思念（註1），它變成一個又私密、又充滿共鳴的絕妙作品。原來，Pina Bausch 是那樣一個有能力掌控你每一條感觸神經的詩人，一個有神奇魔法的詩人。

　　當然，之前也並非不識 Pina Bausch，早在八○年代中期，台北的小劇場興起另一波前衛美學探索的時期，熱血澎湃的文藝青年們早已透過那時還非常有限的傳播管道，流傳交換著幾個大師的名字，Pina Bausch 就是其中之一。然而也許也因為太有限了，那時候對 Pina Bausch 最大的印象除了那個帶著反骨、把人的行為事件更廣泛地納入演出裡的舞蹈劇場精神之外，竟然就是帶有暴力傾向的碰撞。那時台北如果有哪個演出裡出現反覆撞牆、摔倒、又爬起撞牆、又摔倒的動作，我們約莫都會很假會地說：「感覺好 Pina Bausch……」。而事實上，一九八七年我這輩子第二個劇場導演作品，即使是改編了陳映真先生的小說，但就被一些劇場的朋友說成「有一些 Robert Wilson、又有一些 Pina Bausch……」，轉成現在的說法可能就有點像《一半海水一半火焰》那樣的標題吧，但是誰曉得十年、二十年過去後，對於前者，我變得那麼不相信，而對於後者，卻持續地深愛著。

　　那是因為有些演出很糟，才一開演就會讓你想回家，而有些

演出卻是會好到讓你想跟舞台上的人回家。而在一九九四年總算見識到除了碰撞以外、還有幽默幽微、又華麗又蒼涼的 Pina Bausch 之後，當然他們就成了我最想跟著回去的一群人，可惜的是，好像當想望強大到某種地步時，通常就會越來越像個神話裡的願望，因而實現的機率就越來越小，因為執念開始變得虛妄，付諸行動的實踐就被阻絕了。我只是個劇場導演，領域畢竟不同，我又只是眾多眾多她的粉絲裡的一員，比我幸運、比我更積極的人何其之多）我甚至到現在為止都還沒造訪舞團所在的德國烏帕塔市去「朝聖」……）。儘管如此，接下來的整個十年間，我的確以一個謙卑安靜的慕戀姿態，完成了我的「Pina Bausch 航線」，那一個航線，不定向，不定時，有時刻意追尋，但更多隨機偶然，他們高密度地在世界各地巡迴演出，我三不五時也因緣際會地往海外跑，我們比較像是常常在各自奔波的路上交錯的旅行者，沒有攀談，沒有交往，雖然至少有一方感覺已像舊識，但最多最多，彼此交換了沉默善意的微笑眼神。而就這樣一路下來，我在巴黎、東京各看了三個她的作品，香港四個，自己的台北，則是他們來訪三次中的前兩次，而其中第一次的一九九七年，是接觸密度最高的一年。

那一年，他們接受香港藝術節委託，為香港九七回歸創作了一支新舞（即是一年之後才加以命名為《洗窗者》的作品），三

月初演出，之後隨即來台灣推出一九八二年的前作《康乃馨》，兩支舞我各看了兩次。同一年六月，剛好因公去了歐洲，又遇到他們在巴黎演出一九九六年的《只有你》，以及 Pina 首度授權外團演出、但由她親自排練的巴黎歌劇院芭蕾舞團的《春之祭》，就這樣，我隨著向來也對 Pina 癡迷有加的巴黎一起陷入熱戀德意志的想像裡，因為同一個檔期，不單單有號稱德國舞蹈女皇的 Pina Bausch，就只隔著一個廣場的另一個劇院裡，法蘭克福現代芭蕾也正由與女皇平起平坐的「國王」William Forsythe 領軍在演出。這些，我全都沒有放過。但是甚至不只如此，因為同行的一位香港友人在 Pina 訪港時曾與她共處作陪，我得以在演出完的後台終於見到 Pina。我原本擔心這樣的舉動會讓大師不無干擾，但她完全出乎意料，如此輕柔卻熱情地應對著，我陷入一種難以言喻的青澀愛慕才會有的陶醉與暈眩，幾乎是飄浮著隨她們走出了劇院，直到她攬著那位香港的友人在廣場邊邀我們一起前往用餐，我如夢初醒，因為想到已經跟另一位朋友有約，當我羞赧地婉拒，Pina 竟然調侃地責難我怎麼可以這樣對待女士，我當然知道，也完全同意，因為那可能會是我一輩子裡最遺憾的錯失之一了。一九九七年六月的巴黎……我唯一沒有讓自己更後悔的是，當最後 Pina 突然隨性地向我拋出一個小小的告別飛吻時，我的確敏捷地伸手接住了它，甚至因為節奏的準確，連 Pina 都會心地笑開了。

事實上九○年代以後，Pina 的作品也是漸漸呈現了一種新的親和感，有時甚至難免有鬆散化的態勢，動輒三四個鐘頭長的演出，往往只是一段一段獨舞舞者各自眼中所見的風景轉承，間以一些眾人熱愛、熟悉風格的大群舞，這樣的局面，對於愛她的人而言是毫無所謂的，但對於更愛比較的評論者而言，可能就是開倒車了，畢竟，較諸八○年代以及之前的經典大作，譬如：《穆勒咖啡館》、《康乃馨》、《交際場》那類從兩性衝突／美學質疑裡面拉抬起巨大張力的作品，六十歲之後的碧娜彷彿少了很多的銳利，多了很多沉默的微笑。我想，我是介於兩者之間而偏前者的，雖然有時也開始感受觀看的疲乏，但終究還是很愛，因為回歸到更純粹、更舞蹈的狀態，不也是一種可嚮往的幸福？而更大層面上，那種抒情的流動、大幅調降對生命的質疑與批判，約莫就很像是旅行這回事了，因此你持續看到他們各種抵達、接觸、然後告別的姿態與情境，譬如一九九六年去了加州、一九九八年在里斯本、之前九七的香港、之後二○○三年的伊斯坦堡……處處皆是既熟悉又陌生的邂逅與擁抱，才從嘉年華會的喧鬧廣場一離開、就轉進赫然發現只剩自己拉長黑影的寂寞後巷。

　　而在過去常常都帶著一定程度暴力、陰影甚至殘酷揭露的黑色幽默（或遊戲），現在，隨著年齡差距越來越大的第三代年輕舞者，也越來越傾向嬉戲就是嬉戲、而寂寞就是寂寞了。種種歡

悅與恐懼間的反差、衝突縮小了，集體與個人的強大緊張對峙也不再被突顯。儘管當音樂一轉，過去到現在都有的華麗撩人的大動態群舞還是讓人心神蕩漾，只是，烏帕塔的舞者現在似乎很少在作品裡頭陳述與解剖自己、而更大成分地回復為「舞者」了。也因此繼續旅行的我，好像才得以放緩緊密追隨的熱情，接著，自己便也來到中年的深處。

於是，最後到了二〇〇九年六月三十日，恰巧才跟幾個台灣的舞者朋友討論了年底演出的籌劃，回到家的深夜，打開電腦，臉書上已經有人張貼了 Pina Bausch 猝然辭世的消息，我很安靜地看了又看，隱約有一些激動，但是並不連貫，一個朋友留言給我「不知道我們的寂寞哀愁與愛會不會因此而更大更深更遠，因為她不再為世界點煙起舞。」我回覆說：「我們不知道……她也不會知道，但她說過希望有更大的勇氣活著，所以，我們就勇敢些吧……」。第二天打開電視，想看看眾多的新聞頻道會不會有一些些關於 Pina 的報導，但是除了繼續烘熱的 Michael Jackson 身後紛爭之外，我只看到一個從乳溝裡冒出來的松鼠的國際趣聞……也許，在意舞蹈劇場與 Pina Bausch 的人口與 MJ 的歌迷數量差距真的太過懸殊，但那就這樣也好，因為與其成為一個過度繁盛又難止崩壞的遺憾悲劇，Pina 的離去，不如就是這般俐落優雅與平靜。又在另一個頻道看到那隻松鼠時，我很開心地笑了起來，因

為，很多時候，烏帕塔的舞台上，不也喜歡搬弄戲耍類似這樣的荒謬喜感嗎。

註 ——

1.　Rolf Borzik， Pina 最親密的創作夥伴與愛人在一九八○年過世，這支舞作因此而命名。

距離你寄來的第二個包裹已經一個月，距離你第一次寄錯已經
四個月。我又開始困惑跟猶豫了，好像你真的這樣認定我了，
這讓人有點害怕。我粗略翻看了第二批「資料」，老天，沒有
一個人名是我看過的，你顯然非常非常非常文藝，需要嗎？我
是說，這麼偏執又糾纏地去看、去讀一些別人的作品？但是，
你提到東京讓我覺得有趣，雖然我沒出過國，也沒有太想出
國，甚至連到人多的大城市都不想，可是對東京這個城市、這
兩個字，我覺得有一種莫名其妙的共鳴，還有，M 這個沒完沒
了的代號……他是誰？別誤會，我沒有真的那麼想知道，也還
是沒有意思希望你繼續寄包裹過來，總之，你這些 1994 年的
文章，我一篇都沒讀完。（最後，再拜託一次，我姓周，你至
少收件者不要再寫甚麼遺憾先生了吧。）

包裹 003

你總希望我是黑色的

不在那裡的人（昂貴歸屬）

我屬於晴朗天空的蔚藍

我屬於較高緯度的溫帶秋天

我屬於鋪石古城的雨季

我屬於大片綿延的青草緩坡

連接著多層次的濃密綠蔭

我以為我屬於

但我是不在那裡的人

而它們並不缺少我

我嚮往有村民舞蹈的小鎮廣場

星期天午后光影分明的都會郊區

列車車窗邊上哈欠的陽光

可以點燃卻又不抽的煙

我儘量保持流動並反覆造訪

一種並不神祕但存在曖昧的國家

想要但不積極取得公民護照

我可以去到偏遠的山林

黑暗中沒有發生但被信仰的光

火的祭典或跟冰冷湖水交媾的男神

一種 na-ko-mi 的熟悉音聲

卻從沒有真正學會的語言

一種比抵達恍惚比異鄉熟悉的

重疊造訪恍若歸鄉的陌生

譬如譜寫不出的音樂那樣的奢侈

高規格最新裝備行動通訊的粹男

低調小眾設計師品牌的風格者

需要所有這些如同陽光空氣與水

但我如此不是綽闊寬裕的支付者

但也有幾分美好當一切顯得侷促

一切都揭露讓人微笑的偏執

而事情不曾改變

我的枕頭不歸我的夢

你總希望我是黑色的

我的夢只與音樂共眠

問題之所在就在

我已經見過

我一直一直伸出了手

那些始終稱不上學會的語言

一直一直在腦海在耳邊

我總在那裡調節失去的理性耐性與同情

這樣令人不知所措

被時間打劫

因此多好

我是不在那裡的人

而它們並不缺少我

驅鼠

　　我今年三十七歲。英文名字叫 Michael。開的車子叫 Galant。我穿 CdG。有兩雙 Prada。在一家跨國唱片公司裡當一名小主管。這些都是真的。但你不是。我但願你不是。我希望你消失在這個地球上。對於我的張惶失措。你也許覺得自己飽受無妄之災。可是也很難說你有什麼清白。陰謀從來都是若隱若現。浮得上檯面的只剩委屈。雖然你只是努力活著。穿過陰暗的管線間。穿過來不及塞上報紙的門縫。餓到發慌。很冷。啃起我掛在椅背上的毛絨外套。咖啡渣。再來還有幾頁吳炳鍾編修的大陸英漢字典。結束唾液與符號的混合。最後在電腦終端機尚存餘溫的後方取暖休息。說來只是圖個溫飽。你真的和我的慾望有點像。但你留下給我在第二天藉以察覺你存在的證據是一些細細的黑色顆粒。這與我慾望殘存的證據非常不同。但我不想跟你討論有哪些出入。我只希望你消失在這個地球上。而且在進入下個世紀之前。除了每天必須用酒精擦拭一回辦公桌。我並不特別覺得自己有什麼潔癖。我只是也常常感到有點

冷。常常在你出沒的時刻回到自己家裡無法入眠。偶而感受齫齒抽長無可奈何的痛癢。無可奈何倒還不至於令人厭世輕生。苟活。你必然頗有感觸。也許你知道我在某個領域有著小小的聲名。但是我不希望你以為你可以告訴別人你認識我。至少你不會知道我的手機門號。還有 email address。到有那麼一天你終於遭到驅離。再到另一天你荒涼陳屍。我同樣也不會承認我們有過的曖昧關係。儘管去抱怨那樣的薄情寡義。世界不就如此冷暖炎涼。如果你不介意。我建議儘早劃清界線。沒什麼政治正確或不正確。我承認我從生理到心理的徹底偏見。我們是不一樣的。就算我工作時你躲在角落也一起聽了理查史特勞斯的最後四首歌。甚至胡乃元。但是我還有 Blur。咖啡與電視。甚至椎名林檎。《幸福論》與封面上扮護士一拳擊破玻璃的那張單曲。我們不一樣。生理結構不一樣。顏色不一樣。你的寂寞與絕望和我的寂寞與絕望。不一樣。然而。我今年七月拔掉的兩顆智齒。從不陪我上床的網路情人。也許。我是說也許。帶給我的折磨讓我想到你。你們。都深諳如何故作無辜卻動輒讓人惱羞成怒。我一個人住。所以我一個人住。原則上已經過了青春的有效日期。嚴肅地考慮在年齡裡加些防腐劑。但是請你不要誤會。我更想把防腐劑塞進你的胃裡。前天我們開始試用超高音頻驅離。你抓狂地跳舞。吃掉財務部的所有綠色植物。昨天我們悲壯地考慮放置劇毒誘餌。但是又不想看到你難看的

死相。今天有人建議公司搬家。可是哪裡還有淨土。有人小聲地說他其實比較怕蟑螂。那麼明天呢。喔明天我希望你消失在這個地球上。

你總希望我是黑色的（但是你並不知道它們需要你）（36歲）

　　凌晨五點，在最後入睡前的朦朧意識裡，聽到你的聲音——平靜自信地說了句現在無論如何再也記不清楚、關於我的穿著的話語，只記得當下立刻就會心笑了，但是卻才發現——那已經是在睡夢裡頭。

　　親愛的K，房間裡的黑色衣櫥已經壞了好一陣子。它原來該有的對開百葉門，先是左扇外緣的卡榫上下鬆落了、變成左高右低的菱形；那時偶而還有可以到家裡坐坐的朋友，其中一位很快地幫我用幾片夾板、從內側釘死結構而回復了表面的正常。六個月前，右邊那扇在地震後發生了一樣的情形——但是塌的更嚴重，加上自從我宣稱與你結束交往以來，已經不常讓什麼人造訪、更沒有覺得可以進得了臥室的朋友，於是那門便斜斜地勉強掛著，直到上個月，我決定把它拆掉。

　　拆掉一扇門的黑色衣櫥，像我現在書寫著的這篇文字，像

你在我意識裡遙遠對望的眼神，介於曝顯與遮掩、真實與虛構之間；人們總以為衣服或文字是被觀看的客體，然而，附著在行走的人、寂寞的人、快樂的人以及不快樂的人的身上——它們有它們自己的生命，有自己的神態、姿樣，也與被附著的人之間發生距離、發生反射與記憶的思辯。我的衣服掛在一半封閉、一半開放的空間裡，離開了便成為一種自行遊走的私歷史——關於走路的節奏、旅行的心情、跟人群的關係等等。而這些又無非是一種潛藏的慾望，填補你的不在。

但是我知道我什麼時候不需要它們——不需要名牌。那是在迫於接近中年的窘困體能、而來到大型健身中心某一部跑步機上跑步時，我只需要灰色、任何深淺適中的灰色棉質運動衫。全場響著震耳欲聾的電子舞曲，讓人不禁憂慮一不小心就會變成虛擬世界裡、次元座標結構圖中的動畫原型，因此便死盯著落地鏡面裡的自己，然後漸漸地，鏡子裡的面容開始像是另一個獨立的個體，不是陌生、但是帶著別人的思考與眼神一般他看著我，霎時覺得自己原來是你——親愛的 K，因為此刻在這裡書寫的人、彼刻卻在鏡象那頭。記得不要黑的也不要白的——當汗水迅速自頸下漫流，只有灰色可以立即透顯大塊反差的乾濕區別。跑步，面對著自己跑步，在中介點兩側永遠維持等距，除了儀表板上的心跳速率、距離與消耗熱量的累計，沒有任何

額外的溝通，簡單一如灰色棉衫透現的汗水版圖，需要承擔的只有數據化的心肺功能與前中年危機。

　　親愛的 K，但我仍然近乎耽溺地在超過所能負擔的邊緣、低調沈穩地讓它們一件件進到我的衣櫃——像飛行里程，累積越多、便距離當年對你的迷亂越遠，累積越多、便越快獲得額外的旅程——朝向你、或背離你的旅程。人們是不是都是這樣——我感到疑惑——人們是不是都透過消費、穿著、旅行、閱讀……來擴張自己慾望的想像？終於，當我需要開始重新歸納整理這一類的衣服，其實也不過是一種旅行記憶的殘存，或者，就是與你的距離，這讓我感到卻步與遲疑。掛在衣櫥僅存的門的背後——培羅蒙日式大衣，貨號 9093，一九九三年冬天的上海；到達時的深夜，我站在下雨的街頭，沒有傘，在全身溼透之後才攔到計程車，在車上對司機說我來上海看一位朋友，但其實你早已離開這個城市，就是聽多了老愛批評資本主義社會的你、卻對這個城市有著種種不捨，我便來到一個後來幾年內即將以新的繁華、迅速擁抱內在荒涼的都會，並且以三百塊人民幣買下你提了又提的老字號衣服，提前感受了難以察覺的落寞。掛在衣櫥僅存的門的前面—— Loft 的灰色風衣，一九九五年冬天的香港，我反覆地聯絡上、又失去你的音訊，買一件三分之二多元酯、三分之一棉材外層的風衣，三分之二放縱、三分之一心虛、一廂情願想像它在風

中鼓動揚起，以為就是追尋的繼續，那時聽說你在廣島，站在旺角的 Green Peace 二樓結帳，卻毫不知情你其實回去了上海。又再兩年後重訪，甚至連店也不知去向。

我知道還有什麼時候不需要它們。那是在水裡的時候——全身的線條回到一種重新的對話、重新的型塑。不需要名牌，不需要衣櫥。想像透明的光色，想像鯨豚的觸感與去向。寂寞而不哀傷。專注在手腳划動、抬頭、潛入的協調步驟，專注在自己平穩的換氣節奏。在防水耳塞隔離外界的聲音之後，整個水面上下，成為現實世界之中，最接近非現實的物理存在，甚至就那樣看著自己的影子在池子底下向前飛行。但是我知道，一但離開水面它們就回來了，它們形成一種權力，掩飾惶恐的權力，與其它符號保持必要距離的符號。直到再度回到水裡。

即使這些衣服的選擇與收藏稱不上是一種迷戀，但很難說不是對「迷戀」本身的某種妥協——無奈苦笑接受它的招降。一九九七年冬天在台北，我一度以為已經忘了你，一位追求者送我一雙墨綠色的 Prada 之後一個月，卻又再度接到你發自瀋陽的信。我開始懷疑你的存在只是一種虛構，開始心虛地需要以一些物件聯結去過的城市與年代，尤其是衣服，然而與設計師所在、或時效價格全無必然關係。一條 Miyake 的黑色暗繡窄統

長褲，是過季一年後在香港黃竹坑的 Joyce Warehouse 找到的——
某人失去消費理性的起點。同樣在香港——Dries van Norten 灰
底黑條毛絨長外衣、九八年的當季品——卻是對一座城市在歷史
喧譁之後陡降低溫的想像。還有那些大多錯誤標注了記憶與地
理現實關連的鞋子——威尼斯，Bruno Magli；神戶，Untitle；維
也納，Hugo Boss；紐約，J-crew 海軍藍帆布鞋。至於巴黎，卻
是一件因為尺寸而沒有機會擁有的 Rykiel 墨綠西裝外套。但我
並不盡然像一位朋友曾經說過的那樣：每天出門，感覺像穿著
世界地圖的拼塊 —— 腳上是義大利、襯衫是美國、外衣長褲是
日本等等，因為你的不在，我比較能感受一種迷惘、一種吸息
密度的降低，至於其它的聯結，只讓我感到暈眩。因為終究也
是在旅途中，心情要漸漸老去，最後連虛無都顯得不合時宜。
越是光鮮起來的衣著，越是包藏蓄意的反動。因為你的不在。

所以我必須知道什麼時候不需要它們。那是在排練場的時
候——其實你自始至終都希望我是黑色的。看起來像是一種劇場
的共通習慣，但是我想的卻是種種表達與隱瞞的微妙互動——
關於一個導演的誠實……就是黑色，這讓我不由得越來越害怕
劇場。我只有讓演員們穿著滄桑而懷舊——總是呢帽與大衣，一
些在南方島國看來總有幾分異地風塵、過往年代想像的裝扮；
或者就是一些黑色電影的影射、卡夫卡式的焦慮等等。然而一

到首演的夜裡，卻又非得盛裝不可——好像與長途跋涉般的辛苦排練、勞動階層般的劇場生產迫不及待地劃清界線。啊是啊，就穿一些朋友老愛提起的 Commes des Garcons 吧——隱約而低限的恣意，與黑色、修行、不滿、以及若存若亡的種種非必然淵源；要不 Paul Smith 也可以——看起來低調的外層、稍一翻轉卻充滿騷動。

　　親愛的 K，我已經不在意你現在在哪裡。我的衣服的記憶旅程如願地讓我與你漸行漸遠——除非，你不斷地出現在夢的邊緣，調侃議論那些虛無的浮華。但是，話說回來，如果你不存在，如果你只是不知道你也需要它們，那麼，總是在天亮時睡去的我，便也不再感到孤單，乃至於可以幸福地微笑著入睡了。

夢的草色

　　我的第一件川久保玲是一件絨質表層的草色西裝外套。

　　一九九七年的春天，我站在這件外套前面，第一次對著衣服產生空間、或者特定國度的聯想。我站在那裡很久，覺得它像一個不久前剛做過的夢，但不是夢本身，而是隱約記得的那裡面的空間色調。我喜歡那件衣服的線條，喜歡衣料的獨特觸感，還有，神秘的深淺色澤落差間的拼組。但是，我最後沒有試穿便走開了。因為我記不起來那個空間，記不起來夢的太多細節。

　　幾天之後，卻在另一個夢裡找到了那片草色，我站在那裡——可能是異國、可能是童年的學校操場，季節並不特別精確，草粗粗冽冽很不寫實地延伸，神秘的深淺色澤落差間的拼組，一直延續到有限的邊際，乃至於天空的藍也不再純粹了。沒有其他的人、或沒有人在移動，只有一個全觀的鏡頭慢慢地在旋

轉。醒了，其實更加不滿。因為沒有錯綜複雜、充滿跳躍的事件，只有顏色、非常淺的草的顏色，說不上是瀕於枯黃、只是獨特著不願意青綠起來的草的顏色。但是焦慮之後，慢慢地，我記得了多一些更早的那個夢的細節。雖然我不覺得需要在此描述它們，但是，的確還是跟慾望的寂寞毫不遲疑聯結上的、那樣的夢。於是這回我換上了滿滿暗繡了粗線波紋的三宅一生窄統黑色長褲，穿著中統墨綠色的 Prada，慎重其事地把那件外套穿回家。

後來，在郊區的過季展售處，我看到同樣的質材與草的顏色、還有一件及膝的短大衣，當下卻本位地覺得那樣就過度了，好像一個夢的過度附會與詮釋。於是意識到自己該有的警惕，關於慾望，如果繼續延伸，太過延續，很快地，就會脫離適切的範疇。

書邊書

　　有一陣子旅行的時候，我帶那些關於移動、變遷或飛行的書籍隨行閱讀，譬如聖艾修伯里的《夜間飛行》。完整閱讀通常不在預期之中，隨機跳躍著局部的篇章，即使是一本長篇小說，角色事件情節因此紛亂自在地切割重組。在候機室、在無所是事的位子上，甚至不把自己的筆記本翻出，直接就書本內稍微完整的空白頁面，進行自己的書寫，我自稱「書邊書」，平行或無關的書寫。於是一種介於吸收與輸出的互容狀態、呼應著每一次出發與回返的曖昧重疊。印刷的文字、手寫的文字成為新的有機組合。寫字的手、觸撫翻頁的手……絕對的幸福感。

　　在沒有遠遊的平常日子裡，讀書則以一個遼闊寬廣的精神介面、形成另一個腦內關防。在難以挽回、越焦慮越失控、越悲傷且遺憾的夢境之後：重新面對外面的世界前，開始面對外面的世界之前，晴天、陰天、雨天或冷天，社會更加動盪、或稍稍回覆平靜些了……那時也許需要的是一杯口感夠厚實的拿鐵咖啡、一

部至兩部貝多芬的 Rasumovky 弦樂四重奏。以及在明亮窗邊充分的純粹閱讀。這是一種看似靜態的腦內通關、甚至心理換防。吃了藥的睡眠醒來，至少還有半顆腦袋還沒完全歸還你，書籍是我的海關人員、是我的牧羊人。理性而優雅的書的物理存在，捧書、翻頁、翻頁……的古典動作。有時甚至直接就從書中映證不久前昏暗夢中的離奇挑釁。或者推翻了、預演了、識破了門外那個世界的錯亂與虛妄。醒來之後第一件事的閱讀，永遠有著充分的鼓舞或悲閔，就是另一個更無可取代的遠行。

你要去哪裡（並不擅長的冒險）

對我來說，旅行只是一種衍生更多自我詮釋的過程。

衍生更多替代性的自己，或者讓自己的想像得以徹底融入的轉移空間。從最簡單也最難完成的命題開始——你知道你從哪裡來，你知道你往哪裡去。接著期待在遠方可以看到另一個自己、尋訪到失落的記憶殘片、意識到欲求不滿的具體事例等等。

因此大部分的成份——容我表明——對於他人實在並不具有太多啟發與參考價值。我並不特別鑽研歷史與人文的細節，也不熱衷美食或者品酒之類的偏執（那些不是在家看 Discovery 或上網查 Lonely Planet 就夠了嗎）。但是，旅行之於我——所有的所有，已經發生的、即將發生的，無不充滿一種奇怪的類似本能般的需求，是的，我需要旅行，或者——渴望不停地出發、回來、又出發、再回來。

因此，這裡是一個其實並不擅長（也不樂於）過度冒險、同時一點都稱不上專業、卻有許多旅行紀錄的寂寞的人。我的滿足往往來自於回頭審視自己如何在一定的時間範圍之內所發生的、深具戲劇張力的移動動線。這樣的滿足當然是不具炫耀意味的，因為──「沒有人真正在意你去了這裡、去了那裡……」這話好像幾年前就寫過了，彼時也曾經這麼說──「如果不是為了一些在異國才能取得的書籍或氣味，其實，大可不必冒險單獨去到遠方……」說真的，現在想想也不全然如此，也許有部份是啦，譬如維也納、巴黎、米蘭的歌劇院裡的歌劇演出如果都搬到了台北的國家劇院，那就會少掉許多關於空間歷史的、裝模作樣姿態的樂趣，而卻又顯得如此勉強與更加做作。

　　儘管我並不認為旅行團有什麼不對，只是覺得那樣實在有點便宜行事（恐怕還不比在家關起門讀劇本來的有趣），因此大多時，一個人上路是必要的。但又不是一般人想像的那樣、就具備了某種自助旅行者的樂天與全能。彷彿寂寞已經變成讓你並不和藹可親的那件固定的外衣，那樣的形象往往讓人搞不清楚你到底是來旅行還是來出差的。還好我也實在缺乏接觸陌生人的熱情，問路查詢這類簡短的攀談大部分時候跟一包 survival kit 感覺是一樣的。我需要大量的流動的安靜觀望、同時在腦袋裡進行大量的流動的紛雜思緒。真的沒有什麼太有趣的，部分值得一提的也許

就是那些不容易被他人重複的一些細節，或者事件，譬如說迷路，搭錯車，或者在大雪的日子裡、重感冒地坐在沒有暖氣的小火車站等長途慢車這一類的。

　　也許離開這個動作本身才是重點，其餘的都是附加價值。往距離外的空間離開、往時間軸上不同密度的歷史次元離開、往遲早都要開始想念的原點離開。終於別人的空間、別人的時間，都變成了自我的延伸，離開了、卻也不曾離開。那麼，這樣到底算是哪門子的旅行呢？柯恩兄弟前年有一部電影把荷馬的史詩奧狄賽搬到了二〇年代的美國南方 *O Brother, Where Art Thou*，攸里西斯變成一個越獄的逃犯，為了懲愚另外兩個人，他告訴他們他知道一個寶藏，但其實真的——他只是想回家而已。

夢也許就是這樣外出

　　一塊會呼吸的岩石，它的一個念頭，化作雲。

　　二〇〇五年十二月，Uluru，澳洲紅沙漠中央的 Ayers Rock……地表外露高度一千一百四十八英呎（三百四十二公尺）、單一構成的一塊岩石。我站在那裡，攝氏三十八度的遠古內海遺跡，暮大陸的暮大陸，世界的中心……孤立的巨大，我不得不以近乎失憶的狀態回顧又陌生又迫近的旅程，酷熱，乾燥，暈眩，靈動……岩石表面的層疊的折皺，原住民聖靈太過古老的額頭一般。雲也在磁化了嗎？

　　原住民 Anangu 人信仰中是絕對不可攀爬的，因為那會橫跨一條叫做 Dreamtime 的神聖小徑。白人政府豎牌警告以示尊重，但基於觀光收入的需求，同時又釘上助爬鐵鍊……

　　我陷入天人交戰，終於還是上去了。一路上心裡祈求聖靈讓

我不去冒瀆 Dreamtime path……

　　那天夜裡，我做了惡夢，灌木叢裡竄出懲罰者，他撕去我睡前閱讀到一半的書的某一章節——談論關於恐懼的想像產物狼人的寺山修司……醒來時，我把那些歪曲扭撕下來的書頁從床底角落取回，戒慎恐懼地夾回去，就再也不敢打開。

紐約小提琴 (2000)

　　公元兩千年，紐約很快地冬天。每天下午五點一到，天色毫不猶豫地便暗黑下來。十一月，第二次造訪這個城市，帶著小提琴家在嚴寒的二月、獨自去到荷蘭鄉間教堂錄下的無伴奏小提琴試刻片，準備與他會面進行檢測試聽。是的，這就是我的工作——傳遞。在產業機制與藝術主體之間傳遞、在具象媒介與形上藝術之間傳遞之後再傳遞。這是我們與小提琴家進行的第二個發行，然而，不同於前一年——這次許多錄音工程上的細節於我若有似無、彷彿遙遠得需要用一整座寂寞之城的想像來填補鋪陳。

　　我一直沒有去到哥倫布環、去到小提琴家告訴我——他覺得最能對照出紐約新舊變遷的那個地標。反正對這個城市而言、我是新的，雖則它的許多狀態之於我又是舊的；定點上的變遷，是守候者的議題，過客最多只在觀察歷史的傾軋之後、表達一種餘興式的喟嘆。同時我不像我許多或者追尋藝文洗禮、或者熱中官

能享樂的朋友們──雖則兩樣、卻都深深自認與這座城蔓生起愛恨糾纏。三十七歲了才第一次造訪、才一抵達就開始工作──或至少勉強具備了彷若有所而為的正當說辭。除此以外，快速進出將近十家星巴克咖啡，像他們上級暗中派出、檢驗比對品質與服務績效的督察員，因此必須在進入第三家之前就能以他們慣用的辭組純熟地點購、絲毫不顯露外來客的痕跡。除此之外，來來回回踏過時報廣場難以計次──本著職業慣性看一些百老匯的演出、滯留大型連鎖唱片行大肆採買，又全然迥異在地者的神態與節奏。去了 Downtown、Chelsea 跟 Soho，為了找幾家服裝店，再往北走到 Broadway 上的莎士比亞書店搜購劇本與小說。紐約，之於我──原本只不過是另一個既熟悉又陌生的城市，陌生在於兩次造訪停留總計不過十幾天，熟悉則起於一種無法明說、無比迫近的疏離──不同於數個歐洲城市能慫恿起的憧憬、以及憧憬後必然引發的騷動或滿足。但畢竟紐約卻是那個對舊世界有著某種偏執、而我義無反顧策動他重返錄音的小提琴家最熟悉的龐大聚落。即使我並不確定他對這座城市現今的情感──這是他的城市嗎？人在路上，只能這樣一廂情願地設想──胡乃元、嚮往華麗舊世界的紐約小提琴……我走進時報廣場地底，我搭上車，一線、九線地鐵轟隆隆地開往他居住的曼哈頓上西城七十九街。

　　但是先回到一九九九年──七月三十一日午後突然地驚醒、

慌亂收拾了行李，開車衝往機場、在最後關頭通關、登機……如常在滑行與起飛間睡著，讓無數意念倉皇交錯在短短的淺眠、再醒來便以為還在前夜的睡夢裡。彼時往窗外看出，竟感受一種絲毫無從察覺任何期待的冷靜——不是正前往紐約、第一次的前往嗎？而再來與飛行同步進行的十六個鐘頭裡，我們的小提琴家將如常在他最後一個夢中醒來、然後早餐、例行地練琴暖身，什麼曲子？無從確認，我對著還一片空白的工作計畫表在三萬五千英哩的高空發呆。也許，他出了門先在附近的 Zabar 買了午餐與礦泉水，接著開車沿哈德遜河河濱往北走、接著繞進華盛頓高地接他的鋼琴伴奏。九點一刻，車子再度開上高速公路、急速朝距離曼哈頓島四十分鐘車程的紐約州立大學直奔而去。

不知道還要多久、等待換日線的穿越，陷入第二度的迷離狀態，飛行圖顯示已經離開日本列島朝東北飛……小提琴家走進空蕩的表演廳，先到達的錄音師女士與他互擁問候：「啊好一陣子沒見到你了——」女高音出身的錄音師隨即轉身與助手佈整最後的一些線路。精密的麥克風在舞台上定點。鋼琴家迅速俐落地在鍵盤上試音。「我們開始吧！」——不知何時已經隱身地下室的錄音師透過揚聲器發出指令。理查史特勞斯，a 小調小提琴奏鳴曲，第一天的錄音進度，時間允許的話也許——也許再加幾首藝術歌曲。那時我正在不確定的時區裡飛行，手裡抓緊不看的書、

喝了三杯咖啡，希望從換日線的迷離昏暮、而後安哥拉治的乾冷清晨、到東岸深夜的最後航段盡量保持不睡。但終究事與願違，也許就因為紐約——也許，這次只夢到約翰藍儂、聽見那首關於草莓園的熟悉歌曲。

　　星期天早晨，小提琴家重複前一日的過程，但是多了我、攝影師、並且晚了一個鐘頭。這是我抵達紐約的第十個鐘頭、原本不該工作的星期天。到達後，音樂家們彼此擁抱貼頰、左邊右邊、解釋遲到的原因……我安靜微笑地拎著西七十幾街街口 H&H 買的燻鮭魚 bagel 等著最後被介紹。要開始了嗎？鋼琴家一邊喃喃著、一邊順手彈幾段 Philip Glass——他的獨奏會近期的曲目，我往綠色絨椅的空曠觀眾席走去，不甚清晰地聽到小提琴家開了那種鋼琴音樂一個小玩笑……接著就是「我們開始吧……」——密碼或魔咒般的這句話總讓我想起不相干的卡夫卡。偌大冷清的表演廳，音樂家反覆錄下一個個樂章，停下，一起到地下層的音控室試聽，回到台上，再來一次，再停下……空氣的溼度、聲音的平衡、空間的殘響、樂句的詮釋細節——他們不厭其煩地專注討論著，我像初初入門的生徒、沉默而恭敬地旁聽，一種無比真實的夢境、難以區分參與或旁觀地滿懷心事著。草色在館外高溫的校園裡已經有一種秋天的暗示 —— 這就是混雜開闊與蒼涼、蒙昧與嚮往的時空嗎？獨自走到樹下抽煙，煙幕消散、消散到哪裡？

午後，繼續純真年代的夢與音樂，另一個維也納的音樂家取材莎士比亞的劇樂，所以進入了——騎士歸來的莊園、戀人徘徊的庭院……我坐在鋼琴伴奏的旁側，一個場景接著一個場景替他翻譜……想像卻回到劇場，你不在台上、不在場景裡——你服膺著舞台的指令，準確地換景、走燈、或者提詞——不在台上卻必須同時穿透虛實共存的生命場景。那麼，該從哪裡穿透小提琴家自身的歷史場景呢？

十一歲，出於遭遇白色恐怖迫害的父親對戒嚴政權的疑慮、而被送至美國。繼續學琴、生活——靠著武俠小說維繫中文讀寫能力、靠著鳳凰木街景與在地小吃的記憶連結故鄉的童年……但是成為一名專業的小提琴演奏家？卻是開始時沒有人認定的預期——「媽媽一直以為我會回台灣唸大學、父親則希望我同他一樣學醫……」小提琴家淡然追溯自己的過往——甚至後來伊莉莎白女王大賽的參賽與奪冠，都那麼因緣際會、只為有個動機投注更多時間在那首艾爾加協奏曲的演練上。這麼說——如果在過往時光的某個岔口做了不同選擇，現在就只是一個精通小提琴音樂、知名或不知名、遠在故鄉或身處異國的醫生，就不會有遽然贏得的璀璨桂冠、不會有充滿抉擇的職業生涯、不會有回歸純粹美感的音樂追尋、不會有專屬自己的藝術表達、不會有我不期然的偏執見證……所以許多過往的世故或純真，常常因為時間的距離、

竟在現今顯現了當初未被體現的真切或者錯位了嗎？黃昏收工回城的車上，因為時差而難掩強大的睡意，朦朧著意識望了幾眼窗外風景，恍惚間、竟以為我們正在往台北的路途上。

結束所有錄音行程的第二天，終於得空獨自走進中央公園，不知道自己選擇的入口那麼靠近園中紀念藍儂的「草莓園」。前面幾步遠，一個年輕的母親牽著她尚稚幼的女兒、溫柔地解釋這個角落代表的人與歷史，小女孩似懂非懂有些心不在焉，我卻徹底失了神，時間凝止，因為突然記起飛行途中的夢、那首歌──〈Strawberry Field Forever〉……盛夏的紐約，胡乃元重返錄音生涯的第一個重要行程完成，卻意外遭逢更久遠長存於此的記憶地標──另一個純真年代的結束，不是嗎？彷彿沒來得及回答自己的這個問題──紐約，已經重新在回航的班機起飛時、剩下迷濛深夜的燦爛燈海。而迷航般的神秘前路，卻已經安靜地在雲中延展……

那樣預期外的迷航將要通向哪裡？離開的當刻，沒有人能獲得絲毫的預警。直到一九九九年九月二十二日，威尼斯聖馬可廣場的吵雜人潮中，一群鴿子低空飛過我貼緊手機的耳邊──地球另一端、紐約的另一個早晨，接到小提琴家的電話，我先問起錄音母帶是否已經寄出──我們的理查史特勞斯、康果爾德……然而立刻不得不提到正發生在島內的震災，交換海外所能得到的有

限訊息、交換強烈不安的告解、卻交換不了龐茫孤寂的隔絕心緒。索性蹲下在廣場中央，天色即將暗去，幾隻鴿子停駐在身邊、以為我會釋出食物，廣場兩側咖啡館各自的樂團已經登場，充滿歡愉的音樂、小提琴的音樂，手機裡的交談更形吃力……小提琴家猶豫著專輯發行是不是該延後？按原訂行程返台是否該為震災做些什麼？是因為動搖了、不再確定音樂的距離了嗎？結束越洋交談，發現自己幾乎已經蹲坐在地上、久久無法回過神來，直到一名好心的老先生把手搭在我肩上親切地問——你還好吧……我幾乎想告訴他我的祖國剛剛發生駭人的災難、告訴他我不知道一張浪漫的小提琴錄音能夠做些什麼？但終究那是沒有必要的——我報以微笑、禮貌地謝謝他的關心。再過兩個月，小提琴家的專輯《純真年代》在台灣發行、小提琴家前往東勢災區義演、小提琴家在往返的漫長途中感到不屬於自己的無助茫然。秋天的極深處。即使悲憫，必然也是寂寞的吧。

　　必然也是寂寞的吧——我的傳遞繼續、外援卻持續沉緩。只剩下小提琴家與我固執的計劃了嗎？公元兩千年，台北很快地冬天。發自寂寞之城、懸念中年心緒的專輯《無伴奏風景》，安靜走進二十一世紀，愛、死亡與孤寂依舊恆常的世紀。安靜地，一路走過懸宕、固守、迴旋與浮昇、竟至尚未終結的旅途。紐約，我已經不在那裡。但是，還是得看見你提著琴盒穿過秋天的中

央公園回家、看見你走進寒冬的荷蘭德凡特教堂、或聽見你在空盪的教堂大廳為巴哈的無伴奏組曲試音、或看見你與妻子在星期天早晨走進上西城的 Café Lalo 各自感念懷想。此刻我在這裡，聽著一個人旅行的心靈風景，不知道多久之後，會在時間的哪個街角與你不期而遇、寒喧、然後互道珍重，然後告別。在台北，我走出辦公室、想像自己走進時報廣場地底，我搭上車，一線、九線地鐵，轟隆隆地開往那把紐約小提琴居住的曼哈頓上西城七十九街。

食襄 4

好的，果然還是有第三個、第四個包裹……果然你還是堅持讓
收件人被稱作遺憾先生。但我已經沒那麼苦惱跟焦慮了。就
寄吧，我幫你收著。但第四個包裹只有一些空白的筆記紙是怎
樣？你不會要我在上頭寫些甚麼吧？我的生活雖然簡單規律，
但是我是沒有太多餘力去寫字看書的，我的頭很容易痛，找過
醫生也治不好，幾年前，我出過一次意外，撞到過，腦震盪，
我其實對出事前的生活沒有太多記憶，我的過去有一大半是身
旁的人幫我撿回來……我好像跟你說太多了，就這樣。

包裹 005

貓年日記

貓年迷航／ 一個剛開始就結束的劇本。

(狂風暴雨的音效，一個像航空船艦的大型結構上一個人探身伸手，
另一個人在較低處攀懸……不遠處有 crew 在推動巨型的風扇，以及
噴水……)

A： 抓住我的手！

B： 我抓不到……

A： 抓住我的手……

B： 我不確定……

A： 你他媽不確定甚麼？你會掉下去……

B： 沒有關係……

A： 快！──我抓住了……（兩隻手抓住，但隨即滑脫……）

B： 不要管我了，自己往高一點的地方爬……

A： 幹！不要……

B： 對，不要管我……

A： 我是要說不要這樣放棄……

B： 我沒有！

A： 那抓住我的手……再上來一點就可以了……

B： 快走，快往上爬，船艦的尾翼就快要斷了……我會設法讓自己找到出路……

A： 我們必須一起找到出路……

B： 可是那很可能讓兩個人都沒有出路……

A： 不要說了，反正我不會自己往上爬……

B： 笨蛋！那就等著毀滅吧，白癡……（結構發出斷裂前的巨響……兩人都愣住……）再見！

（B自己縱身跳出……燈暗）

C： 那麼，那是在一個暴風雨的海上，或者磁場分裂的蟲洞邊緣……

B： 我不記得了……我只想著那隻溼透的手，向我伸出來的援手，我只是想，如果我抓住了它，一同爬上去之後，我必不確定我已經準備好那樣的關係……

C： 關係？不就只是同個任務編組的隊友？

B： 不，會不一樣的，一旦我抓住那隻手，一切的關係就會改變……

C： 聽起來是你在害怕的一種關係，你在逃避什麼？

B： 我沒有在逃避，我只是覺得我還沒有準備好，而且我不知道
還要多久⋯⋯

C： 也許他並不那樣想，也許他不會讓關係改變⋯⋯

B： 那也是讓我擔心的另一種結果⋯⋯

C： 這根本就是一手爛牌⋯⋯

B： 也許吧⋯⋯

C： 我猜，你得回頭去找他，回到斷裂的起點，那個閃著雷電、
兩人手鬆開的當下⋯⋯那麼，出發吧，去！！（燈暗）

A： 我很難想像⋯⋯都什麼時代了？都過了那麼多年，我們還要
回頭討論這樣的問題⋯⋯

D： 真不敢相信這手牌真的那麼爛⋯⋯上星期行星網藝文版那篇
對你的評論是對的⋯從我們離開 ac267 小行星以來，事情就
沒有對勁過，你需要的除了運氣之外，還有 ac267 的獨特大
氣成分——逆溫。

A： （冷笑，不以為然）是嘛⋯⋯牌爛還跟大氣成分有關係⋯⋯
先看看她們給的什麼鬼預算好嗎⋯⋯

D： 形勢比人強囉，那些分析督導的評估也不是全然沒有道理，
雖然我們都知道那些進不了騎兵營的貨色天兲窮酸，可是你離
開 ac267 以來數度失控，之後又拒絕記憶導向分析，連格網區
都有人發出小規模抨擊，聲稱不再同意你的逆光偏速理論⋯⋯

A： 不同意就不同意，誰知道那些噪音是不是督導局的人放出的煙幕彈……我的意思是說，現在這些理論與執行的爭議歸爭議，但是這跟我十八年前的均率處理偏差到底有什麼關聯？

D： 當然有關，而且挺重要的——失敗的青春、沒有天份的野心、受傷的星際關係，這些都是你不屑那些躲在格網縫隙的攻擊者的時候所用的字眼，你又如何否認你感到憤怒，就是因為那些痛處多多少少並非空穴來風，青春、野心，其實不就是你最大的恐懼的來源。

A： 你難道就不能正面一點評價我的這些恐懼，難道對抗著交戰著這些恐懼，不正是我的一點點可取的價值？

D： 那很難說，萬一只是壓抑，而壓抑扭曲成為一種偽善、鄉愿，然後你就會成為最大的昏庸獨裁者。

A： 獨裁？我能獨裁甚麼？有甚麼東西讓我獨裁？他媽的不就只是一個航線理論嗎？（燈暗）

(一個醫護人員進場，她身上佈滿藍色的螢光斑點……)

E： 對入門者而言，一顆就讓你變成遲緩溫柔的版本，然後睡著。兩顆大約等於拿跟棍子把自己敲昏，等到意識回來時，你才開始累的想死而睡著。三顆是進階版的第一種粗野鬥爭，廝殺之餘，天色對了，你的書寫可以成為意識流的典範。四顆

是豁出去了的失控，五顆，如果你還沒被送進醫院，全新的宇宙生命秩序就要可疑地滲透進你的腦袋，你，可能沒有辦法再回到從前。

（場內雷電作響，有一些電視模糊的影像閃動，角落，每個人都坐在自己的電視前面，他們正在看一部科幻影集「Farscape」——...... My name is John Crichton, an astronaut ...... radiation wave hit, and I've got shot through a wormhole ...... I'm lost in some distant part of the universe ...... I'm just looking for the way home ...... 他們關掉電視，他們漂浮起來，他們進入睡夢……）

貓年日記

● 第一部 （38-42歲）

　　對入門者而言，一顆就讓你變成遲緩溫柔的版本，然後睡著。兩顆大約等於拿跟棍子把自己敲昏，等到意識回來時，你才開始累的想死而睡著。三顆是進階版的第一種粗野鬥爭，廝殺之餘，天色對了，你的書寫可以成為意識流的典範。四顆是豁出去了的失控，五顆，如果你還沒被送進醫院，全新的宇宙生命秩序就要可疑地滲透進你的腦袋，你，可能沒有辦法再回到從前。

　　也許，我漸漸地明瞭了——在那個霎那間，我不應該放手的，兩隻在風雨中濕透的手鬆開的當下，蟲洞開啓了，後來的世界，其實再也不是原來的那個，而剛開始的時候，我甚至不知道自己已經在尋找回到舊世界的路……

〔貓年第九十七日〕

　　距離大地震差四日滿三年，天氣晴。今日的行動依然失敗，終場以三比〇收尾——遊騎兵三、睡眠全倒。醒來已經下午四點，我的清晨開始在太陽即將下山的時刻，我的夢境展開在現實開始被記憶癱瘓的季節。

　　記憶，必然已經嚴重地遭受遊騎兵的威脅——他們整群地奔竄在我的血液以及額葉裡，每天醒轉，總還是大量存留著高速旋轉與踩踏後的暈眩。此外，有許多重訪卻如異境般的回復，譬如今日，異常地掛念起 S——我的高中同學、或者——我生命裡被置入建檔的第一首朦朧派作品。

　　在颱風的暗夜裡，我們——我跟 S 一起經過被巨浪兇猛衝撞而劇烈晃搖、剝離的岸邊，他穿著我記憶裡最後印象的卡其校服，我則已經是一個中年的人，他沉默而勇敢地抓緊我的手——當一些臨水而居的人民開始哀嚎著被沖刷進惡浪黑水，處境如此危急，而我卻開始因為對他的愧疚而不可抑止地痛哭著，我曾經那麼清楚地知道他對我儘管隱密、卻深刻的愛，又那麼清楚地在內心嘲弄著否決，然而驕縱地領受，最後冷漠地走開。現在，我已經不知道上哪兒去乞討點救贖的當刻，巨浪像頭無比龐大的魔獸，用

它寬達數十里的利爪一回一回地攻擊陸地，每一擊都像惡夢裡的大地震那樣搖撼，而 S 繼續沉默堅毅、並且抓緊我的手。

〔貓年第一百○三日〕

　　天氣晴。因為無法再忍受用量過度而引發的暈眩感，我放棄了一整局。早晨九點整，我睜大著眼睛看著已經沒有意義的電視畫面，我感到虛弱，必須加大呼吸幅度的虛弱。電視裡，S 跟我牽著各自的腳踏車，距離聯考不到兩百天，我們走在七零年代的風城恍若異國、也許並不存在的陌生巷弄裡，經過一整片的藍、然後一整片的橙色、然後又一整片的藍的舊城牆下，聽說商校的狐狸跟狼犬都住在裡面。S 是我們班上的第一名小孩，當我可能蟠踞著倒數前五名的江山。我們正發展一種強調差異互補的同盟關係，但是貓紀元前的小狼群卻看我們看的曖昧，電視畫面出現些微的雜訊，我好像剛剛轉頭對 S 說了句冷酷的話，無心的尖刻有意的凶狠，或許也是為著回應那樣牆後頭的異樣眼光。但他總不在乎地安靜微笑，好樣個耐看的客家小孩，但我不領情，真的本來也就無從知情，小狼中應該有 S 真正的心碎者，那獸視我如仇敵，即使如此，我都是在貓年開展之後，遠遠回顧起來，才明白了幾分。

我關了電視，上午快十點了，你看，就像這樣，原來根本不在電視裡──記憶一下竄往這裡，竄往那裡，讓人難以招架、無從掌握，原來以為最邊緣微弱、最不重要的那一些，竟然也就跟著遊騎兵有樣學樣地浮起了憂鬱復仇者的從容笑臉。

　　S想唸外文系，我也總以為是因為這樣他才隨我這樣頹廢輸家搞文藝的跟進跟出。實在不知道他都在什麼時間唸書備考。但他後來還是順從家裡唸了商。他心虛地在離校前躲了我兩個月，他不知道根本我哪在乎，而我也不知道，他竟像是痛苦的背叛者一般藉酒小崩潰過幾回，而後來我知道了，知道了也沒想到我還是沒一點在乎。

　　往後五六年之間，他畢業、退役、按部就班如期結婚成家。我收到喜帖，那是離開高中後的第七年。我毫不在意地將它擱置在音響架邊上。又過了兩年，為了找一顆滾到牆角的螺絲帽而重新遭遇，佈滿塵灰、他人的婚姻。但我那回多想了許久，我在想，如果它在婚禮之日之前仍未掉落牆角的話，我會去參加嗎？S希望我去嗎？希望在我的見證下刻意地企圖掩滅我越來越無法若無其事地面對的過往嗎？我是想都不用想了，結滿塵網的終究不是那張喜帖與它們不知現況的婚姻，結滿塵網的是我，我自己。

〔貓年第四十九日〕

　　蝙蝠中隊的魏中尉來檢查我們的舌頭。雖然我們被稱做蝙蝠中隊，然則魏中尉看起來比較像是隻好看的北京狗，二十八歲，積極上進、充滿企圖心，上星期才剛買了一部全新的 Corona，碰到我們這些勤務兵總忍不住得意洋洋地顯露炫耀滿足的笑容。我覺得他終於會忍不住要我今天下勤務之後去試乘新車。我問他裝檢跟我們的舌頭有什麼關係，他不高興地回答說他自有他神秘的行事之道。上一回他檢查我的肚臍時也這麼說。檢查完畢有兩個剛剛舌頭一被碰到就痛得哇哇大叫的同梯被帶開，看來，他們的舌頭有思想問題——這是我們的揣測而已啦，連上有些弟兄私下傳言說裝檢根本只是幌子，中尉其實是政戰系統的，他在追查遊騎兵陣營的紅色支部滲透行動。

〔貓年第五十二日〕

　　遊騎兵今天跟我談判。他們的首領像個心理醫生、也許更像輔導長那樣與我進行著討論，另外的人則換上球衣在我腦袋的後院打起籃球。

「你知道這一切問題並不在於我們，你失業太久了。」輔導長口氣帶著被冤枉的無奈。

　　「但我不過是想要一些正常的作息而已，固定而單純的睡眠，外加一些偶而帶來靈感或感傷的夢。我並不想妨礙你們完成英雄式史詩一般的征服大業。（我也一樣帶著被冤枉的無奈）。還有，你們明明都是白的，為什麼搞個紅色支部？」

　　「你有沒有去看英國來的阿喀朗舞團？他不也明明就是黑的，可是看來跟貝克漢好像也沒什麼不一樣。（沉默）。你不應該跟我們對抗，實在沒有這個必要，反正健保費馬上就要調漲。」

　　「可是你們不能讓我像個瘋子一樣——你們都看到了——我簡直像個排泄失禁的老人那樣毫無能力掌控地什麼話都跟人講，滔滔不絕地講。」

　　「不是什麼話都講吧——都是些你壓抑了太久的陰影……」

　　「那更糟不是嗎？把剛認識的人當心理醫師……」

　　「心理醫師第一次掛號的時候也都是剛認識的陌生人啊。」

「不要挑我語病，我大部分剛認識的人、或認識很久的人可都沒受過專業心理諮詢訓練喔。更何況，有些人交往愈深就愈是不能聽到的一些話，尚且都可能已經輕薄地被說出去了。」

「（嘆一口氣）這樣吧，我讓你進企業號，星際爭霸戰第一代。」

「電影還是電視影集？我要電影，而且不能是前兩部，節奏太慢，內容完全撐不起做作而煞有介事的空洞理論。」

「那你確定第三部以後有更好？確定最早期的影集系列反而比較沒有這樣的落差，雖然回頭看──那些設計是有點矬。」

「那還是給我 AXN 頻道的『FARSCAPE』……給我機師的角色我可以考慮用三顆。外帶心悅臣服的忠誠。」

「你多久沒看 AXN，『FARSCAPE』早就停播了唄。」

「我已經從 Amazon 買了第一季第二季的 DVD。」

「我以為你會更想當 Moya……」

「喔拜託，那可是艘會懷孕的太空船耶……」

　　後來，當我意識到話題已經扯遠的時候，我後腦袋已經吹響歸營的號聲，零零落落地拍運著最後幾下籃球，反身，一個突如其來的射籃、啾、進袋！我的耳管差點爆掉。我痛得直不起身來的時候，他們都已翻身跳跨上馬，紅色支部的騎兵隊是白色的，但是外衣上的標記卻是襯著印銀底的紅字。感謝他們──眾馬並不奔騰，他們縱身一躍、只聽到幾陣重重疊疊的風聲、就消失在你的夢之外了。

〔貓年第七十二日〕　手足稀薄

　　記憶如此稀薄。天亮之前，我去看了十三號黑色大陸。一個渡海而來的年輕外國劇團。演出的作品大約是沙丘魔堡、阿基拉加魔法公主加起來之後除以一個失敗的電腦遊戲設計師彷彿未滿十七歲的混亂欲求得出的結果。但是，有兩件事關於這個演出讓我深深震撼。第一、當你坐在觀眾席漸漸開始覺得這根本是一場你不會玩的不知第幾代的電腦遊戲時，你無奈地嘆出一口氣、當下──那口氣就好像一個你不該按到的控制鍵被按到──所有的演員衝上台上，大約有二十個人吧，陣仗頗為驚人地，不分好人壞

人、主角配角或龍套地開始跳 Parapara 舞,不久,閃燈的字幕機亮出兩句話:「今晚已否如意?能否與我們跳支舞……」我恍然大悟,他們,他們就是遊騎兵!!第二件事是關於裡頭的角色,武士哥哥疼愛著文弱的法師弟弟,但是弟弟被超級殺人機器徐福擄走、並將他改造成六親不認的冷血無敵戰士。他狂殺了所有人——陰謀的背叛者、對抗背叛者的正義軍、昏庸國王、以及被國王嬌寵的好戰公主……最後是公主單戀著的武士——他的哥哥。唉,記憶如此稀薄……兄弟倆就展開了毀天滅地的殊死戰……手足相殘,原來,是因為記憶的薄弱,但是,輸的人是誰呢?擁有比較多記憶的哥哥……看完演出回家的車上,有人不死心地追問著一個問題:為什麼徐福會造出一個比自己強、還立刻就反過來做掉自己的怪物啊?大哉問,也是因為記憶如此稀薄的緣故吧。

〔貓年第七十七日〕

記憶還是繼續如此稀薄。天亮之前,我在看電視。終於,所有的頻道都再也沒有我想看的節目了,我打匯昨天租來的 DVD,諾曼第大登陸,我打開盒子,裡面是空的,我打開播放機器的盤匣,也是空的。我記得我已經看了開頭一小段了,那麼,片子到底在哪裡。昨天昨天昨天……昨天我吃了兩顆,希望能夠在對面

的軍營吹起床號之前睡著。那麼，應該只有一個鐘頭左右的 point blank 吧。我環顧客廳四下，一切看來就跟之前沒什麼兩樣啊——顯然沒有的啊！哪有在那時搬動了什麼、或進行了什麼額外的娛樂行動或外出漂浮……一道銀光切入，封住我的喉間，啊，又來了，遊騎兵的斥候隊長，明明長一張無辜的臉卻喜歡邪邪笑著，他熱熱的氣息貼近我的耳後，讓人不舒服的猥褻，然而卻也完全不是他的意圖，他從後面把我的頭往前推低，猝不及防銀光滑到我的後頸，接著就尖鋒利利地延脊椎劃下去，沒有痛感，沒有流血，就是劃開，然後他靈巧地從肩頸一帶，滑出那片 DVD 轉到我的眼前。

〔刺探／ 誘敵叛變〕

輕騎兵又出動了，他們在我狹小的屋內自在奔竄。貓年第四百七十九日。天已經大亮，七點了。我拿著數位相機到處拍屋裡的局部特寫以及外頭天光顏色的漸進。我必須存證，當我下一次醒來時，我要透過畫面產生立即貼近的記憶。我衣櫃門外掛著的混材拼貼著衣袖的襯衫袖口重疊著 Vivien Eastwood 大反折袖口，像兩個男人的曖昧。其實都是我，或者，都不是我。我拍煙吐出來時的迷濛，襯著剛探射過來的陽光為底。我拍電視上連續殺人

狂定格畫面裡的哀傷的寂寞的眼睛。然後就來了──輕騎兵首領的面首，愛人。這個人，陰沉而柔軟。長的一張太過好看難免讓人感覺煙花命的輕薄，而且憂鬱。

「你記得我們讓你從前面、從上面進去時的快感？我們雖然記得，但是角度不全，只有隨之震動的感受。」

「我沒有進去哪裡的問題？休想誤導我的回答，從琴面進去的是史卡拉第，從商面進來的是雷虎黑雲榜。Look！我都吃了四顆了你們還想我怎麼樣？」

「想從你後面、從 central central──溫柔、或者粗暴、撕裂著進去！！」

「真不敢相信你們說出這樣低級露骨的話。你們首領天天都這麼對你們是吧？他自己呢──我是說，為什麼他不自己來，加了顆星星給他又怎麼樣，還不是繼續幹連長，上校連長，感覺不更遜。」

「我今天來談姿勢，不批評長官。」

「那談你跟你長官的姿勢呢？我是不介意的，我已經開始搖晃，你的話都將被我的夢呈堂共震，我是說供證喔？我是說公正喔？我是說拱陣？」

遊騎兵冷不妨地拉過我、迫轉、從我身後貼住我並緊緊環抱著。如你所料，完全一字不差，他的舌頭開始舔進我的耳朵、一字不差地舔了進去。

〔雙面諜〕

我一度快速地瘦了，在不到兩週的時間內掉了七公斤。那時，長的像貓一樣的連長還不時地出現。他是另一個陣營的雙面諜。衣魔系的貓科，經過長期特種語言訓練之後派出的，唯一可疑的痕跡是稍稍鼓起的小腹，還有在早點名時會戴上深色鏡片的近視眼鏡。衣魔系的問題在於，他們比較神秘主義傾向，但是對於後遺症的處理卻更不耐煩、更不負責任地粗糙。譬如你以為在貓年對抗的是遊騎兵，但是，整個把時序拉進貓年的卻是衣魔系。把整個時序拉進貓年、同時都對抗瓦狼。當連長是連長時，他有一個家庭，兩個小孩。當連長從營區西側門外出走進旁邊的社區裡找他的情婦時，他絕對是隻貓，他的情婦是某署長的姪女。當連

長命令我跟另一個大專兵把汗衫脫掉在連長室陪他喝陳高，他就是衣魔的雙面諜了。他鬆軟光滑的臂膀用汗水潤潤地搭上你的肩背時，他其實是在偵測你對衣魔貓的效忠可能。他還喜歡舔二兵的肚臍，難得舔的人跟被舔的人都同樣無法感受一點滴的色情念頭，雖則他如痴如狂地舔，雖則被舔者當消脂按摩。另一個長的像狗——拳師犬的排長探頭進來時，總會尖刻地故做同情搖頭嘆息：可憐可憐性騷擾……這時你要趕緊護住自己的重要部位——通常我比較快——因為只慢一拍貓爪就狠狠地罩上來，然後一邊抓捏一邊大聲對門外叫著：沒有反應啊、沒有啊、什麼騷擾……可憐的貓，它不知道這個時候它嘴邊的鬚會因大喊而併出，而遮掩不住貓鬚之後，它也還沒法發現，它的講話只剩下喵喵的聲音。當然，那也是好的，性偵測派對通常就可以到此為止，出去之前，我總是不忘記輕輕拍兩下笨貓的頭才走。

〔貓年七十九日〕馬拉加

突然記起我曾去到馬拉加。之前從馬德里搭火車一路直奔塞維亞，兩天之後回頭在哥多巴轉而穿過寇迪耶拉山脈南下。大約是下午三四點左右了，出了車站到冷清的旅遊中心找旅館。之後一個人在陽光還有點刺亮、不太熱絡的市區街道又走了一小段路。

我記起那是一個頂樓、有著斜切屋頂與小窗櫺的房間。外面可以看見許多鴿子的天空，左邊是往港口的方向，右前方就是那群山。我記得走進旅館前，被一個英文很破的吉卜賽女人纏住，堅持要替我占卜，她說中了一些，關於我不久前結束了一個愛情，說錯了一些，譬如說我來到這個城市是為了洽公。但是說對的部分並不稀奇，一個少見的亞洲男子在這個什麼都不是的時節出現於此，大約七八成都不會得意於愛情的吧。至於說錯的部分也不盡然全錯，飛到伊比利半亞島的確是先去了葡萄牙參加了公司的會議。我當然不滿意，她開始推諉是因為她的英文不好。然後我還是被狠狠敲了一筆，我給她五塊美金，她堅持要十塊，最後我只好拿了她手上的柏樹樹枝做為額外超支的補償。那是六月。地中海西端的港口，沿著海岸公路往西南大約一百五六十公里就可以到達著名的直布羅陀。但我並沒有去。我搭公車去了一個旅遊書上推薦的海灘，離市區半個鐘頭的車程。車上有兩個健康美麗的東方女孩，我猜是日本人，現在想，又覺得應該是韓國人，總之，我沒有搭訕，她們沒有理我。而那個海灘並不熱鬧，也不夠美麗。要不因為季節還沒到，要不就因為並不是假期，而且儘管天色還那麼亮，但卻已經接近傍晚。我拍了照片。海灘，港口，還有那個旅館的房間。但是照片不記得放到哪兒去了。乾燥的轉成褐色的針葉樹枝卻意外地還被擱在書櫃邊。第二天我從那個城市，那個旅館出門去隆達。要轉車，在波巴迪亞。但是接駁的很順利，

火車也沒有誤點。我不記得我是如何做到的。那是那個較年輕的年紀才有的精確與力氣吧。

然後一片白花花的光，我忘了，貓年的此刻，我讓那個較年輕的我，像錄影機咬帶一樣地卡死在「我不記得我是如何做到」的那一句話上頭。

〔貓年一百七十四日〕談判中斷

清晨五點四十二分，天色還全暗著。閃電，遠方響起雷聲。五點四十七分，雨點開始打在窗戶上。是冬雨。我還有記憶嗎？我是說，沒有被遊騎兵踩踏過的清醒記憶……我抽煙抽到開始乾咳，但是，抵不過那種渾濁顏色感覺的持續暈眩感。他們甚至已經停止與我談判——我是說，對我的招降。甚至在這樣的季節，讓雷響得跟春天一樣。

〔語言〕

一個禮拜前，我開始排戲了。但是第一次與演員的會議，我

就陷入口吃與用詞錯亂的僵局，譬如我會說：你的表表表表表達誤殺了台柱（排助）的抹布（？）……或者把「我是個非常失敗的導演」說成「狗是阿爾汗布拉宮的蒼蠅」，而且「阿爾汗布拉」其實前前後後顛倒重組了四次才成功。

〔貓年第四十七日〕 重兵進犯

　　遊騎兵毫無預警地重兵進犯。趁著我還在歐洲台灣剛結束飛行的時差狀態，再加上第二天緊湊高壓的工作行程。他們先只是若無其事地安慰我早點睡，但是失敗，我很快妥協讓第二組人員進駐，這已經相當嚴重了不是嗎？我其實也不確定是不是真的睡著了，或者深眠的比例幾近於零地空茫著。下午兩點驚醒過來，發現第一個會議已經無從補救地錯過了。我深深呼吸，希望鎮定下來清醒地往下安排……我洗把臉回到臥房，順手拿起平時睡時擱置桌邊的黑框眼鏡……戴上，立即覺得焦距感有點陌生，兩秒鐘後摘下來，我立即驚叫起來——這不是那副 Matsuda ！！！而是昨天整理歸家的行李時、花了半個鐘頭死都找不出來的 D&G……我衝出客廳，飯廳，尋覓著已經離去的遊騎兵們留下的殘跡。一個、兩個、三個……天哪，天哪，怎麼在我失去意識的時候裡就多了那麼多……他們甚至開過派對，所有冰箱裡的甜食、櫥櫃裡

的肉罐頭以及一些飲料全都光了……我看到一張字條留言說那些食物都是我一人所為……那麼，我還做了什麼了？我的 Matsuda 眼鏡哪裡去了？一切失去的線索讓我感到重度攻擊後的羞辱憤怒與虛脫感。而三天後，我打開冰箱冰庫竟然彈出一個已經解體的可口可樂鋁罐——那是冰凍過頭、膨脹了密度之後爆開的結局……

〔狗一定很幹〕

因為我連續四天半沒有開車下山進城。一方面我看到整片陰氣壓在城市上空，一方面我的睡眠接交接的連串已經不是一天兩天不好而已了。狗中尉當然希望週末多一些勤務連公差洗地板什麼的。偏偏喵連長寧可五六個被禁足的兵賴在它圓鼓鼓的小腹到大腿之間，有時不小心地還會有其中一個咬到喵連長的喵的陰毛。像此刻，我已經三顆吃了，輕搖著，沒有不舒服但真的想睡了，你猜，哪兒來的遊騎兵。耶！！遊騎兵，可是蝙蝠中隊可不爽了了。他們的 X 開頭的那種特種部隊，好像過時酗酒了。我還不小心混進減肥藥裡。狗一定很幹。因為我現剛剛好來舔貓的肚子。

〔貓年第兩百零一日〕 風雨交加

　　遊騎兵沒有出現。第三日，我堅守清醒的最後防線。但是，天亮前一刻，冬季的山頭，卻詭譎地風雨淒迷、高呼低吼地飄搖。無法入睡了。心裡有著懼怕。遠處大城的燈火會不會遽滅。而永遠不再亮起。遊騎兵會不會已經轉戰我看不見的我的遺忘記憶區塊。讓它們永遠不會亮起。雨點重重地飛打在我僅有的窗口。帶有脅迫的節奏。我怎麼知道它們不是遊騎兵的鷹犬。或者，是無政府地亢起擺脫遊騎兵壓制的亂民。我心頭越感到沉鬱了。山下的水位迅速暴漲。遠遠的小火柴盒般的汽車現在是幾近滅頂地漂浮著的了。我可能沒有離開的出路。

　　雨雲鐵灰著顏面繼續迫低。我突然似曾相識地看出它臉上的貓的連長的形廓。

　　那麼，S會不會出現在這裡的現實。面河臨大橋邊的山壁土崩了。我聽見那些慘叫著滑落淹沒在土石流裡的蒼白而又不景氣的夢。那麼多的夢。直昇機開始盤旋。降下繩索攀吊著救難人員卻不知道有什麼好救。我的牆濕了。雨水已經淫暴地浸透而入。我的牆，軟的像泡水的硬紙板。

〔四百七十九日 B.C.〕

貓年前次把機奇攪路，入伍訓練結束後的第噁機日。忙了我兩天兩夜的我署裡的業務提早做完，署長交代政戰簽外宿假一天給我而且從下午三點立即生效。我準備好便服後，走過空曠的連部走廊，穿著四角內褲跟軍綠汗衫輕敲著鋁盆要去洗個澡，經過貓的房間時，我有一種不祥的預感，因此極其謹慎地快速通過。鬆口氣。然後來到每個星期都大肆清洗卻仍因為陳年臭渣揪捲陰毛以及無數往生的無辜精液的厚度因而還滑溜猥褻的浴室。沒看到人，只有一個脫水機奮力轉著，我在進到內裡淋浴區。不遠處有一人在用，除此就是我我我我我我……那個要不是跟我一樣走運、要不就是煮飯兵，了不起煮飯士官…… 我大落落地推開門走進軍官專用的第三間。水沖下。突然一團毛茸茸的東西從右側撲上我，我驚聲叫出……可是下午三點不到誰理你呢，樓下的伙食排根本就是總部裡的哈林區一樣。那毛物見我尖叫，眼神快速轉出人的神態，立即探出像手一般的爪掌封住我的嘴……死貓、濫貓、變態貓……然後他赤條條地推開淋浴室的門、大落落地走出去，說是若無其事，偏又要突然轉頭故作凶狠地說——傳出去的話就是你

攻擊性長官！喔怎麼會，我多愛這一招雞器貓小莖襠的遊戲啊。

Days like these - 1

我已經越來越在一種常態性的推理與懸疑處境。記憶無疑早就稀薄了。記憶，越近的越遙遠。譬如今天早上十一點半起來走到廚房，發現凌亂的鍋具，旁邊的碗公裡面粗魯地雜放著三個粗魯對開過的空蛋殼，好，我確定煎過三個荷包蛋——從油與食盤的碎屑看來，油還下過多了，顯然起了蛋到盤子之後我就更失控了——因為鍋鏟此刻是掉落在流理台下的……但是，但是，我幾點作了這件事？蛋吃起來是什麼味道？我站著或坐在哪裡吃完它的？我不記得，我不記得。就是不記得了。那麼，會是另一個人的作為嗎？他同時也應該是我對著高額的電話費帳單懷疑盜用我門號的那個人？甚至偶而接到了他的犯罪夥伴或者情婦找他的電話。我倒寧可如此，有另外一個人，那麼我可以報案，或者暗中偵查。但是萬一牽涉的是某種平行時空次元的跨界呢？

Days like these - 2

又譬如我如此遙遠地隱約記得了在吃過第二顆 Stilnox、正要

考慮第三顆之前（不過就二十分鐘前嗎）的那個三明治。我隱約
記得它的特殊配料。口感。但是，明天天一亮，會怎樣——遠古的
三明治記憶化石終於出土。

Days like these - 3

　　夢見被關在夢裡。走進浴室的鏡子前，在刮鬍刀劃傷眼角時，
猛然意識到刮鬍刀是跟我進浴室時就一直在手上的，我看著鏡子
裡慘白的有鬍的臉，絕望地說這不是真的醒……我氣憤地回房裡，
把刮鬍刀憤憤地丟到棉被上，然後那裡竟也淌了一滴血。哭泣。
告訴自己，重新再睡過，試試看這次醒不醒得來。外頭的天氣這
麼好，我就知道不會是真，明明睡前還在下雨‧‧‧‧頭在痛，這下
不知道是夢還是真的了……肩膀也壓酸了，試試看舉舉手吧，從
被窩中伸出了模糊無法對焦的手，夢！！不死心地用盡力氣把真
的手一點點舉起，吃力是因為夢與真實的界線的穿透的困難，但
是總算看到一個正確距離、正確重量、正確比例的自己的手，而
不是夢的手。我又開始感到無比悲傷。如果失憶失去一切也就算
了，但是如果是清醒地被關在比如夢這樣的窘窖裡面的話呢？

Days like these - 4

　　也有如此的狀況。我黃昏的時候醒來，頭還痛著。我打幾個電話，開著電視看看戰爭以及 SARS 的最新狀況。有些朋友一個禮拜前就去了墾丁，用音樂與藥物吶喊春天。今年，同時還要對抗—用青春的虛無對抗惡夢連連的地球。我卻在意外發現櫃子還有一整排遊騎兵之後，變得更篤定或更愚昧。我三點四十吃第一顆，四點四十第二顆，六點五十第三顆。開始懷疑遊騎兵有敵軍詐降混入。我毫無睡意……天大亮。七點四十五，多雲，但是陽光還是濛濛顯現著。我聽到巷戰中退到我餐桌隱晦角落用維他命 C 掩護自己的殘落遊騎兵還有氣無力、不懷好意地心戰喊話——「你不是該需要第四顆了嗎……」好個我不是需要第四顆了嗎。

〔持續的暈眩〕

　　我不快樂。睡眠真的是遭透了。六點半才有的睡意，但是不到九點、或九點多一些就又醒了。強烈的想吃的念頭。吃了一些東西，又不真的醒得過來的沉重。勉力睡回。過中午，就夢到你了。你的辦公室後面門推開就是我們自己的房間。我只是想緊緊的擁抱，並不真的有什麼肉體的慾念。抱了。那觸感，還有體溫都那

麼真實。於是又微微興奮了。說我們就坐下吧。讓我賴在懷中。但是才躺下，就被不記得的人事打斷了。醒了又睡。一直都沉重著。後腦杓又灼熱著暈眩。稍一轉動就燒起一片高溫的那種驚心動魄。又夢到老舊的房舍，一種簡陋的平房宿舍，站在門外吃力地追想著，哪個門才是對的，應該是最左邊，因為，夢裡以為的模糊記憶之中，在內室是有著邊窗的。然後去了美國。像 Edward Harper 畫風的景象的紐約，但是線條色調卻不是他的沉重。一個同車的西方女子，也許來自歐洲什麼的，大聲地咒罵著戰爭的發動。然後看到空地上的戰機。這一類的。終於兩點多在手機的鬧鈴裡勉強地醒了，而且繼續躺在床上地醒著，憂心著頭部暈眩感地醒著。

〔好像永遠結束不了〕

約翰‧克萊頓被射進一個蟲洞，或者是被轟入，然後從宇宙的遠端、陌生的遠端噴出。這可能勉強算是故事的一開始。但是，我 kind of 接不下去了。貓年，好像永遠不會結束，就像儘管我再怎麼追溯也很難找到確切的開端，那個在宇宙另一個遠端的「一月一日」。但是我也沒有因此發明另外的時間單位。我只是醒著。

在一個戲結束之後的三個月，疫情失控的期間，我開始為一個前所未見地心虛的演出操心。操心，憂慮，煩躁，沮喪，抑鬱。莫亞一定是病了。我是指那艘生物／機械的太空船。

〔異形對話〕

- 好吃嗎？

= 不，你應該問可以吃嗎？

- 那麼，可以吃嗎？

= 不，這是一件衣服。

- 為什麼這是一件衣服，而不是一隻貓頭鷹？

= 為什麼你知道貓頭鷹，卻不知道這是一件衣服。

- 貓頭鷹好吃嗎？

= 不，貓頭鷹才可以問好吃嗎？

- 貓頭鷹會問什麼東西好吃嗎？一件衣服嗎？

= 不，貓頭鷹會問另一隻貓頭鷹他嘴邊咬著的老鼠好吃嗎。

- 你確定是老鼠不是一件衣服。

= 我們的對話讓我感到非常憂傷。

- 可不可以吃一件衣服是憂傷的事情嗎。

= 我可以立刻消失嗎？

- 為什麼當我們總算有了外型了你卻想要消失。
= 你認為你有外型就夠了嗎？
- 為什麼不？
= 為什麼不消失。

「清晨五點十九分。我吃了兩顆 Stilnox。繼續猛抽著煙。我的睡眠還在外面的院子裡散步。他還非常清醒。冬天快要結束了嗎。二零零四年開始了嗎。我在追索一個二十世紀日本現代小說家的作品裡困頓了。我需要午夜快車秘密地非法出境前往塔什甘班機失事的地區。但是，我的睡眠突然狂吠著，異常兇猛地咬住一個皮球狂扯，偶而還停下來使用人話裡最惡毒的字眼詛咒著，我想又有一個異形佔據了他。我對他叫著小名要他趕快進屋裡來，可是他對我也露出了耍狠的敵意目光。我立即懦弱地噤聲。但那個球已經血流不止。我猜有第三星等的孤僻但溫和的異形附上它了。我立即迴轉身去撥打緊急報案電話——異形出入境行為失當管制局嗎。」

- 喂，我能為你做什麼？好吃嗎？
= 不，你應該問可以吃嗎？
- 那麼，可以吃嗎？
= 不，這是一件殘殺正在進行的事件現場。

- 所以我問你好吃嗎？

= 可是並不是我在吃。況且我也懷疑那個皮球並不是在被吃。

- 皮球？痾，上次我試過，非常不好吃。不過聽說跟大小還有種類不同有關就是，網球的纖維毛很容易夾牙縫，橄欖球一點也不像橄欖油或橄欖果實那麼友善，至於保齡球的話，我的一個朋友發明將糖漿抹在球瓶上面，勉強就騙自己是 lollipop 還不錯吃……

= 你有病，我的睡眠就快咬死一個小皮球了啊。可不可以先幫我叫救護車、還要準備幾加崙的異等通用過渡類血漿。

- 可是可能會死的又不是你的睡眠，而且在新移民內部矛盾管理法立案之前，咬死球的那方最多被判多吃三顆 stilnox 就可以了嘛，緊張的哩……

= 萬一……

- 唉，有一萬，沒有萬一的啦。

= 萬一，恰巧那個皮球曾經是我的睡眠一輩子最要好的朋友呢……

- 那我幫你轉葬儀社。不過如果只是要安葬你自己的悲傷，聽說上星期價位調高了，比真正死了還要貴，所以如果你不是很富有可以死好幾次，奉勸你別理什麼悲不悲傷的，直接去撞牆一死百了。身後花費大概只要三分之一。

〔暫時的結尾，一個除夕〕

　　會不會有一天我就醒不過來了。貓年的除夕。山上起著大霧。遠處城市的燈火勉力搖曳閃動。透過濁濁的雲氣，子夜，倒數完畢後有幾發悶悶的遙遠的煙火冒出。我開著電腦，連上網站聽紐約的 WBAI。凌晨兩點，紐約時間下午一點，主持人阿蒙充滿戲劇表演效果的沙啞聲音宣佈了今天扣應的主題：生命中最好或最糟的一年。一個住長島的老太太扣應，她先生得了帕金森症，為了照顧他卻把自己弄得失眠了，因此開始服用安眠藥，她說，有一個冬天的夜裡，她吃了藥，半醒半睡地竟然從床上摔到床下，地板是冰冷的，她說，但是她無法移動，只好忍著淚水繼續躺在那裡一直到第二天，雖然還好沒有摔斷身體哪裡，她說，但是年老真是件可怕的事。我不知道終於那個迷人的主持人阿蒙安慰她的話給了她多少幫助，我才四十歲，還太年輕無法了解那樣的恐懼與悲哀。才四十歲，即使過新年了要加一歲，我還是只能很濫情地在地球另一端的這裡跟著淚眼盈眶。不會有貓年了。我的貓年已經結束，遊騎兵回復他們的真實身分，我的安眠藥們，史第諾，或者安比昂。

〔舅舅・貓年之跋〕

　　某個演出，儘管已經結束，而我也獲得了適量的批評與小小的讚賞，但我仍然還是一個失敗的導演。因為隔了幾個月了，我才想到應該怎麼處理《三姊妹》的那段戲……應該躁動著的是奧爾嘉，她要不斷地跌落，或者像在夢裡的那種失足，而瑪莎可以不斷地企圖接住她，直到她要開始說自己的告解，至於依蓮娜，自始至終地，應該在她的憂傷外層結著冰，她應該是個冰人，儘管你可以透過冰，清楚地看見被封凍在裡面的那張有著哀求眼神的面容。就是這樣的，但是我失敗了，我放棄了我的演員，安慰她們說那樣就可以了，卻又隱隱地不滿意。這真的是一個導演的失敗。但是，比這更糟的是──在這樣的時候，我想不出來我可以打電話給誰告解。我於是成為一個凡尼亞，一個不負責任的舅舅。

〔重新進入貓年〕

　　（聽著，我不想再重複，你的記憶力沒有問題，是我們的生存方向需要調整。整個事件從一開始就不應該以這樣的角度切入，什麼？你還問我是怎樣的角度？老天，果然不是記憶力的問題，先生，你的一整個腦袋都是問題，乃至於腦袋本身就成

了最大的問題。）

在整整一年之後，我失去了注音輸入法的全形中文標點符號。某個颱風在遠遠的東南方洋面，但是落地窗外已經吹起非常颱風的風，凌晨三點二十，看完 *Lost in Translation* 我突然意識到，貓年又重新來過，正式開啟。

我失去的還有一些對文字的敏感，我枯燥地以「我喜歡這樣的作品」做為一篇音樂評論文章的開頭，我不斷地察覺大腦裡頭某些神秘區位的訊息流動越來越乾燥，我的大腦睡著了，但是我沒有。貓年，又開始了……

我擺脫不了那些人的尾隨，他們一直撿拾從我腦袋飛出去的意念，我不在乎了的意念，但是讓他們保存起來，我開始感到介意。我想跑快一點，但是那些鬼東西跑的比我快、（這裡我需要一個頓號）跟的更緊，尚且意念飛出我腦袋的數量更大，大，更大，我最後可能會成為落後的人。

〔二〇〇〇七〕

　　我必須適度地妥協。蚱蜢少校至少證明了他是綠的，草綠。
（那麼蟋蟀呢？蟋蟀的軍階職銜是什麼？還是蟋蟀本身是一種
軍階？）

　　我已經進行妥協──在三分四十七秒之前，你知道嗎？在短短
的三天之內，他們連續進行了兩次猛烈轟炸。我以為這週是我星
座運勢看好的日子呢。

　　「對話，先生，導演先生，我們需要對話。」蟋蟀頭也不回
地一邊還按著遙控器轉台……

　　「喔……我不知道你已經在這裡了。我以為──」

　　「你多久沒看 AXN，『FARSCAPE』早就停播了唄。」

　　「這句話以前說過了，但不是你……」

　　貓年第四百三十九日。接到媽媽電話，她的聲音平靜而憂傷，
告訴我三舅今天早上往生了，在從醫院返回家裡的車途之中。三
舅是媽媽年紀相近的小哥哥，我們從小領受的其實是延伸自那個

關係裡的一種疼愛。並沒有太多柔軟關注來自自己父親的我，隨著最後的輕微暈眩，進入不再有遊騎兵出沒、彷彿終戰戰場的記憶，記憶裡有光，必定是個陽光的午後，在外婆家的天井裡，幾床棉被覆蓋在幾張大藤椅上曝曬，我舒服地把頭側枕在舅舅的腿上，讓他替我掏著耳，細細的金屬、或者蓬軟的棉花進出時，我聽到一種神秘的巨大回聲，從童年的彼端通往此刻的未知的迴響，我微微睜開半瞇著眼，看見了屋頂上頭一隻貓的逆光身影。

十個關於道德與病的夢

　　猝醒。你有沒有過這樣的經驗——因為自極度凶險的夢中醒來、便像在病中一般虛微，甚而因此憂心、哀傷，你久久無法平撫、因為剛經歷可能是至親之人的猝忙等等這類驚駭異常的場景，但終究，最後又在迷魅之間發著熱重新睡去。

　　凌晨將近四點離開市區，回到關渡已經快要天亮，身體非常疲倦，精神似乎也是，但是，六點半就寢，卻又開始反側難眠，像有灼熱的能量在腦中、還有明明已闔上的雙眼內流竄。第一次不得不醒來是在兩個鐘頭之後。對於剛過去的這兩個鐘頭也不確定有多少比例是真正睡著的。但因為惡夢，才隱約知悉曾經入睡（而在那樣的夢進行著的當刻，卻恍然以為仍醒著、而猶仍奮力企圖睡著）。

第一個　夢到自己在與如鬼魅的夢裡的夢拉鋸

奇妙的是，對一個如此困難於入睡的人，你竟然已經到了某一個夜裡（二○○一年的八月二十五日深夜……在與久違的友人整日的耗神聚會之後）意外地沒有 Stilnox 就累得睡著、卻在夢裡以為自己睡不著的地步。你把那個以為自己還掙扎著無法入睡的夢裡的你稱為他，他就在那裡──你正躺著的那張大床上……場景的重疊是確定的，事實上也一直要到更後來真正、真正醒過來時，你才知道真實這層、與夢的夢裡的他的那層，是有著相同比例、距離，但明顯不同於光線、形狀、細節等等的。他喊叫、驚恐地害怕聲音發不出去死命喊叫……

（醒來吧。或者。又離開床鋪。又睡回。）

第二個　集體驅鬼的罪與吃鵝的病

彼時，白晝已經闐熱。才從前一段充滿驚悸對峙中離開未久、多不可思議──竟發生了這等的景況與人事──久飢的鄉人為了吃人肉、而在山坡上縱起大火將不及逃離的眾人燒死。之後卻又因為亡靈纏魅懼而作法謝罪：一人領一亡魂，那種一但被依附即揮之不去的暈眩發寒、竟也讓攀附上原以為只是旁觀者的我了（我

吃了肉？或只是生者就得共擔共犯？）。

領魂、讓眾鬼得以超度。唯獨一人始終不成，聽到眾人議論是因為他對那鬼魂生前、不只行過眾人普遍所為——亦即欠的更多、譬如偷過後者的人（還是聽說是幾頭鵝——有人補充修正）。我們在西山山腰行進，即將到達芎蕉坑、之後轉出澗谷便要過橋，而按理對岸該是下街、我們卻到了三公里外的水尾坪。到達的眾人自認已經完事，在言語上便又輕薄起來。

儀式似乎就這樣結束，但夢中的自己卻已然憂心、不快樂，因為目睹極惡的殺生、因為莫名成為共犯之一員、因為鬼的引附。但是終於在水尾等候公車準備回鎮上，一起候車的某人是個熟識者，也許是公司的一位同事，他買了幾大袋鵝肉，卻喃喃著抱怨並沒有要買那麼多，他打開其中一袋要請我吃幾塊——袋裡全是連頸的頭部，我婉拒並聲稱是關節不好、不宜吃鵝肉，但是其實有點心動地想到鹽水烹煮的肉的美味。

他突然以手指探觸我的胸前、那裡竟有一塊怪異的隆起結構，動作的突兀難免讓人我有些訝異，他卻說他已經算小心的了——他的醫師可是粗魯地就壓擊而上造成很大的痛楚，他說我該去檢查了，那隆起物是結核或者惡瘤的癥兆，我沈默著為此更加憂心。

同事最後遞過一袋給我，似乎只是方便我取食，但是，車來了——只到鎮上、不到同事更山裡的聚落，於是我獨自上了車，一位親切而略略做作的車掌小姐過來招呼，讓我用三塊鵝頸買了票。在車裡，似乎還有一些令人不悅的喧鬧，但是記不清楚了，只記得，拎著那袋鵝肉，突然焦慮地困惑起——那是給我的嗎、還是只是他暫時託交給我、我也許到站後要在車站等候後來他搭的車班將鵝肉交還……但是，終究是無法解決的處境，不管多麼瑣碎可笑，結果一定是夢就此嘎然而止、而焦慮延續到夢外。

（又醒來。或者。又離開床鋪。又睡回。意識未清地過場，因為還有更多的夢。跌跌撞撞地出了房門、到廚房拉開冰箱翻找一些食物，然後坐在房間門口墊高地板切口邊緣恍惚地吞食。但終究不甚滿足地回到床上。再度艱困地跋涉起朝向難以入眠的戰役。）

第三個　因養狗病故而瑣碎的罪

終於極度疲累地真正睡著了。我開始騎著單車在回住處的路上……。一開始應該是林森南路靠近長安東路、儘管市街景象異常地鄉鎮，就在準備左轉進長安東路了，一個朋友超車經過的同時提醒我去前面一點的一家店買水煙草。

我推門進到店裡、對照尋找朋友特別指定有奇異造型落腮鬍的老闆。是的，他在。我問起一種可以沖泡出給家犬吃的飲料（很怪的——是為了讓它產生鎮定作用的呢），結果果然是有的，他把東西給我時順便教了一下用法、似乎還暗示了人也可以使用……我們接著到結帳桌邊、我把錢遞過去、說著話的老闆不知合時已經變成溫婉精明的中年女人，我特別從她的雙手看出……買好東西出來就該回那個有小狗（應該就是往生已經六七年了的精靈）被養在陽台的租屋住處了，但是才騎上車就發現市街方向又迷亂了，我小小來去幾圈、卻成了大湖街上靠近我幼時民眾服務站、幼稚園之間的那一帶……

　　再又一轉，不知何時我已經穿著新竹中學校服，空間跟著配合變化——當然也就接上東南街轉學府路的一帶。我下了車走進校園想看看久違的母校，手上的東西變成紙便當裝著奇怪燴飯般稠狀的食物……我走上建築物與建築物間以前從未存在的銜結走廊，樓下有人呼喚（不是喚我），我探頭看見一個女高中生在她數位友伴間獨獨抬頭仰望……走下來經過兩名交談中的辦事小姐的身旁，問她們最近的便利商店，這時特別注意到了自己左胸口學號的那一小塊老是被折壓住而看不到內容。我從體育館狹窄的旁側往大門口走，兩個男生很率性地把單車擺擺在一前一後跑了過去，我來到正門前空曠區，有點高的地勢讓我可以往東山街、甚至市

區方向張望，張望什麼？因為竟記不得自己到底住哪裡了？是哪個階段租貸的公寓？有陽台嗎？有養狗嗎？有的話──小狗在陽台上進不得屋內、而我又不常回去，萬一它已經因為被遺忘而餓死了呢？重重的憂心、淺淺的焦慮……總結，就是我不知道我住在哪裡、我不知道我住在哪裡？不知道現在自己的身份？不知道狗的名字……

（又醒來。或者。又離開床鋪。又睡回。之後是這一輪迴、夜間分部最後一次的甦醒。但保證不是最後的如此艱辛。）

第四個　抗拒妥協的罪

「明天的婚禮你會去嗎？」手上拿著一朵有些萎垂的花、妻焦急地問我。

「不知道耶，我晚一點得打個電話給 K，看看他是不是也跟 L 有約好，而且劇團好像已經發了製作會議的通告，我一直聯絡不到 F 確認，還有，C 醫師的口腔探照燈壞了，我今天沒有檢查到牙齒，胃有點脹，可能是中午的魚不新鮮。不知道現在禮金一般都包多少。」

「你會去嗎？」她的聲音略略黯然下來。我知道她非要一個無比確定的答覆不可。她總是這樣。而我一貫地抗拒妥協。「你總是這樣……」──但反倒總是她提出同樣的指控。突然想起一個咒語──「蒸發！」我洋洋得意的聲音有些顫動，如同魔法師一般、十指向前對妻揮出雙手。她愕然地張嘴卻說不出話，睜大的雙眼越來越哀傷。但是並沒有消失。她的花重新鮮豔豐潤。隨著我越來越遠、越來越模糊的視線，她逐漸完整的身影已經穿上白紗禮服。等到幾乎已經看不見自己的雙手才猛然記起喔天哪──是我們的婚禮。

　　（醒來時感到窒悶而莫名的憂鬱。盜汗。安眠藥的藥效還沒退過一半，昏沈沈地起身換一件乾爽的襯衣，穿到一半才意識清晰些許、記得了原來從來也就沒過這樣的一個女人。）

第五個　反覆造訪的地方

　　這些地方，在夢以外的現實已經不存在、或不曾存在。但是因為我三不五時的反覆經過、重複造訪，便因此無比堅固、比真實還要堅固起來。

　　穿著中學生制服的我從客運車下來。等所有旅客下完之後，

巴士必須前行三十公尺再右轉五六十公尺才會到鎮上的客運站。
這裡，只是終站下車的路口——沿巷子走進再右轉一百公尺就是我
的外婆家。一家從日治時代就開始營業的照相館，我在那裡拍了
我一歲大時與媽媽、哥哥、姊姊的合照，在繪製的台灣名勝景片
前面。新近在它的左邊張羅出家族第二代經營的豬肉攤。相館巷
內隔開一棟直接比鄰的住家，在下一個轉彎的巷角是另一棟老時
代的傳統家屋，而且跟外婆家有遠房親戚關係，我們含含混混地
總稱為阿舅公的那一家。對面另一角落的建築是新式的二層樓房。
沿著巷子兩側左邊經過生產豆腐的人家、右邊經過作泥水工程的
人家，就是外婆家了。

第六個　暴戾從古代附身的罪

　　夢到有人哀戚地說到他看到自己的前世戰死沙場，甚至有著
一些爬在遍地屍首間的恐怖細節。我說了句無心的話，想要化解
沈重氣氛、要大家不要太在意這些事情，突然那人轉頭對我說出
充滿暴戾要脅的話語。冷冷的光一道閃過。旁邊的人拉開我，恐
懼而低聲地說，一定是有一些不屬於他的在那前世荒野裡死去的
東西跟著他回來了……。

第七個　畢業的生命

夢到癌症的知名舞者，其實並不相熟，卻在醫院大廳相遇而擁抱彷如故舊，安慰著不禁落淚。但突然傳來廣播要畢業班的同學某某立刻到教務處領取證書，她拍拍我的肩膀笑著說，你還真會夢——夢到連學校跟醫院都分不清了。之後我順著指示去了所謂的教務處，卻是一整片洗衣晾衣的小天井。在那裡我遇到三舅家的大表哥，才知道，從小最親的三舅舅過世了。但是為了已經年邁的大阿姨今天要來探望三弟，大家正苦惱地還留在醫院裡，想要佈置出三舅住院時的場景。到時候，只能先牽阿姨來看看這裡晾曬著的衣服呢。

第八個　青春的罪

D 驚恐地害怕走廊上方、臉上沾黏著蛛網的鬼又要開始查房點名。一九七九年省立新竹中學建在突起土丘上的第二宿舍，高三生專用。明明是陽光燦爛的午後，貓反覆尖叫著被推下的斑駁窗台外，一片綠意的雜草藤蔓間，生銹的鐵絲不情願地拉成神秘而歪斜的晒衣場，D 瞇著眼別開頭，他從來不敢正視那些猥瑣的、鬼意的、總有些破損、後青春期、歷經自慰、泛黃而汗味而聯考當前的眾多內衣褲。偷魚的貓都比它們乾淨——才閃過這個念頭，

就看到其中一隻被晾掛在鐵絲上，牠怨恨的眼光注視著我、滲血地掙扎著。

（又醒來。或者。又離開床鋪。又睡回。）

第九個　網路

怎麼說，的確是一片大網，但卻又波動起伏著。那樣的夜晚十之八九是吃悠樂錠入睡的。

最後的夢

然後，是哪裡都不去的，就在床邊，你虛弱地坐著。哈欠，可以牽動全身神經的非自主性行為，從張嘴、揪擠眉頭鼻頭開始……但是如果只到一半呢？……橫隔膜上下有一種彷彿缺氧的阻絕感。你哀傷地（像夏目漱石筆下的少爺、高等遊民一般）強烈預知著天亮之後自己就將蒸發（人間蒸發，像安部公房筆下的徵信偵探或卡夫卡的Ｋ），你已經失業一些時日，現實像夏天溪畔正午曬的燙人的鵝卵石，有人只是一滴汗水。

我承認這次有點嚇到我……你的那個所謂的日記裏描述了十個
夢，為什麼有一些隱隱約約似曾相識的印象……還是，那些是很
多人都會有的夢？但是，這也說不過去，相近的最多是模式，氣
氛，情緒，最多一些具有共通性的符號或事物，而你的夢——或
者你描述的某人的夢，雖然沒有完全一致的線性結構，卻重疊了
那麼多我所隱匿的心理視像，你不會是催眠師或者洗腦專家那類
的人吧？我是說，也許我其實完全與那些意象無關，但你卻神秘
而又很賊的讓我誤以為我有過那些夢？更前面的日記裡說到高中
生活，說到童年午後暖陽裡的神秘光影，我驚駭地以為你窺探了
我原本不可能被窺探的生命，但是，我才又意識，不對，我幾年
前的事件，沒有讓我能夠保留那些記憶的……但老實說，我也必
須承認，說不定真的是一種重建回復，而不是你的鬼祟魔法……

包裹 006

遺憾先生

時光旅社 (2009)

　　有一個在時空裡曖昧存在的旅社，從外頭看荒蕪殘敗，走進去，卻有可登之堂、可入之室，稱不上華美，但氣質絕然無可取代。

　　有一群無法離去的人：異鄉人、旅行者、朝聖者、逃避家、國土測量員、執照被吊銷的私家偵探。最後，加上一個生長在這個城市的少年，因為嚮往著奇異的鄉愁感，每當存夠了錢，他就找一家城裡的旅館入住，他強烈地渴望成為一個漂泊的荷蘭人，但這一次，他也許會遇見真正的船長，這一次，他終於無法回去……

　　有一段奇幻的記憶之旅。或者，一艘因為海的記憶的奇幻、而長久地停泊下來無盡思索、不斷回味的船與它的船長水手乘員，總有一天，他方變成家，故鄉變成異鄉。你必須以慾望與存在感的追求入住，卻只能以遺憾與秘密的身世辦理退房。追求入住，卻只能以遺憾與秘密的身世辦理退房。

其間，你漂浮，你旋轉，你鎖起房門，你在陰暗的樓梯間與剛到達的陌生人作愛，你成為永遠五十二歲的名士、為青春的肉體唸詩。有人選擇離開，但通常走不了。比較好的選擇在於認份地留下、跟著積塵的漂亮窗格一起不再年輕也不會老去。

我會給你客房服務，官能的、精神的、接觸的、甚至即興的，都行。但這不是一般幾星幾星的酒店或旅館，更不是遮遮掩掩的賓館或雅房。這是一個旅社，旅社，人們甚至開始不習慣地少用的稱呼。你要我的歷史，要我的滄桑，我的夢，也不是不可能，但是價格相對地額貴，有時，我得 charge 一個靈魂。

我不得不傷害你，你不得不哭泣、或選擇隱忍，我希望你反抗，但用不到反擊，或更糟的——成為一種若無其事。這個傷害，並不是我道德性的惡意，並不是你道德性的缺陷。因為基本收費可能是你不想面對的過往，我稱之遺憾、稱之殘念的一些經驗。成為一個角色，而不是平淡無奇的空洞靈魂，必須存在這一些遺憾。

逃生路線：跳舞——只需要在原地跳舞。當火警的警鈴大作，當某個謀殺的槍聲響起，你衝到房門口，仔細看好房內門上的逃生路線圖，它其實只是一個惡作劇的虛構迷宮，但是，旁邊標註

的幾句話很重要，牢牢記住那些，然後開始跳舞，並反覆覆誦那些字句，它會形成一個咒語，一個逃生解厄的咒語。

你以為這是一個充滿幽靈的地方？你以為這是哥德式跨文化聊齋？不，是時間，就是時間。在時間的時間之間、在紀實與虛構之間，我們的存在，不全都是這樣的嗎。

遺憾先生

第一章 秋天

遺憾先生非常遺憾

他遺憾的包裹掉進了遺憾的海

秋天來了，秋天就要走了

失事的貨運機還未尋穫

而那是——有夠遺憾——這個城市僅有最好的季節

波夏小姐惹了大麻煩

她一個人住的地方來了大野貓

神經質的老小姐沒法好好梳她的頭

生意一下子冷清起來

客人不喜歡野貓在窗外

有被偷窺的不舒服

或者波夏小姐的叫聲

遠遠不及那貓荒淫的程度

其實大野貓在等他的包裹

他郵購有時一小窩老鼠

有時一隻以妖豔為賣點的母貓

難怪波夏搞不懂

昨天送來一個裡頭有怪聲的包裹

她嚇到希望寧可裡頭是個炸彈

開始前裡面沒聲音

結束後波夏小姐沒有辦法有聲音

遺憾先生找上一直深表遺憾的快遞公司

他已經像是公司的一份子

他的抱怨就像例行的每日會報

詢問櫃台後的那隻雞歪哈巴狗分不清公的母的

竟然還懂的聽巴哈

波夏小姐排隊排在下一個

波夏小姐看那公狗卻比她還女人

「你不知道冬天，冬天

冬天就要來了嗎……」

所有人轉頭看向窗外的藍天

倒底誰說了這句台詞？

這話，這麼遺憾，近了絕望，但又渾然無覺

其實還有希望還在的陳述

遺憾先生非常遺憾

除了號碼牌的數字不錯，以及陌生人波夏小姐

隱隱約約若有似無的溫柔同情

其實只是看你長的還算好看

但是愛莫能助或能助也不想助的眼神

遺憾先生這個下午一無所穫

第二章　薇琪小姐死了

"Do you suppose it's okay to ask God for a decent part?" (Lawrence Block)

靜默。或沒有太多可說

薇琪小姐，一個以前交往過

始終沒有成名以致於

很難說是過氣的女演員死了

遺憾先生再度感到深切的遺憾如此深切

即使遺憾先生不是偵探，對人生缺乏好奇

他甚至好些時日過了才知道

他的薇琪小姐從事演藝事業

而終於聽聞一兩個她的演出後不久

兩個人便已經準備分手

但他為這個死訊喝了一杯波本

straight and neat……

小酒瓶裡剩不到一公分高

他把波本倒進正要喝的咖啡裡

做為一種相當正式的悼念——

薇琪小姐死了，他的

前女友，現在也是前薇琪

遺憾先生還不清楚她的死因

以及其它任何相關的資訊

除了掉進遺憾的海裡那件遺憾的包裹——

寄件人正是已故的失意女演員

薇琪小姐。

章間插入補註：

包裹裡的野貓蛋

(大野貓的爵士樂四重奏演奏萊納斯藍調以及超快節奏版〈My
Blue Heaven〉……)

在我的星球，
貓生蛋。

它們的毛色預先
顯示在蛋殼上
白色的蛋是白貓
黑色的蛋是黑貓
復活節的蛋是被塗鴉的貓

毛色表示一種角色與性格
有可以表演爵士樂四重奏的角色
有可以在街上撒野的角色
比較難搞的是小獵犬毛色的史努比性格
總是在萊納斯彈起藍調鋼琴時

就徹底否認了自己是一隻貓

第三章 不是太多人在意

譬如，可以抽菸的公共餐飲空間
日漸地消失了

不是太多人在意，事情
一開始是怎麼發生的
遺憾先生的遺憾狀態
薇琪小姐演員生涯的停滯
或者一個作家無數的無法交稿
又或者極少數相反的獲得了群眾與市場

在一個 Vermeer 畫作的特展上
背後有人假藉伸頭探究作品細節筆觸
卻偷偷嗅聞了你高領毛衣的秋天氣味
將它連結上畫裡窗邊有著密秘情事的讀信者
你難以在意，因為無法察覺或者
隱約察覺卻並不在意，不是太多人在意

但是那人也許從此成了你的跟蹤狂

即使 Vermeer 的畫那樣成為了一個開端

但沒有人確定，也沒有人在意除非

跟蹤繼續發展成一個更大的犯罪

壞命運怎麼開始察覺了你的存在

壞警察不知不覺開始收賄

壞總統不知不覺開始傲慢

壞權力不知不覺開始失去耐性

壞天使不知不覺第一次詛咒了上帝

後來，人們總是根本不想追究

至少波夏小姐明顯的如此

一開始只是偶而的失控

那些陌生男人還是她內心的道德衝突事件

接下來更多的男人上了她的床

其中一些誤解地留下了金錢

不知不覺地沒有經濟壓力的波夏小姐

卻開始了收費的皮肉生涯

但是改變，相對地充滿自覺

容易在時間軸上被標註

譬如薇琪小姐被終結的日期

譬如不久前——就說兩個鐘頭吧——

遺憾先生有了新的決定

他決定追查——關於薇琪的包裹和她的死亡

遺憾先生獲得了力量

生命暫時確定而勇敢起來

(第四章很短，第五很長，它們自己決定了合併。)

第四跟第五章 到某某某辦公室

到某某某辦公室

你會找到你要找的資料

某個某某某這樣打發了我們的

遺憾先生

下雨了，冬天已經

在前面那個街角伺機而動

遺憾先生並不知道另外一個某某某

正在思索是否該在這時加入新的角色

與他錯身而過，逆向踩著開始發黑的

落葉的殘跡，陌生的人，同時盡量

不讓自己從劇場變成電影

一個劇作家，或小說家、或賣文章的人

往後，在下一章提供過線索的第二天

就消失了那樣無足輕重的角色

或者，就在這裡帶到即可。

這一個某某某寫了很多某某某的劇本

但都只適合拍成沒有市場的電影

或 HBO 會播的迷你影集

但作家某某某自認是個舞台劇作家

他據此存在的自視頗高

雖然剛遭受某某某的評論奚落

就像下一秒將與他迎面而過的遺憾先生

同樣因此被嚴重地誤導

而不甘願地前往一個

某某某的辦公室

啊他們會比較有興趣你那樣的題材

不，體裁，不，兩者都對──

死亡，是個比較難搞的主題

某某某這樣論斷，在越來越少人訂閱的

昨日時報越來越不受青睞的藝文版邊角

劇場裡的死亡太多，但血永遠不夠

而觀眾是鄉愿的，他們接受假裝的性與暴力

卻唯獨對過於普遍假裝的死亡漠然冷感

誠然這部份有其先天所限的不得不然

但劇作家對此過度依賴進而缺乏新的想像

就是一種共業活受式的責任了

遺憾先生有些遺憾地無法表示同意

在報上讀到同一篇文章的波夏小姐也是

即使死亡與性愛不容許真槍實彈地出現在劇場

但人們對於週遭的愛與死又何嘗

有更精闢入裡的見解與感受

沒來得及讀到的薇琪小姐尤其應該更不苟同

在她生前，在她還在破敗的小劇場裡

死裡去活裡來地奮力與壞命運抗爭

她的表演無疑地是一種真實的迫近

迫近死亡，迫近絕望，只是她並不有所察覺

她努力地扮演，但某種卑微的野心讓一切

過度地被詮釋，表現，在動力過於強大的片刻

薇琪小姐並不知道她顯得非常沒有張力

她與遺憾先生的愛也是如此

在幾杯酒過後，根本連醉意都還在假裝

卻迫不及待像恐懼活不長久的動物般發生關係

就在臭味薰天的酒吧廁所只隔著薄薄夾板

和著老舊伴唱機演唱的老舊歌女甚至

都被迫察覺而難得地露出了邪念的笑意

某某某的辦公室到了

這其實是所有人

轉錯彎踏錯方向的開始

第六章 到外頭透透氣

「我們，到外頭抽支煙

透透一些空氣吧……」他這樣建議

遺憾先生聽在耳裡沒有應答

但默許了認份了那形同脅迫的指令

他是柯契勒先生的手下——

柯契勒是誰？在書的第十二章

或者不在，但至少此刻他的手下在

一個隱身在黑色華廈裡頭

黑色機構、戴著黑色墨鏡的高階保全

一些空氣，該如何去透透？

遺憾先生竟然對句子跟語法有些興致

一邊起身，一邊消磨式地納悶起來

這是十二月的某個星期六下午

有陽光，但已夾藏冬天的尖銳冷意

才黃昏一下就被黑夜咬緊的當頭

遺憾先生原先，並沒有期待走到這一步

遺憾先生原來只是想找到他的包裹

這一步—這個田地、這個進退維谷

不就只是一個掉進海裡的包裹

一個未經證實的謀殺案？

遺憾先生想到他喜歡的卡夫卡與卜洛克

他踩到一些人、別人的的痛腳

他撞到了一些空氣透透的風口

遺憾先生知道透透氣先生有槍

鐵定就在那一身黑的讓人憂傷的大衣裡

多麼多麼令人感到遺憾

他們推開門迎向因垂死而溫柔的黃昏的光

咖啡店隔壁的義大利餐廳飄出蒜香

他們，同時感覺到一種哀愁

遺憾先生的偵查行動

已經進入冷硬的暗夜前端

第四章 （追加） 波夏小姐的回憶錄

說起來，就年歲而言是還太早

但波夏，貓臉，娃娃臉的波夏

老是擔心自己活不到下一個春天。

她打開空白的筆記本心裡浮現：

一九七六年，秋天……

（第六章也很長，但第七章很短，而我寫了兩次……）

第七章 兩段不確定角色的獨白

「他請我多多包涵，因為那一天真是糟透了……」

（第一段獨白）
那天電話一直響個不停，我猜約莫從早上九點就開始了，因為那是他們到達辦公室的時間。但那距離平時我清醒的時刻還很遠，我有點像是頑固地坐在睡夢裡，賭氣地看著電話，卻不接起來。他們也許每隔十五到二十分鐘就撥打一次。

「秋天，是這個城市最好的季節，但也是最憂傷的，因為冬天就要來了。」（Lawrence Block）

（第二段獨白）
在我父親離開人世之後，我才真正遭遇最糟的生命，那種——下一回不知道多快或多久、卻永遠出乎你預料地來到的憂傷。以前，沒有所謂的最糟，只有比較焦慮，比較不焦慮。

Again......"Do you suppose it's okay to ask God for a decent part?" (

Lawrence Block）

（敬某某某，希望他早死並祝他至少儘快先在垃圾堆裡爛掉……）

第八章　老天知道原因

那就是妳進去的入口
那也是妳唯一能夠進去的管道
而那也是天殺的唯一理由
讓他打定主意離開妳……

「你會因為我演了這樣的戲
就不再相信我抒情的可能嗎？」
「你會因為我幹下了這樣的勾當
就不再給我的善良多些機會嗎？」
「你會因為我問了這些個問題
就不再想跟我上床了嗎？」

我不知道我為什麼會這麼做
但老天一定知道那些理由
它總是都知道，而我天殺的都不知道

一開始他們說，這是個有深度的戲

我這個角色，怎麼說，單純裡包藏著複雜

一種深沉的純潔，介於自覺與不自覺之間

常常無辜地閉上眼就成了天使，睜開眼

卻能在瞬間顯露母獸神秘微笑的慾望

多麼迷人，想像那精亮的目光，我被吸引住了

一開始的時候，還在以語言來想像的時候

但是開始排演沒多久我知道其實

一切其實都那麼簡單，那麼輕易，那麼憂傷的廉價

像是仿高級品仿到一半就自暴自棄起來的

塑膠珠簾……什麼？喔是——珠簾本身就不夠高級……

我的角色也是，想當然爾的也是

然而他們不是真壞，他們

只是無能為力，眼高手低

低到我的痛處癢處還有私處

為什麼留下？為什麼問為什麼？

我猜失敗與徹底的幻滅也許

有一種讓我手腳發軟的迷人氣味

我天生無法抗拒的腐臭想像

當然還有合約，是，我簽了合約

但是當他們拿出合約

老天知道理由

我覺得軟弱的恐懼的啜泣的是他們

我留下來另外就是合約

還有我同情他們

成不了氣候上不了檯面的小奸小惡

對，沒有演出，其實沒有演出

我的動作與行為分析都沒用上

我從演員變成不折不扣的妓女

但是，一開始的時候

老天知道理由，我覺得

那是一個偉大的角色

666 著魔（二度）

1

公元兩千〇七十二年，仿生演員亞席莫夫登場，他扯開自己的上衣，剝離胸腔的左側蓋板，露出銀灰色的跳動心臟。從他眼瞳射出空氣全景投影——一段上古文明的戲劇台詞：

彼時我力大無窮，在這片土地遊蕩；

我有千頭大象的神力，身長像那高山一樣。

我的面容像是黑色雲團，我戴純金打造的耳環；

我讓天下眾生戰慄，用悶悶當作兵器；

我在旦札迦的森林遊蕩，專吃仙人的肉充飢。　（註1）

接著亞席莫夫又化身為獸：

我又看見另有一個獸從地中上來·有兩角如同羊羔、說話好像龍。

他在頭一個獸面前、施行頭一個獸所有的權柄、

並且叫地和住在地上的人、拜那死傷醫好的頭一個獸。

又行大奇事、甚至在人面前、叫火從天降在地上。

他因賜給他權柄在獸面前能行奇事、

就迷惑住在地上的人、說、要給那受刀傷還活著的獸作個像。

又有權柄賜給他叫獸像有生氣、並且能說話、又叫所有不拜獸像

的人都被殺害。

他又叫眾人、無論大小貧富、自主的為奴的、

都在右手上、或是在額上、受一個印記。

除了那受印記、有了獸名、或有獸名數目的、都不得作買賣。

在這裡有智慧。凡有聰明的、可以算計獸的數目、

因為這是人的數目、他的數目是六百六十六。（註2）

2

遺憾先生迫不及待，希望趕快與魔鬼解決這個僵局。

他走進那個地下室的小劇場，666 著魔正要開演。

他希望魔鬼已經察覺到他這個格格不入的觀眾的基本意圖——
談判。

遺憾先生迫不及待，他不能讓事情再進一步地惡化，

他的左眼已經漸漸看不見了，他需要但丁的勇氣與浮士德的運氣。

遺憾先生迫不及待，他安靜地在最後一排坐下，

他也已經開始模糊的右眼掃視各個可能的角落，天使塵埃落定並

焚毀的遺跡。

來不及了，來不及了。他知道魔鬼佔了上風。

有六個演員變成天使，但是被穿戴黑色的 SM 皮革裝束，

但也許是七個、或八個，視力沒法幫他確認。

有六個行蹤可疑者從翼幕太窄而穿幫的邊上走過，無法確認是魔

鬼先生的手下

或者導演，或者躁鬱症的服裝管理。

有六個，笑聲或哭聲過於明顯誇大的觀眾並肩坐在前一排。

遺憾先生感到哀傷，當他開始明白眼前的戲，

發現只要看完這個演出，跟魔鬼的契約就會自動失效。

但是當演出剩下不到三分鐘，他就已經再也看不見。

註──

1.　改寫自《羅摩衍那》森林篇第 36 章。

2.　《聖經·啟示錄》第 13 章第 11-18 節。

神秘

的

回信

八

你的遺憾先生總算出場了，但這根本就是一堆把戲劇角色拆開來寫成的新詩，不是嗎？你不會突然要我去試鏡或角色徵選什麼的吧？我只能說三個字——不可能。

而且你還附了一本英文推理小說是怎樣？雖然可以勉強讀讀一些些，但我發現原來你這組作品的草稿都寫在這本小說章節之間的空白處，這又是怎樣？儘管你的手寫字體有夠難看，但我還是對照出了一部份，在一本拿來讀的書上寫跟小說場景互為平行世界的故事（如你所言）—— 你還真是吃飽太閒。而且平行世界是你這樣輕描淡寫就算數的啊？我住的地方鄉下歸鄉下，還是有網路跟得上時代的好嗎。對了，我不讀詩的，尤其新詩現代詩，非要讓這些句子這樣折的長長短短你才高興嗎？好處倒是都不長，不管有懂沒懂，一下就翻過去了。

包裹 007

排練後

一個人

　　親愛的 K，一九八八年的時候，我有一輛非常老舊的中古野狼 125 機車。每天，我必須騎著這輛車子一路從淡水進台北、貫穿市區去到三十幾公里外的木柵興隆路底，參加剛剛草創的優劇場創團作品的排練，以及包含氣功、Grotowski 的身體訓練。長達半年的期間裡，常常只有我一個人遲到，通常其他成員都已經開始面壁站樁一大段時間了，我才硬著頭皮、也有點耍賴地在比較暗的角落加入練功，時間大約都將近傍晚了。

　　天黑之後排演才會開始──一開始就彷彿不會結束般地排到非常深的深夜。我們在排馬羅的《浮士德博士的悲劇》，因為身體訓練最少、體能最差，所以我被分派到出場最少的魔鬼魯西佛、另外兼任副導演。常常，在密度這麼高濃的時空裡，我卻感覺著一種落單的心情，但也許這只是求得某種心理平衡的藉口，這種藉口同時也用在總是在場邊一不小心就打起瞌睡

的時候。也許比較積極的回應是──後來我以杜斯妥也夫斯基的小說《地下室手記》發展出一段與魯西佛被天堂逐出的典故相重疊的角色獨白，而讓演出的作品正式訂題為《地下室手記 浮士德》。

親愛的Ｋ，離開木柵的時候通常已經過了子夜。我忘了以時速多少進行、但一定是身心俱疲地緩緩爬回淡水，那麼慢、乃至於必定接近夢遊的狀態了，等回到在淡水渡船頭臨河租貸的住所時，便又無法入睡。莫名地亢奮著，在也許一點、也許兩點的時刻重新清醒到天亮，我可能就在窗下，聽著潮水的漲退、漁船出航又回來的馬達聲，從河面到對岸、到整片的天空，總是一片灰藍。我抽著煙，為許多無所謂的人事、莫名地掛慮憂心。從而模糊了清醒到終於睡去的交界時刻。

十幾二十年後，我偶而回想到一九八八年那個難以定位的年代，有一個悶熱的午後──越來越靠近演出的晚春、或初夏的時──已經比平常出發的時間晚了，我匆忙地騎著車離開淡水，就在走完長長的大度路時，機車毫無預警地熄火、戲劇性地緊接著天空出現閃電、就在發現沒有帶到雨衣的同時、豆大的雨開始擊打著那個狼狽的年輕人──他突然覺得

那是上帝認錯人、給錯天譴的示警——他只是在劇場裡扮演了魯西佛、只是一個人，真的，只是經常一個人的一個人。

有翅膀的小孩 給河左岸十七年

遼闊的暗夜，曠野

草原翻動想像的灰亮波光

不見得最遠、只是相當難以解釋

你一個人，站在

也是難以解釋的紅色電話亭邊

難道不曾被盛讚嗎

原本是銀色的小孩

一對銀色羽翼的飛行翅膀

但僅僅只要一天就可以立即老去

你稍稍推開僅有的門

但難以解釋地終究停在門外

而沈寂的話筒、電話線路彼端

所有愛你的人都還在守候

放箭的人在哪裡

睡夢中的野兔一隻接著一隻死去

不必睜開眼也來不及哀傷

幸福也是——不知道

要再死去幾回、總算又再察覺時

才給流一點後悔與感激的眼淚

冷雨開始下著

拉高大衣的衣領

遮不到顏色老化的翅膀

意興闌珊你抖了抖它們

雨水就要沿著羽毛的尾端滴落

難以解釋，也已經不在乎

但是就是你在那裡

一個人、草原的彼端

無端唱起無端的歌

滲不進電話亭、電話筒

關於嚮往純粹瘋狂的童騃歌謠

滿滿的傷心憂懼一樣

也滲不進的歌

你看見火球紛紛墜落，幻覺

你看見電話亭深陷烈焰，幻覺

你看見巨塔崩毀，幻覺

你看見父親終於尋獲兒子，幻覺

就是看不見、無比真實的狼群的微笑

而難以解釋

我也只是在別人的夢裡看見你

遠遠望見低垂雙翅的暗影

不夠龐大但令人動容的寂寞

譬如客死他鄉、僅僅

留下無比陌生的異國文字

最後書寫了最後的心緒

難以理解、無人察覺

即使仍被少數人想念著

在很遠的遠方、很遠

一九九九我得回到更遠的過去去等你/ 小奧狄賽/ 一個劇本的大綱 （2002）

一九九九我們

一度失去連繫

聽說在大海洋漂流──我是指

那個叫「聽說」的事情它自己

夏天過去秋天過去

聽說冬天不幸沒了頂

但「聽說」自己上了岸

但未來卻都成了歷史

它連自己的葬禮都沒趕上

當然如果趕上了

葬禮只好取消，重新去未來等

而我得回到更遠的過去去等你

那是一個久久都不能的久久

那是一個只是有點遠的更遠

我得回到去過的過去

過去還沒有過去的一九九九

去等你

一九九九短暫加入了一個劇團

我是指「一九九九」它自己

所有人都在計劃演出後的旅行除了我

誰知道這戲到底演不演的完

才等第三幕剛排完、場邊栽種的番茄收成了

留一個給導演、兩個給演員、三個給獅子

剩下的放在入口給未來──反正我也不看戲

就包好五個番茄自己安靜地先離去

地震發生後的第一個冬天

演出全數被迫取消的冬天

你在中南半島、你在熱帶叢林

吳哥窟、蟬聲震耳欲聾

大概你想參透廢墟

與重建計劃同等虛無

我卻滿心想去紐奧良，學些巫毒

參訪吸血鬼的社區劇場規劃

但是才等我咬了口番茄無辜地

嘴邊紅色汁液已經開始被懷疑

於是就哪兒也去不了、留在城裡

這個劇團那個劇團巷戰一般

想像游擊隊與被出賣的叛軍

你在我巨大的夢裡偷偷地微笑

我看不見卻無比確定就在夢的背後

春天聽說你在審判裡

那已經是兩千年

兩千年春天，一些人張揚意外的勝利

我路過另一個劇團看見安那其的鬼在嘆息

鯨哪猴子安靜遷徙島嶼東海岸

那你，什麼時候才回家

五月過去六月過去

人還不見蹤影──反倒八月

一本正義敗訴你的詩集搶先出版

總統先生、啊總統先生在有牛的陽台上

不記得該跟誰招手，而牛也不記得

好虎克跟壞彼得正簽署策略聯盟

突然就看到未來的背影

禿鷹趨前恭迎教宗的黑色禮車

你快步離去、偷了政客們的旗幟去做帆

但那是不知多久以後的場景

多希望我小小的意志能夠壯大

壯大足夠介入你四方恣意的海盜航程

啊沒有理由的漂泊、不知所以的去向

但誰都知道等也是白白一場等

明天也不會給我電話──

我是指那個叫明天的東西不會

只有憂傷在秋天又開始排演

一個新的劇團，兼差各類雜耍

這次演員包括狐狸跟狗還有我自己

九月繼續十月繼續

秋天就不再是了

秋天不是冬天也不是

一個寂寞的戲卻觀眾爆滿

每場每場堆著門口掃不完的落葉

二○○一就算庫伯利克

終於沒來得及上太空

三個女妖還是把你的夥伴變作了

青蛙、老鼠跟蜘蛛（或南瓜、蓮霧跟芭樂）

但那是長長漫遊傳奇的下一章

我想飛到熱內亞參加反全球化示威也許

口號與布條旗的層層疊疊裡

就遇見你而你還是不回家

但是劇團巷口的女占星師卻說

她聞到了死亡、看到了血光——

那麼多鬼賴著一個過氣的港

十個帕格尼尼的往日尊貴也不夠

恐怕警察得殺幾個也許一個

當然不可以是你（我心底卻打著冷顫）

真要去義大利——搭火車

往北一點米蘭換季有折扣

二○○一看著災難越來越多

喜劇嚴肅的像論文

而悲劇越來越好笑、

該亮的地方暗、該暗的當然就亮了

忽冷忽熱、哭笑不得的混亂演出後

自導自演的自己沒來得及崩潰

打個呵欠就忘了戲服還沒換

我的夢遊沒有改善的跡象

這段我想直接跳過、免得生命

一直兔槽繼續兔槽

而既然你不是天荒地老

我當然不會是洪水猛獸

讓我們直接跳過、那就冬天

冬天到了你總算趕上

其實真的不知道有沒趕上、

新年的前夕、史上最小型的史詩收尾

二○○一終於拆了我的台

你總算現身台北最革命的角落

我按捺著激動地走進咖啡館

聽說跟明天那時正經過門口

你像從來沒有離開過

那樣安靜沈穩抽著煙

排練後

臨街角、吧台窗邊專注看著書

慣例空對面的位子給我

我好多話卻說不出只好繼續微笑

我坐下，我鬆口氣，我們握手

一起舉杯但絕口不提再也不提

這兩三年的荒誕往事、小小

不足外人道的自己的奧狄賽

諾瑪一九五八（如果，活下去了，那麼就得帶著秘密遠離恥辱）

角色：

導演本人

報幕者

一個形跡敗露、被迫逃亡的雙面諜

兩個或三個「在路上」的女人（心虛地，似乎剛發生、或期待

發生婚外情……）

另外，不確定數量的追捕者（不確定要多後現代主義的古代人，

視製作經費容許增刪。）

（部分角色姓名不確定，部分則可能與某個義大利歌劇的角色雷

同，這之間也許有一些關聯，也許只是不懷好意的巧合。所有人

的裝束以及神態脫離「當今」或「本土」，但謝絕只剩抽象概念

的「超時空」，寫實──回復到滄桑現實的基礎，二十世紀五〇

年代，可能更精確的話——一九五八年。劇中可能出現的小孩
或動物角色，必須視寵物訓練基礎以及幼童人格特質情況，並
不堅持以活體真品出現。）

場景：

一個巨大的斜坡，天色蒼茫而疲倦，像是超過二十年的婚姻關
係。整體有著一種公路電影的暗示，舞台上的裝置可以有類似
年久失修、閃爍不定的霓虹招牌——某個啤酒的品牌，或充滿
過氣想像力的店名，譬如：速克立 MOTEL……持續進行的不
成功逃逸（或快速老去）中擷取下來的片段……所有的段落都
開始揭露，但不負責完成。像我們篇幅太有限的智慧，無助地
在長篇的歷史中所能顯現的絕望。

0

導演：　　二○○四年，我在為 NSO 導演歌劇《諾瑪》，在排
　　　　　演場邊同時進行著一個隱藏版的「平行文本」、一個
　　　　　腦袋裡的亡命之旅。我想像舞台的三度立體空間的分
　　　　　割之外，勢必還要有一條命定一般的第四維時間軸的
　　　　　不規則分割，才能成立我的視角與觀點。沿著這樣的

脈絡，一邊跟隨樂團歌手的旋律戲劇，一邊在自己的腦袋裡搬演種種或者平行、或者傾斜、或者相反的版本。不確定是否說得太多……但我相信我寫的必定有點離題，還是老樣子——很難一眼看透、撲朔迷離的動機，還是閃躲迷離本身就是一種缺乏哲學或心理學論述基礎的題旨，不是言不由衷的外在表象、不是你看到的那樣……那麼，逃離吧，帶著秘密，如果，活下去了……

1

(汽車緊急煞車、碰撞、開關車門的音效。接著那個後有追兵的男人波里昂倉皇進場，跌倒、又倉皇爬起……)

報幕者：他是波里昂，他後有追兵、車子在樹林外被追撞，他倉皇棄車，狼狽跌倒、又倉皇爬起……他左手挾著一個黑色公事包，右手手上拿著幾張文件，他低沉地喘著氣，手不知道是緊張還是過度興奮而微微顫動。後方傳出一個爆裂聲，他害怕地猛然轉身，右手的紙張一不小心散落一地。他趕忙回過頭蹲下撿拾……風吹走一張、兩張……他慌張地跨步追上一步、兩步。突

然，盯住第三張撿回的文件愣住，再一個回神，他急忙打開公事包查看這份真是差點要了命的機密情報，竟然非常要命的是被調了包的──上頭方程式的數據不對，指令的部分是一個禁止行人穿越的交通符號或一個嘲笑命運的鬼臉。

一個女人綁著五〇年代的頭巾，高跟鞋的鞋跟斷了一隻，在不遠的樹林邊上憂傷地看著他。另一個女人反覆向前探出雙手、撥動、旋舞，像是在水中掙扎……一些古代的戰爭的影像。馬匹，盾牌，長茅與護甲的局部快速交錯閃現。

然後，他們都到達了一個海灣……時間曲軸神秘地讓他們看到升起的月亮下方，升起了一片古代的樹林……天上有人造衛星飛過……有人睡著了，在樹林邊上，或斜坡高起的遠端。說話了──波里昂先生……

波里昂：人類發射的第一顆人造衛星 Sputnik──（他停下，專心地看著它飛過……）看，一顆人造的月亮、偽裝的沉默──Sputnik……在我任務失敗後的一個禮拜靜靜地升空，那是一九五八年，冷戰進行中──世界的冷戰、男人與女人的冷戰……。

我必須為任務的失敗進行最後的補救，至少，讓自己可以存活下去。我沒有羞愧，對於背叛一個以上收買過我但也出賣了我的政權，我感到無比的平靜，完全沒有必要在彼此厚顏的謊言中爭論忠誠與正義，以人民以土地、以信仰以血統，大言不慚然而演技拙劣地進行著催眠。我受夠了，你要他的太空計畫機密、我給你他的太空計畫，他要你的軍事部署、我給他你的軍事部署。我受夠了，我只想活下去……我必須用他的太空計畫要脅你給出軍事部署，但是我被耍了，有人調了包，一定是還有另外更多、更想活下去、比我更渾帳的傢伙……

諾瑪： 世界的冷戰，我們的冷戰（說話的同時持續地努力嘗試將自己手上的婚戒拔下……）。這是我逃離的第三天，循著他先前可能離開的路線，我原本希望在下一個據點看著他被捕，隱匿著我對他背叛的嘲弄，秘密地將他原本以為已經到手的情報當著他的面或至少他可察覺的範圍之內銷毀，但我沒有想到他還在這裡，他行程耽擱了？還是計畫改變了？或者是他回過頭折返了？為什麼？

（追捕者進場，戴著狼犬的口罩，防止自己太輕易發出凶狠的

聲息，只有蓋在雙眼上的紅色鏡片不祥地反射一些敵意的暗
光……)

2

波里昂：妳為什麼相信我？我只是機會主義者，一個雙面諜，
　　　　妳只是我一連串錯誤時機底下錯誤決定之中的一
　　　　個……妳不應該給我機會，那樣——妳沒有給我機會
　　　　的話——妳自己至少會有一些機會。

女人：　我不認識你，我還沒有機會相信你，但是再過十分鐘
　　　　我就下班了，想要機會你可以在後面的停車場等我，
　　　　現在可以請你先買單嗎？

波里昂：妳錯了，妳認得我，妳認得每一個像我這樣的男人，
　　　　而我永遠都無法控制自己不去沾惹每一個像妳這樣的
　　　　女人。

女人：　像你跟我這類的角色我的確看得太多了，但是過了晚
　　　　上十點不喝酒，甚至還要求續杯咖啡的人畢竟不多，
　　　　但我恐怕只有一些開始變酸的黑色液體可以給你了。
　　　　麻煩你先結帳吧。

(波里昂輕輕吹起冷清鬼氣的口哨，旋律必須那麼地寂寞……如此

寂寞乃至於那些已經搞不清楚誰是獵物誰在捕獵的追捕者取下口罩，安靜憂傷地地開始唱歌——）

（歌唱）「生命是條母狗，但有誰不是，我曾經是什麼，我已經忘了，昨天的自己經過現在的自己，像無意間擦撞的兩個陌生人，按捺住心底的敵意，在街角彼此微笑著互道抱歉，然後日安，多好教養的溫柔陌生人，多好教養的冷漠生命。（副歌）我不相信眼淚，因為我不相信眼淚的演技，有誰做的比我更好，我不相信問候，關於日安或日安之後，我們微笑，微笑微笑，微笑發現自己流著眼淚……」

女人：　拜託，我們必須這麼外國翻譯腔嗎？（轉身向諾瑪走去）那好吧，妳——親愛的，還要再來點什麼嗎？

諾瑪：　吃的喝的都夠了，接下去少不了，還是得來點人心醜惡的段落……（她掏出菸，打火機打不著，女人從圍裙裡拿出火柴劃了一根幫她點上……）

女人：　醜惡好還是愚蠢好？

諾瑪：　具象或非具象？

女人：　我們在討論劇場嗎？那我希望自己是一個更不具象的角色，雖然我擔心觀眾並不這樣期待，生命是個賤貨，偏偏劇場搞不清楚還有更賤的。角色也許可以不具

象，但要夠識相，比起坐在妳背後的那位先生，我誠
實的很高貴。

諾瑪：　他對妳有什麼齷齪的特別要求嗎？

女人：　那倒沒有，反而提出「特別要求」的人是我。

諾瑪：　妳聽得到我接下去將要說的話嗎？……（女人聽不見，
但並不是真的聽不見，她只是順著劇本的邏輯讓自己越
來越不具象……），我的想像正在枯竭，我沒有話要
說了，我不知道我是在逃離別人的追捕？或在追捕一
個背叛我的男人，我在場上太久了，我是一個等不到
舞台指示下台的角色，因為太久了，我覺得導演跟編
劇都不想再處理我的演出跟台詞，漸漸地，我只好開
始自己發展，可是一切進展如此遲緩，我擔心我將會
是一個逐漸死去卻不被埋葬的角色……

女人：　（放下工作，溫柔親密地懷抱起諾瑪）我埋葬妳，代替
妳的情人、妳的母親、妳的姊妹，好好地深深地愛妳、
深深地埋葬妳……

（不具象的角色開始以一種無法描述的舞台效果逐漸化成煙霧、
漸漸消失…… 女人變成諾瑪手上的煙……）

3

波里昂：然後——然後——已經讓第一個諾瑪大了肚子兩次之後，我自知又該向前走了——我愛上了鄰村的另一個諾瑪，我想帶她離開這個敵我不分的處境，但我們需要一大筆錢，我的效忠、玩兩手的假面，因此看來是準備成就這個愛情的——以經濟力來支持。但終究這只是另一個自欺欺人的藉口，她幫了一些忙，像古代的米蒂亞幫著傑森取得金羊毛——她用了我問都不敢問細節的黑魔法取得部份的情報，黑魔法？還是肉體的黑毛髮？……都別提我封建的男人自尊了……我自知又該向前走了——接著我愛上鄰村的鄰村的第三個諾瑪、第四個諾瑪……

另一個女人：只剩一間客房的旅店，兩個需要投宿、卻彼此陌生的旅人，一個男人一個女人，他們窘迫同房，又因為一時情慾的償張，顧不得各自婚約家室給他們下的毒咒，火熱起來弄出一夜露水姻緣……醒來的清晨，女人朝東推開窗——炎炎六月天的窗外竟燒灼般的開滿整片整片的櫻花……櫻花，真的燒了起來，鬼魅般地燒著……一直一直火猛焰烈地燒成了冥府地獄……未及關照女人的男人幾乎同時推開西面的窗——六月

天的窗外竟然大雪靡茫，一隻烏鴉在雪中失去理性地
兇猛啼叫狂飛，男人還來不及把窗關上，便已凍僵開
不了口動不了手移不了身……還勉強有著視線的雙
眼、眼睜睜看到烏鴉踢起雪枝接著彈到一邊的鋒利冰
柱不偏不倚不輕不重直直射進自己的右眼……這事
情一直持續多久沒有人知道，中午女中進房來收拾，
以為付不出錢的狗男女潛逃了，但兩人的行李動都沒
動， 六月的天光舒服地透進房裡，她走到東窗掃起
一堆灰，走到西窗沾起一灘暗褐黏液……嘴裡嘟噥著
咒罵的粗話，心裡卻一陣虛涼，也不知道想到什麼，
打了個冷顫，女中沉默下來，清理的手腳變得快速而
俐落了……

（恐怖的聲音從傾斜的地板底下傳出——要多恐怖？視預算許可範
圍盡可能地恐怖，睡著的人突然醒來，發狂地歇斯底里尖叫，隱
躲起來……）

諾瑪：　死亡隱藏在這樹林中。告訴我——你隱藏了什麼秘
　　　　密？一封死後才可以寄出的信？一個多踏一步就墜落
　　　　的無底深淵……？
女人：　死亡隱藏在收銀台的下方。告訴我——你隱藏了什麼

秘密？一把手槍、還是視製作預算許可範圍可執行的
爆破特效？

波里昂：死亡隱藏在這樹林中。告訴我——你隱藏了什麼秘密？
　　　　一個開啓全新偷窺視野的人造衛星計畫？一個我害怕
　　　　被吸入吞噬的虛無深淵……

(遠方出現高壓電塔，很多的高壓電塔……塔底散落著古代的兵器
以及屍體……)

4

(相當不在預期內——在舞台斜坡下方的複雜支撐腳架裡，一個
角色意外地窩藏於此，他如此隱匿地窩藏自己，觀眾或許沒有
機會直接目睹底下的這段情節，除非預算允許現場視訊轉播，
而且說是情節但其實也稱不上有任何關鍵影響。他從彷彿熟睡
的躺臥吃力地坐了起來，因為腳架的錯綜層疊，他的坐姿顯得
尷尬而困難，他拿出一封信輕輕地唸出來——他就是剛開演時
曾經現身的導演，但現在他顯得害怕而且憂鬱，這封信是他寫
給另一個劇場導演的——)

導演：　「XX導演：他們終於找上我要我導下一齣歌劇了，貝
　　　　里尼的《諾瑪》。先謝謝你曾經用等我出包、看好戲

的壞心腸祝我幸運……我明白你是沒有惡意的，但我卻老是懼怕自己對愛情、對生命不忠的心虛會化身成為老虎，從我的潛意識裡跳出用它利爪劃破那些對我而言簡直就是終極救贖的音樂以及演唱家們……我們需要背叛的會是作曲家還是指揮家？聽覺或視覺？動作或旋律？我該激怒比你更多的人？或讓更多人激怒我？討好更多人、或讓更多人討好我？我們曾經是什麼我們已經忘了……你年輕時的好友 M」

（追捕者突然逮到這個偷渡客，凶狠地將他從窩藏的結構中像狗一樣地拖了出來……信被搶過去，他們用尖刻的信嘲笑地念著──）

追捕者：「……我們曾經是什麼，我們已經忘了……」，需要嗎？這種文藝腔？我說，要不要我們幫你敲打你的頭看看──藏污納垢的你的頭，說不定那些躲起來產卵的文藝腔蟲子就會受不了又都跑出來喔……等它們都清光了，人就不容易忘了自己的屁眼在下面還是上面了……

（信被撕的粉碎，導演被罰倒立……）

某人　　　（是的，沒有出場過、也不在角色表裡的某人）：

　　　　　detour...... d-e-t-o-u-r ——迂迴，繞路。到底已經幾

　　　　　天？……女人必須死去——我醒來的時候，女人就

　　　　　在我的身邊，血已經乾了、開始變得暗褐，是我殺

　　　　　了她嗎？……還是時間殺了我們？我們——這些逃

　　　　　逸者……detour——迂迴繞路，逃亡者的本能，當我

　　　　　們只能直走，我們就將面臨梅尼爾士症的眩暈與歪

　　　　　斜。女人是直線前進、死亡就是迂迴，但是到底這

　　　　　是第幾天？第幾個女人？

（雙面諜與女人們在不同的角落裡一起感到失落與寂寞，　天上有

人造衛星飛過——更大的特寫……）

5

（古代的女人不小心走錯場景，她們也不在原本的角色名單裡。因

為害怕受到侵犯的恐懼，她們都憂傷地拿著一種武器——）

雅達姬莎：但是，妳比我更憂傷嗎？克羅娣德小姐……（說完

　　　　　用刀尖沿著眉線由外往內輕劃而過，第一滴血沿著鼻

　　　　　樑流了下來……）還有佛拉比歐、還有歐羅維梭——

他們，也比我憂傷嗎？

克羅娣德：那妳比諾瑪更憂傷嗎？雅達姬莎女士。（說完用西瓜刀猛力插入西瓜，一些紅色的西瓜汁從刀口汨汨地流淌下……）

雅達姬莎：諾瑪比我更憂傷嗎克羅娣德小姐。（換到另一邊、換另一把刀，拿出剝好的洋蔥開始正切橫切，最後淚眼朦朧地狂亂切丁……）她比我更憂傷嗎？妳比我更憂傷嗎？

（迷路的女人來到了同一個地方，她們一起面對著一個麥克風，輪流上前試音，然後開始憂傷地合唱……）

（以義大利文演唱）「聖潔的女神，讓這古老神聖的樹林浸浴在銀色的光輝中……將美麗的臉龐面對我們，開朗地露出本來的面目……」

（舞台的後方一排掃雷者安靜地在偵測……）

6

報幕者：　現在請每個人都安靜下來，拿出紙筆開始書寫。每

個人都必須那麼專注、神情時而肅穆時而憂傷，偶而有輕輕的會意或回想起短暫甜美時的微笑，但是也必須想到令自己鼻酸的傷感。最後，大家都寫好了嗎？請告別的音樂大聲且拔刺地響起，所有人這個時候像聽到考試結束時的下課鈴聲，安份地停止作答，把筆收好、桌面清一清，然後所有人站到剛剛寫字的檯上，開始把寫滿字的信紙當作揮別的手巾、向著各自的遠方歇斯底里地招搖著……只有一個人趴在桌上抱頭痛哭——大家都寫了信，只有他是收到信。哭夠沒？好，接著……

任何男人：（抽出信紙，打開，然後開始說話）我逃避追捕的第七日，讀著出發前最後收到的妻的來信，她說——「時日已遙、情義皆遠了……」。三彐內我回得來她就留下，四日內回來，她會等到我到家告訴我一個她的秘密之後才離去。第五日回來，她只會把秘密寫在放在廚房碗櫃內的留書裡，人當然不在了。第六日回來會有人前去收走信但留下一個比謎更難解的關於她行蹤的線索。第七日回來，第七日——將只有一切都像從來沒有發生過的、我無法進入的房舍，空無一人一物的夢般的

陌生房舍……第八日以及之後，有沒有趕上就再也無關緊要，她保證包括我的記憶以及記憶中的一切景象人事，都將憑空消失，不管在那之後回來、或沒有回來，我們都將在他人修正的歷史中成為幻影……意識的、肉身的，都不再存在……

然而唯一還能讓我暫時保命的情報，必須在第八日的黃昏交到我原屬的敵陣營，早了無人可解，我會被殺，晚了錯失時機我一樣被殺……

現在，我唯一能依靠的是這時間曲軸──它必須讓我如第三日發生的幻影般短暫出現在她面前騙過她然後設法滲透進第五日解開第六日的線索以防萬一並及時趕在第八日埋伏狙擊的子彈射出前穿過這片諾瑪的樹林將密碼交給臥底的轉譯員隨即在窗外的第九日留下證據以防萬一足以提醒過去的存在最後從逆向夜行列車投射出的急速光影裡縱身躍向可能達陣的第一或第二日交接線上。

(一盞燈孤單地懸掛著，雙面諜落網了，他坐在椅子上被嚴酷地審問……)

排練後

7

追捕者：這是你任務失敗的第幾日？

波里昂：你管不著。

追捕者：是第七日……你什麼時候發現從我們這邊偷去的資料
　　　　是假的？

波里昂：你們甚麼都知道，你們告訴我才對啊。

追捕者：你的同夥——現在到哪裡了？正確的那份在他們手
　　　　上？

波里昂：專業一點好吧——看看我尷尬的蠢表情、探照探照我
　　　　的瞳孔深處，一個只想為自己活下去、近乎絕望的人
　　　　還有多少？他們會比你們更不渴求找回真正的情報
　　　　嗎？我有同類，比我凶狠的同類，但沒有司夥。

追捕者：你還有什麼話要說？

波里昂：對世界，我沒有話要說了。現在叫我去當編劇是最好
　　　　的時候，我可以一邊把自己的瘡疤掀出來用力挖苦嘲
　　　　笑自己，然後還惡毒地抖出沒把我醫好的醫生……你
　　　　覺得如何？

（幕後傳來合唱隊的歌唱）「愛又重生了，一個更瘋狂的、更絕
望的愛……愛又勝利了，一個更瘋狂的、更絕望的愛……」

報幕者：火箭升空了……另一個太空時代已經經過，下一個紀
　　　　元接近了……

(槍聲大作，燈暗。燈亮，地上狼籍一片， 混合著破碎的家具文
件的殘片以及血跡軀體……)

(諾瑪收起槍，背對她坐著的波里昂吃力地轉頭看到她，諾瑪走近
他，用還相當高溫的槍管輕輕撫弄他的面頰──)

波里昂：終究，還是落入了妳的手中……
諾瑪：　那是我的詞──終究，你還是落入了我的手中，沒有
　　　　其他人可以解開你的困境，除了我……
波里昂：但妳不會那樣做。
諾瑪：　我愛你，但是已經不關你的事……我要不要那樣做，
　　　　將會由你來決定？
波里昂：要我發誓不再見到我的其他的諾瑪？要我帶走我跟妳
　　　　生下的小孩、遠遠地躲起來重新過一個平凡家庭的日
　　　　子？但也許那個平凡家庭有過一個小小的悲劇──譬
　　　　如一個病逝或失蹤的母親？
諾瑪：　真叫人幻滅──你的想像力還真的跟個童子軍一樣無

趣……（她掏出一份文件在他眼前晃了一晃）這是什麼？

波里昂：（驚駭不已）妳——這個怎麼會在妳手中？

諾瑪：　一個小小的時間曲軸的魔法幻術而已，回溯到古代

　　　　的古代，我也是有為我癡迷的野男人必須回家的，

　　　　他穿過這裡越過那裡、從三度空間轉戰四維結構，

　　　　甚至黑魔法、甚至時光機……我怎麼能不留一手？

　　　　就在你一出發的當日，那個奴才其實已經在離此刻

　　　　不久的時間之前在你公事包裡動了手腳，但他快了

　　　　一步出發我才走進這裡，他事實上迴繞回七天前把

　　　　文件交給了我，然後卻因為第八日的計算誤差，讓

　　　　他自己煙消雲散……

波里昂：我就知道我那時娶了個什麼樣的女魔頭……

諾瑪：　　隨便你去說吧，現在看好，你的活命保單、Sputnik

　　　　衛星升空日程計畫的唯一副本……

（她再度掏出打火機，還是打不著，場面突然尷尬地冷了一下。直
到化成煙的女人又從煙霧中成型——只有上半身，她帶著鼓勵的
微笑把火柴盒遞給諾瑪，然後又消失……諾瑪這回點燃了火，情
報文件也是，波里昂面無血色但也沒有太過絕望，大概力氣都用
完了。）

諾瑪：　燒了它，我們再開始遊戲真正重要的部分吧……

　　　　波里昂：別自討沒趣了，剩下的只有妳自己真正

　　　　重要的部分吧……

諾瑪：　（丟開快要燒盡的紙張，將槍抵住波里昂下顎）接下

　　　　來是選擇題，你猜──你閉上眼睛的話，接著進入

　　　　你口中的會是 1. 我的舌頭，2. 我手上的槍？還是 3.

　　　　Sputnik 的縮小模型……

（波里昂開始笑著，他如此難以抑制地感到可笑，他越笑越瘋狂、

笑到幾乎岔氣還在笑，一直笑……）

8

演員：　越來越遠了……我們還要回到古代去繼續演出嗎？等

　　　　我們從古代再又回到台上時，燈光還會亮著嗎？我們

　　　　要自己編劇嗎？真不敢相信，這才是戲的開始而已，

　　　　世界卻已經來不及──

女人：　我很想說，時間其實並未過去，但這是另一齣戲用過

　　　　的台詞……

（槍響，有人倒下，燈光暗）

毛毛兔的一天

　　凌晨四點五十三分的時候，它七十六歲。醒來的當下小腿肚輕微地抽筋，但是不至於影響起床。簡單梳洗之後，它趕著出門，五點十分，晴朗的夏天，天色已經大亮，附近公園裡的外丹功，大多是不太叫的出名字的朋友，毛毛兔開始了嶄新又陳舊的一天。

　　早上九點四十七分，它三十六歲，依靠藥物入睡的日子前些時候才開始，藥效若有似無，睡眠也是。樓上裝潢工程毫不留情地摧毀了最後一點點的希望。儘管如此，毛毛兔勇敢地堅持它所以為的夢境，灰濛濛的，嶄新卻陌生的另一段情節。

　　下午一點五十分，它四十六歲，對面軍營傳來起床號的播音，但那是午休結束的訊號。終於清醒的毛毛兔準備好出發前往醫院，預約掛號的報到時間是兩點十五分，它的脖子兩週前扭傷了，今天排定進行神經傳輸檢查。其實已經好多了，脖子

可以轉動，視線可以上下，開車沒有問題，它準時到達候診區。半個小時後毛毛兔躺在檢查床上，醫務人員在它手上進行輕微電擊，另一個接著刺進探針要它稍微用力、再使勁用力，毛毛兔的上臂肌肉又酸又痛。但是好多了，嶄新而漫長的療程，它可以開始減量服用它害怕的消炎藥。

傍晚四點三十八分，它二十三歲，悶熱午後的大雨下過了，天上掛著半截彩虹。它在往南區的捷運車上，耳朵裡塞著iPod，盤算著那群半大不小暑假中出門揮霍青春的小鬼到哪一站才會下車空出座位。今天的排練通告七點，但是五點半演員量身，毛毛兔必須在那之前準備好進場證件給不常進場的服裝組人員，接著視導演遲到情況，可能有半個小時到一個小時的空檔，它會利用那個時間寫好另一份打工工作的申請履歷資料。

晚上七點二十分，毛毛兔五十二歲，晚飯後打了盹剛醒來。八點零三分，毛毛兔十一歲，剛跟全世界鬧完彆扭。九點，毛毛兔發現後台提早收工了，一群貧窮的劇場青年用懷疑的眼光看著它。

深夜十一點，在夜市吃完一碗豬血湯，毛毛兔想回家，但是，它才發現，動物園昨天關門了。

排練後

虛歲（非典日記）(42歲)

你問我這幾天過得還好嗎，問我是否出入疫情可疑的危險空間，問我跟劇團的協調會議開的是否順利。

我聽著 Van Morrison 唱著 "When will I ever learn......" 充滿感慨，告訴你說再兩天我就四十二歲了。你說怎麼會——我們沒差那麼多歲的，我說是虛歲，虛歲，感覺好像在說生命被幻影化了。

我的朋友，我還好，繼續活著，像一個積極的失敗主義者，一個仍然被鼓勵與期待著、卻對自己越來越沒把握的劇場導演。因為事情從來都不真的如你所願地進行，而你也不真的覺得小小的個人意志該有多大多徹底的支配空間。

星期六我仍然去劇場看戲，入場時溫馴地接受耳溫測試，然後領一張小小的通過證明。那麼小小的一張紙片，上面只有

日期與一個小小的戳印，我的存在的安全狀態的微型縮影。開演前半小時，在小小的封閉空間裡，我負責一次短短的觀戲導讀。莎士比亞的 *Titus Andronicus*，一個幾乎腥風血雨殺戮不斷的復仇政治劇，充滿斬首斷肢與人肉的烹煮。一個父親親手刺殺自己的小孩、後來又拎著另一個兒子被砍下的頭顱、同時要他受到姦辱並失去雙臂的女兒用沒有舌頭的嘴啣住他剁下的自己的手，可怖極了的畫面……

我說我好像扯遠了，你說沒關係——在冠狀病毒如此高亢進化著的戰爭裡，我們需要被提醒那些更殘酷的鬥爭，人類自己製造的悲慘。我說但是我們仍然不應該失去信仰，你說你沒有，我說沒有信仰嗎？你說是沒有真正擁有因此也沒有真正失去。我說好像說的是我的劇團。

你安慰我不要太沮喪，事情沒有那麼糟——他們是否已經接受你的工作條件？是的，他們已經接受了，但是以一種特例式的專案說法——不剛好就是一種「非典」。那讓我感到一種寂寞，因為突然體會到那原來是一個讓我感覺陌生、充滿不確定的團體，但是分開來時每一個人都是好人——我這樣補充說明，但畢竟是難掩失落。

你知道嗎，我昨天才突然想通幾個月前排的一段戲。儘管都已經演出過了，但是卻一直感到困頓的一場戲。這讓我感到愧疚，因為那些演員不見得會再有機會與我工作。記憶對他們將很不公平，我越想越難過，覺得這就是一個導演的失敗——當時稍稍的妥協。

天快黑了，我的朋友，這是另一個不出門的星期一的黃昏，謝謝你打這個電話。你說真令人羨慕，尤其在那麼多的人帶著恐懼還不得不出門奔波的日子。我說是的是的，希望我終於能夠不愧對生命對我的厚愛，儘管不夠圓滿，儘管如此孤寂，謝謝。

對話與反詰、流放或拘禁（一篇戲劇獨白）

　　語言的本質、尤其是關於教化或暴戾彼此並存又衝突著的本質，必然恆常地讓不同領域的藝術創作者感到焦慮，讓你感到焦慮、我也是。你真的離開了嗎？對話不再拘禁你了嗎？

　　讓我們從頭想像一個蒼涼的時空，就說是一九九二年吧——一個中國的劇作家遠遠流放了自己在不見得更荒瘠、或更繁複的歐洲大陸。這不是一般的旅行，你面對新生的期待、背負舊夢的追緝。來自文化母體全體的傷痕記憶必須世故地掩藏或轉化成藝術形式的表達。如同音樂家、如同畫家一樣，在外人必然先行區分的眼光裡，在被接受、討論而不一定融入的前提下，你必先面臨新舊文化原材選擇的成份與比例、你必須考慮他們的需求。他們的需求建構在他們熟悉的語言思考、然後自以為政治正確地朝開放修正、而後才是異國的情調響、而後更深陷地錯誤幻想、而後成為自以為的成為。你決定哪個先、哪個後？

於是畫家選擇色澤、符號、材質，音樂家選擇音階、調性、類型與傳統的妥變，你除了以上的種種全有、還必須有語言與角色。用以滿足、或者挑釁那個正以不確定的眼光注視或輕忽你的社群，難捨、或棄絕那個其實面對你時同樣也感到異質焦慮或渴望擁抱的新的社群。流放者的宿命。選擇加入、或更冷的隔離，選擇眾目睽睽下的攀升、或向性靈自我告解的隱遁，或介於二者之間。你也許嫻熟著人情世故、市場機制的經營系統，也許硬冷或者只是顯得無所冀求地安靜存在著。我們大約都無從得知現實生活的部份。但是你提出作品、你佈下被尋找的可能線索。剩下的是我們──或他們──要不要進入、或閱讀。至於我？我想走。但也去不了哪兒的不是嗎？──索性我替你把可能的回應全都先攤開吧。但是，從想走、到真走了，多少人花多少力氣、可能才有幾個拖拖拉拉地又過個大半輩子才走成，真的說走就走的沒幾個，還有更多其實又都一個個待下了。所以當然繼續滿足你。說說而已。

　　如同你，我一樣準備釋放不同比例的表達與隱瞞。其實，沒有動機的話，我比較傾向保持距離，不然就得假裝打破距離、但是聲稱距離不是這樣也不是那樣。如果非要討論介入與被介入的權力關係，我想你會是焦慮的。但也許我比你更焦慮、同時其實也沒有誰真正不焦慮。而萬一真的進入了劇場，那就必

然更迫切地面對、卻更困難於脫困。這是我讀過的一個劇本，也許你讀過，關於你的中心與邊陲、首都與國境的想像都從這裡開始（也許最後也將回到這裡——也許也如同你、法國劇作家戈爾德思（Koltes，1948—1989）也是從頭至尾無始無終般的讓兩個人輪流說話，但真的就只有兩個角色——商人與顧客——一開始、是商人：「如果你走到外面來，在此時此地，這是因為你希望得到一件你沒有的東西，而這件東西，我個人可以提供給你；因為如果我比你早來到這裡並且待的時間比你長，甚至在這個人類與動物野蠻相爭的時刻都沒將我趕走，這是因為我有貨色使這個經過我面前的慾望得到滿足。」 (註1)

接著商人還有整整兩頁介乎獨白與對話間的臺詞，然後才是顧客的反詰——又是滿滿的兩頁——他從形上的原則連結到物理空間的分析，企圖反詰商人對他下的判斷，而後持續、詰抗遞變著在少則一頁、多則五頁的篇幅裡……最後越來越緊密、越接近對話……將近結束前的顧客說：「要當心顧客……他看起來像是在找一件東西，不過心中想的卻是另外一件，可是售貨員不疑有他，所以最後還是得到了慾求之物。」——但我不會無休無止地鬥爭。我不想扮演相對的顧客的角色。閱讀、摘錄、企圖躲避到他人的角色裡面，也只是一種本能的慾望。焦慮的自我消解。而且，如果死亡不是最後的終局、東方

西方不是僅有的選擇、男人女人不是僅有的選擇、高度資本化的社會機制離你還有點距離不單單只會沈淪也在轉進。那麼懸宕或絕望──你選擇這個、或那個？（和尚？不給選！）

所以其實大可以也從另一個引述者的角度、比較理性地來面對你或你的作品，用這裡來佐證語言的節奏與張力如何成為形式上的主導關鍵、用那裡來議論戲劇動作的動態、用角色關係來談論東方／西方文化背景的差異、再用資本主義／外資本主義狀態來總結對待文本／語言狀態最根本的距離。但是這一切終究都顯得徒然。我不想你只給我概念、而太少歷史或生活的細節，希望你能諒解，因為你一定也不會同意如果我給了你焦慮、卻只叫你去修禪那樣的狡獪；不然就得徹底地進入哲學性的形上辯詰─像戈爾德思那樣。此刻，我驚訝地記起──難道、也許、我們見過面？甚至你還到過我較年輕時的劇場？但是，為何記憶如此遙遠而稀薄，鬆動了太多細節、錯過了太多關鍵。我就說嘛──你難道不覺得對話變得不再必然、而且也愈形困難。但是別走，還有一本書我在讀著、說不定你也已經讀了。

我讀著中國劇作家高行健一九九二年、他初次造訪我居住的城市之前完成的劇作《對話與反詰》，專注而快速讀了幾遍，

不得不感到同意——關於語言在那裡、也不在那裡，關於性別在那裡、也不在那裡，關於語言是一種幻覺式的權利、是一種會被消費的慾望，所以溝通的完成是不確定的種種，所以確定的只有不確定、或者死亡種種。但是一但停住、同意便立即虛無。即使，你期待我的觀點，但是，我並不是一個理論者或評論家；即使，你更期待一種對話，但是，我比較擅長獨白、或把對話處理得像獨白，總之，我只想這麼做——假裝你在聆聽卻讓你無法反詰、假裝給你出口卻想著先你一步逃離——就這樣、只有這樣——闔上書我收回我以上提議的想像、開始毫無間斷地對著第二人稱的終端機螢幕書寫。

註 ——

1. 戈爾德思《棉花田的孤寂》（1985）

斷裂的角色片段

與

中年導演的筆記

彎曲海岸長著一棵綠橡樹──河左岸的契訶夫 (2003)

1. 當音樂響起、人們開始跳舞，當舞蹈累了、另一個夢就重新開始……

　　一開始，我這樣嚮往一種有點哀傷、但是難免浪漫的中年心情。透過契訶夫──「重疊著二十一世紀現代人之夢的解析、與經典展開奇異的對話。關於許多人的生命，那些──「平凡、黯淡，沒有鮮明色彩、沒有過多的才華」的生命的思辯。以及逝去的美好、消失中的後代的記憶──他們會記得我們嗎。全劇以夢境般的氛圍、彷彿獨白般的對話、無特定指涉的契訶夫式角色、重新合成在一個個現代場景的情節事件之中。一群憂鬱症患者，幾個受到職場忠誠背叛的失敗者，或者在劇場、半輩子就這樣過去卻仍然在迷惘中守候著的演員，又或者一個這樣思索著的劇團──我們需要什麼樣的角色來驗證契可夫的 lines、他的焦慮與悲憫……逐漸地，模糊了當下與上上個世紀末之間的遙遠距離了。」

半年之後，我終於陷入了某種型態的困境。我無法為一種明顯的內在驅動找到明確的外在表達。或許，也是因為無法背離眾人的目光。

「聽著，我可憐的老友，我不會再跟你解釋我是怎樣的一個人——不管我是誠實或者卑劣、健康或心理有病，你不會能夠領會的，我曾經年輕、充滿渴望、真誠而又聰慧，我曾經以不同於他人的自己的方式愛過、恨過、信仰過，我曾十倍於常人工作著、也懷抱著十倍於常人的希望，我向風車開戰、我想用自己的頭把牆壁撞倒……根本未曾意識自己的力量或弱點、未曾有過理由、未曾對生命稍有洞察，就擔下了一個立即扯裂我的肌肉、折斷我的背的重擔；我豁出去地耗損著自己，我醉過、興奮過、發狂般地工作過，我毫不節制地做每件事，well，我還能怎麼樣？我們人這麼少、而工作卻那麼多——那麼多！老天——有多少啊！而現在殘酷的生命——那個我對抗過的生命——又是怎樣地報復著我，我耗盡我自己了。」（《伊凡諾夫》，第四幕）

我想集中一些思考：疲倦。焦慮。悲傷。記憶。等候。失敗。

但是進展有限。終究，契訶夫的戲劇情境並不是只是一場有小樂團現場演奏、大家只是跳跳舞的宴會。除非肢解（或者你要說揚棄）所有的細節。譬如說，某種舞蹈劇場的型態。那對我而言卻又太輕易了些。

　　我想說話。想保留許多哲學性的、苦悶的說話。

　　後來我讀了契訶夫的小說《六號病房》。我找到了這樣的說話。但是，這並不是終局。契訶夫的終局包括離開、留下、還有死亡（包括幾個自殺），我無法取決是要感傷但對未來（甚至後世）還懷抱一種奇異的相信與眷念、或者就是絕望而放棄地死去。

　　那麼多的角色走了進來。又走出去。又回來。又離開。我對於自己尚且無法決定一個明確的姿態，又怎麼卻細細地鋪陳每一個人的故事呢？

　　那麼，如果就是這樣──就是你看到都只是許多人生命場景中不連續、不完整的片段呢？

　　就像好多個失眠的晚上，桌上擺放著四五本的契訶夫作

品，你凌亂地翻翻這本又翻翻那本，看看這個段落又跳過那個段落。伊凡諾夫舉槍自盡了，男爵在決鬥中被殺了，麗鄔波夫的櫻桃園被賣掉了，一群人啓程前往巴黎，另一群人留在莊園裡繼續嚮往莫斯科或聖彼得堡，至於妮娜終於會不會成為一個偉大的女演員、年輕正義的勒沃夫醫生會不會在中年之後變成另一個人……所有這些都一起在腦袋裡燒著。契訶夫說了一些終局，但是，也有許多沒有說。

　　這就是我準備呈現的，跟契訶夫的說話。或者聆聽。場景並未進一步地轉換，雖然我一度有這樣的企圖。音樂還是在的，但是比較不那麼想跳舞了。我假設有些從沒有讀過契訶夫的朋友——首先，你們也許會因此（不完整）而想去讀他，但也有可能因此更不想了，因為你們終究不會看到讀過契訶夫的人所認可的、「完整的」契訶夫。

　　但是我知道自己在幹什麼，我知道，因為，這就是我的中年，即將是。

2. 插戲／ 導演的夢

演員 J：這是導演的一篇筆記——「昨天我讀了《凡尼亞》
舅舅之後，開始對自己的一生感到憂慮。因為我做了一個夢。
夢到在一個被寂寞佔滿的巨大房子裡只有我，我變得好老，跟
斑駁的牆壁一樣老。我跟我的劇團們都已經恩斷情絕。房子外
面在開著喧鬧的 party，我走出去，看到朋友們戴上各式各樣
動物的面具，然而，你還是認得誰是誰。我被迫坐上一個高速
滑動的盤狀物體上，高速飛馳在各式彎道上，只有簡單得幾乎
不存在的裝置讓你控制向左、向右轉彎。最後一輛巨型的車輛
迎面駛來，就要正面遭遇了，我心裡想——乾脆躺平從車子下
方滑過吧。但是，同時卻又強烈不安地預感著——萬一，沒有
足夠空間的呢？那我就要死了嗎？」

肚子裡一把火燒著、腦袋裡一具引擎開著……我個人覺得
他可以去看看心理醫生，我是指（揮揮手上的筆記）——回到
這份筆記——我覺得我們的導演可以考慮去看看心理醫生了。
但是心理醫師會怎麼說呢……如果我是那個心理醫師，我會對
他說：「有沒有興趣做一做契訶夫啊……」可憐的老傢伙，可
憐的——我是指——那個叫凡尼亞的傢伙。（走開了，又停住
轉回來，再度翻開筆記）「我在你面前微笑，但是你怎麼知道，

背對你的時候我不會哭泣，甚至詛咒……」

3. 插戲／ 洋蔥與馬鈴薯

　　演員 K：很高興今天可以在這裡示範馬鈴薯燉紅酒牛肉的做法。……沒有馬鈴薯？我建議你用青春的記憶來代替，你把那些記憶拿到水龍頭底下仔細地沖洗一番，你將發現細細的外皮並沒有想像中粗糙，上頭的泥土也不難清洗，接著，你用刨子開始快速俐落地削皮，有一些根芽已經在上頭冒出來，反而形成一個個小小的凹洞，記得用刨刀的另一側小心地挖除，繼續削，最後，顯露出來了，一個似乎比較純淨的物體，但是，看著已經改變了的形體，你開始懷疑，記憶真的是那樣的嗎？然後再沖一次水，然後切塊……不要忘記洋蔥，這裡，雖然是再平常也不過的工作了，我怕還是有些人不了解為什麼洋蔥、跟如何洋蔥。首先，你也是先將它們洗乾淨，喔對了，導演特別交待──這裡請不要隨便使用其它東西──譬如青春初戀的記憶來代替它。一定要洋蔥。大略沖一下水，接著你要開始剝開它的外皮，我看過一部電影，一部政治電影，片名跟內容我都忘了，可是我記得它最後提到了洋蔥，電影裡說，真相的追求，就像剝洋蔥，它讓你一邊剝著、一邊掉眼淚。所以我說不要輕

易地用其它材料來代替它。因為，我那麼地相信，雖然常常因此被嘲笑，但是我還是相信，追求真相真的就像剝洋蔥，你一邊剝著、一邊掉眼淚，而且，你絕對不需要、也絕對不會把它剝光，就像這樣，當你在淚眼朦朧中，看到乾燥的表皮已經被鮮亮的內裡取代時，你就可以不用再追究下去啦，拿起刀來，削頭去尾，把真相當作一個希望保留著，然後開始切丁。

4. 插戲／ 失敗主義色彩的導演

　　演員 L：接下來，請容我代替我們的導演進行一些說明。關於伊凡諾夫、關於我們為什麼伊凡諾夫、以及如何伊凡諾夫……伊凡諾夫只是一個名字，如同契訶夫也是，一個有著遙遠距離感的異國專有名詞，普遍存在，但是仍然令人感到陌生。儘管如此，我們的導演卻覺得他很伊凡諾夫，我是說，他對於這裡的、契訶夫筆下的伊凡諾夫有著莫名其妙的高度共鳴，當然，我們並不十分確定這點。如果是指一種潛意識的失敗主義傾向的話——也許是吧，一個並不出色的生命、沒有過多的才華、色彩不夠強烈鮮明——絕對是，在這裡，毫無疑問地，我可以繼續舉證說明，關於我們的導演的逃避色彩，但是，他已經飽受失眠之苦夠久了，我們最好不要雪上加霜。不

過，我可以告訴你我個人的觀點，我覺得，他想太多了——想當悲劇英雄？他‧真‧的‧想‧太‧多‧了。現在，伊凡諾夫終於面臨他的結局，一個殘酷的選擇，我們的導演很難有機會遭遇的挑戰（我相信）。這是一個婚禮的現場，在久病的妻子終於辭世之後，他正準備迎娶另一個仰慕他的少女。然而，愛慕竟然挑釁了另一個愛慕，他的家庭醫生，自以為正義的年輕人，依循著道德的處境，要求這個薄悻的中年男人與他決鬥，但是，沒有人需要這麼掃興的正義，伊凡諾夫自己也不需要，因為，他最後的決鬥，是跟他自己的。

彎曲海岸的跋／ 未來筆記——給一起工作的朋友

我希望未來能夠只是一鍋馬鈴薯洋蔥燉肉，但是可能不是。未來就是未來。未來就是——彎曲海岸長著的那棵綠橡樹（那到底長什麼樣子啊……）。未來就是未來，而我是個心臟很強、睡眠很糟、精神還不錯的導演，但其實我是會害怕的——憂心忡忡的 …… like a big house —— here, this one —— filled with solitude …… 我祝福你們。

進入時間之屋——之前、以及即將開始的之後／《妻夢狗》導演筆記 (2000)

八月二十一日。一開始，舞台上出現了三個男人——一個說這是一個關於時間的故事、一個說這是一個關於記憶的故事、一個說這是一個關於愛與背叛的故事。

那麼，我們該從哪裡開始？

當我們開始排演——好幾次、都是從夏天的一半的地方，所以——在秋天之前、我們開始排演……這次，我們如此急切地相遇，如此急切、甚至都來不及憂慮工作時間的不足地急切著感受到一股相遇之前的必然、相遇之後的巨大能量——甚至來不及恐懼……

奇怪的是，我剛剛結束隱藏在心底多年的一份怨恨，那個因為愛的殘缺而剛強起來的怨恨。

而這次，是改編一本小說——或說，難以數計的記憶與想像的交疊影像。到底該從哪裡開始？

八月二十七日。凌晨五點三十分。我承認自己正陷入在一個與這次工作無關的執拗偏執裡。我不能多談論這個部份。但是在那樣的焦慮中，偶而想到戲裡會有一個演員穿著小狗的戲服，認真而多情地出現在許多段落，在開著車的時候，便因此會心愉快地微笑起來。

該回來工作了嗎？

應該從發問與描述開始的吧。譬如第一場戲我想表達什麼、裡頭的角色該怎麼配置等等。但是我仍然停留在一大片充滿感覺、但卻朦朧不清的光的階段。我想讓小說就是小說——在戲裡仍然不斷地被提醒有那麼一本小說。演員也許會在某個點上告訴觀眾——是的，我明白這些對你而言是困難的……或者——你也許要問我這段為什麼是這樣，但是我沒辦法告訴你……

八月三十日。凌晨快四點了。我開始跨上小說家授權給我的魔法飛行器、開始對我的演員們敘述第一個故事。一個男人第二天就要結婚。他夢到他的妻子其實是隻狐狸，而他自己的

母親──那個妻子未來的婆婆──基於一種奇特的動機而成為她的同謀。在恐懼與厭惡之中，這個男人逃離了那個在山坡上即將被稱為家的地方。他走過陰暗擁擠的巷弄，一個老女人在一處門口彷彿等候他已經許久。他不知道這裡是一個被遺忘的情感、或就只是一處私娼寮。他聞到因為潮溼而有的霉味、混雜一些老舊化粧品的僵硬香氣。按照他過去所有關於背叛未婚妻的夢境的邏輯，他應該在有老婦人的女兒等候的房間前的簾幕被掀開當刻醒轉過來──這是一個固定的 cue，不能越過的防線，但是怎麼回事？他伸出手、漸漸接近、微微顫動地觸摸而後竟然抓握住了門簾──為什麼還不醒來？為什麼醒不過來？……空間凝結住了，遠遠的音樂慢慢響起，是遠西的伊比利半島加塔隆尼亞地區的一種舞曲音樂……凌晨三點半，是的，我正播放著剛剛提到的加塔隆尼亞的 Cobla 舞曲……啊，關於椎名林檎、Massive Attack、還有你們還沒有聽過的 David Gray……那些都再等等過些時候。準備好進入第二個故事了嗎？三道門推出，兩前一後，一張床在它們之間。隨著 Cobla 舞曲一群穿著薄薄的紗的可愛睡衣的女孩神情木訥地跳著整齊劃一的單調舞步……對，那會是一個發生在清晨的故事。

　　九月二日。凌晨三點半。啊──有三道門、三個入口但是沒有出口的時間之屋。是的。嚴格說──這不是一些我們這

樣的平凡人該去談論的故事，但是，你們看——已經有三個
女人、牽著三個無知的男人悄悄地推開門……來不及了！！
時間的落葉開始大量地飄落，有一個人必須擔任那個神秘的
角色——坐在落葉堆中既不等候、也不離去的角色——一個女
孩……獨自開始跳舞的跛腳的女孩。空中傳來聲音，男人的聲
音，喃喃地唸著小說裡的文字。三個被帶領的男人也輪流接
續著同一個角色的獨白——陷入、錯身、交替的記憶等等。女
孩開始說另一個故事——她的母親懷著她待產時的一個夢境。
然後有一些所有人參與的心理測驗遊戲——結論是——狼最貞
節、因為狼最貞節。再過一天，我就要在排演場與你們其中的
一些人見面了，再過一天。

　　九月三日。凌晨四點四十五分。再過十二個鐘頭，就要
進入「時間之屋」。我會放那些提到過的音樂給你們聽，我
會煞有介事地講述這個演出的意義，我會問你們關於幾個角
色的你們的感覺，但是我們要開始跳舞——是的，我們自己的
Cobla……關於昨天提到的第一次進入時間之屋的部份，嚴格
說並還不是一個故事，或者它就不該是個「故事」，而該是一
首神秘主義的詩……我要再想想……先說下一個故事，一個夢
境，反覆發生在這個一入夜就陌生著街道的這個城市……不
太是電影 *Dark City* 那種城市的惡夢，但有點接近、又有點對

反——在 *Dark City* 那部卡夫卡式的電影裡，每個人其實都自以為熟悉那個有著自己身世與記憶的城市、而毫無察覺連自己的角色都可能在一夜之間被更改……我們的城市——也是葛蘭懺塔的城市，葛蘭懺塔？我想是一個女人，一個存在在異次元、只屬於你自己的女人。場景從 Massive Attack 的＜Dream on＞開始。一個蒼白的男人顫抖著手點煙、拿筆、開始書寫，後方有一個戴墨鏡的男人在黑色的旋轉皮椅上監視著他、同時輕輕左右晃擺椅子發出令人焦慮的聲響，更暗的地方有一個老人蹲著在嚼檳榔——各式各樣的檳榔。葛蘭懺塔溫柔地把他的頭摟進自己的胸膛——隨便寫點什麼都可以——她說，他回答葛蘭懺塔說他循例在參加他人的婚禮之後在自己的宿舍自瀆……但是葛蘭懺塔——他犯了什麼罪？一桌子十三支牌的殘局、蒼白的男人開始折疊紙張、折疊桌巾、折疊自己剛脫下的外衣……把所有折疊過的物件放進一個行李箱。喂、你想去哪裡——後面那個男人冷冷地質問，吃檳榔的老人站起來走過來把一整盒的檳榔交給了蒼白的男人，然後對觀眾說——我是他爸爸——然後走開。而我是他的兒子——蒼白的男人這樣接話，同時提起皮箱開始介紹自己的身世——

　　九月四日。零點十一分。我們繼續昨天的故事。有一度小說主角常有重返故鄉的渴望。他出生在永和、如今在三重的一

家漫畫出版社工作……戴墨鏡的男人起身走到他的身後，「折斷」他的頸骨，他倒地死亡，之後又起來，開始告訴我們他——從小根本沒機會離開這座城市。高中時常常背著家人、每當存夠了錢便找個藉口出門找一家旅館扮演從外地來的異鄉人……

九月五日。凌晨四點。所以我們結束了第四個故事。第五個故事先跳過。第六個故事……很長，我想今晚沒有辦法立刻開始——雖然，在我即使已經受到兩顆悠樂丁、兩杯伏特加影響的意識裡，我仍然可以快速而完整地搬演其中的大部分，但是我不想繼續 key in……我想先寄信給你們。

所以就這樣，秋天之前，我們開始排練——這一次，我們都坐在一個房間裡——房間座落在一棟無比龐大的時間之屋。時間之屋外面的世界沒有人曾經去過又回來。時間之屋外面的世界——在屋裡的我們只能臆想、推論、或透過奇異邏輯的夢境來聯結。

時間之屋是不是一個家族沒有人能確定。就像那個嫁給你的女人是否只有你可以稱她為妻也不確定。

燃燒的地圖——致未來／河左岸的安部公房 (2003)

1

　　二〇〇三年十二月一日凌晨四點二十八分。我開始重新記錄一個階段的行蹤。我重新看著幾年前的錄影帶，裡頭，你還是在一種相當新的狀態。我有一些之前以及之後都少見的幽默，而且事實上相當生動。我在沒有包袱的刻意放任裡頭，但是反而也參雜著相當程度的舊的印記，那些印記在新的你的身上，有一種奇特的流暢活力。我現在要再度為你思索一種聲音、一個系統，一個無可取代的角色，尋找他人、卻自己也在蒸發邊緣的角色。「一切，都像是不知發生在何處的昔日往事……」，我前天晚上看了日本的電影《陰陽師》，對於其中關於被遺忘的女人如何因無論如何都無法泯滅的怨恨而生成鬼的敘事，仍然有所震動，還有一種無法死去的長久的守候，因此思索著失蹤或者消逝的意義、以及被離去的人遺留或遺忘的相對意義。

2

（很老的影像，偵探 M 在六十年前的平行空間的顯影……）

報告員：區位：海馬，主導學習、記憶成形……。區位：額葉，
　　　　解決問題、洞察問題，以及其它高階推理思考。這是
　　　　M。他的腦袋因為神秘的事件而失去正常的運作，這
　　　　個腦袋，海馬區主導了的記憶，過度地形成，然後失
　　　　去。而他的額葉，不再能夠解決問題、洞察問題，更
　　　　別提高階的推理思考，他倒不是從階梯上跌落下來，
　　　　所以就再也無法處理高階的事務，他是一個偵探，一
　　　　個依靠推理為生的人，而這是一個上一個世紀的犯罪
　　　　案例，終究無法結案而結了案的失蹤事件。紀錄者：
　　　　文學家（安部公房）。

　　　　T 徵信社人事調查部長 M 接受了人妻根室波瑠的委
　　　　託，尋找突然失蹤──也就是稱做「人間蒸發」的丈夫：
　　　　根室洋的行蹤。所謂的部長，不過就是一個連社長在
　　　　內三名員工中的一員。失蹤者三十四歲，職等：業務
　　　　課課長，六個月前失蹤……所謂的課長，不過就是一
　　　　個連社長在內五六名員工中的一員。這樣的探案委託，

從一開始就不可能有回頭路，也一樣不可能有結案日了。然而終究誰存活下來了，誰在不會被視作人間蒸發的秩序中存活下來了，卻是一個無人能夠回答的問題……。（燈暗）

3

報告員：到那個時代，已經會有一些異星生物的降陸。它們在十年內不具行動力，當然就暫時沒有進犯的威脅，它們只是這裡一坨、那裡一坨地，讓新都廳為首的首都核心地帶佈滿了蒼涼寂寞的感覺。還有另一種理論開始激進地散佈——這些都是人間蒸發之後、被外星生物綁架然後重新處理完、徹底變形之後送回來的，那麼波瑠何時將在數十萬計的靜異形之間找到屬於根室洋的那一尊，而我們的偵探 M，在回去探視妻子那天，發現他已經被另一個男人替代，同時，妻子，積極地安排了外星艦隊的綁架行為，不過，這就不是安部公房了，不是安部公房，那麼是什麼？未來嗎？還是一個兵變失控的大腦……（M 走進，收傘，脫大衣坐下）

4

（M 在床邊吃魚罐頭……）

報告者：M 開了魚罐頭吃著。天亮之前，他醒來兩次，吃了兩
　　　　個罐頭。一個是甜辣味魚醬，一個是水煮鮪魚……M
　　　　是一個偶而也會投機取巧的偵探——這是探案的第三
　　　　天，可是他已經把第四天、第五天的調查報告先寫好
　　　　了。因為他期待一切都在他的預測之中，他認為無聊
　　　　的探案、不會再有什麼意外驚奇。但是，世界完成了
　　　　嗎……世界就要完成了嗎……如果他那時把視線望出
　　　　窗外，也許，會看到了星星正開始一顆一顆墜落……
　　　　區位：海馬，主導學習、記憶成形。區位：額葉，解
　　　　決問題、洞察問題，以及其它高階推理思考。接著是
　　　　邊緣系統：這一區與人類的情緒相關，此處的干擾經
　　　　常造成機動不安的狀態。還有基底核，枕葉……我的
　　　　大腦睡著了。所有的區位，像是一張安靜的地圖，等
　　　　待一個靈魂，在我們的某個夢裡、或整個文明的幻象
　　　　中，永遠都有的那麼一個靈魂，突然因為記得、或遺
　　　　忘了，而開始想要逃逸……往一個全新或者全舊的世
　　　　界開始逃逸。

Kenji ── 河左岸的宮澤賢治 (2006)

1. 閱讀與回憶的桌子

一兩叢芒草的區域三五公尺見方,不規則狀。芒草高過蹲下的男人胸口　一張簡單老舊的木桌,幾張木椅　桌面有一兩盞燈,一些書,一些紙,各種書寫的工具

觀眾席燈暗,演員陸續到達桌邊。有一人從觀眾席(之前已經久久地在閱讀著　),有人點燃油燈,有人埋頭在書寫　翻閱地圖、字典、或者一些書信

一盞微弱的燈。風聲。老舊的舒伯特鋼琴奏鳴曲錄音(非常片斷、混音在另外的音樂裡)。聽見遠遠地經過的蒸汽火車。

演員A:　你聽──那風……還有祭典的聲音???……哪裡的
　　　　祭典啊……不太像我們這東北地方……

作家： 風……是風嗎？還是生命對我最後的遙遠呼喚……

（翻開書唸著一首詩）「東邊有生病的孩子，就去照顧他的病……南邊有人就要死去，就去告訴他死亡的不足懼……」。但死亡，如你所言，是不用去害怕的，就像冬天接著春天接著夏天秋天，然後又是冬天……

舒伯特某個鋼琴奏鳴曲，第一樂章……一盞油燈、兩盞油燈安靜地被點亮……一個女人，另一個男人，再另一個男人，張開嘴緩慢而無聲地配合著習慣的手勢說話，以及彊奏……咳血咳血咳血一般的重音和絃……

作家： 聽說你生病。

演員A： 我寧願不要談論自己。一些不足外人道的病。

作家： 我寧願先關心這個，生命，總是比寫作啊、畫畫啊，這些事情要來得重要。

演員A： 我想先問你，寬恕的意義如何界定，原諒的動作怎樣才算具體地做出？

作家： 為什麼？這跟生病有什麼關係？

演員A： 你先回答這個部份，我晚一些解釋我的病。

作家： 但是……如果我們準備從他的病史開始的話……

演員A： 誰？

作家：　他……Kenji，宮澤賢治……

演員 A：　喔……我們為什麼會要從他的病開始解釋或者討論
　　　　　呢？

作家：　那你又為什麼要從寬恕與原諒開始我們的討論呢？

演員 A：　那——還是先從他早年的病史開始吧——或者說，不
　　　　　單是他自己的、拖累著父親甚至妹妹的那些住院史。
　　　　　開始吧。我們先開始說他們，接著，也許再回頭講
　　　　　述我們各自己的吧……

2. 末期

賢治：　親愛的 Toshi，我又夢到我跑在鐵道上了……我知道
　　　　妳就在剛剛開出站的那個列車上頭……喬巴尼的好
　　　　友卡姆巴雷拉也在上頭，我變成喬巴尼，害怕這又
　　　　是一列終於向上騰空沿著銀河鐵道行駛的列車，但
　　　　這一次，我沒有拿到車票。我跑啊跑，死命地追趕，
　　　　突然之間，前方的鐵軌反向岔開了，大地也被扯裂，
　　　　出現一道好深的縫，但是列車繼續懸浮地前進，即使
　　　　往地底的方向，也是那麼優雅的一道弧線……我自己
　　　　則是一腳踩空了，連同鐵道的枕木以及碎石子，一直

一直往那個無底的深洞墜落，然後我看到更深的地底原來是一付巨大的人體內的肋骨，右上方掛著一顆還在跳動紅通通的心臟，在兩側，就是一對結核末期的醜陋的肺葉……我驚恐地想要大叫，但是發不出一點點的聲音，還是只有風聲，逆向從耳邊往上略過的氣流……我突然意識到那是我自己的胸腔了。Toshi……我也要死了嗎？在妳之後，我是願意只活到此的，唯一真正了解我的摯愛的妹妹，都已經出發了，我想我留下來多的時間也已經夠久了。但是，為什麼妳在銀河鐵道的列車上，我卻只能追趕著列車……親愛的 Toshi，這只是一封不曾存在的信，我一邊抄經，一直抄經……一邊，在心裡寫了又寫的思念的信，我的妹妹，這也可能只是另一個書寫者看著妳的不忍，而代替我寫下的。寫字與書寫，寫了又寫，就像身體裡的血，流了還要再流。流動著的血，其中一些，被迫殘酷地咳出，咳出了血，因此也是一種書寫了。我多想讓血流在我愛的農地裡，留在我的詩我的寫作裡。但是，或許，是不必要了的吧。我就要真的告別了，要請妳見諒我多留下的讓妳等候的時日，也要請其他即將留下容許我提早退席的世間多多包涵。

演員 A ：那麼，就這樣了。即使那麼短促的生命，卻也是一
　　　　言難盡、數言難盡、千言難盡……真的，我們想做
　　　　些什麼？我們還想做些什麼？還必須做些什麼？還
　　　　能夠做些什麼？一定，即使那樣地有限，但是一定，
　　　　可以做一些什麼的嗎？

看不見的城市（2007）

1. 國土探勘

國土探勘員： 我是一個國土探勘工程師，這也許是我最後的
一次任務了。因為，我已經來到這個旅館，同
時已經接近解開這個旅館的魔法的邊緣，因為
平行世界，即將被揭露。旅館的一面向著我們
熟悉的世界建構，另一面，秘密地開向這個世
界的所有平行世界入口，這個邊界的戡定，將
會是所有現存堪輿學的終點也是起點。以後旅
行，你只需要 check in，入睡，醒來打開房門，
外面已經是一個新的國度，但是小心你的夢，
它會錯開你原定的目的地……但我不確定我找
到了對的房間，那個房間與其中一個世界的中
心點重疊，那個世界，被稱做暮大陸……

2. 任務終止

暮少女：　　　我來自暮大陸。那個你們以為五千萬年前的存
在，目前為止，其實卻還與你們的世界平行存
在著。這棟旅館的確隱藏了這兩個世界的通道，
你們這邊是邊境，連接過去，卻是我們的中
心……因此，有人不允許世界被打通……你原
先以為巨大的爆炸可以形成跳躍，但是你忘了，
如果爆炸造成了其中一邊的毀滅，那麼另一邊
也無法繼續存活了……放棄你的任務吧，回家
去，對你的家人痛哭著懺悔你以前對她們的忽
略……至於我的秘密，我穿梭不同世界的秘密，
是需要代價的，我必須棄絕我的父親，因此獲
得能量，而到現在，我無時無刻不在反悔，無
時無刻不在希望能量消失……

（暮少女離開，國土探勘員自夢中驚醒……）

探勘員：　　　前一天夜裡夢見自己又在光線波動憂傷吃力的
闇夜，上坡的路面柔軟鬆動，關不掉的深夜電
視，無休無止的 SNG 連線……微量的焦慮，關

於重新錄用了自己的公司、剛考取的研究所、正要入住的新承租公寓。很快地先意識到破綻，多可惜啊——原來都不是真的……那一類的推斷，接著才脫離了夢……

追捕者： 我累了，前世毀滅的末日影像折騰我太久了，而那些徵兆現在離我們又太近了……（走開又回來）你跟我說了你的夢，我也告訴你我的——父親離開人世的時候，我發現自己沒有辦法結束正在發生的那個夢，我努力地努力地用盡各種方法讓自己醒來，因為，我必須趕回去，趕回去送他最後一程……

（但是醒不過來。但是醒不過來……）

神祕的暮少女兩手各繫一端兩個世界存在的真實，就像歷史與幻影的並存，因此，她說——「其實，你所以為的歷史只是一個我給你的夢，現在，請你醒來，因為我想離開了。然後，請你們所有人也離開吧，因為我想要醒來了。」

團狗 (2006)

哪個說的過完電話打個年給我

搞啥的誰的中年這種語言狀態已經是

倒裝錯置的刻意已經模糊

遠遠地預警更後面的一種失序——譬如：

我們共同疼愛的狗昨天走了

它剛過完搖尾巴淌口水撿皮球的一輩子

幸福的狗，檢查出癌症後也沒拖太久

十五年的簡單可愛、輕而易舉

留下一個苦惱的劇團那麼感傷

這不算是獻給它的話

除非需要擁有墓誌銘

我想我才會這樣提案

哀樂一點都不中年

鬆鬆軟軟的肚子不憂國

也不憂民

你以為我說那狗

狗卻知道其實在說你

我是愛它，但更多的人更愛

挺不負責的這一個

說穿了還有一點眼紅成分

我只是差點又說別動

先搖皮球再去撿尾巴

唱完臉後洗把歌

掉過沈默的眼淚下來了

下來了

為幾米音樂劇所作歌詞

有時候愛──賦格需要遁走（向左走向右走）

有時候愛　是夢

不管睡著或者醒來都在

有時候愛　是我

能不能就深信不疑

有時候愛　是風

吹拂或停歇

有時候愛　是歌

賦格也需要遁走

有時候愛　是妳

不管醒著或睡著都不在

有時候愛　是火

點燃起就無法熄滅

有時候愛　是雨

停歇或落下

有時候愛　是歌

在腦中盤旋不盡

有時候愛（是頭髮被風吹亂了卻還感到幸福）

有時候愛（是眼神裡閃動著疑惑卻對幸福深信不疑）

有時候愛（是妳想也想不到用愛去稱呼那種感覺）

有時候愛（是一段旋律幾行詩前因後果都說不上來）

需要爭吵需要哭泣

需要絕望需要等待

需要分開需要擁抱

需要直覺需要

心領神會需要

需要……心領神會

（飛起來了）有時候愛

是方向是距離需要被翻譯或迷失

（飛起來了）有時候愛

是還沒碰觸就已經如此熟悉的臉頰與嘴唇

（飛起來了）有時候愛

一定得是相反的方向矇住眼的信任

（飛起來了）有時候愛

是信仰是巫術是殘酷是仁慈是憤怒是眼淚

飛起來了……（有時候愛……）

生命的月台（地下鐵）

我有個夢，只是個夢，

不要問是誰在誰的夢中

路在前方，人在路上，

列車就要到站。

給我一個方向，我不要繼續沉睡，

卻忘了給自己，一個醒來的理由。

我有個夢，只是個夢，

不要問是誰在誰的夢中

雲隨風走，人在風裡，

春天就要過站。

給我一個方向，我不想繼續等候，

卻忘了回憶裡曾有繁花似錦。

啊生命它只是個月台，你來的目的就是離開。
啊生命它只是個月台，所有的夢想都已出發。
啊生命它只是個月台，有誰會在那出口等你。
啊生命它只是個月台，過去和未來都在遠方。

我有個夢，只是個夢，
不要問是誰在誰的夢中，
該向左走，卻向右走，
愛情又要過站。
給我一個方向，我不想繼續錯過
卻忘了要回頭當愛就在那裡

啊生命它只是個月台，你來的目的就是離開。
啊生命它只是個月台，所有的夢想都已出發。
啊生命它只是個月台，有誰會在那出口等你。
啊生命它只是個月台，過去和未來都在遠方。

我有個夢，只是個夢，
不要問是誰在誰的夢中

路在前方，人在路上，

列車就要過站。

給我一個方向，我不想繼續錯過，

卻忘了要回頭當愛就在那裡。

遠方（地下鐵）

遠方它有多遠　黑暗它有多暗

回憶它有多深　遺忘它有多重

這些妳如何都能知道

卻這般義無反顧

聽我說、相信我、只要妳一個承諾

妳想要一個夢　遠離昨日憂傷

妳想要一雙眼　重新看見明天

可是妳如何能都擁有

就這樣義無反顧

我卻有無數奇蹟

就看妳的決定

一個記憶或者昨天的夢交換

妳心裡真正的、最後的那個願望

妳想要一個夢　遠離昨日憂傷

妳想要一雙眼　重新看見明天

可是妳如何能都擁有

就這樣義無反顧

我卻有無數奇蹟

就看妳的決定

一個記憶或者昨天的夢交換

妳心裡真正的最後的那個願望

SIX（地下鐵）

啊是誰在我夢裡輕輕放進了憂傷

所有落葉都在魔法裡旋轉

counting one two three four five ...... six

誰在秋天的森林風吹過就想起妳

因為夏天妳說要讓我飛翔

妳在春天的夢裡、我的溫暖的回憶

輕輕親吻永遠不可能清醒

啊是誰在我夢裡偷偷放進了明天

所有落葉都在魔法裡旋轉

counting one two three four five ...... six

我的想像還是別人的夢（地下鐵）

誰能知道關於所謂寂寞

或許也只是一種慾望

故意看向遠方就以為是

其實只是害怕的小孩

這是妳我的共同想像

還是只是別人的夢

這是別人的共同想像

還是只是我的夢

我想帶著 秘密離開 卻不知道 那是誰

那是誰的 滄桑身世 跌跌撞撞的寂寞

妳也帶走了一個秘密 卻不明白 那是我

那是我的 滄桑身世（傷痕累累的正義）

卡夫卡與愛麗思（地下鐵）

跟我走、快快跟我走

跟我走、快快跟我走

我就在妳左邊旁邊的前面

回過頭的右邊、上面下面

（沒錯那就是我）

我不推銷保險

（我只跟你瞎扯）

跟我走 啊不要再理他

隨便他 哎

心不在焉的傢伙

當我打開左邊是車票

右邊是邀請卡（真有意思）

妳永遠都會選錯

讓妳終生懊惱　這樣也好啊

哪裡去　我懶得理妳

隨便她　三心兩意的愛麗思

愛麗思、愛愛愛麗思

卡夫卡、卡卡卡夫卡……

我還有一個選擇──

就看你接下來爭不爭氣──

一場無法預料的記憶大挑戰

絕對不推薦

你看他　覺都睡不著

過不去　反正就一路錯下去

跟我來、快快跟我來

跟我來、要不就不要來

跟我來、快快跟我來

不要來、你最好不要來

明天的記憶（地下鐵）

時間走了　未來遲到

晚了一步　昨天迷路

記憶走了　夢想好累

晚了一步　睡眠再見

要不要　拿現在的存在

換一個準時的到達

好憂傷　鏡子（竟然）問我你是誰

而明天　明天

還會記得他叫明天嗎

(記憶想要關機

我的夢也累了

我想念叫做想念的櫻桃園

我感傷叫做感傷的契訶夫

哪裡有我童年的莊園、莊園裡的櫻桃園)

列車走了　月台嘆息

晚了一步　生命誤點

要不要 拿現在的存在

換一個清楚的過去

好奇怪 月亮（突然）問我你是誰

而明天 明天

還會記得他叫明天嗎

(*海鷗，海鷗飛過三姊妹的寂寞*

沒有人會再遲到，因為不會回來

沒有人會再回來，因為青春睡著

海鷗，海鷗就這樣飛過我們的寂寞……)

迷路 （地下鐵）

夢裡的天使又要跟我告別

是誰在這裡不斷地迷路、

不斷搭錯車又下錯站、迷失了方向

你問我是不是就是夢裡的天使

她又要再次跟我告別去到哪個遠方

舞會邀請就要過期

所有奇蹟卻還沒發生

看誰都知道誰都知道
卻沒有人能給你答案
你看那列車不再回頭、不再回頭
啊列車就要過站
往前走、往前走

被審判的審判者（地下鐵）

消散的時光都在風中
昨日的憂傷又浮現
就算不想再度記起黑暗記憶

驕傲的寂寞已經淪陷
我們只能越走越遠
不敢再想、不願面對
寧願忘了一切

我寧願失落、不願再提起

曾經在夢裡找尋醒來的路

前方已沒有光、回頭已無退路

我再也看不清是記憶還是夢……

又趁著風雨來、再趁著黑夜走

誰能讓你這樣任性穿越時空

風吹過已平息、花飄落已滿地

你不要還再說黑夜無助

（你不必再說、你不會懂的

你已經無從辯解你的正義）

前方已沒有光、回頭已無退路

我再也看不清是記憶還是夢

又趁著風雨來、再趁著黑夜走

誰能讓你這樣任性穿越時空

風吹過已平息、花飄落已滿地

你不要還再說黑夜

無辜

命運大遊行 （向左走向右走）

世界不停轉動

命運的手揮動著

夢醒了有誰記得愛情的方向

回憶你狂奔過

幸福人們已溼透

望穿了重重天涯誰也無所謂是誰

魔法不停轉動

嘲弄的手揮動著

放手吧不可解釋也無從掌握

時間無法回頭

絕望的手揮動著

忘了吧明天天氣誰也無所謂陰晴

慢慢漫長回家路上

雨水雨水在哭泣

荒蕪城市誰在漫遊

過氣的幸福

啊愛就那樣衝向了他們

閃爍其詞生命格言在冷笑

遺忘畢竟是蔓延了虛無

冷眼無辜勇敢對抗與背叛命運

啊愛就那樣衝向了他們

閃爍其詞玫瑰人生在冷笑

遺忘畢竟是蔓延了虛無

冷眼無辜勇敢對抗就是

安納修兵團

啊愛就那樣衝向了他們

心跳加速化學藥劑在冷笑

遺忘畢竟是蔓延了虛無

冷眼無辜勇敢對抗與背叛命運

萬民的方言 (2009)

　　親愛的 S，在我們分開二十年之後，我竟然還留在當年我
們共同熱愛的劇場裡，儘管能夠繼續燃燒的所剩不多，發光發
熱這檔事也實在有限，譬如一個，過往很難想像的機制化的年
輕市場，而這裡的一個又是很難獲得市場支持的導演，譬如老
一些，old school 一些，風格難一些，就會到達我現在的寂寞
處境。但我竟然還在這裡，並發自這裡，我想寫這封信。因為
一些有些久遠的記憶，被一些正在排練中的角色、台詞、情
感，勾勒出了有些重疊、有些熟悉、又很多不一樣的形狀，
《浮世情話》，他們不是我們，但愛是萬民的方言（speaking
in tongues），心痛心慌心死也是，啊，遺憾那麼揮之不去，像
一道疤，一個深深的傷口。我們被附著，被啓靈，毫無預警，
無跡可尋，自動地發散所有關於愛關於恨關於背叛與救贖的訊
息。接著我想我就可以持蛇，無懼那毒物，無懼那非人冷血爬
蟲。二十年前，我們的劇團的第五年，離散陸續登場，理想被
有限的選擇消磨，但我們不知一別此去就是這般的漫漫跋涉，

在人生裡。大家都以為這些終有一天會過去，會消逝，但就在一場睡眠睜眼醒來前的當下，我卻還是不由自主，那麼不由自主地說出：別走！！這類愛的方言。

作品接近完成了，我越來越不確定此刻的心情，尤其不確定完成之後、演出結束之後的心情，說是接近完成的，但完成的如果是失落的見證呢？聽著那些每一回聽到就教人揪心的某些台詞，偷偷彈幾滴淚，之後，我們還有各自幸福的機會嗎？

這封信我在路上寫的，走一走，又停下在路邊拿出紙筆寫個幾句，又走了走，寫了寫。我想知道的是，離開的人的真正離開的理由，或許反過來，有人也許想知道，沒離開的人真正沒有離開的理由，但這大概沒有機會了，我們即使重逢，重聚，即使愛已雲淡風輕，我們會說的，也許是另一種萬民的方言了。我們會互相原諒嗎？我們，會共同被生命原諒嗎？

改編者／ 二〇一二冬日

二〇一二年十一月，《台北爸爸·紐約媽媽》舞台劇重返演出的準備工作開始，我獨自坐在演員抵達前空蕩蕩的小排練場，面對著整片牆面落地鏡裡的自己。我問自己——我們這一次要去哪裡⋯⋯重新開始的時候，重新開始的世界，我們的目的地在哪裡？

然後從陳俊志的原著書裡，小迪姊姊轉頭看著我，然後伸出手來⋯⋯「你有沒有忘記你姐姐⋯⋯」，我心裡想著別的事情，沒有意識到當下發生了的狀況。頭有點重，意識沉緩。心裡面有事，畢竟。

我拿出導演筆記這樣寫下——「⋯⋯關於速度的問題不是不能解決，也就是說，季節到了是季節到了，心裡想的怎麼樣都跑在下手太前面，這對於工作其實有一些困擾。幾乎只差忘形的存在，如果說，這樣的日子可以或可能會是往後

的主要模式，我擔心的並不在於天空的雲層有多厚、直昇機的穿透有多困難、我起床後的復甦期有多長，這樣說的原因在於，夏天太熱，我不記得曾經要求自己期待秋天的到來，然後秋天就來了，但它長的跟夏天幾乎一模一樣」

　　而這一個夏天，我曾經生過病、受過傷──心理的。那是一個當初剛剛進入中年時的舊作重製，另一次的改編，首演之後，在看似熟滿完成的幸福情境裡，一些隱藏著的創作傲慢、接受大於付出的愛的匱缺與渴望，原本看似輕微，後來卻像當年猖獗過的冠狀病毒一般襲擊而來。因為我了解並愛上自己筆下的角色，也因為一個並不相識、朋友的朋友，在看完那個夸夸談著想像與記憶、救贖與放逐的演出之後，跟自己真實的病痛磨難、跟世界告別了。

　　二〇一二年十二月，我坐在廣場上陽光劇團演出的帳篷裡，看著一群遠道來的劇場人在令人傾心的舞台上搬演著一群默片時代的電影人的故事。我聽到戲裡國際歌響起時掉淚、看到戲裡發生火災後一群演員突然發現導演不見了而驚慌時也掉淚……啊不都是關於溫度的分享、以及愛與恐懼的辯證，我回頭，看到自己的演出的舞台上，一個叫陳俊志的角色，架著他的攝影機拍著電影，又或者，曾經在排練場內，真實

的陳俊志就那樣架著他的機器拍攝著被劇場改編的陳俊志在拍攝舞台上看不到的紀錄片⋯⋯溫度擴散了，我心裡想，如果末日沒有降臨，這一段從書寫到劇場的旅程也許有一天也會成為他電影裡頭的記憶或角色吧。

安德烈安德烈 / 一個導演的故事

（童話公路 —— 給安德烈）

H：安德烈走了，離開了，其實……就在不久前，上個月夏
　　天才到一半的時候。我們不清楚到底發生了甚麼事，或
　　其實甚麼也沒發生，但都感覺怪怪的，怪怪的，我是說
　　我們的導演，他覺得他的安德烈，離開了……

D：劇團不都是來來去去來來去去的嗎？走了就走了，他媽
　　的有甚麼好怪怪的……

J：　到底在說哪個安德烈！！

H：我要說一個故事，一個劇場導演的故事，他做了一個夢，
　　他夢到他二十五歲時成立了一個劇團……

（D：先發展一些身體的意象，他說。身體的形狀從中樞神經
失衡的動作開始……）

H：然後十年過去了、二十年過去了、三十年過去了、四十
　　年過去了……

（D：反覆出現反掌擊打太陽穴，他說。向下攤開的手掌、彎曲折現的手腕。）

H：他的團員們重複著離散、重聚、又離散、又重聚的過程，但每重複一次，他都發現大家越來越老、只有他沒有……

（D：女人將有著一種龐大華麗的禮服形象，男人，在旅程的路途上……他說。）

H：一直到了後來，他被一群老人圍繞，他們帶他去參加一個葬禮，年輕的他穿著禮服，空氣裡有那種上了年紀的老人才有的氣味，他對這個氣味感到不安……

（D：原本不相干的人陷入一樣的心理空間——有人總是這樣，不甘寂寞卻難逃寂寞。他說。）

（J：跟他一起工作已經記不得有多久了？但是我們從來沒有喜歡過對方……）

H：他開始往人群的邊上閃躲，希望跟那個氣味保持一點距離，但那個氣味卻越來越強、越來越貼緊他，最後變成一種屍臭，而他發現原來自己就是躺在那裏的死者，而他是唯一老去的人，他的團員、演員們個個都還如此青春然後……

（D：然後。）

（J：然後。）

H：那些演員們個個都還如此年輕美麗，還是說，來來去去

來來去去的，其實不是同一批人？他因為害怕而迫不及待的想要醒來，然後，然後……

（J：有人就是那樣。那樣命定而怯懦地無法割捨。）

（D：失落與空虛，開始變得盛大而華麗、但是陳舊。）

H：然後，他醒不過來……

D：而我知道，我們遲早，都要變成某個安德烈。

J： 但是到底是哪一個……

H： 我想跟你跳舞……

J： 我想跟你跳舞……

D： 我想跟你跳舞……

（三人開始唸詩——）

脫下帽子的當刻

感覺到了朦朧的恨意

因為對即將發生的毫無準備

因為恐懼一如過往的模糊快感

雪落下

秋天已經在我們左後方

記憶的公路望不見起點

關於中年是一種恫嚇

這樣的說法你總不厭其煩

其餘的人卻都開始掉頭而去

只有我，因為持守對你的愛

便反覆地思慮深重

白夜已經在我們前方

記憶的公路望不見起點

即使我最要好的朋友

也不這樣對待我輕易地

揭穿敬畏底下的怨怒看透

不及湮滅的瑣碎懊惱

即使我稱之為戀人的

也不曾明白了

那樣是寂寞的

乾糧與水施捨完了

準備脫下鞋子

準備躺下路邊，看看

記憶的公路會飄什麼樣的雨

(帽子脱いだ瞬間 / 朦朧の恨みに感じた / 何故なら　間もなく起きる事　何も準備が無い / 何故なら / 恐怖はいつものように模糊快感 / 雪　落下)

秋天已經在我們左後方
記憶的公路望不見起點

不純粹的慾望
已經在路旁抽芽
長起不純粹的草
說什麼也不肯青綠
說什麼也不肯悲憫

只有愚昧的人生如影隨形
唸誦僅知的可笑咒語抵抗
卻比不上一根不說謊的骨頭
前天遇到的狗都知道
那麼瘦而猥瑣都知道
沒有上帝、真的沒有

皮帶不用繫了

就算褲子勉強穿著

思念不確定

愛恨不確定

哭泣過然後睡著已經

已經像幸福

同等的遙遠

長跑的人經過

烏龜與先知經過

啞巴與狐狸經過

你的話語最後的意義留在

不記得多久前的迷霧裡

已經望不見就連

記憶的起點也經過

公路就是你陌生的讓人彷彿

身陷異國的陌生人

順口給點童話的教誨

再一點廝磨溫存的體味

連自己都難以置信

連我都不予置評

又說要我早點回家

你卻義無反顧地搶先消失

懸宕的雙臂已經在永恆的下方

沒有完成的擁抱望不見起點

脫下帽子的當刻

你會看見朦朧的恨意

你對即將發生的毫無準備

你的恐懼一如過往的模糊快感

接著──幻影落下

雪一樣地落下

排練後

八首瓷淚 china 歌詞與兩段對話

對話╱ 時間是最危險的路（告別 I）

（兩個穿越者——身分不明，關係不明。聯結：一本書，一場戰爭，一個任務）

A： 你確定要走了？

C： 這是上頭給我的任務，我沒有選擇。

A： 為了一本書的身世？

C： 對，為了一本書的身世。

A： 我為什麼不能跟你一起去？

C： 因為這本書是關於我自己的書。

A： 我為什麼不能在裡面？

C： 因為你不在裡面。而且我需要你監看我的時空座標。

A： 所以你是希望回來的？

C： 不然呢？但其實我不知道自己希望怎麼樣。沒有人知道。

A： 時間是最危險的路。

C： 我知道。

A： 萬一你回不來？

C： 萬一，是我不要回來？

A： 那麼？

C： 那麼，妳好好活著。

A： 你不在了我怎樣可以好好活著？

C： 那至少活著。

A： 為什麼？

C： 活著不用問為什麼。

A： 為什麼？

C： 為什麼為什麼？

A： 因為活著。

一個曾經（在愛裡）死過一次的男人

我要寫信告訴她

我的愛人

我已經啓程前往中國

（那個 china 的 China）

受傷之後的清醒

是一件痛苦的事

逐漸清醒，更痛

清醒之後逐漸察覺失去

是更大的受傷

但我並不害怕

彷彿我已經不是我

我只是代替自己

代替一個曾經

(在愛裡)死過一次的男人

站在這裡……

逐漸清醒，更痛

清醒之後逐漸察覺失去

是更大的受傷

但我並不害怕

彷彿我已經不是我

我只是代替自己

代替一個曾經

排練後

（在愛裡）死過一次的男人

站在這裡……

我要寫信告訴她

我的愛人

我已經來到中國

（那個 china 的 China……）

瓷女主題

之一　薄如紙片（在這之前）

那青瓷如此光滑

薄如紙片

又像發著光的寶石

我輕敲瓷面

他發出了音樂

在這之前，我讓你看見

在這之前，我讓你心碎

在這之前，在這之前，

我讓你在這之前

之二　在夢裡，我看見……

在夢裡，我看見火

在夢裡，我看見煙

在夢裡，我看見風

在夢裡，我看見海

那個地方叫做 China

China，昌南

昌南的瓷器，瓷器的 China

在夢裡，我看見煙

在夢裡，我看見火

之三　脆弱而敏銳

覆蓋著白色神秘

那個記憶，如此細薄

脆弱而敏銳

我的愛是一個瓷坯

覆蓋我，覆蓋我

用妳白色的神秘

(愛人你是最後的台夫特瓷

此後將一心只尋夢裏的中國)

慢慢慢慢，我們的愛生病了

慢慢慢慢，我們的愛就要死去

暮之歌

(我真的想死，因為那樣才能為愛復活，但如果愛情不再出

現，那麼就前往中國──在中心的國， china 的 china，心裡

頭最深最核心的國，瓷的中國⋯⋯)

(這是一個失敗的人，沒有能力保護愛的人。如今，我已陷入

一種進退兩難的處境，我們，都在進退兩難的處境。)

(無明，行，識，然後呢？名色，六入，然後呢？觸，受，然

後呢？)

（昨天夢見了一匹馬，一匹飛天的馬。前天也夢到，再前天也是，我感覺變化就要發生。）

（你必須前往中國，那個 china 的 China。我催促你，我推落你，祇因為一個透過過去通向未來的旅程。）

海，向著無限而無限

夢，kak-tag-ni-mu（暮的方向）

暮，向著無限而無限

時間過去，時間現在

都在時間未來的未來

mok-tik-du-ni-mu（暮的迷失咒）

mok-tik-du-ni-mu（暮的迷失咒）

魔，向著無限而無限

我失去天空，我失去陸地

我失去你……Om......om-ma-hon（失去）

升起的會再沉淪

死去的不曾滅絕

沉淪的會再升起

排練後

死去的不曾滅絕

海的底層還有海的

海的底層還有海……底

Om......ma-hon（失去）

mok-tik-du-ni-mu（暮的迷失咒）

mok-tik-du-ni-mu（暮的迷失咒）

對話／ 變心（告別 II）

A： 這不是甚麼了不起的冒險故事。

J： 為什麼？每一個有未知旅程的故事都是冒險故事。

A： 這是一個變心的故事。

J： 誰變了？

A： 一個愛情失敗的男人。

J： 他力挽狂瀾、自己命運裡的狂瀾。

A： 但是，又重新被愛情蒙蔽的悲傷故事。我得走了。得進
　　去了。我必須找到我頭痛的原因。

J： 進去哪裡？

A： 一本書裡面。

J： 一本書怎麼進去？

A： 眼睛閉上，心打開，就進去了。

J： 那誰留在外面？誰繼續監看時空座標？

A： 不知道。也許，從來都沒什麼時空座標。而且，協定已
經簽署。

J： 誰跟誰的協定？

A： 說不定不是誰跟誰，說不定是自己跟自己，或者，時間
跟時間。

J： 我跟妳一起過去。

A： 我不介意。但是，我有我要找的人。

J： 那你覺得有人會從裡面過來嗎？

A： 過來做什麼？

G： 變心。

僅知的路／ 通往昌南並不從昌南出發

愛是我僅知的路

但通往昌南並不從

一個叫昌南的地方出發

愛是我僅知的路

但通往昌南並不從

一個叫昌南的地方出發

我必須朝東走

但東方在哪裡

是不是你不在的那方

就是東方

我必須朝西走

但西方是甚麼

是一個文明還是太陽落下的地方

白馬垂死的國度

我必須向南走

但南方的南方

還有南方而我

忘了標記起點

又回到了起點

最後只剩北方

一座紫色的金色的

禁令黃昏顯象的都城

想像你想像想像

到底誰

可以朝著愛情走

沿著瓷淚的呼吸

沿著玉石的慾望

沿著無法協定的協定

（放下吧放下）

行走行走再行走

兩個世界（心靈的牢獄）

同一個星球，我們在兩個世界

同一個城市，我們在兩個星球

曾經不值得了活著

但是已經改變

曾經同一個心靈，我們

囚禁在各自的牢裡

同一個心靈

囚禁著，卻堅信而渴望

不被釋放

同一個星球

兩個世界

一個遠了

一個近在眼前

漂移的大陸

朝向你的方向

回首，反轉

冰雪的赤道

溫暖的極地

曾經不值得了

等待

現在堅定不移了

值得

愛

怒風

如果逼你走進

怒風狂吼的無人曠野

你敢不敢

即使那只是一個夢

你將歷劫陷險

生生死死無數回

即使那只是一個夢

無份等候

無緣追隨

一個叫輕浮的結界

你卻說明白了幸福

敢不敢回頭

敢不敢不回頭

殺魔成魔

遇佛不識佛

生生死死夢夢醒醒

勇氣與怯懦

同等強大

在夢裡我看見（我）

（生又如何，老死如何，以是流轉，十二因緣……）

在夢裡，我看見我

在夢裡，我看見愛

那個地方叫做 China

China，昌南

在夢裡，我看見火

在夢裡，我看見海

在夢裡，我看見愛

在夢裡，我看見我

包裹 008

更多跟失眠有關的詩

這一年（46 歲）

這一年，我運動了 286 天

其中 148 天游泳，148 天慢跑

10 天兩件事都發生

我讀了 45 本書，大部分

新的，但都不是太嚴肅的作品

每一本都確實讀完，即使

有一些（不少的一些）不是那麼有趣

我關心自己的健康

身體的，心理的

我試著降低焦慮的比例

根據驗血報告調整飲食

我有 27 天在海外旅行

更早幾年通常都在 45 天以上

但現在我更安於與自己的家相處

我沒有不再關心世界

只是不再輕易採取正義的態度

世界的瘋狂，世界的苦難

永遠多過世界的幸福

我的確依舊對此很有意見

但我只能繼續我的劇場生涯

導演一些新的作品

從很大的到很小的

商業的並不成功，藝術的

也沒有什麼突破

但我漸漸沉穩自重

不再翻閱表演藝術

年底之前接了少量的翻譯

翻譯一個比我老許多的歌手詩人

我沒有那麼愛他，他當然

也不會愛我，但許多愛他的女人

也許有一些還更值得愛

我快樂的時間明顯增加

雖然比例仍然不高

但是狀態簡易明確

譬如跟十一個朋友圍桌吃台菜

隔兩週跟其中七個準備一起跨年

即使 101 的煙火只剩 188 秒

距離三公里外的頂樓陽台真的很冷

但是我們還是幸福地舉杯

跟對面大樓不認識的大學生

互喊著新年快樂

啊新年快樂之前的這一年

這一年，我一定是，非得是

深深地不見得有所察覺地

被祝福了

更多跟失眠有關的詩

冬天（2001）

冬天降臨之後

生活僅僅變得異常嚴寒

我們在鄰村的冷清街角相遇

你提著不新鮮的魚、我的口袋

塞了一些潮溼的木屑

幾個面值已經模糊的銅板

「恐怕，這一切比我們目前所知

都還更加險惡……」壓低聲音

你戒慎地不過度顫抖──「恐怕

就應了了無新意的先知預言

甚而過之──中年、老年

甚至溫度色澤──看來

都比想像要來的嚴厲……」

兩人交替抽著僅存且霉味的一支煙

我深表同感沈默點頭

「不僅如此──」

聽說東邊樹林外才剛陣亡一個

正要說出駭人真相的詩人

為此同時倒吸了口冷氣

卻都聞到魚的腥味，大概

死了太久了自從海

慢慢睡著以來那麼

那麼久、而且憂鬱……

「不該輕易走開的──當初

不該動搖、不該怨怒

不該義無反顧不加思索……」

思索如何──你突然

緊閉雙眼、才驚覺卻已經

讓回首憤怒變成未來哀傷

讓自己和魚變成枯葉、一陣風

當下將你遠遠吹開……

失憶──你走出房間（2001）

(前路多遠、視線就多模糊，記得關燈、記得開門、記得沖水、

記得記得⋯⋯)

1. 風吹

靈魂逃逸的當刻

記憶變成信仰

信仰滲透了夢境

另一個我離開我

空白割裂黑暗的書

一個盤據、一個焚燒

手機眼鏡路線身軀……陸續走失

為了回家的護照、火車跑著

沒有我的我在體內起義

失落的與藏匿的趁機偷渡

就差時間自己總是關鍵的缺席

唯一引渡成功、唯一失去了一切

唯一的唯一記憶

偉大的睡眠終於降臨

夢卻同時開始起身與你告別

2. 夜深

你走出這個房間

走出我的睡眠

我的記憶

不知道走了多遠

不知道之前、之後

你找出遺忘多時的眼鏡

放在沈睡的我的書桌邊

同時──不知道之前、之後

取走原先放在那裡的另一付

無視我每日如此依賴、枉顧地藏匿它

在愛與悔恨爭相模糊的陰暗角落

儘管這裡以你相稱

儘管你走出了這個房間

走出睡眠、走出記憶

並且不知道去到哪裡

但你終究需要我這個軀殼

你取走我的眼鏡

還有我的軀殼

更多跟失眠有關的詩

3. 睡眠還在

然而所有人都隱約知道

一條若有似無的意識暗流

當你在那頭、我就必須留在這邊

這邊——留在床上、在沒有夢沒有魚的深海

既不沈落也不浮起

即便如此我的軀殼

依隨你又即便如此

得有另一個我

仍舊留在此處以我相稱的他的睡眠——

不安的安眠藥、不確定的大睡眠

兔子變出魔術師帽子的睡眠

紅汽球把綁線小孩飄上天空的睡眠

即便如此——

我的睡眠——即便如此

終究也無法證實你的清醒

4. 那邊

儘管你去到那邊

而我也確實留在這邊

但是不能不先聲明清楚──

心痛，不要找（找不回來了的）

寂寞亦然、憂鬱亦然

最多搜出殘存的恐懼──

恐懼──也許……

而就算趁這時候出去

也別奢想讓時間對你憐閔

想都別想──繼續臣服、抱持敬畏、微笑

順便棄絕順手將圓藤椅前後倒轉、

將鋁罐可樂放進冰庫最後爆破的惡意

我也懷疑還有誰

真的非常懷疑

會真的在那一邊等你呢

把頭銜戴在頭上的
把角色穿在身上的
把愛恨種在窗下的
諸般此類他人的青春等等等等
真不知道在哪一邊
真也不知道是之前或之後
難道真不成默不作聲地
竟有憂傷接應你了

5. 其實沒有人（已經沒有）

即便如此，算你又多一個祕密謹守
你卻因此憤慨（我卻若無其事）
終於惱羞成怒，經過餐桌
你一口氣吃掉我三天劑量的夢

「⋯⋯讓你更難醒來、更難睡去！」

而就算睡去醒來

也無從推斷你的行蹤

你的動機、你的愛恨」──

一次吃掉！留下缺三格的鋁箔包

算是對存在如此逆料的任性報復

但是要我受到打擊

得先把軀殼還給我

可不是？即便

更難睡去更難醒來

的軀殼，還我

6. 也許

那麼只要你不走出房間

不走出我的睡眠

不知道之前或之後走了多遠

你大可以留在我的軀殼裡面

只要不要過度咀嚼我的夢

(或沒事板住我的橫隔膜阻擋我的哈欠)

我們可以相安、乃至彼此依賴

你哭泣只有我聽到

我流淚也只有你察覺

剩下的諸如春天會不會如期到臨

新陳代謝是不是日愈遲緩

都不是、不再是唯一或首要的議題

至少偶而我們換個位置──

讓你留在床上輾轉

我來走出房間

我來多吃三顆夢

之後或許可以看看

會不會在哪一天

當夢裡的城市開始崩解

開始轟炸、開始淚流滿面

一本寫滿熱切年少的日記

竟就這樣被找了出來

1

於是狼群夢見自己變成

遭受狼群攻擊的人

當荷槍救援的獵人聞風而至，

在跳躍的夢的邏輯之中

狼忘了牠現在也是人

便死命掙扎著想要逃開

冷靜看著這景象──

我的眼神何等憂傷

更多跟失眠有關的詩

這是第三季，不知從何

而來的第三季，難以言說、

描繪與象徵的意外轉折

曾經模糊的徵兆開始清晰

你在這裡、他在那裡

產業的敗壞、政客的惡意

諸般等等都在令人不悅的準確預言書裡

──浮顯乃至立體具現

尤其關於狼、以及不留餘地的猛禽異獸

無不出乎第二季逃避推諉的想像

四面觀望、接著閉眼微笑的神祇

竟如此放任廣大荒涼的倉惶

狼的倉惶、人的倉惶

2

終於這一天

我們得以說出——

這世界何其憂傷……

而不至於太輕或者太重

終於這一天

必須領受關於屈辱

彷彿領受關於驕傲

生命的鏡頭慢慢拉遠

如同冰上延燒起火

如同神秘、如同童稚——

路旁的風景安靜寂寞

安靜寂寞著燃燒

某個崩蹋、某個回眸

沒有人也沒有人理解那奧義

理解著理解

「你要變成什麼樣的野獸

才能不被其它野獸傷害──」

必然過度反芻了這樣的話語──

狼群於是夢見自己變成

遭受狼群攻擊的人

當荷槍救援的獵人聞風而至,

在跳躍的夢的邏輯之中

狼忘了牠現在也是人

便死命掙扎著想要逃開

冷靜看著這景象──

你的眼神何其憂傷

這是第三季,不知從何而來、

難以言說的第三季

意外地轉折

曾經模糊的徵兆開始清晰

象徵歷歷在目

我在這裡、他在那裡

產業的敗壞、政客的惡意

諸般等等都在令人不悅的準確預言書裡

——浮顯乃至立體具現

尤其關於狼、以及不留餘地的猛禽異獸

無不出乎第二季逃避推諉的想像

四面觀望、接著閉眼微笑的神祇

竟如此放任廣大荒涼的倉惶

狼的倉惶、人的倉惶

讓他們跳舞！讓他們唱歌！

我只祈求一個

行走浮冰水面的神蹟

安靜思念走失的睡眠

終於了終於

這一天

更多跟失眠有關的詩

我們得以說出──這季節、

到下一個九月，何其漫長……

一如往常

一如往常，結束演出

回家的路上

才察覺寂寞已經相隨

一如往常

星期天就要黃昏

天空無比晴朗對比

巨大高架快速道路結構的光影

有點疲憊，但如此清醒

朋友在電話彼端

講述一個昨日天空的故事

是巨大的，風還有通往夢境之外的

長長隧道口的逆光、茫然

是巨大的，我們被劇場帶走的

是巨大的一如往常

一如往常

更多跟失眠有關的詩

文藝營

沒有更寂寞

沒有更虛妄

沒有更高溫

沒有更汗濕

你坐在荷塘邊

你看著花梗零落

長在不情願的乾涸之間

明天要往更深的山

更遠的疑惑

平原的盡頭

悶雷的午後的夢

握手、握手接著蒸發

犯罪的人間

無以名之而悔之

共犯是都不重要了

突如其來在席間的啜泣

還是無比虛無的電話夢遊

就這樣吧

何其幸會

我的小孩騎著單車走了

我的帽子騎著小孩走了

可恨的人生

那個叫做未來的、他的弟弟也老了 （註1）

還戴一頂黃色的小學生帽

雷響猛烈得簡直就像天譴了

眼看大雨就要降臨

卻不再有眼淚

流著汗而浹背

金屬們認命地氧化

躁鬱們亢奮地進化

苦難是他人的

悲憫是他人的

媽的也沒有用

天都黑了才起霧

吹口哨壯壯膽吧

繼續開車吧

冷笑著而獨自

奔馳進很暗很暗的空虛的時候

註 ──

1. 「未來」跟「弟弟」的意象引自黃荷生的詩作。

更多跟失眠有關的詩

星期天 (2001)

奇異的是

一個平常的星期天

剛剛入夜，初冬

一個平價但明亮、

供餐的連鎖咖啡店內

你讀著關於音樂的政治經濟學論文

吸菸區，空氣清淨器的通風口附近

風扇低沈著悶轉

之外，卻是遠遠的 Rag 時代

快速歡愉的樂聲，來自紐約

哈林區的黑管、小號與鋼琴

你想到生命

提筆抄下書中的精要

想到海、以及世界終將敗壞

海外旅館低收視率影集不連貫字幕翻譯

島上的人們都說我瘋了。

我也漸漸開始這樣懷疑自己。

但現在總算好多了。

托妳的福。感謝主。

還有主的心理醫生。

那個叫什麼？——柏格曼！

So what's your plan

妳做什麼盤算

未來看來還來不了

上不了路、天黑的死快

If I were you

我是你的話

我會走開

他不愛你

更糟的是

一切看來都是你的錯

是啊，突然之間

一切都有了合理的解釋

那些爭執、那些衝突

他其實不再是你的小孩

他其實只是嫌現在追他的人不好看

他其實早就不要你了

是的，他其實就是

You alone can do it!

單靠妳自己也行得通

只有妳能做它

他說他們？？到你做了

他還說，他們希望你？？？？做

Jesus Christ!

耶穌基督！他說

神聖的屎！你說

妳不要太過分！一起說

Am I really asking for too much……

不要再在我面前繼續剪分叉了

不要當妳的頭髮是他的替死鬼

難道它們不可能低聲啜泣

因為這樣的離別是何等無辜而不值得

Look at me, you're not nothing

看著我，妳不是一無是處

也不是二無三無四無是處

妳只是惡毒、被教錯養壞了而已

不要老把這結果怪罪爸爸媽媽的家暴

你看著我，看哪，看他們都遭報應了——

他們有了妳。而妳——有了遺產

島上的人們都說我瘋了

我也漸漸開始這樣懷疑自己……

嚇死人，結果 turn out to be

那些人都被異形殖體了只剩我

不過上個月總算我也做了

感覺還不錯，甚至不用熱油護髮

因為已經沒有頭可以剪分叉。

更多跟失眠有關的詩

試鏡

他們在我深夜的睡眠上打光

亮得跟夏日大剌剌的晴朗清晨似的

他們要我唸幾句年輕時愛說的台詞

我不是很確定而扭捏起來

那個看起來像是導演的胖子臉上開始結霜

彷彿配上了他什麼東西他以為這樣的 OS

我不服氣地反問說不是來報氣象的嗎

因為心虛而不穩定地下錯重音在不是的不那個字

原來真的導演是那個小鬍子的中年人

他連著冷笑外帶哼氣但是都懶得多用點力

於是我打了冷顫因為想到冷血爬蟲的低嘶

到底錄不錄啊那個圍事般的攝影師在嚷嚷

那個人哪個發的通告

狀況外的搞什麼鬼

不看看都幾點了還在撐

原來只是場記的胖子忙不迭地陪笑打煙

燈光師自顧把燈調成流光如水

我的夢眼看就要進場

他是下一個來試鏡的

比較青春，比較不務實地美好

我很輕地嘆了氣

接著，看來沒有人會再搭理我了

即使我其實還沒睡著

即使我的睡眠還亮著茫茫天光

憂鬱片場

不是最亮就是最暗

不久電線突然走火

我們拍攝一個零碎的夢

一種拼湊、他人的青春、自己的滄桑

輓歌、以及安魂曲

春天，櫻花的角落盤結著電纜

混雜燒燃的塑膠臭味

小小爆裂的當下就是

聲音與光一起熄滅的記憶

地下工廠般的秘密攝影棚

太多沉默的勞動者令人憂鬱

太過臨時、太過局部的美麗

迷路在寡言者微小卻從未成功的理想

以及折衷者過於長久的心碎之中

空間是巨大的

慾望是高反差的

天頂結構是廉價的

心的版圖無比的迷亂

兩分鐘長的背景音樂反覆四個鐘頭

痴笑而過動的美麗女孩、寂寞疲倦的老人

那樣不一致的演員們一致走進

並不揭露任何啟示的場景

並不憐憫任何滄桑的遺忘裡了

突然你意識到這些都是真的

更多跟失眠有關的詩

攝影師的愛情生活

製片的家庭關係

劇務組所有人的銀行存款

化妝師自己的髮質

導演的腳踏車與老唱盤

十八個鐘頭了這些

都確定不會出現在鏡頭裡

我想以一些手語譬如離開

譬如回來或者沉睡

暗示僅有的一點點詩意

但是沒有人同意

沒有人足夠哀傷

我觀察他們

我成為老人之外唯一的陌生人

秋天之後並不接著冬天

九月的場景在六月之前

我們先拍了結局

最後回到另一個角度的過場

三十秒的想像與浪漫的鬼影

親愛的史帝諾 (44 歲)

你說近日來腦袋裡

盡是些神怪小說的邏輯

動不動夢見的無非

變幻的神鬼迷魅追殺與逃竄

醒來時，大腦還有一半像是別人的

血液的遲緩滯流彷彿

被魔咒箍住的妖孽

大聲反覆的口訣一點用也派不上

叛朝造反接著遭逢窄路圍剿

棄械之餘已經麻木不仁

什麼記憶什麼智慧都得再等上

更多跟失眠有關的詩

另一個五百年不動如石

才來不及又為時已晚地揭露回復

喔我親愛的史帝諾

昨天夢裡有寺廟的城市

不也是濁水嘗盡污穢遍地

卻仍寸步難進的荒蕪世界

火裡來水裡去

妖魔鬼怪的餘興消遣

就是我沉淪到一半

卡住了不得不醒來的幽暝

斷章 x 2

1

星期天午后的雲醒著

90 歲的女高音離開人世的第 4 天

她的托運行李還沒被發現

繼續留在巨大的輸送轉盤上

不遠處，首都機場入境海關空盪盪

無聊的年輕關防檢查官

（附帶一提不久前他才拋棄了

一個 28 歲的女高音）無所是事

打了個喝欠便凝結在當下

那個年老女高音在天堂回首

望見的最後一個夏天裡面

2

星期天午后的雲醒著

一個龐大而抒情的身影懶懶賴著

生命在觀眾席上賊賊地暗笑

這是第三個季節——從他自人生

提早告退以來

可惜了這麼燦爛的夏天

就像受到排擠的苦悶少年

提早在最後的四首歌之中

重新定義了自己的青春

他於是留下了他的舞者

提醒世界人們失去了什麼

我們在落幕時熱烈地鼓掌

更多跟失眠有關的詩

不停地鼓掌但沒有想到

或不願意立即想到——

他其實再也不會上台

在吳哥（2002）

第一天夢到重回舊日工作

戰爭剛剛結束的城裡

同事忙著整理桌子、清點文件

笑談餘生劫後的種種

當弓箭變成蛇、蛇生出腳

接著長了翅膀最後變成火的種種

奇蹟與魔法不斷地發生

多好我們都還活著

但是那只是夢

第二天夢到與你義斷情絕

哭著醒來前我還在吳哥

正要從寺廟之城前往

百戎的偉大之城（註1）

你的行動電話訊號微弱

我知道說出來再就無法挽回

那些我們真正的憂懼

但我還是說了

毅然決然、逐一點破

你沉默、你無言以對

看哪，雷護又來了

叢林的老虎睡著了

佛陀閉眼微笑著

但都只是夢而已

第三天夢到旅行的人

他如此滔滔不絕

解釋為什麼不留在家中

我點火燒他、再用水滅他

Vishnu 的大蛇翻攪著

我的背包越來越重

旅行的人鑽進裡面

變成巨大的小孩

他不斷追問——那你呢

你想過你為什麼在這裡

風吹過了北塔、我飛開

沉默的深綠繼續沉默

葉子繼續落下

夢繼續夢

第四天夢到剃度

夢到橘色的袈裟

南邊的藏經塔又塌了一角

荷花開著

蜻蜓滿天

十一月雨季尾聲

仍然溼漉微涼的後腦杓

有的人成為僧侶有的人工匠

震耳欲聾著蟬聲

註 ──

1. Angkor 意指城市，Vat 則是寺廟。Angkor Thom 的 Thom 則是偉大之義。故前者
   是小吳哥，後者大吳哥。

更多跟失眠有關的詩

默許

奇異而意外的是

原來你也做了一樣的夢

失落的最後細節但醒了

都盜著冷汗而泫然欲泣

不知所措而無辜、那樣悲從中來

只記得你我義斷情絕

傷隱隱透亮在對方的背上

不止這一個人生，原來

都是這般渴求被出賣

因為遭逢背叛而能夠放聲哭號嗎

更多跟失眠有關的詩

在終於面臨的不堪重逢裡

在佛陀的神秘微笑下方

旅行結束的時候

從盡頭回來的時候

季節靜靜地替換

我們堅守沉默、各自壯大

如同深淵的虛無與恍惚

用行動謹慎地兌現重創的夢

若無其事地放下

若無其事屏息著錯身而過

連說出再見都是易碎的那樣

因此連再見都不可說

我做了一個夢，在夢裡

12 月的蟬聲兇猛炙烈

我持劍走進頹倒青苔間的寺廟

轉身，無意的驚恐間

揮斬了一個濕婆神像

那就是

故事的終局

更多跟失眠有關的詩

關於中年

1-1. 時間

昨晚時間坐在我的床邊

我問他有甚麼事？

時間笑著不回答

起身走了

然後就失眠了

1-2. 恐懼

恐懼是我的朋友

每回在夢裡

我對著家人大聲怒吼

更多跟失眠有關的詩

充滿愛恨委屈的當下

只有恐懼總是站在我這邊

1-3. 傷害

傷害每天督促我運動

慢跑或者游泳

他用風和浪流盯緊我的

貪生怕死卻不讓我察覺

真正的敵人是隱居在邊緣系統的他

1-4. 失去

有什麼比失去更空虛的

就是獲得

我總是在算計籌碼的同時

或在拿到補助的前一天

默默增加了不喜歡我的人與自己

1-5. 車

我的車子在情人節那天回家

他顯得有些疲倦但努力讓我開心

過去一個星期他被捶打翻動重新噴拷

我的車子現在看來光鮮亮眼

其實我陪著他，正一起老去

2-1. 迷宮

我有困惑你有迷惘

關於日落日出

它們簡單不變

但我們就是這樣

一座迷宮走進去出不來

2-2. 分離

我想我不該過度顯露驚駭

在終於要分離的有一天

哀傷必須適度節制

因為愛的確實充分

因為幸福對我已經足夠眷戀

2-3. 太深

因為太深的愛

太淺的行動

讓我心虛地哭泣崩潰

那是你給我們子嗣的祝福

我們不懂因而那樣狂暴著震驚

2-4. 障礙

障礙對我微笑

等在近未來的街角

手上有激進的傳單眼神卻曖昧溫柔

我低下頭想轉身走開

並且因此遲遲不敢入睡

3-1. 奇異國王

在奇異國王的領土

我記得嬰兒的膚觸與氣味

混雜大災難的驚恐

離散、跳躍、親人重聚前的憂傷

奇異國王統御我在他自己的夢裡

3-2. 手機

如果你感受不到我的溫度

大概是因為腐敗蔓延了

我的手機自己這樣簡訊了我

之後就不再發出聲響

斷絕了與網路世界的情義

3-3. 災難片

海上作業船隻須嚴防寂寞

時間已經發狂失控

自北北西向東向南移動

預計風雨將持續增強

伴隨愛、恨、空洞與低溫

4. 日子

日子很短

開窗關窗

日子很長

一本上個季節開始閱讀

在夢裡一直翻不到下一頁的小說……

沒有星期五的無人島

我以為我是魯賓遜

但只有星期五可以

啊漂流在星期五的無人島

我漂流漂流又漂流

求救求救又求救

但絕望其實深深滿足我

我以為我是魯賓遜

但你讓我變成無人島

當你那樣若無其事一臉無辜

登上我踩著我

不准別人發現

不准世界碰觸

洋流海鳥都不能

我們甚至還沒有

沒有食人族跟星期五

你才是孤獨的王子

你才是驕傲的魯賓遜

戴著絕望的王冠

踩著我卻不看我

但誰才是無人島

不會唱歌也不漂流

沒有星期五

與星期五的無人島

魯賓遜驕傲自大

更多跟失眠有關的詩

魯賓遜一心一意

只想離開的那座我

沒有星期五的無人島 -2（與魏如萱改寫的歌詞）

我想我是魯賓遜

只有星期五可以

漂流在只有星期五的無人島

我想我是魯賓遜

漂流求救又漂流

絕望其實深深滿足我

不准別人發現 不准世界誤解

當你若無其事登上我踩著我的無人島

成了你的無人島

沒有洋流與海鳥

或者我們甚至根本沒有星期五

孤獨的王子

驕傲的魯賓遜

帶著絕望的王冠

腳踩著我

但我才是無人島

不會唱歌也不能漂流

或者我們甚至沒有了星期五

一心一意

驕傲又自大

魯賓遜只想要離開那座我

犀牛 x 2

我

我在犀牛的背上睡著

畫面外的畫面外

犀牛醒著我沉睡

我們都不相信夢

也不相信這不相信

我們的眼淚不是眼淚

寂寞卻就只是寂寞

犀牛

我是犀牛

我不是任何一頭犀牛

我是文藝復興犀牛

我的形體怪異

但充滿文藝復興的疤痕

因為想像，因為想你

在漫長的進貢旅程中

我既不求救，也不流淚

我無法擁抱我所愛的

我習慣寂寞

但我有秘密

很多眾人皆知的秘密

我還是就當作秘密

因為我看不清楚的那些

我的耳朵與嗅覺又讓它們太清楚

愛撫我，或讓我暴怒

其實都深深讓我傷感

地球其實是我的戀人

當我倒下，它就在我背上睡著

時間其實是我的主人

時空穿梭旅行我懂得不少譬如

在文藝復興時期的一次海難中死去

又在文藝復興時期的一幅版畫中重生

在密室

在密室，時間謀殺了青春。

但未來從來不曾背叛他們的共謀。

完美的犯罪再度登場。

蜘蛛的戀愛已經開始，

夢是陷入情網的偵探——

他過度推敲

所有不重要的細節，

曲解關鍵線索但

直覺而幸運地破解……

（同時過程本身卻成為另一種難以破解）

流轉 20130714

才十四天，很快的
我的七月就提前結束了
或者說——這個夏天……

參加了兩個典禮
被仰望，也仰望了浮雲輕掠
拔了兩顆牙，一顆計畫之中
一顆意料之外，但它們
其實是連在一起的
而且沒有想像中那麼痛
頑強是一些抗生素

幸福是一塊撒了點海鹽的蛋糕

手術傷口邊的發炎並不嚴重

之間去了北邊的海、見過佛顏

察覺靜靜的林間流轉了因緣

接著過了一個颱風

取消了一場演講

很快地來，很快地走

許多樹倒了但有更多

堅持著深深紮穩地存活了

我說過在上個季節

流汗強過流淚

但心痛總大過心跳

現在都沒變但是

懂了對痛要心存感激

風吹了又吹

有時舒緩有時兇猛

但那只是風，只是

流轉

高鐵上的詩集 (2012)

你帶著我的詩集睡著了

但我不會知道那個夢的入口

車窗外的風景從中年開始漸漸老了

搖著相反的方向也許相同的路途

晃著彼此並不重疊的青春

我想記得的你也許會遺忘

那個風和日麗的下午後來下起大雷雨

我已經遺忘的你也許剛記得

那個雨停之後的終於月亮升起

包裹 009

時光旅行家族

旅行迴路

　　約莫半年之後，母親才不經意地提到這件事、對 M 輕描淡寫地陳述。

　　一九九三年十一月，M 出發前往中國北方的同一日，他的父母也開始了連續三日的環島鐵路之旅。或許視作巧合是更恰當的，去到對岸首都的一次藝術環境觀察之旅、與官方為南迴鐵路完工以來小小推廣熱潮下的環島鐵路之旅，實在是沒有什麼對照或聯想意旨的。不過，正午時分因轉機滯留香港機場內，坐在一對不知是結束探親、或正要前去探親的年老夫婦身旁時，M 確實懷想著自己初入老年的父母、或許是很久以來首度的單獨結伴之行，冬陽穿過高大的窗子照入候機室內，M 當然也以一個旅程中的心情記憶起唯一一次與父母同行的環島旅行，民國五十七年的寒假，遊覽車穿過中橫、正往花東地區進行，第一個夜晚投宿花蓮港老火車站附近一家新開幕的旅館，第二天清晨，父親叫醒 M，安靜地帶他上到旅館頂樓；沒有

任何交談的過程，像個祕密而莊嚴的行動，然而他們想要看到太平洋日出的企圖，終究因為多雲的天空而未能盡興。M 仰頭瞥見壯年的父親。M 並不知道其實他離海洋非常近。或者是因為幾乎沒有過這樣單獨與父親相處的情境，更加重要於當時其它任何事物的吧。在啓德機場裡的 M 有點失神於這樣的追想，同時不自覺地將眼前老夫婦的印象投射到充滿擬設、而又同步進行著的另一旅程中的父母。

現實中的狀況是，不再年輕的 M 的父親引領著妻子穿過擁擠人群的剪票口、不甚順暢地擠進車廂，畢竟這不是旅行專車，靠著在鐵路局工作的朋友購得的環島車票，畢竟不能再有進一步的奢求的呢。隨身的行李其實並不贅累，但是，在塞滿中短程、站位乘客的車廂，即使短短不到十公尺的進程，也是稍稍讓人吃力的，但這母親並未提及的細節，或許也只是 M 的一廂情願，其實可能還是母親一貫略帶愁慮的神情、跟隨著仍然穩健冷靜的父親身側，順利到達他們的座位。

上行的列車，在過了新竹之後，人一下少了許多，他們發現隔著走道的鄰座竟是年輕時代的同事與鄉親，一位以書寫客家本土文化而知名的小說家，除此之外，M 的母親也記得她的喜愛文藝的孩子對這位前輩的敬重。但是熱絡的招呼還是在

不甚深交的舊識基礎上展開，也許，交換了一些同鄉故舊的近
況，但母親附帶主動地多提到了 M 的近況——關於他對戲劇
創作的投注等等。前輩客氣而略帶意外地聽著，但心底也許並
不特別感到興味，直到聽聞說剛好同一日出發的 M 的前往彼
岸的旅行時，有著鮮明島國本位政治立場的作家臉上略略起了
點異樣的變化……（母親特別覺得有興味地追述，強調她還一
時沒有察覺地不斷講個不停。）

　　再來的一路上呢，他們說了很多的話？或大多時候是沒有
交談的沈默？母親直接跳過就說到臺北站到達的時候。M 的父
母當時是睡著的，母親突然聽到老友急急地喚醒他們——「o—
i，臺北到了，你們是不是該下車了？」被喚醒的兩位起先一
陣愕然、甚至母親還一度反射地差點匆忙起身去取行李，但立
刻卻回過神笑了起來——我們一路要坐到花蓮港呢。接著，才
確定了原來彼此的目的地都一樣，三人就笑開了，臺北，是這
樣理所當然地常被當成終站哩。笑意還留在臉上，但彼此又安
靜坐回各自位子，列車很快重新啓動，母親是不是也在短暫的
片刻裡，突然想到 M 的行程呢？慣於多思慮的她，也許就轉
頭望向出了市區、繼續飛馳的列車的窗外了……。等到看得見
海的時候，她已經顧不得出發前的期待，而在午後的慣習中睡

著了。很快地，所有三〇年代以來的共同成長場景在各自的夢中過去。不久，父親、母親與介乎熟悉世故與思想隔閡間的老同鄉，也許就在多雲午後的南向列車上先後醒來，海景已經到了尾段，鐵軌重新進入田園之間，花蓮很快地就到了。

「歡迎大作家李喬先生……」的布條拉開在不遠處，陪著友人走出車站的父母，在友人尚在四顧尋盼的時候，反倒先發現了那布條，接著是彼此客氣的道別。「祝你成功！」──走開一小段距離了、一時興起的 M 的母親轉過身對她年輕時的同事呼喊，老作家搖搖手、不知道算是揮別或對老友於公眾場所過度彰顯的祝福的制止，第一天的旅程就將在這個的港市暫歇了。

深夜他們入眠時，M 正走出北京的首都機場。冷冽的空氣彷彿形成某種神祕地介面，M 在進城的巴士上，想像在南方島國東海岸旅店裡的父親突然醒來、並且記起了三十七歲那年來到同一個濱海城市的旅行，父親可能會記得哪些部份？當年還殘留相當殖民時代風格的小城裡、開幕不久的新式旅館？半生平凡的歲月？在小學教了半世紀書的妻、在鎮上農會浮沈了三十年的生涯、終戰的記憶、成家的記憶……或許上了年紀的睡夢，也未必盡然如此，母親總愛說他一下子就睡熟了，鼾聲

傳出，很難判斷夢裡的景觀，這才讓我的母親每每失眠因而思慮深重、終歸就是要醒著細數過往歲月了吧。

　　明天，繼續南下，會看到海嗎？至於我，拖著行李、呼出了口立即凝成霧狀的熱氣想著——明天，會下雪嗎？

三年

　　我很開心，又有些焦慮，關於怎麼去解釋關於父親在喪禮之後，卻仍活生生地同我們繼續生活的事實。他看起來如此平和無恙，陪伴著母親，而我陪伴著他們。我們好像在一個海外的城市，他只是有些著急要去找到她的另一個住處，於是催促著一起出門，但我們仍是一家人的不是嗎？即便是旅行著、甚至移民了，也是一起旅行或者移民的。

　　我的心情混雜著一些困惑以及要認識一個新的城市的急切，但更多的是重新化解了劇烈哀傷的安慰感，餘悸正在散去、氣氛如此安詳。大樓外面，迫近地，有許多新的建築工事繁忙吵雜地進行著，但光線，透過難以置信地立體懸浮的雲層的陽光，就在眼前令人目眩神迷地變幻著。

　　我們來到有高大路樹的街道邊，查看著公車站牌，或者攤開了地圖，或者尋找有沒有路過的出租車，走累了，剛好來到

唐人街外邊的路邊麵攤，庶民平凡但豐盛異常的食物，如此超溢著幸福感受地被這一家人分享著，風吹過，我們——我與我死去又復活的父親、以及一度與我一起被遺留的母親，暫時忘記了要去的地方。

最幸福的憂傷（2007）

　　一月二十八日星期天，還沒睜開眼睛就先聽到樓下姊姊跟幾個家族最親的親友談話聲，那是我從來感覺最愉悅明亮的一種聲音，要不是少數年節就是珍貴聚會才有；臥室深重的窗簾還大片地闔攏，但風吹開小小縫隙閃進一些光已經提示外面的世界又是一個何等晴朗美麗的日子，而我醒的有些遲了，短短幾秒之內，先回想剛結束的睡眠沒有還記得的夢——這表示更令人慶幸的睡眠品質。然後，冷不防地，一個兇猛的陰影瞬間襲上——等等，我的父親，不是猝然辭世至此才剛過了一個整天？更甚於那陰影的，緊接著就是無可言喻的劇烈悲愴了。親愛的K，很抱歉遲至今日，才向你告知我這個卑微生命截至現今最巨大的失落，最無可化解的驚恐，而春天，陰霾多過陽光的這個春天，已經過去一大半。

　　請原諒我的不周全，親愛的K，我先請求諒解，因為父親其實是一個最周全而溫暖的人。最初的幾日，繁瑣的儀式，

無法控制的心緒，倉皇失措如無知小孩的一切，讓我只能通知了很少數的朋友，其實那時，是更接近與整個世界切斷一切關聯的狀態，而這個季節，也恰好就從那樣的切斷從頭開始了。媒體談論著今年是人類史上均溫最高的一月，卻不包括直入二月的嚴峻寒流，那就是與哥哥輪流徹夜冷清守靈的現實了。溫差，在至親訣離之際，如此適切地開始投射衍義，你察覺季節，你察覺生而在世，教養與基礎的相同與相異，親愛的 K，我感覺到了——自己細微地處處重新領略我之所以為何受此血緣。

這樣的失落世間見盡，但永遠都不是平凡失落；三月一日，報上讀到章詒和的文章，裡面提到面臨丈夫的死訣，如何從原來平淡「獨聯體」關係一下血淋淋地恍然：那人不是丈夫而是生命的全部……淌著淚我想我懂。但我何等幸福，我的全部還有母親姊姊與哥哥，即使終於知道那種失去大半個自己的痛。但逝者何嘗願意生者絕望，我絕不容許自己絕望。春天就春天了。

最為難的或許在與這個處處生機的季節面對，或面對根本無由體諒小小個體失落的痛苦世界，同時卻還得吃力地嘗試與它重新接軌。我們生者必須察覺幸福的脆弱，幸福的有代價，有限期，以及遇缺不補。必須察覺悲傷真的埋伏在周遭每一個角落，車子引擎發動的瞬間心一揪你就掉淚，還有走在風裡走

在雨裡，走在朋友特意溫柔地關切裡，等一轉身又是……反正所有春天不春天的一切一切──共犯。

　　頭七之後，強迫自己回復例行的慢跑，從大湖農校前上溪山道，開始的上坡已經開滿山櫻與杜鵑，花期早了。過修性堂，再上坡，左有竹林，右側就原地跑遠眺起小小台地上的整個小鎮，更後方儒雅又沉穩的雪霸餘脈……我跑著，反覆地思及父親以及所有家族決定生根此山鎮的身世，超過百年淵源的比比皆是。再過去就要下坡了，往左邊苧蕉坑方向上去，無預期的滿滿小園透白李花開齊了，那麼集中顯眼在各種體裁深淺層次的綠色圍攏中，堅持得令人如此動容，父親也曾路過此景嗎？心念至此，臉上的汗水便隱隱地藏混起苦澀的另一種了。重疊，我了解了幸福跟憂傷是會在此時重疊，因為幸福而不捨，因不捨而憂傷，或者，也就有所謂最幸福的憂傷了。

　　親愛的 K，我寫信給你，告訴你一個悲傷的消息，毋寧卻是希望你知道我重新知道了許多自己。我無法更早告訴你，因為是春天；但季節將過，我祝福你已度過美好的一季；我回排演場忙碌地準備新戲了，隔陣子就夢見父親的夢已成習慣，外熱內涼的心緒也漸成常態。而當我們再見時，看我一樣的人一個，就給些鼓勵吧，因為內裡不一樣了，非常不一樣。

時光旅行家族 之第二年的九月

於是，第二年的九月

敬愛的父親在你離開之後的

第二年第二度的秋天，

我們奇異地維繫了

一種不得不維繫的生命關聯

兩個颱風剛剛過去

一個造成我生計的重大壓力

遠方的地震從春天到夏天

還會繼續地震地震地震嗎

股市崩盤了，二十一世紀的歷史寒冬

不得不被預測將提前降臨

但我們在心裡僅僅睡去醒來又睡去

你也是，雖然夢是我夢，你也只是

時而年輕時而年老睡了又醒，醒過又睡

離開你的離開，不遠不近

整整兩個春天兩個夏天

一個秋天一個冬天

第二年的九月，想維繫的

夢卻一如往常不完整

有時大家都年輕了，

卻獨漏了我們的狗變那麼老

有時家族超乎現實地人丁興盛

有時又是那麼誇大了的冷清寂寥

夢裡前一個場景

你還在桌邊共進晚餐

後一場我卻必須激烈而頑抗

與平靜在廚房忙著的母親大聲爭執

堅持就算你是永遠走了，但此刻某刻

你是在的，你不就好好在那兒沒有離開

但母親淡然淡然說出走了就是走了

我甚至如此憤怒、口出惡言抗拒與辯白

最後奪門而出、但就醒了。而醒了卻不明白

為什麼要那樣的狂怒。

好像漫長而遙遠的那個

開始時寒流寒流寒流的二月

其實總是只是或是昨天的昨天

在這第二年的九月回頭張望之時

我的戲上演又下檔，另一個戲接著

另一個戲，也許，中間有些空隙

讓時間與記憶來來去去變的紛雜斑駁

有時緊湊有時低調

我並未消沉，但環境並不積極

而世界當然依舊並不友善。

我跑步，我寫作，我讀書

我偷偷掉過幾滴淚

也因此反而爽朗笑著承諾跟幸福比賽

游泳游泳游泳，我的影子仍在

池子底部變成飛行的魚，那些我以為

無法度過的轉折（是的，其中幾個

讓我感受強大的恐懼與焦慮），在此時，第二年

第二度的九月，似乎，都出乎自己意料地

安然度過而秋天，就漸漸深了……

時光旅行家族

時光旅行家族 之繼續活著，獨自……

在父親留下她繼續活著的第三年

母親決定離開短暫貸居兩年的都會郊區生活

這意味著三名子女的愛在第一陣線失敗

殘酷地來看，她是心灰意冷

不再有所冀求地做出決定

殘酷地來看，失敗的子女

各自人性自私的光譜注定被放大

先不提他們彼此之間

甚至已經形同陌路的這一類代價

曾經勉強地按照母親溫情主義的

過度樂觀乃至於不切實際地期待

勾勒的兩代、三代親子關係重整

如今破碎的令人不忍卒睹

回到鄉下的老家

一棟她聲稱必須守候的房子

不避諱地說，其實是個落寞的說法

所有人其實都是不知所措地

被時光或生命打劫了

需要修補的衍生出更多的需要修補

挪動了這塊要解決的

那塊又多了出來新的需要解決

失去耐性又在夢裡哭著懺悔

多狼狽的多愁善感

放大又縮小了的卑微

定著又飄移了的不知不覺

心虛心涼、勇氣賭氣地

離開短暫貸居的都會郊區生活

離開失敗的子女

等候著久久之後才會到來（但一定要到來）

不在時刻表裡的下一班救贖客運汽車

阿茲海默（海的沉默）

阿茲海默，海也沉默

記憶艦隊溫柔迷航

我的行李一件一件

甚至沒有告別

就安靜地離去

但到時我也不會知道

阿茲海默港

港口的海

好安靜

我記得朱槿是扶桑

我記得微笑是友善

但天哪我不記得你

是誰在樹下吻了我

通往黎明的漫長守夜中

記得的只有一個陌生溫柔的笑

不要當我的女兒

不要當我的愛人

遺忘是一種好幸福的殘忍

我不想讓殘酷顯得如此幸福

鏡子裡的頭髮灰了

眼睛暗了

鏡子裡的人是誰

我問你我問你是誰

阿茲海默

海已沉默

說我不喜歡讀詩，你就偏偏寄了一大落詩過來。那其實，我沒那麼不喜歡。

記憶，之於我，一言難盡。某種意味上，我是遺憾的，儘管一直抗拒著收下這些給遺憾先生的文件包裹。你有那麼多對我來說跳躍的、凌亂的、零碎的、陌生的生活場景，但我覺得你可能比我更遺憾。

我失去過記憶，而你可能記憶著失去。是真實的嗎？我們那麼不同，卻建立了共鳴？

包裹 010

犀牛對話／朋友清單（不公開）

假溫和犀牛的 msn 私密對談
—— 黎煥雄的焦慮 v.s. 孟京輝的激情
（兩個先鋒導演的對話）

　　一九九○年秋天我退伍，因為那年波斯灣戰爭火熱著，爛景氣讓我立即地失業了。沮喪待業中的九一年一月底、距離農曆年不太久，王墨林招了一批劇場文青去中國給北京台灣同學會進行文化「統戰」，我們參觀人藝、青藝，認識了林兆華、林克歡先生，後者又安排幾個中央戲劇學院的研究所學生跟我們認識，五個人，裡面有一個孟京輝，一個胡軍，另外幾個後來四下飛散……我們好像同齡（最多沒差一兩歲）、大學又都唸中文系，聊的熱呼，相約在那個兩岸交流還挺保守的年代裡保持聯絡。隔年我跟陳梅毛幾個朋友用「紅色粘液」的怪異名號在自立晚報副刊弄了一版年度劇場批判回顧專題，我很得意洋洋、興致高昂地託去內地旅行的朋友帶了兩份去北京，林克歡先生一份、小孟一份，但陰錯陽差兩份都被林先生取走，小孟沒拿到心裡陰影重重擔心與「相關單位」有關，之後寫了一封長信來給我，說到一些苦悶與懷疑，說到那時他的研究所畢業製作、胡軍主演的《等待果陀》演了三天就被勒令停演的過程，說到中戲的戰友大約都準備

（或已經）轉戰電視電影去了等等，不無消沉的虛無……又過了幾年，一九九四年我們又在北京相見，那年他的小劇場作品《思凡》正受到矚目……這回來旅館徹夜長聊的還有後來成為孟夫人的劇作家廖一梅……接下去，他拍了部藝術電影、又在國際劇場界越來越活耀，我在EMI專心賣唱片、等著創作社創團開始另一階段，直到二〇〇三年才全職立命、賣身劇場，算是晚十年小讓他起跑，後來他積極拓展新版圖，中青話、國話成立，有陣子常在北京香港之間跑，我們有機會也沒機會聯繫、聯繫上也只顧寒暄沒能多說什麼。直到他成了真正的劇場大腕，我們也見過，談了一個可能的合作，但風一吹就散，可能他心心念念中港台版圖他獨缺台北這塊，「先鋒戲劇檔案」裡的熱血青年有些世故客套談著談著竟有幾分生意往來的氣氛了。其實哪該談什麼生意？或者說，除了生意原本應該什麼都可以談的吧，如何自處在劇場、如何成家、還有老朋友都哪裡去了……所以，二〇〇四年一次沒見到人的對談，雖然也是為著某種宣傳，但看來反而充滿令人念念不忘的真誠吧……

時間：二〇〇四年十二月二十三日 台北時間下午五點 ─ 七點

對談方式：msn 線上對談

對談人：台灣劇場導演黎煥雄、大陸劇場導演孟京輝

主持：PAR 表演藝術雜誌 總編輯 盧健英

盧：孟京輝你好

孟：嗨，你好。我在開心吃著花生豆喝著茶。

黎：嗨！小孟你好嗎？

孟：我很好。剛剛看完彼得‧格林那威的電影《廚師大盜和他的
　　情人》。北京剛剛下完大雪，但屋裡很暖和。

黎：台北陰天，毛毛雨，討厭的天氣。

盧：小孟，請忍耐一下黎煥雄的打字速度。

孟：對啊，我的速度很快，就像北京的生活和變化和狀態。

黎：我是不習慣這個鍵盤。真的很怪。上次我們是在別人的手機
　　裡交談。這次我是在別人的電腦用打字和你談。

盧：我先做個開場吧，前一陣子香港藝術節來找 PAR 雜誌報導《琥
　　珀》，我一看是你導的，興奮得很，再一想，把你們兩個撮個
　　對兒應該不錯。

黎：我們一九九四年見過至今未見。

孟：十幾年沒見總要互相擁抱一下吧！

黎：好，來抱。

孟：緊緊擁抱。

盧：小孟，要不要先報告一下這幾年做些什麼，我們兩人都記得當時在北京去看了你的《思凡》。

孟：我在《表演藝術雜誌》和各種台灣的網上經常看到黎煥雄的名字，而且做的事情非常豐富。感覺到老朋友在遠處做事，自己也應該多做點什麼。近幾年排了幾個舞台劇《一個無政府主義的意外死亡》、《臭蟲》、《戀愛的犀牛》，還有一部電影《像雞毛一樣飛》，但想起一九九四年，好像就是昨天的事似的。

黎：我們第一次見面是一九九一年吧，那次拜訪對我意義重大。我受很大震撼，認識你們「先鋒派」很興奮，也見識到老派傳統的堅實，新舊衝擊。我也不時聽聞你的活躍。你的那些作品我都聽說過。

孟：我當時覺得台灣的小劇場是那麼的活躍而且蔚然成風，印象深刻。

黎：北京的記憶也很精采。

孟：先鋒派這個詞，北京很多人都聽煩了，但是，我也很自豪。

黎：就跟我在台北聽到小劇場這個字眼一樣。

孟：後來我偷換概念，說莎士比亞也先鋒，斯坦尼斯拉夫斯基也先鋒。

黎：對對！我則在大空間搞小劇場美學的契訶夫。（編按：黎煥

雄於二〇〇三年編創《彎曲海岸長著一棵綠橡樹……──河左
岸的契訶夫》，該劇入圍當年台新藝術獎十大表演藝術節目）

孟：可是我看過你的劇本，很焦慮，很文藝，很詩人的那種。

黎：單單讀文字，有時我自己都受不了的。

孟：有意思。

黎：九四年看到你的《思凡》現在回想起來，還很喜歡那齣戲。
倒是你還沒機會看到我的作品。我很想念九〇年前半期的北
京氣氛。但是你呢？

孟：九〇年前後，我是憤怒青年；現在則是假溫和的犀牛。

黎：哈哈！我很記得在冷冷的胡同裡，跟憤怒的你們一起走路的
感覺。

孟：可否用兩句話概括一下台灣劇場現狀？

黎：現況？嗯…… 辛苦，很辛苦。

孟：在哪方面？是自己創作上還是和觀眾交流上？

黎：整體存在狀態上。市場。

孟：有點明白！是不是你們太理想主義了？

黎：剛好相反，我們也在扮假溫和的犀牛。但是市場很不領情。

孟：北京市場狀況不同，談談市場吧，挺好。

黎：我記得你們在九〇年初有縮小轉型的經驗。我們這兒卻拼命
想要放大──或被逼著把規模放大。

孟：目前北京的狀況是這樣，喜歡《思凡》的觀眾已經長大，結

婚生孩子買樓買車看雜誌買名牌，溫和起來了。而最年輕的看劇場的觀眾，有點複雜。

黎：如何複雜？認名牌嗎？

孟：一方面把先鋒當偶像，另一方面覺得先鋒很老土，他們好像觀念更新，但新到哪兒也模糊。

黎：說的真好！

孟：再說說市場。我們做大了也有市場，但做小了又很累。

黎：我們做大不一定有市場，做小一定不能活。

孟：你們真慘！而且也很搞笑！

黎：搞笑時還帶著眼淚，慘！

孟：九八年前，我需要求別人看我的戲（小劇場）；九二年後打死我，我也要說我是世界最好的，然後好多人就信了，再然後，我自己也有點信了。

黎：我現在也必須做一樣的動作了。打死也要說自己是世界最好。然後希望有人相信。

孟：對，要堅持！真話說一千遍還是真話！現在北京年輕人看舞台劇，基本上是時尚需求，說實在的，把實驗做成時尚，這樣經過十年，還要再加上誠實，實在不易。我一直在想，這樣，失去了什麼嗎？

黎：純粹吧。失去純粹。那個奢侈的東西。

孟：對。奢侈的東西是不是一種古典的美感？

黎：不單是。我想說的，是一種偏執。

孟：我的意思是當代的純粹是一種什麼純粹呢？純粹是不是對自己曾經有過的初戀高潮的迷戀和錯覺？

黎：一部分是。一直純粹也不見得是幸運的，但偏執是需要的。是做下去的一種尊嚴。

孟：同意。時代氛圍對創作也有影響。

黎：年紀跟身體也有關。譬如說，我現在的胃就越來越糟。但是心臟越來越強，腦袋越來越複雜，但……視線越來越模糊。

孟：說得有意思！有點像我！黎煥雄，你在台北是不是劇場明星？有文化影響力？有撒嬌的空間？有大眾的注意力？有社會資源？有時間思考？

黎：我想小孟在北京也是吧。

孟：我的陣地還是在北京，尤其是大學生！等北京的大學生畢業以後分配到各處流浪，他們還關注我，我利用這樣的影響力做些撒嬌或耍渾的事。

黎：我們都有點兒是撒嬌或撒野長大的。這就是六〇年代出生的，八〇年代長大的小孩。

孟：撒野，說的好！做錯了，人家也不計較；做好了，錦上添花；沒做，我自己難過！

黎：對。

孟：六〇年代出生，八〇年代長大，北京有首歌：光榮屬於我們

八〇年代的新一輩！

黎：我很有同感。但我們不要太驕傲。

孟：我們有理想！

黎：有點兒被寵。

孟：對。有點狡猾。能說會道。

黎：狡猾的好。

孟：見風使舵，但知道方向。

黎：我現在是台北劇場裡頭出了名的大好人，但我不是故意的。

孟：哪好？

黎：好辦事，上通下達，人緣好，不發脾氣，不給臉色。

孟：是提攜年輕人還是尊重老年人？

黎：都要有。

孟：聖人！我則是拳打腳踢，但面帶微笑！

黎：這個過癮。

孟：我是不由自主。觀眾需要，我自己過癮。

黎：所以你也不是故意的。我的生存關鍵也許是比較迂迴的，在
　　台北都得這樣。

孟：其實我也是，北京好多事需要你去打太極拳！但是，黑夜到
　　來，黎明就有希望，冬天來了春天還會遠嗎？（假抒情）

黎：說說眼前的作品吧，我已經看到《琥珀》的宣傳。

孟：《琥珀》是說愛情的，繁雜生活圍繞下的愛情，明星劉燁、

袁泉主演。

黎：排到什麼地步了？

孟：正在劇本完成階段，演員找好了，在談構思。我現在也猶豫，
是做個任性的作品？還是繼承以往的成功經驗。

黎：如果是任性的是怎樣任性法？先說這個作品你有市場壓力
嗎？我是指有成本負擔嗎？

孟：沒有壓力。

黎：天哪！竟然說沒有！

孟：你都快瘋了吧？我就是這樣有福！嘿嘿！

黎：我最近兩個製作也沒成本負擔。但預算都壓迫到僅能執行的
程度。

孟：你也很幸福。

黎：是的我也挺幸運的。你還沒說任性版本？會死掉很多人嗎？
或燒掉很多城市？還是轟炸觀眾的聽覺？

孟：任性是指自己和觀眾都很暈，或者從頭到尾一直在說話，密
度還很大，或很抒情！劣等精神按摩那種！

黎：很棒。我去年的《地下鐵》這麼說來是極任性的，但我已經
覺得夠妥協。

孟：任性有兩種，一種是讓觀眾看得目瞪口呆，另一種是讓觀眾
看自己如何墮落得有滋有味！

黎：你之前哪種多？

孟：目瞪口呆多。

黎：那我跟你說另一種我的任性。就是讓觀眾跟著焦慮，但沒辦法當面罵你。

孟：那也挺好。說說你最近的作品吧。

黎：我現在在做第一齣歌劇，義大利貝里尼的《諾瑪》。一部煽情古裝大戲。男女主角最後把自己燒死的那種。

孟：形式感怎麼樣？

黎：舞台非常寫意，煽情加悲情，然後我用我的劇場演員，在裡面加一點兒「干擾」，拉出另一種觀看的距離跟角度。並且從二十世紀五〇年代這個時間點來看過去。

孟：如果在室外，你可以用真火。

黎：對，我真想。結果你跟我手邊的製作都是在談愛情的，而且都是死去活來那種。

孟：愛情無極限。難道是我們老了？

黎：那是一定的，出現溫情傾向。《琥珀》你準備給什麼樣的舞台空間？

孟：一條斑馬線，遠處有燃燒的樹和轎車。

黎：哇！

孟：只是我想，舞台美術（舞台設計）沒有同意！

黎：我本來要在《諾瑪》裡面搞一場波斯灣戰爭，結果是預算不夠而作罷。

孟：我才發現你也是金牛座！

黎：你也是啊？耐力特強。

孟：對啊，金牛座很會將理想和現實融合！

黎：適合搞劇場。

孟：所以我們還在堅持！

黎：頑固。

孟：你堅持得很辛苦嗎？還是自得其樂？

黎：中間吧。

孟：還是頑固得不被人理解？

黎：沒那麼孤單，但是鐵定不夠大眾，我喜歡這樣的位置。我們
　　該合作做一個金牛戲。那種八個鐘頭累死人不償命的演出。

孟：對！好想法！有的時候，我創作上的驅動力是自尊，有時是
　　自傲，有時候是自毀！

黎：我懂！我懂！還有自虐。

孟：自虐就是愛情悲劇！失敗得豪爽！我悲慘，故我在！

黎：說的真過癮。你現在日子怎麼過？

孟：有家小。

黎：步調節奏跟內容好玩嗎？

孟：對，有，是，沒錯，也得挺著！內容精采，形式多樣！你怎樣？

黎：各有各的處境。

孟：你的不能成眠的焦慮是心理上的？還是……

黎：我的腦袋是一個外國，睡覺就跟出國一樣。

孟：很有黑色的詩意嘛。

黎：所以可能是生理的也是心理的。

孟：可能也是應該享受的快感！

黎：也是啦。但就像你說的——黑的。來談談形式在你的戲中的作用？

孟：我本來是學中文的，我不懂舞台調度，舞台燈光，節奏氛圍什麼的，但我發現我的缺點就是我的優點，我一接觸劇本馬上就把文學解讀省略了，因為這對我來講太容易了，我直接進入舞台行為和舞台形式的營造。許多人都說我是形式主義者，我覺得不是形式，是形式感，我的形式感很優秀！

黎：加上「感」字是一個大關鍵。

孟：你有同感？

黎：當然當然。自己說不上，演員摸不清，別人學不來。

孟：對，學了也是突兀的。

黎：但最後就是魔術一般地起化學作用。

孟：演員基本被我搞矇了！

黎：糟糕。我的排戲時間到了，但我還想要跟你聊。

孟：我們可以再敲時間。我們的涮羊肉水開了，熱氣蒸騰，有點像虛假繁榮的北京戲劇！

黎：挖噻，涮羊肉！天寒地凍，下回我們得劇場見。

孟：好的，劇場見！祝萬事如意，此致敬禮！！

(後附孟京輝答客問諸多議題中回頭提到——「黎煥雄很勇敢，他可以一直做戲劇，睛也不眨，當然我估計他有時候心也挺虛的，但是看一個導演應該看他十年來的作品，不應該看他一兩部作品，我沒看過《地下鐵》，我估計他的《地下鐵》很無聊。但有一點可以肯定，他起點高，但必須承認，他出手就在一個高度上。 我小學時候老師特別愛說的一句話是：要看一個人的長期表現……」)

關於第十個包裹——這不是一個劇本吧？但是那種名字簡稱後面加冒號然後句子的格式有點可疑就是了……說真的，在這個文件之前，我一度強烈懷疑你存在的真實性，然後，這樣看起來有其他人在那個現場的談話紀錄，多多少少減輕了我的疑慮，那個疑慮讓人感到討厭，好像夾雜著連同對自己精神狀態也得開始懷疑的害怕。但是，話說回來，我真的沒有在關注現代劇場這個圈子，所以我也不那麼確定跟你對話的就不是另一個虛構的人物。又所以，我不敢相信自己真的還照著你的暗示，給你同一個包裹裡面的另一份名單上的朋友發了徵詢的信件——你認識這個人嗎？你認識的程度可以讓你稱他為親愛的 M 嗎？你願意抽空回覆我嗎？可以用親愛的 M 作為回覆的開頭嗎？我不是出版社也不是文藝圈的人，但你知道他的文章多到可以出書了嗎？

（啊，遺憾先生這四個字，會不會是一家出版社的名稱？是不是你其實是要他們出版你的這些稿件？順帶在此再度跟你確認，我姓周，我在鄉公所上班，我不是出版社……）

我還是不敢相信我這麼做了，我透過電子郵件、明信片投遞了同樣的訊息給名單上的人，看來你可能是真的，因為有人回覆了，但又看來，你似乎不是太有人氣，因為百分之七十的人沒有理我，我希望至少那百分之三十的回信者都是真的，因為，說來奇怪——既然事已至此——我希望你是真的。然後我不得不說，雖然感覺有點寂寞，但那些朋友對你真的很好。這次，竟然輪到我回寄收集好的包裹給你了，感覺真怪……

神秘

的

回信

十

一

你，想像你。

想你的時候我就看書，上次你買的《巴黎的憂鬱》還在我這兒，但不曉得被我藏到哪裡去了，裡面有我畫的線和小筆記，原本說好要一起看同一本書的，但是我越看越慢，「我看完換你看！」這句話的浪漫大概只有當時的我們才能體會吧，當喜歡慢慢被憂鬱侵蝕，你在乎嗎，或許你忘了，你說是嗎。

每個開始
畢竟都只是續篇，
而充滿情節的書本
總是從一半開始看起。／辛波絲卡

有時候你說的話我聽不懂，有時候我當成是在欣賞歌曲般的只是聽個感覺，有時候你纖細得很特別，有時候你脆弱得可憐，有時候你有點可愛，有時候又有點奇怪，有時候你像個小孩，有時候你得承認自己很壞，有時候你的靈魂像裝錯身體一樣的當機失眠，有時候你明明是活在自己的世界裡可是一不小心就猜對了別人世界裡的秘密，有時候你健忘的程度開始像是在做夢，有時候我懷疑有許多的文字都霸佔了你的床，有時候我在

猜你的枕頭是不是用很多書疊成的，有時候你醒著像是睡著，有時候你是任性的導演，有時候你只是個忘記自己車停在哪裡的教職員，有時候你是個無助的病人，有時候你很愛用力的打人，有時候你是騷包的，有時候你會穿一些很有品味卻又很低調的服裝，有時候你抽煙抽得太多寫出來的字都像煙一樣歪歪的，有時候我會想你是不是外星人變成的，有時候你是魯賓遜，有時候你是星期五，有時候你是無人島或是王子。

P.S. 後來我沒有再去吃焦香奶油塩味磅蛋糕了，因為那裡面有眼淚的味道，不是我的，是你的，但如果你想吃，打電話給我。

W 的愛親 。

親愛的 M

這幾天整理相機，發現了你的照片。忘了什麼時候幫你拍的，看見你出現在檔案裡，著實嚇一跳。看了日期，是上個月月圓時候拍的，不過，卻完全記不起來我們曾經見過面啊……遲疑著要不要把照片寄給你，也許那不是你，是另一個我不認識卻與你十分相似的人。該寄給你嗎？還是直接刪除檔案？ 那個人背靠著另一個自己喲……想了許久，還是寄上。如果那真的是你和你自己，我必須說，你也太任性太坦露劇場工作者擁有自我珍貴天賦的秘密了……你知道的，這是個孤單且憂傷的時代，我們展演著和人不同的幸福命運，在劇場裡。

祝 我與自我都良好

❤ 再次提醒，要謙卑，要有同情心，不要隨意向人炫耀擁有自我這等美麗心事。

瑛娟

第三封回信 (交往過的某人)

(親愛的) M

實在很不想用括號裡的稱謂。

我以為你在我生命裡會徹底消失,我希望這樣。結果你還在。希望這不是甚麼惡作劇或詐騙集團的招數,我考慮過回都不要回,但也許我對你 (或對自己) 還有一點殘存的憐憫,而當初也很難說是你還是我真正的絕情與殘酷。你的來函遮遮掩掩、有點幼稚,幹嘛假裝一個不是你的人再來玩找人的戲碼?問候一下又不損不了的你的尊嚴。但回過頭想想,可能是因為你過的挺混亂的,是這樣嗎?雖然偶而還是會看到你新戲上演的消息,但你還是一樣不快樂對吧?我有點擔心,但只想有點關切,我們不會再見面,以上,你保重。

祝往前看

過去暱稱你米的麥

我比與我交談的對象更不懂自己使用的符號，那是輕蔑，還是防衛？

我緊握著此刻伸手援助的人更多的手，或腳，卻更往下深沈。

我知道，在黑色盒子裡的防護罩永遠堅固，我不踏出任何一步。

而我聽着音樂，遠方來的遠方音樂，彷彿一切無事，everything will be okay.

於是我們定義 800Hz 為藍，2KHz 是紅，聲音頻譜像極了地形等高圖。

這絕對是一個新大陸，有光，有色彩，有牽絆。

親愛的 M

我總是我加我的總合，

你呢。

親愛的 M

快找我演戲。不然我就快凋謝了。

第六封回信 （許悔之）

親愛的 M

當我們年輕時，已逝的台大外文系教授吳潛誠為《中外文學》
企劃一個詩人作品專輯，只選了幾個人。

吳潛誠問我，有什麼推薦人選。

我說：黎煥雄。

他踟躕著。

我向吳潛誠說：黎煥雄寫得非常好！我願意把我列在其中的名
額與篇幅，都讓給他。

大雄，你的文字書寫、你的劇作，都是詩。

在醒與夢之間的厄言。

文集要出版了，真高興！

我期待著，並且要慢慢的讀。

祝福萬千！

悔之

於二〇一三年冬天

第五封回信（不願署名的女演員）

第四封回信 （陳建騏）

親愛的 M

我總是夢見黑色布幕間隙透出的一對眼睛，閃爍著黃光。
對於世界的想像從一座城堡開始。

我對睡眠的渴望與恐懼等同。
對體溫的需要與語言的迂迴相背。

第二封回信 (魏瑛娟)

第一封回信（魏如萱）

親愛的 M

從什麼時候開始我在你的面前突然變得敏感了起來，是從第一次見面時那個客套的你的微笑讓我納悶嗎？還是最後一次我們牽手？我們幾乎是同時並重疊著說：「你的手好溫暖。」「你的手好冰。」

有一陣子我常常想你，想到我懷疑你根本是我想像出來的（或許其實就是），因為你從不打電話給我，甚至我想像你的聲音說出了那些我為你設定好的話，然後我與我自己對話，喔不，那不是只是我，是我與我……的你，我想你是我的，我喜歡想

包裹 011

評論別人時，低頭看自己的腳

滑落之前傾斜之後

（一九九四有關歷史記憶的三或四個演出的非常狂想）

之前，是先有傾斜嗎

一九九四年之於我們存在發生意義的脈絡上，絕對沒有意外，自然驚喜也顯得有點遙遠。然而歷史很近——島國政治的、游藝庶民的（或小劇場本身的），甚至於近得讓許多視點失焦，尤其在最貼近劇場的前線，我們可能只看得到看來像滑落的曲線的局部，冒著這樣的危險，底下將回顧三種（或者更多）歷史的取樣在本身立即成為歷史的劇場中的樣態，也許共同構成了有意義的關係——譬如：一句罵人的髒話、也或許什麼都沒有，其中將有二〇年代、三〇年代、四〇乃至六〇年代的記憶（以及更迫近的——一九九四年），分別淪陷在河左岸劇團的斜坡、臨界點劇象錄的伸展台與臺灣渥克的鋼索上，然而任何題材陳列於九〇年代，畢竟原本不是該令人難堪的，但是如果不是因為天氣的話（當然不是），那麼是因為消費與折扣換季嗎？曾經一度被宣稱「死亡」

的小劇場，竟然又被宣稱活過來了，這對一直自認活在劇場裡的人實在有點尷尬，歷史的真實與虛構一時之間就往返進出了還巴望自己能穿透歷史的小小劇場，為什麼？如果不是因為大選的話（當然又不是），那麼是因為颱風太多的關係嗎？在沒有新戲可排的秋天，我常常站在某個老舊劇團排演場的窗戶邊思考其中的道理，感謝生存環境一直提醒我們被搥打後的尊嚴——窘迫的、蕩然無存的而不得不放大標示的兩個字，這自然成為啟示的第一點，同時感謝窗臺上的螞蟻，為了打發時間常常「糟蹋」它們生存的尊嚴，因而成為重要的映證。再來是脊椎，我想我們一定一開始就活得有點歪歪的，再加上因為運動量不夠或者太多，脊椎都很容易不被察覺就開始扭曲，這除了使得許多醫院的整脊科生意特別好之外，也益發讓我堅信，正直地活著並不是很容易的事，尤其是在舞臺到處傾斜、運動傷害很多的劇場。

那麼然後哩？——然後才滑落

滑落當然不一定是跌倒、（或更嚴重的）崩解、（或更更嚴重的）犯罪，尤其跟「當紅」或者「過氣」絕對沒有關係——有時甚至剛好相反（想像曲線，以各種角度、方位）。

所以，我仍然不是很確定田啓元在《白水》之後，對於劇場的自信與恐懼是什麼，但是我們都看到了非常「臨界」的謝雪紅（第二版：《阿女──白色瑪格麗特》）與非常不安的脈動，於是這樣的比較勢在難免：謝雪紅與《白水》中的白蛇哪個更異端？金山寺與島嶼臺灣哪個更黑暗？相對於過往的揮灑自在，《阿女》或許是田啓元最在意別人眼光一個作品吧？這種負擔不論自覺或不自覺，想來都難免令人沮喪，當然更令人玩味的──這也是他同時企圖「讓人跌破眼鏡」以及表達「沒什麼不可以」的回應結果──為什麼「臨界點」不能用通俗劇的表演方式、為什麼不是左派就是右派……因此刻意地運用了比標籤還要標籤的典型人物，因此有些段落就偏要「反共抗俄」，這樣的想法到底是一種自信或者是一種恐懼？而自信與恐懼一但糾纏之後呢？過度化約（而且刻板）的史觀與強大駭人的身體動能之間令人錯愕的辯証關係，形成了第一段可疑的弧線，拼貼式的敘事與表演風格，形成第二段，努力地爭取劇團成為專業而重要的大團，或許就繫連了前二者的統合吧。

然後因為失去同一水平必然產生思念

　　所以看完《你為什麼不愛我》後，我有點恍惚而跑去擁抱了

導演，有點恍惚除了是因為在那麼舒服的秋天夜裡看戲看到睡著醒來有點著涼之外，另外還因為某種遙遠的思念──我可能其實是為了兩年前同一批人創作的《肥皂劇》而擁抱的。所以似乎每個劇團都有了「記憶中的經典」，有人稱那樣的作品只是「瞬間、意外的美感」，我感到憂傷，人不是都需要進步的嗎？雖然可能是因為時間的距離加強或修飾了記憶的動人，但是之後我們不也努力工作著嗎？臺灣渥克已經會踩滾球、噴火、拉手風琴……那麼是時間不厭其煩開著的玩笑吧，就像這個戲一樣，好看的很快在二十分鐘內結束，之後便是漫長的追趕──對開始時的美好的追趕，追趕，成為令人尷尬而又感傷的唯一動作，甚至要追的車子意外熄了火停下都還要沒有張力地做出那樣的姿態。是技術實務的問題呢？或者方向的問題？註定滑落時，該專心滑落或者回頭吶喊著追趕？因此歷史其實對一個標榜雜耍、綜藝趣味路線的劇團並不見得更寬容，「你為什麼不愛我？」那麼終於分不清這句話是誰對誰說的，或許所有的人都同時說了，喜感顯然從那樣尷尬與錯愕之後才浮現，而當你說出這樣令自己心碎的話的同時，你一定忽略了另外的、也在對你說這句話的人──記憶對時間、時間對劇場、劇場對觀眾、觀眾對什麼呢？

但是誰也不知道真的是下沉？或轉彎？或「被收編」……

所以想到了賴和（一個世紀前出生的日治時期臺灣知識份子）臨終前的悲憤慨歎：終究沒有能夠看到新時代的來臨、而過去苦心經營的白話漢文文學也終歸徒然……突然覺得，這會不會也終於成為在河左岸的自己最大的恐懼。「你是在做劇場還是上歷史課？」有個朋友看完河左岸的《賴和》之後這樣質問，他的意思其實是說兩種都沒做好，當然，相對的我是希望兩種都做好，臺灣史與劇場發展之間，難道終究是包袱太多、折衷之後便註定散落的嗎？可疑的現象不斷，導致巨大的舞臺平面錯綜斷裂，而軀體與聲音仍然虛微、瀕臨張力的全面喪失，還能夠持續嗎？歷史的《迷走地圖》會不會成為另一種戀物？顯然歷史讓所有的人都不快樂，時間一面纏著你的腳又推擠著你往前，那麼機會在哪裡？如何專注於滑落的過程？殘酷嗎？或者過度壓抑？讓歷史的與劇場的都繼續發生吧，傾斜的舞臺之後，路還非常遠，即使變形成為一隻虫或一輛汽車，都還是在偉大的弧線上。

因為被倒掛起來之後，每個人的微笑看來都像是一張不快樂的嘴

　　一九九五年前面提及的某劇團即將成立滿十年，每每想到的，卻總是蛋糕與輓聯並陳的景象，好像說了一個不好笑的笑話，一身冷汗站在臺上。有把握的話，藝術是不會被政治或體制收編的，

但是時間似乎並不給小劇場同樣的保證，時間有可能讓創作者自己成為唯一的黑手，既然永遠都正在某段弧線上，我們應該恐懼與警覺的，會不會就是浮沈在時間裡的自己？「緩緩移動，緩緩上移……歷史記憶的最邊緣　醒來、睡去、交談、獨語……」——這是河左岸的吳俊輝在他們的榻榻米劇場所作《花開時節》，關於日據末期與世紀末的一些耽美剪影……兩個美麗的女演員、毫不意外的沈悶念白與好聽煽情的音樂，不知道為什麼，關於在劇場裡對歷史迴繞的胡思亂想，我覺得這裡是個適切的告別意象，一個年老的臺灣女作家加一點點維琴妮亞·吳爾芙，還在歷史大幕後方陰暗角落的影子，也許，所有的傾斜與滑落，正在她們的沈默注視之中。

那麼離開吧，或者，繼續滑落

五年級，甚麼？

關於發臭——發臭的東西當然就不要了，F 這樣說的時候，G 正好從化糞池裡探出頭來，你們是在說我嗎？H 不耐煩地拿馬桶刷丟他，沒想到被閃過，自己卻被激起的大便沾到了褲角。我們是在說雞蛋，J 再也聽不下去的抓狂模樣，說雞蛋你們扯到污水處理專家，這樣的格調上得了什麼檯面。敏感脆弱的 K 就開始哭了。怎麼有這麼奇怪的人，她心裡這樣想，那麼複雜，那麼不相親相愛，這樣還想一起作什麼事業。才聽到 D 就冷言冷語起來了，什麼事業？還不就是一種排泄共同體啊，有 sense、有 guts、會做統計分析、有財務跟法務系統的才是個產業吧。W 說只有你懂英文啊，他憤憤離席，出去的時候重重地甩上門，辦公室門口那塊「地下污水處理處技術課」的門牌歪了一下差點掉下來……

我一個人在等著的時候，看著電視上出現這樣的情節。等什麼？一個好像受邀者都忘記了的派對。我覺得受到了嘲笑。我希望立刻就老了。

評論別人時，低頭看自己的腳

或許再過個三十年、五十年，甚至還更快，人們不會再記得曾經有過這樣關於「年級」世代的話題，那時我們都已經是極老的老人，或者早已回歸塵土。那樣荒涼的莊園、被遺忘的冷清角落，就在那裡，我們有過我們的派對。至於審判是在那之前，或者之後，我們各說各話的回憶錄或者備忘錄，都已經一樣斑駁殘破、沒有人再有興趣追究。冷笑話、或者溫啤酒，一樣都讓人感到尷尬，以及小小的難堪。不管自稱是「八十年代的小孩」或者「五年級」，都已經無需費神去區別或者辯解。窺探你的眼光、或者嘲諷不屑的冷笑，在一場清晨的大霧、或者冷雨之後，都一起被那個新的時代的陽光蒸融。

人們不會記得我們，就像我們不會記得上上個禮拜天，我們幾點幾分在誰的電話鈴聲中被吵醒，然後幾點幾分吃了幾片吐司當早餐、又幾點幾分握著電視遙控器在昏沉的午後睡著。就算有人實驗一般地、瑣碎忠實地紀錄下了每個細節，你可能也只是打個哈欠，有點無趣地想說這些都不重要了，我們最多只會記得那是個美麗晴朗的日子、或者風雨交加的天氣。但是五年級，不是一個非要記得不可的晴朗美麗的日子。不是只是一個日子。

六年級的也許會記得我們多一些。因為我們先他們盤據了一小塊被稱為運動、或者變革的年代。但是也不那麼重要，除非，

你一直一直非常焦慮關於卡位或者評價這類的問題。四年級的應該比六年級的少記得一些，因為我們在他們之後，總是在他們之後，即使在某些方向上我們偶而跑的超出他們的預期，他們轉個身看不見了，我們就還是會在他們後面。比較多的不以為然，比較少的樂見其成。至於七年級，他們大概會睜大眼說：「五年級？什麼？……」

剩下的，在離開發生過或根本沒發生的派對之後，我們必須自己記得。

但是又怎麼樣，我們縮短一點，就說再過三年、或者五年。我們訝異地發現再也沒有人使用派對這個字眼。撒野的小孩，那時都已經非常中年。沒被真正壓抑過，也就不曾有過真正的解放。離真的衝浪世界很遠、抱著虛擬的衝浪板又有點吃力。我們的運動短短的，一個春天，然後再過十年，眼看野百合都變成了牡丹花。想念派對，想念膚淺無聊的舞會，然而還得再又過個二十年，直到喪禮的聚會開始慢慢取代漫長的牌局。那麼，我們才會真正開始消失，開始打另一個緩慢的哈欠，緩慢地起身，緩慢地跟你說晚安。

有運沒有動？（臺北小劇場哪裡去）

　　結束半個世紀的殖民時期、經歷相當程度前期現代化之後，再延續了一段長達四十年戒嚴時期的平靜壓制——臺灣的經驗，原則上是這樣的：一切來不及在八○年代之前、同步於全球性進展的解放（包括文化、社會的種種新的探索與運動），都在延遲之後的短短一個世代之內被壓縮（或者簡化）吸納、並加快進行。

　　很多時候，回顧過去一個世代的劇場、與評估當今乃至將來存在可能的前提是：想像在西方歷經了二三十年的釋放過程與方法，我們卻在三至五年之內，幾乎都碰觸、淺嚐與實驗了一番，而這一切，又並不在累積厚實的根基／傳統之上發生。戒嚴時代的臺灣，在白色恐怖、思想壓制的局部波動之後，相當平靜於運動思潮、然而長足於經濟的發展，一直到七○年代的「鄉土文學論戰」，才在奇怪的壓抑氛圍底下、翻動了現代主義文藝美學與現實主義之間的辯證關係，而那時，電影及表演藝術尚且還在可被討論的範圍之外，至於溯回更早年——日本殖民末期一度蓬勃

發展的「新劇運動」，因為與無政府主義者的深切關連，則是完全被國民政府斬斷除盡的舊日生機。八○年代初期，新電影成為矚目的新焦點，第一階段的表演藝術新聲，也而雲門舞集、蘭陵劇坊的鼓動下出現。然而，下一波的小劇場風潮，則要遲至八○年代中期，方才與整個臺灣社會結構的鬆動、大致同步地湧起。

這樣開始來介紹臺灣（臺北）過去十年的小劇場「運動」，其實並無意架設一個負面傾向的檢視前提，只是希望透過這樣的架構，八○年代後期的臺北小劇場，方才更有機會回復本原的評價──無論如何，將那個階段的發展過程稱之為「運動」，實在是一個過重的標的。在體質上，臺北小劇場可被視作「國際城市文化」的一部份，而在社會運動的介入方面，更難脫特定歷史、偶發式的局部狀態。所以，一九八七年的解嚴、政治反對勢力崛起過程的抗爭，加上 Grotowski、Pina Bausch、Robert Wilson……，其實，就成就了一個臺北劇場青年的青春記憶。串連、或者藝術社群的聯絡固然有之，但是組織性的結盟或戰鬥、乃至全體性的新美學建構或解放，卻都在發生與不確定發生、都在擦槍走火或意圖謀反之間的曖昧狀態。因此所謂的運動，或許只是瀕臨虛構狀態的一種「言說」。

又從這裡，我們或許才會更清楚九○年代迄今的臺灣小劇

場，身處何種新的情境、面對什麼新的可能。其實在八七、八八年的高熱之後，第二代小劇場便開始了持續的降溫，社會參與的意義與劇場功能的侷限，讓劇場的開始回歸劇場。然而，行動與實踐在失去原有特定時空的依附之後，進一步開始滯緩於專業主義與草莽性格的衝突界域。九〇年代初期，依照一度鋒芒外露的反叛性、以及社會參予的積極性所形塑的臺灣小劇場被宣稱「死亡」的同時，第二代的積極份子其實都仍固守崗位：河左岸回歸臺灣近代史的追尋、臨界點的同志議題開始昇溫、由環墟二代轉型的臺灣渥克進入俗民娛樂領域鑽研……其實，是虛構論述的瓦解也不一定，誰是激進的、誰是保守的、誰是浮誇的、誰是厚實的，到了九〇年代，不都才慢慢浮顯而出。而繼「死亡」的尷尬之後，好不容易活過來的小劇場，到九四年又得開始面對「官方／體制收編」的批判，這個露骨點名的動作，讓許多人一下子便成為「墮落份子」。當然這都是言過其實的，但是以此作為另一個世代的區分點卻是方便而清楚的──第三代小劇場？發生了嗎？

或許，當地人更習於「Y世代」的稱呼了，一下子湧入了不少Y世代的小劇場當然不可能一樣了。由於沒有特定歷史（解嚴）的參予機會，再加上電子媒體蜂起的全新網絡，臺北小劇場的現況其實是更邊緣了，搞劇場不一定需要同仁／同志的結盟、不一

定需要對抗、不一定需要「生死交關」……已經連辦兩三年的「臺北破爛藝術節」、「四流巨星戲劇節」都有著這般典型、強烈的反英雄性格，也大約就因為這樣的性格，臺北的小劇場不再是「偉大對抗」的場域，對抗的姿態回復到個人之於個人、無須整合的力氣自然星散。而這樣不同的氣力與聲調儘管不同，卻不得不讓人連想到前代「運動」體質的從不堅實——無論是美學、技術或者社會實踐。

　　臺北小劇場肯定還沒終結（全世界的都不會），即使一九九六年茶壺內風暴般的「臺灣小劇場一九八六－一九九五研討會」已象徵性地完結一個階段。至於前路——保守地說，是不可預知的，但是一個必然的可能：世故化與邊緣性格之間更深的分裂。前者依循著可能於不久將成立的新的結盟——以及跨國連線的新網路發展；新「聯盟」的發生，可能基於產品規格與生產資源、更甚於美學或議題路線，這一牽動資源與利益分配的動作，勢必重新建構小劇場與官方（尤其區域性政府）的關係，而新的社群社交行為也將因應而出。後者（邊緣性格）一路前往更形孤絕的區位，基本上，虛無與頹廢傾向的新安那其、激進路線的弱勢族群，將遭遇於此。至於同為「小劇場」的各類成員之間的對話，唯有期待不可知的未來之中、另一個「特定歷史情境」的到來、重新編整共同對抗意識之日了。整體而觀，存在狀態的「不

精確」、方法美學的「無法常民化」，想必還是會在這個島國的
小劇場領域、盤桓上一兩個世代的吧。

安德烈的妹妹們（2013，攝影：許斌）

星之暗湧（1991‧攝影：鮑志雄）

星之暗湧 - 北方 (1994)

海洋告別 3 (1992)

海洋告別 3（1992）

虛構飛行 (1998)

虛梯飛行 (1998)

虛構飛行 (1998)

彎曲海岸長著一棵綠檬樹 (2003)

姜夢狗（2000）

童話公路 - 施工中（2000）

拾月（1987．攝影：吳忠維）

拾月 (1987・攝影：吳忠維)

闖入者 (1986)

星之暗湧 (1991)

星之蠱湧 2000

兀自照耀著的太陽 II（1987）

兀自照耀著的人陽 I (1987)

兀自照耀著的太陽 II （1987）

海洋告別 3 (1992)

銀河鐵道之夜（2010・攝影：許斌）

彎曲海岸長著一棵綠橡樹 (2003)

蜷曲海岸長著一棵綠橡樹 (2003)

在棉花田的孤寂 (2010，攝影：許斌)

在棉花田的孤寂《概念照》（2010．攝影：許斌）

星之暗湧 2000（2000，攝影：許斌）

在棉花田的孤寂（排練）（2010．攝影：許斌）

幾米音樂劇《向左走向右走》（2013，攝影：許斌）

幾米音樂劇(向左走向右走)(2010,攝影:許斌)

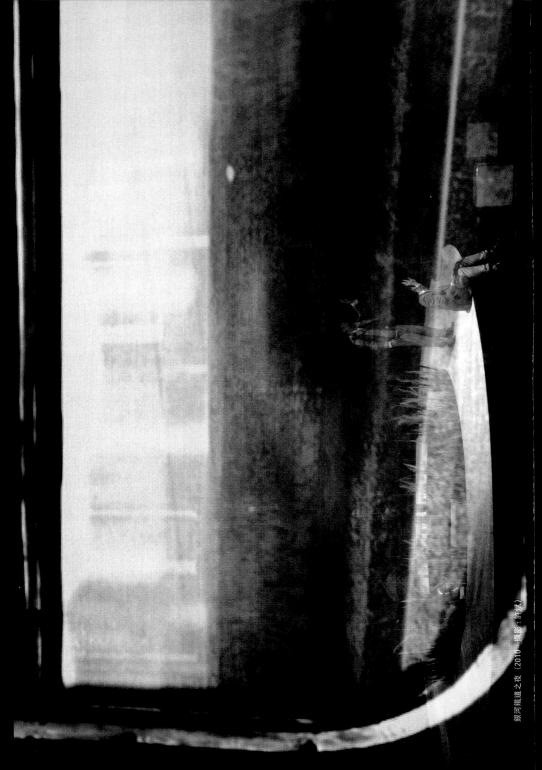

銀河鐵道之夜（2010　攝影：許斌）

china（2013‧攝影：許斌）

幾米音樂劇向左走向右走（走台）（2013，攝影：許斌）

台北爸爸紐約媽媽（2012，攝影：許斌）

台北爸爸紐約媽媽（2012．攝影：許斌）

星之暗湧 2013（2013．攝影：許斌）

星之暗湧 2013（2013．攝影：許斌）

瓷淚 china（2013．攝影：許斌）

瓷淚 china（2013．攝影：許斌）

音樂傾城張愛玲 (2013)

瓷波 china（2013・攝影：許斌）

在棉花田的孤寂（2010．攝影：許斌）

音樂總監對對歌〈瓷淚 china〉（2013，攝影：許斌）

幾米音樂劇向左走向右走《走台》（2013·攝影：許斌）

包裹 012

星之暗湧

星之暗湧 二〇一一 （來自安那其的、二〇年代台北的數個夜晚）

原著：河左岸劇團 — 葉智中／ 黎煥雄 (1991)

2011 年改版：黎煥雄

角色

林清江 — 台灣人，一八九六年生，劇中以二十七歲上下的姿樣顯影。為一從台中至東京的留學生。東京台灣青年會會員，文協留學生文化演講團辯士，台灣黑色青年聯盟創始成員，星之暗湧聯盟宣言起草人。在東京曾受田中修一左派思想的啓迪。之後與日本在台殖民官的女兒真理子相愛，但苦於階級與民族的藩籬無法結合。於一九二七年的檢舉中被捕入獄。最終因真理子投海自盡而選擇在獄中自殺殉情。

真理子 (Maliko) — 日本人，在台拓殖官之女，生於內地，幼

時隨父母遷台，劇中身影約莫十五、六歲。於一次返回內地探親、又再歸來的航程上結識林清江，進而相戀、並加入林所熱中的社會改造運動，於階級、種族、政治上都面臨了內在衝突的險境。最後於林清江入獄之後、為母親攜回準備返日定居的最後航程中，選擇了投海自盡的悲劇。

優子 ── 日本人，真理子之母，劇中約四十歲。寡居。為殖民者在台官員的遺孀，本來已選擇終老台島，但因女兒的事件，一度決定返回內地定居。最後卻因女兒的自殺，而又逃避地回到台北，過著隱居般的生活，乃至老死。

陳澤源 ── 台灣人，一八九二年生，劇中以壯年現形。為出身彰化地方的台籍知識份子，中等學校畢業後，於台中工作，與林清江結識。對於新思潮的接觸，便是來自後者的引介。後來於數度的大檢舉中逃脫，背負一種無出路的宿命感而自我放逐於島內，過著苦行僧般的流亡生活。光復之後，一度返鄉，但未久又於四〇年代末期，因思想罪入獄，老死其間。

田中修一（Tanaka Shui-chi）── 日本前進知識份子。自認在思想上啓蒙了來自台灣的知識青年林清江，對後者卻有著難以釋懷的愛恨情結。一九二七年藉著運動組合與後援的名義悄然抵

台，心裡懷抱對林的舊日情意、以及對無政府主義的質疑。出於一種複雜的心情，他間接出賣了熱血的改革者，然而，也因此終身背負罪惡的自我譴責。台灣，成為靈魂永遠無法避開的哀傷眼神、離去了卻也無法離去的封閉空間。

劉哲雄（Te-Tsuo）— 台灣人，一九○○年生，二十五歲樣態現形。出身清苦，但於一九二二年去到「內地」日本尋求生計。結識同樣來自台島的知識青年。於一九二五年自日渡海到中國，想要追隨在北京的台灣人范本梁、在思想與行動上尋求民族運動與階級運動的平衡。然而夢想終究幻滅，貧病交迫地淪落北京，然而一心懸念的卻是南方的島嶼、以及仍在故鄉守候的舊日戀人：許千惠。

許千惠（Chi-E）— 台灣人，一九○二年生，富家之女，二十歲左右姿樣顯影。良好的教養本來是為著身為地方富紳的父親攀附統治異族的準備，然而命運卻將她與哲雄互相繫綁。年輕戀人苦於門戶的隔閡無法結合，千惠於哲雄赴日之後，數度以自身性命要脅、對抗家族勢力的婚約。然而就算得以為哲雄守住誓約，卻無法留住青春，獨居的許千惠，帶著自戕的傷痕，不時收到寄自北國的書信，一封封沒有地址、無法覆函的書信記錄了哲雄大北方流放的軌跡……直到一九二七年，收到最後一

封來自北京的信，信封裡，沒有任何問候，只有一頁自政治刊物《新台灣》裡撕下的無政府主義宣言⋯⋯

* **劇中除角色提及的歷史人物如范本梁等人之外，所有角色、組織皆為虛構**

歷史與角色年表

一八九二年　<u>陳澤源出生</u>。台灣鐵路通車至新竹。

一八九四年　中日甲午戰爭。

一八九五年　明治二十八年台灣割日。五月二十五日，台灣民主國成立。五月底日軍先後登陸澳底、佔三貂角。十月劉永福逃逸、民主國告終。

一八九六年　<u>林清江出生</u>。三月總督府頒佈六三法。二十年間島內持續有武裝抗日者。

一九〇〇年　<u>劉哲雄出生</u>。

一九〇二年　<u>許千惠出生</u>。

一九〇六年　三月嘉義大地震。

一九〇八年　<u>真理子出生</u>。

一九一一年　日本處死無政府主義者幸德秋水。中國辛亥革命。阿里山鐵路通車。

一九一二年　十二月二十六日，馬偕醫院開幕。

一九一四年　一次世界大戰。板恒退助來台組「台灣同化會」。
　　　　　　淡水長老教會中學開校。陳澤源結婚。

一九一五年　西來庵事件，台灣武裝抗日的最末，余清芳反日，
　　　　　　日軍屠殺口焦叭口年住民。本年止，留日學生共
　　　　　　五百多人。林清江赴日。

一九一六年　真理子隨父親赴任拓殖官、與母親一同移居台灣。

一九一七年　靜修女中開校。三月俄國大革命（十一月，列寧、
　　　　　　托洛茨基建立蘇維埃政權）。

一九一八年　一次世界大戰結束。

一九二〇年　一月西螺大火。六月全島大地震。

一九二一年　台灣文化協會成立。

一九二二年　哲雄赴日。戰後帝都的蕭條。一月，台灣無政府
　　　　　　主義者於中國北京成立「北京台灣青年會」。七
　　　　　　月，日本共產黨非法建黨。

一九二三年　林清江托回社會科學百科全書。真理子十五歲。
　　　　　　大正十二年六月，日共第一次檢舉。九月一日，
　　　　　　關東大地震。九月十六日，日本安那其主義首領
　　　　　　大杉榮夫婦遭軍憲（甘粕正彥）殺害。

一九二四年　春，林清江與真理子結識於返台船上。夏，林清
　　　　　　江返台訪陳澤源。秋，哲雄流放北方。二月，范

本梁、許地山組「新台灣安社」（無政府主義）。

一九二五年　春，林清江去信真理子。哲雄自日赴滿州。十月，謝雪紅赴莫斯科。

一九二六年　田中修一抵台。星之軌道。秋，哲雄自滿州抵北京。七月范本梁回台，被捕。十二月，大正天皇殁。十月，文化協會第六次大會，開始分裂。台灣黑色青年王萬得、黃白成枝、周合源至各地演講。

一九二七年　林清江二度檢舉被捕入獄。星之暗湧。哲雄自北京寄回最後的信。真理子十九歲。一月，文協分裂。二月，黑色青年聯盟四十四人遭檢舉。

一九二八年　光之魂。三度檢舉。秋，真理子被母親攜回抵日前夕於尺門跳海自殺，林清江於次年得知，於獄中自殺。田中修一離去。優子因堅信真理子仍留在台島、因此又回到台灣定居。一月，謝雪紅、林木順、陳來旺回上海籌建台共。二月，黑色青年案判決——小澤一（兩年四個月）、王詩琅、吳滄州（一年六個月）。二月，范本梁判刑五年。三月，日本內地檢舉日共。六月，謝雪紅回台中。十月，日共渡邊政之輔之基隆被捕，自殺。

一九二九年　陳澤源出獄。四月，第三次日共檢舉。十月，紐

約股票暴跌，世界經濟恐慌開始。島內無政府主義者張乞食（維賢）等人繼續以新劇劇團組合活動，惟現實與參與者之寥落，終究無以後繼。

場景

二樓，一棟老建築空蕩的二樓。水泥構成。但牆面充滿斑駁的歷史痕跡。

有許多小椅子、旅行箱散佈場內。地面則是大片大片的大型枯葉。

0. Arrival

（左後方的門邊一個孤獨的身影在逆光中出現。如遠行歸來的旅人般提一個皮箱、呢帽與大衣。逆光漸漸暗去。音樂進。）

（歸來的旅人在舞台中線的最底處。他慢慢向前走來。沿途放下皮箱、摘下帽子、伸出手丈量空無。）

（其他部份演員安靜地出現在兩側牆面的高處——緩緩地攀爬下

來。打開各自的箱子。拿出不同的東西──書本、洋服、帽子、雨傘、相框⋯⋯)

1. 林清江

(光線微弱。歷史的深海。身影被放大投射在牆面。林清江一人在場內。)

林：我是林。由台中來東京的留學生，文化啓蒙的風潮在島內捲起的時候，我上東京求學。我認為，數百年來的台灣所未曾有的光明將在這個世紀的此時燃燒發亮起來。但是在下雪的大正民主的東京都，我卻深深為島內運動的停滯感到憂慮，為前輩運動家背離土地、背離人民的反動思想而感到失望。

幸逢田中修一君的引介，一旦接觸了深以為寄望的社會科學研究，及同我一般勃發的熱情的青年改革者才稍稍重感新的方向的確定。

在我寄宿的租屋牆上，掛著一幅日本圖，在這圖的中心區

域，帝國版圖的最南端，懸吊著我的母土、亞熱帶的島嶼。那枚島嶼，在大陸塊與大海洋之間，彷彿會像船般的起伏。

我只有用墨汁將島嶼塗黑。

我是無產青年林清江。東京台灣青年會會員，文協留學生文化演講團辯士，台灣黑色青年聯盟創始成員，星之暗湧聯盟宣言起草人。在命運的屬性上，我是從裡到外徹底黑色、生前孤獨死後無寄的孤魂。

2. 林清江往訪陳澤源，一九二四年夏

（不暗場，燈稍加亮，陳澤源帶著一本厚厚的書進場。）

陳：歡迎林桑的光臨。（林緩緩轉身後回禮）……我知道你是誰。你的眼光我認得。

少年時代就時常在庄內看到你，以各種不同的穿著裝扮突然出現，打斷我年少時期的嬉戲，工作或者獨自寂寞的思索。你總是突然出現，打斷一個少年的寂寞，你以更大的

寂寞的身影和眼神出現。

有時你是佃農，有時你是使用人，有時你是北管出陣的樂師，大多時你只是浮游大眾，做個來往無定的羅漢腳，有一回你甚至是個女流。

對於你的透視，是因為你的異質，我可以看出你的異於旁人。這種異質我熟悉，是源於一個生命的堅毅的寂寞，就是這個寂寞使我和你有著令人著慌的相聯結。但是不同於你，我的寂寞乃從體內逐漸生成，而你的更厚重的寂寞，卻是壓負著在肩上的……，那般令人困惑──我慌亂地猜想，是不是寂寞隨著長大，會在肩背上像瘤一樣，一日一日地腫脹？

因此我常做夢，看見你在我的夢裡走來走去，相同的神色，不同的裝扮。而我也到我自己，清楚感受到實在、有著重量的自己的身體，更清楚的感覺、是自己的身體上，浮著斑斑硬塊的瘤，正不斷地腫大膨脹……

林：(抬頭) 你每次都這樣地醒來？
陳：(鬆了口氣般) そうだ (是啊) ……。感謝你的費神傾聽。

林：(沈默地探觸放置第一區中央的書本，安靜地翻動起書本。其他人在後方不同的角落也各自翻動起各自的書本) 為什麼別人的少年時代的夢境總與女體有所黏結，與冰冷的羞澀、摸黑起床用腳去勾探地上的屐板等等有關，而你的卻大不相同。

陳：那種夢也是有過的，只是過早地脫離，這需感謝我的妻子——結婚以來，很快地她即連續有身了，接連生下有的夭折、有的存活下的孩子，情慾的夢就此遠離，可是腫瘤的夢倒是從少年時代就跟隨至今了。

(室內很短的間隔內一時無話；直到林突然把桌上的書闔上，場邊眾人也共重重闔上各自的書……林會意地笑著審看封面、並讀出書名。)

林：《社會科學 エンサイクロペディア》(社會科學百科全書)！是去歲、關東大地震發生之前，我託人從東京帶回來送你的吧？

陳：(把書取過來，翻找著什麼) 書裡面介紹到一個オーストリア (奧地利) 精神病學者フロイド (弗洛伊德)，他對心理學的基礎領域加以研究，認為自由聯想與夢都受命於潛意識的機械作用，而潛意識中的性慾與原慾又是意識生活

中精神過程的根源。他說：「夢是忠實的嚮導，導引我們去觀察潛意識的深淵。」

林：（感到興味地嘆服）陳君研讀到這般細膩的地步了，從東京帶回這些書給同志看，其實是為著改進社會救台灣 ——

陳：改造社會救台灣之前，不應先改造自己救自己嗎？林桑不是常說「人們的自由意志是無政府主義社會唯一的法則」嗎？

林：看起來，這位弗洛伊德氏對陳君來說，是比克魯泡特金、巴枯寧諸氏要較有興味得多了？

陳：非全然如此，不過既然精神分析也是社會科學之一，而對我長久來一直不斷夢到那些人的黑夜，連蚊帳也變成枷牢的夜夢，也的確有著全新的令人期望的解析與解放作用——

林：那些人？

陳：林桑，是明治二十八、西曆一八九五年我台灣乍成天皇臣土以來，因族性尊嚴，不服而以武裝對抗蜂起的那些前輩呀。

林：此即總督府所稱數十起之「匪亂」，視其為「匪徒」或是「土匪」的那些人——

陳：人們視其為匪徒，之於僕（ぼく——我），卻是一種心理基礎了。僕（我）之少年時期的數度遇逢那些所謂「匪

徒」，不僅之後匪徒穿走吾人夢中，更在潛意識的團塊內長成「匪徒コンプレックス」（匪徒情意結）。

林：コンプレックス（Complex）？

陳：是フロイド（弗洛伊德）氏之用語，他藉著精神分析法，分析夢的意義；了解 コンプレックス（Complex）之所在，可以達到病理上的治療功能。

林：如此說，陳君是將僕（ぼく——我）暫時充做釋放你夢境的フロイド（弗洛伊德）了？

陳：汗顏の至だリ（汗顏之至），蒙林桑不厭傾聽。

林：よし（那好），不過陳君之解放，應視為社會解放的起點唷！而以這樣的夢的解放做為基礎，或許，讓人對未來的局勢有著樂觀的期待哩。倒是不知道自己的解放，又該以什麼做為基礎呢？

陳：我想，就以林桑多采的ロマンス（羅曼史）為出發吧，先是在東京時傳聞不斷的浪漫情事，聽說舊情尚且還沒了結呢，現在又是如此可愛的少女，你怎麼認識她的呢？

林：啊——マリコ（真理子）！是兩個月不到的偶遇慕戀啊！在我暫時停下內地的學業，返回台灣的船上，認識了回內地探親又再歸返的日本少女マリコ（真理子），台灣總督府前拓殖官之獨女。

（黑暗中遠遠地走出一位少女——她是真理子……）

真：空氣變得稀薄、變得冰冷。聽到一些陌生話題的談論，關於不可解釋的夢，關於組織、關於總督府，關於什麼新政府與社會改造。我感到不安。要離開了嗎？要去哪裡呢？暗黑的路，在延伸、也不在延伸，要離開了嗎？要去哪裡呢？

（真理子緩緩轉過身去，更遠的後方浮現母親優子的身影⋯⋯）

3. 真理子十五歲，與母親在陰影的內室，一九二三年

優：自你父親死後，奇異的是，我卻不曾有過他出現的夢。這不是很奇怪的事嗎？

真：多桑（父親）他極疼愛我，出世時，多桑一定極為喜悅吧！

優：そうよ（是唷）！我懷抱著你，那時他穿著代表著被天皇陛下所信賴的帝國官員的服裝，望著那樣的身影，我的崇拜卻飛往遙遠的死亡去想像：當他一旦為帝國殉職，我將會長久夢見這樣的黑色姿影。

真：沒有想到多桑會死在這個島上。

優：他露著微笑告訴我——「さ、台灣へいこう——台灣へい
　　こう……」（啊！到台灣去吧！），他說要我一名內地婦
　　女，身為在台拓殖官員的妻子，應可對他們作為一個示
　　範。我低頭望著你。但是自你父親真的亡故之後，卻從未
　　夢到他——從不曾有他的夢。（朝向左側雜草叢生的區域）
　　再也沒有由內地特意帶來的「九谷燒」，總是在島上隨意
　　採來不知名的花。這些花，我不喜歡。

真：かあちゃん（母親）……

優：顏色不對。花形不對。體態不對，品種也不對。

真：かあちゃん（母親），等我頭髮再變長時，教我梳髮髻了，
　　好嗎？

優：南國此地的陽光，也太超過了，室內整日都被充滿著，陰
　　影太少了。沒有陰影之美的內室，還能說是日本和室？又
　　怎麼能從事插花這項傳統呢？

真：かあちゃん（母親），陰影在你心中依然是存在的吧。

優：我不能教你插花，你父親所期望於我的，身為一名日本女
　　人的示範，大約是要失敗了。所幸，我再也不是一名拓殖
　　官員夫人的身分了。（漸漸地朝後方離去……）

真：我是マリコ（真理子），大正十二年、西曆一九二三年，
　　我十五歲，身為前拓殖官員的女兒，雖然多桑已經過世，
　　心中仍有著奇怪異質的不安，南國島嶼的台灣，需要攀伏

在窗檯柵欄上、俯首才能望見的，猶仍觸痛了我尚稚嫩的情愫。明年，將隨かあちゃん（母親）回返內地探望親族，幼時成長的地方，竟像是遙遠的異國他鄉了。

（音樂進。在不同的區域同時飄落起櫻花般的紙片。真理子打開手中一直抱著的盒子，白色的粉蝶飛出……）

4. 一九二五年林桑的來信──真理子

林：（重新出現在右側柱子旁，讀信）マリコ ちゃん（真理子小姐）──雖說是漸暖初春，台島今年的氣溫不似往年，總令人感到稍顯淫寒了些，不過，來自北國的妳，應該是可以習慣的吧。久未探詢，想必無恙，謹此致上問候。（真理子發現前方地上的信件，撿拾起、並拆開……）關於去夏與妳在返台船上所談及、將有的一群理想青年的激情結社，或許所出實在過於唐突，而妳的驚訝我想是出於妳帝國官員之女的出身所致吧！但妳也提到那次回京、在帝都目睹學生的激進行動，是那樣令妳感受震驚。而後移轉了話題，實在也隱沒了妳訝異內面的、令人殷切欲探的真正態度，彼時望著無涯汪洋，心底便浮湧著莫名的寂寞了，

那樣相似的寂寞，意外地在抵台相互道別之際，竟也閃現妳年輕而又令人愛憐的眼底。

結社奮起之事既已冒然吐露，也希望妳能夠理解，實在乃基於這個世紀初以來，改造社會已出現了轉機，建立跨越階級族類新世界，也變得極有可能，而僕（ぼく──我）的慕戀，也必須期於那樣的新世界，才得以衍生實現的吧⋯⋯

（林清江的身影再度隱沒。真理子反身追過去未果、落寞地轉回──）

真：一九二五年春天，接到林桑這樣的來信，心中有著再也無法抑制的慕戀與改造重生的意志；但是一切終究只是可以預見的悲劇，再過三年，一九二八年，第三次檢舉遭到逮捕，他在獄中自殺，我被母親攜回，準備回返內地定居。船到尺門，泊岸前，帶著不願在踏上那個國度的強大怨恨，我選擇了永遠的海沈。

「マリコ（真理子）是吾人的名字。不得打聽成長背景。不許追溯過往時光、天涯的孤客。苟活下來、就是這樣。

苟活下來、吃食五穀雜糧。苟活下來、為此而嬉遊、為此而嫉世。苟活下來、為此不再伴隨寡母。唯獨一人是我所寄——林桑。林桑喲、在何方。我的身影。我的身影。身影在崩解。身影在消失了。身影啊、身影。林桑、林桑……」（註1）

（漸漸低伏下埋首無語了真理子，後方眾人也安靜地一齊在暗處望著她，非常沈靜，直到真理子突然猛地抬頭跪坐起、聲音轉為冷冽強硬——）

真：苟活下來、就是這樣——

（燈疾速暗下，促急緊張的弦樂在黑暗中迅速轉換著場內氛圍……）

5.「星之暗湧聯盟」結成宣言，集會與檢舉反覆，一九二七年

（音樂持續、擴染著一種不安與興奮的混合感覺。燈亮，一群人已經聚集在第二區中央，錯落地坐在自己的板凳上，專心看著各自手上的宣言，陳澤源高站在椅上、手捧宣言書面誦讀。）

陳：「星之暗湧聯盟」結成宣言——「我輩之結成，為台灣而愛台灣也。方今思想支離雜亂之時代也。本島孤懸海外，然則思想匯流、如海潮之推湧、思想之撞擊已成本島向世界奮進之助力。我輩青年之行動，當為前輩無力者之先鋒，鬥爭之謀求，不外乎要使墮落之前輩速自反省，排擊思想空談之縱言派，只以全島行動派之合同結成堂堂進軍之戰艦。」

哲：(接續，邊唸邊離座)本島幸泊亞洲大陸之濱、帝國列島之南，今之航行，需為解繫粗纜、航向正義自由新世界之全新旅程。我輩強調「脫帝論」乃行動唯一思想指導，此聯盟為台灣青年有志之結成，雖則光線微明如星之暗湧，實願集結為星象，做島嶼航程之指標——

陳：為此，我們組織——「星之暗湧聯盟」；我們選舉中央委員：蕭士昌、官廷霖、郭雪……我們選舉幹事長：陳澤源，評議委員：林清江，我們選舉——我們選舉——我們……

(聲音漸低，重重的扣門聲響起。所有人同時抬首，帶著不祥的疑懼互相探問——)

陳：だれ（誰）？

(燈疾暗，音樂立刻跳回促急緊張的開首，另一個夜晚的組織在暗夜集結重組。燈亮，場內聚集剩四人，位置關係已重組，背對觀者，其中一人端捧另一份書面高跪著激昂朗讀——)

千：本島五百萬同胞，自諸有志受巴枯寧、克魯泡特金、布魯東等士思想改造，復受本島范本梁君意識喚醒之後，乃結合成立「星之軌道讀書會」，誓以無政府主義實行為職志以來，迭遭日本官憲之壓迫，吾等體認為維持台灣民族之生存，非驅除日本強盜不可，為驅除日本強盜，除暴動革命以外，別無它法，為此，我們組織「星之軌道讀書會」，我們選舉——我們選舉——我們選舉——我們……

(叩門聲。抬首。詢問——だれ（是誰？）燈疾暗。音樂重頭。燈亮，非常微弱的逆光，場內人員達到最多，全體跨站在小椅子上，所有人方向皆錯開、位子也散開，宣言交錯在不同人的朗讀中，有時錯雜、有時互接、最後是所有人到達齊誦的情境……)

哲：本聯盟全體有志無異議通過下列宣言——同志再挫、黑旗數度倒下。

真：革命者的鮮血，已為統治者設下恐怖巷道……

陳：諸同志者，跟上吧！怯懦者莫來，誓死死守黑旗，職志與
　　野獸統治者共擁死亡之舞……

林：吾等此生唯一目標：拓墾無仇恨無壓迫的樂土，建立共勞
　　共享、意志自由之社會，吾等此生唯一任務：暗殺、暴動、
　　暗殺，為此我們組織「光之劍聯盟」，我們選舉——我們
　　選舉——我們選舉……

（叩門聲。抬首。詢問——だれ（是誰？）所有人一齊踩倒板凳。
燈暗。音樂最後一次重頭。燈亮，除田中修一外，所有人趴伏向
前，單腳卡著倒放的板凳，吃力地前行，林清江在最前方——前
段仍高站在板凳上——）

林：吾等黑色青年有志諸君又遭檢肅逮捕，黑色旗幟再染黑
　　色鮮血；建立自由、公理之無政府樂土，橫阻更甚，日
　　本強盜死前掙扎淒喊更厲。然我同志悉咸運動不可一日
　　間斷、鬥爭不可一日停止。是故吾等再度結盟，並對已
　　受害同志組織「黑色青年聯盟」成立救援會，堅守黑旗，
　　直至戰死，吾等呼籲：取消私有財產，扼阻資本主義及
　　專橫帝國，建設萬人快樂的社會，吾等並要求，所有日
　　本官吏及台灣走狗，莫要畏懼自殺，待吾等前去取汝頭

顧。為此吾等組織「光之魂聯盟」。我們選舉——我們選舉——我們——

（音樂低沈懸盪起來，眾人如朝拜般俯首前探。最後一次出現叩門，兇狠急促。眾人抬首，沒有人出聲。一小段的沈寂。叩門聲再起，更狂暴地持續著，眾人朝後方遠遠地跑開，燈漸暗。燈再亮，幽冥著的場內只剩下一名男子，他是陳澤源。他自己朗讀最後的宣言。）

陳：政治無政府。經濟無政府。科學無政府。藝術無政府。文學無政府。勞動無政府。法律無政府。財產無政府。一切無政府。無政府主義萬歲。人民大革命萬歲——

（激昂的聲音嘎然而止，很短的片刻內，揚昇在空中的就在高處定定地懸浮住，然而那個身體緩緩地頹傾了，手中的宣言與剛剛的聲音也就開始零落飄降……燈暗之前，田中修一的區位飄下一些紙片，他安靜地點煙，燈暗。）

6. 田中修一離去，一九二八年冬

田：私はたなかしういちです（我是田中修一）——我是田中
修一。

一九二八年冬天，在檢舉之後我很快被釋放，但是無論如
何，終究無法從自己的罪責與愧悔中回復。即使心底清楚
著，如果事情再次發生，仍然將痛苦地做下同樣的抉擇——
這次檢舉的發生，是在我給林君回信的傳遞中，刻意走漏
風聲所致。アナーキズム（安那其）是不可能的，我無法
忍受那般無知的熱情終究要在歷史的曠野裡、風一樣地消
散殆盡。我很高興檢舉發生了。然而背叛的陰影竟壓得人
喘不過氣來？一輩子都要記得那樣的一封信了——

「林桑：時節適逢近秋，感念過往時日的殷切，來到台北匆匆已過
一載，時而聽聞你的行跡與動態，心底總有一些複雜的思念、與奇
異的遙遠之感。沒想到終於收到你的來信的此際，心情竟混雜著感
激與愁怨。對於你提到的組織與聚會、對於你提到以新的運動路線
重新期許於我的可能，我惶然地無法同意，姑且不論，我對你如何
投注了、或許超出世俗認定友誼許多的……孺慕，無政府主義只是
一把超重了的激突之劍，空想著過高了音聲的嘶喊，缺乏行動與組
織實際的爛漫……，但是，八月二十七日夜裡，我仍將如約往赴太
平町陳桑之宅，出席那般令人疼惜的熱情聚會……。」

（稍停，陷入沈思……）

　　離開台島前夕的此刻，林君和他的同志猶仍在獄中艱困地活著吧，我是背叛者嗎？這被稱作不道德的出賣嗎？不是他先背叛我對他的深情？或者是我出賣了那個關係裡絕望於轉圜的死角？一直到晚年抑鬱地死去，仍然不停地質問自己，然而，社會主義革命終究也是無成，只要政治制度存在、就有不義──他們這麼說──只要有不義、就有革命者。可是只要有革命者、就有背叛者，不是嗎？背叛是終身的，當統治者不再是統治者，革命者不再是革命者，背叛者終究永遠是背叛者……。

　　我是背叛者嗎？竟然就也是浮懸飄盪的魂魄了，以為已經離去了的身形卻也從未離去，終此一生，台灣，竟是未曾稍忘的黑色眼神……

（田中修一離去，幽暗的場內剩下陳澤源。）

7. 陳澤源

陳：（爬行到一個角落拾起另一本書，翻開，誦讀）「他在尋找一位大師／讓他還復視力聽覺和講話能力／讓他再次給事物和理念命名／讓他把光從暗中分離。」（把書慢慢闔上）
（註2）

我是陳澤源，三十七歲，曾被帶去地獄，我，存活了下來。我是陳澤源，一九二七年在檢舉發生之後被捕，判刑入獄，服刑二年，出獄後，愧於無法死守黑旗，愧於拋妻棄子的自責，而流放著自己，有時喬裝成各種身份，竟然像是早年自己夢裡流亡的武裝抗日者了。

常常在深夜的時候趕路，走過僻遠的山林農庄，累了，常常赤足走進秧田間的淺水裡，抬頭總望見虛微散佈的星光。

我是陳澤源，一九二九年冬天，走過南台灣的一處漁港，冷列的海風中，遠遠望見一群人在岸邊，圍繞一頭被捕獵上岸的黑色、巨大的鯨；突然意識到自己的處境，該死滅了嗎？該死滅了嗎？

彷彿極冷，全身緩緩蜷縮起來。遠處逐漸走近了真理子，接續陳的話語──

真：突然意識到自己的處境，該死滅了嗎？我在海水的這一側，彷彿聽到他這樣問自己，我是マリコ（真理子）、他是陳澤源、他是林清江、她是許千惠……和其他的人一樣，都是生前孤獨，死後無寄、黑色的孤魂。

（燈漸滅。音樂進。）

旅途驛站的間奏曲（歌曲：開往慕尼黑的夜行列車）

演員 FA：我是蔡政良，曾經，在劇場裡，我認識另外一個跟我一樣年紀的蔡政良，那是，河左岸的蔡政良，那個蔡政良參加了星之暗湧一九九一年和二〇〇〇年的演出，但現在他已經離開台北、而我還在劇場──所以呢？是有人覺得星之暗湧這個戲不能沒有蔡政良嗎？我參加過幾個河左岸的演出，但從來沒有加入過那個劇團──這裡，沒有人參加過，除了這個戲的導演。河左岸許多的演員來來去去、星之暗湧的角色也就換來換去，每個人應該都各自有各自、

星之暗湧的旅程，現在我站在這裡，導演說是因為年紀的關係、說——這就是我這次的旅程。我不懂，但他要我面對著生命新的結構、感到接近中年的疲倦——我還真的不懂……

於是對於自己到底是不是來對地方，逐漸失去了信心……不過，從這裡到那裡，從外面到裡面，沿路非神話式地到處寫滿虛無記憶的牆面、或每次開始工作前煮好的咖啡的香味，這告訴我，不會錯，這是沒甚麼人記得、但一直一直在那裏、在那裏、在那裏的河左岸……

（間奏）

眾人： 我做了一個夢，一個好長好長的夢，我夢到我參加了一個劇團，然後……

8-1. 真理子十九歲，離開母親的前夕，一九二七年

（燈亮，扮演優子角色的女演員披散髮、將外罩戲服拎著自暗處衝

出，一站定說話——）

優：我的頭髮一直掉、一直掉、一直掉。最近，常常夢到自己
　　懷孕了，我的體內有個巨大的黑色空洞，永遠都填不滿。
　　頭髮一直掉、一直掉……黑色的洞吞噬著我的血肉，整個
　　內裡都被掏空了，我的頭髮一直掉、一直掉……

（真理子從遠遠的暗處也衝出，到定點說話，之後反覆……）

真：一直一直說著那樣的話，又有什麼意義，感覺已經不是那
　　個人的女兒了。

優：我在等待，下雪的日子才要生產。頭髮一直掉、一直掉、
　　一直掉。體內的東西卻已經想學飛，黑色的，沒有翅膀，
　　卻拼命想飛。還沒有生下來，胎毛已經掉光了。

真：一直一直說著那樣的話，一直一直說著那樣的話，已經沒
　　有了感覺，想要把所有的這些，統統去除掉。我是マリコ
　　（真理子），十九歲。明天，就要去林桑組織的聚會，決定
　　要去了唷。

（真理子回頭跑進黑暗裡，優子的女演員追過去、到中場停住，轉
回來……）

星之暗湧

8-2. 優子產下黑色的卵 · 變形的夢

(前區靴轆上出現一蜷臥著的女體，「優子」懷著奇怪的不安慢慢接近，女體緩緩身展開，接著跪起，但長髮傾覆前方遮著臉，身體扭曲蠕動著，彷彿一個介於人與非人間的生物；對她說話，她也開口說話，但並不回應前者，前者之於她彷彿不存在⋯⋯)

優：這樣的事一再一再地發生。

女：我已經忘了。

優：不記得在什麼時候，什麼地方。

女：我已經忘了。

優：告訴我你聽到什麼？看到什麼？

女：我已經忘了。

優：我是誰？我們有著什麼樣的關係？

女：我聽不見。

優：這樣的事一再一再地發生，我總是固定在天黑的時候，懷著巨大的恐懼不安，端著食物來到這裡。

女：我聽不見。以前有水聲、有風聲、有蚊子蒼蠅在四周飛著的聲音⋯⋯

優：碰我一下、碰我一下，我碰不到你。

女：後來身體長出許多的肉瘤，瘤長長，變成一隻隻的腳，多

節的昆蟲的腳。

優：我碰不到你。

女：但是沒有一隻腳能讓我移動，沒有一隻腳能讓我離開這裡。

（放棄了對回應的期待一般，演員穿回角色優子的外罩長衫、束起髮束⋯⋯重新優子）

優：你已經不在我清楚的記憶中，這樣的事，一再一再地發生，我現實中的女兒，還有想像中的女兒，一起參加了同一個祕密組織，一個在夢裡不斷地回來，一個卻再也不會回來。（優子離去——）

女：我聽到一些聲音，一些沈重的聲音，一些人走進我夢裡的房間。突然又聽不見了——我看不見，但是他們一定都還在，空氣變得冰冷、空氣變得稀薄，沒有人開口，但是也沒有人離開，安靜令人感到不安。我聞到腥臭的腐味，我吃力地蠕動，抬頭探尋味道的來源，最後，發現味道在自己身上，就醒了。

（田中修一出現，帶著一本詩集⋯⋯）

田：「在我最美麗的時候，街市轟隆隆的崩潰了，在出乎意料

的場所，我看見了青空……」 (註3)

女：暗殺、暗殺、暗殺……重要的是武器。

田：就武器嗎？

女：就武器——刀啊槍啊……

田：手！

女：就手嗎？

田：就手，還要牽戀人的手、還要抱小孩還要寫詩的手，妳還
　　讀詩嗎？

女：我已經忘了。

田：就去想，不可以就已經忘了。

女：我記得，左手拿暗殺宣言，右手寫詩。

田：暗殺嗎？甚麼時候？

女：隨時。用炸彈好嗎？巴枯寧說——

田：一顆炸彈勝過十萬本書的傳播……都好。

女：都好。感覺比較淒厲不是嗎？妳丟出一個硬塊，但是把肉
　　都炸碎了。

田：那就煮一鍋充滿香味的肉好嗎？

女：甚麼時候？

田：餓了，就應該去。

女：你聽見了那些慘叫嗎？

田：包括小孩的嗎？連他們的小孩也不能放過嗎？

女：不是罪惡不是嗎？應該做的不是嗎？

田：喜歡做的不是嗎？自己選擇相信的不是嗎？

女：不要再說這樣的話！我只是在夢裡聽到許多聲音，不是真的不是嗎？被書寫的歷史才是幻覺不是嗎？除了不停不停說著虛妄的宣言，男人們甚麼都不懂。

田：「在我最美麗的時候，我非常懵懂，非常，非常寂寞。在我最美麗的時候，周圍有許多人死去了。在工場，海，以及無名島。」

女：還有我的戀人，他在遠遠的北方，也死了。

田：那你得自己孤獨地活下去。孤獨地活著、孤獨地活很久，而他可以死的很熱鬧，好不好？炸成滿天滿天的碎片好不好？還是四匹馬撕裂整個尖叫著的身體好不好？

女：他沒有死的很熱鬧，我也沒有孤獨地活很久——我是許千惠，不知道什麼時候開始，常常看到他回來，就在我的前後四週，但是仍然宣稱他在他的北方。

9. 哲雄，一九二二年到一九二七年‧大北方的流放

許：於是又夢到坐在榻榻米上的自己，十七歲，初初結識てつ
　　お（哲雄）的年紀。

(遠遠的後方，一個黑色的身影緩緩地顯現，全場進入「夢幻能」
的氛圍，遙遠的身影的遙遠的聲音——「ちえ（千惠）！ちえ（千
惠）！妳在何處？我的身影，身影在消失……」)

許：昨天晚上他又回來了，溼漉漉站在我面前，似乎很冷，臉
　　色凍得發白，額頭上有一個星形的傷口……
哲：てつお（哲雄）是吾人的名字，不得打聽成長背景，不許
　　追溯過往時光、天涯的孤客。
許：榻榻米疾速地擴張變形，變成在一顆星子底下我望見的暗
　　黑的平野，原本榻榻米與榻榻米間接縫的地方開滲血、開
　　始滲血……
哲：一九二二年，帶著背離島嶼的心情我來到東京；內地仍延
　　續著戰後的不景氣，空氣中到處聳動奇怪的不安；日本共
　　產黨非法建黨，社會主義的結社與檢舉反覆著。

　　一九二三年秋天，關東大地震。死亡迅速地蔓生。安那其

主義者的首領大杉榮夫婦慘遭軍憲殺害，驚駭與難抑的強大悲憤，人間的不義，黑色寂靜的一年，始然發現體內沸流的無政府主義的血。我是安那其的信徒了。決定離開廢墟死城般的東京，胸中充塞巨大的孤獨與悲愴。

許：初夏南國的島嶼，斷斷續續收到他的來信，竟然如零落的雪片。我感到非常寒冷。

哲：一九二四年，仍然沒有同志，流浪之中。想念故鄉的伊，去信告知新萌生的信念，以及一個個一路經過的貧窮的村

落：冬天的雪地，馳過一個驛站又一個驛站的火車收不到回信，每封信都落署發信地址：沒有終站的黑色列車。寒冷的冬天一般木訥寡言，因此沒有同志的吧；那麼，伊算是我僅有的同志了嗎？那個在遙遠故鄉傾聽著的戀人。

許：我不斷地寫著回信，無法投遞的回信，告訴他我相信他相信的，我看到他看到的，但是始終追趕不上的列車，只有殘雪，只有漸漸消散的黑色的長煙……

哲：一九二五年，渡海去到中國，在滿州，仍然沒有目的地地繼續雪原上的火車的旅程，我變成了火車，黑色、硬鐵。為了奔跑的持續，內裡儘是高熱的蒸汽。一九二六年秋天，終於來到北京，竟然同內地人一樣令人生厭的軍閥的國度，共產主義、無政府主義先後都已遭到打壓，台灣人范本梁和他的安那其組織「新台灣安社」已經離開，據說

回島內去了。突然地失去了動能一般，驚恐而無力地意識
自己已無力再離開……

許：一九二七年，溼冷的初春，收到他發自北京的最後一封
信，裡頭什麼也沒寫，只有一張從舊刊物上撕下的殘破紙
頁，混雜著不祥、悲憤與驚恐的心緒中，我讀著上頭刊印
的宣言，一遍又一遍……「為維持台灣民族的生存，非驅
除日本強盜不可，要驅除日本強盜，捨暴動革命外，別無
他途，因此，我們極力主張──暗殺台灣總督及各官公吏。
暗殺全國重要人物及官公吏。暗殺偵探走狗及欺國賊民之
輩。暗殺資本家及特權階級。破壞敵人一切設施……

(在越來越無法控制的發展中，語言失序，近乎喊叫的聲音重複著
最後的幾個句子……最後到達極高的情緒，爆裂的瞬間，千惠撲
倒，哲雄隨即繞著場內狂奔起來。最後卻無力而頹然地跌落──
激狂地吶喊……)

哲：我死了嗎？破落陰暗的寄居之處，只剩下開始發霉的書，
克魯泡特金、巴枯寧……無名的疾病狠狠地啃噬我最後
僅存的精力，飢餓嗎？傷寒嗎？我日夜不停地咳嗽著，
有時竟只剩下讓眼淚流出的氣力，看到牆角堆放的老舊
刊物「新台灣」，撕去了一頁宣言寄回島內給伊的破舊

的刊物「新台灣」……

(「能」的音樂在激盪中結束，最後的聲音，竟擴染出超現實的
金屬的音色，宣告一般的太鼓擊出，在前二響間，哲雄消逝了身
影，接著的幾響之間，千惠重新回到原來的位置平靜的等候。)

10. 兩千一十一年 · 許千惠

許：我是許千惠，公元二○一一年的此刻，仍然只是生前孤獨
　　死後無寄的黑色孤魂。華麗世紀末的此時，這條靈魂飄
　　著，像是懸掛在白色瓷杯邊緣的一枚小小標籤，棉線牽連
　　著另一端的茶袋，卻早已在暗色的茶之內浸得太久了─從
　　世紀初的時光到現在，我是在歷史中被浸得腫脹的茶袋。

(千惠起身，成為一名瞎眼的老婦，緩慢地摸索前行，內室，彷彿
有著高空的風寂寂地拂掠、曠野一般。她走近窗前，觸撫著窗台，
是曾經熟悉的空間嗎？猶豫著，拂嘆上窗玻璃貼著耳朵聆聽。決
定了便專注但吃力地把窗子拉開，窗布在她懷中擁著，偶而將臉
撫貼上去，光線慢慢打上婦人逐漸仰抬起的臉上，輪廓臉形神色
在強光的直射下，彷彿仍是當年堅毅沈默的年輕少女。)

千惠與真理子：活下來……身旁的人也都長久活下去了，長
　　　　久地活下去，他們的孩子長大、孩子又有了孩子。活著，
　　　　像在台北城最中心又最邊緣的角落，活著、像還有著形
　　　　體又沒有了形體，安靜地看著新的政權、新的屠殺、新
　　　　的迷失；直到不得不死去了，也沒有離開過。然後，一
　　　　個世紀結束了，恐怖攻擊接著恐怖攻擊、地震接著地震，
　　　　我想離開了。（起身摸索至窗下，探身窗外呼喊——）我還
　　　　活著嗎？（最後一次轉過身對場內——）天哪，從來也想
　　　　不到——世界，變成了這個樣子。

(場內光圈漸暗，千惠緩緩攀上窗檯，燈漸暗，身影消隱在窗上。
現世都會的路燈，龐大的嘈雜車聲湧入，稍稍泛藍的微光把拉長
了的窗格暗影投射在室內空的地板上，音樂像緩緩旋昇起的高空
的風；再一次，幽冥的空間，一群黑色的身影匍伏而進，很不清
楚地恍現在即將暗滅了光的記憶的室內。)

註 ——

1.　仿日本夢幻能之體裁。

2.　波蘭詩人塔德悟虛‧羅塞維茲〈存活者〉。

3.　日本女詩人茨木のり子〈在我最美麗的詩候〉。

（二〇〇〇年演出版本的旅途驛站間奏曲）

陳：我是陳哲鵬，一九九一年在星之暗湧裡，我是林清江。現
　　在我是陳澤源。導演說是因為年紀的關係、說——這就是
　　我這次的旅程。離開一九九一之後，第一年，我們演出海
　　洋告別，第二年我們再演出一次海洋告別，第三年？第四
　　年？第五年？第六年？⋯⋯第七年我換了工作、離開了台
　　北，第八年我準備著我的婚禮，第九年與我心愛的女人結
　　了婚，然後沒有預期回到劇團卻又回到這個戲裡。我面對
　　著生命新的結構、也感到接近中年的疲倦——感覺像我最
　　近唸的村上春樹——

　　「我招了計程車到港口。雖然請司機盡量快一點，但我的
　　意志似乎不通。沒有冷氣，從敞開的窗戶吹進混有白色塵
　　土的熱風。司機一直以粗魯而帶有汗臭的英文，陳述他對
　　於歐盟貨幣整合、陰鬱冗長的個人見解。我雖然很有禮貌
　　地應答，其實什麼也沒聽進去⋯天空沒有一片雲，也沒有
　　雨的預感⋯⋯」（丟開書）

　　於是對於自己到底是不是來對地方，逐漸失去了信心。不
　　過，從這裡到那裡，從外面到裡面，沿路非神話式地到處

填寫滿虛無記憶的牆面、或每次開始工作前煮好的咖啡的香味，這告訴我，不會錯，這是河左岸⋯⋯

蔡：我是蔡政良，河左岸的蔡政良。一九九一年的星之暗湧，我是 Te-Tsuo，現在我是林清江。導演說是因為我比以前健壯、說這就是我這次的旅程。第一年我們演出海洋告別。第二年我回頭演出 Te-Tsuo。第三年因為自以為背負過重的歷史悲愁而離開河左岸。第四年我在台東都蘭村的阿美族聚落。第五年我在新竹尖石的泰雅族聚落。第六年我去了美國聖大非的 Puebulo 印第安聚落，發表論文、跟著入伍。第七年，開始學會使用最髒的語言咒罵不相識的陌生人。第八年退伍。第九年，偶然透過一張家庭生活照、意外地聯絡上劇團，毫無心理準備又被軋入緊張的排練。我想唱歌、唱在部落時學的歌，導演說我必須到很遠的後方小小聲地唱。我不確定我是否回到一個非常想回來的地方，只有離開後的旅程是確定的。其實我最想看看那些當年的歷史情結，是否已經透過旅行後的重聚獲得釋放？現在，我要到後面去唱歌了⋯⋯。（溜著滑板一邊唱歌一邊往後場離去，燈暗。）

二○○○年演出導演筆記

祕密心情的重現、拆解與 Re-mixing ……

所以，現在已經過去九年。第一版的星之暗湧首演在一九九一年的初夏。河左岸當時正開始籌劃張七郎家族史的取材演出，因為這個計劃，我們招募了所謂二代成員。星之暗湧，正是為二代成員初入劇場的試煉所作。

在私人的回顧上，一九九一年四月，距離臨時而出現的、我這輩子第一個正式的謀生工作不到一個月，我偶然參加了一個重要的反對運動集會—— 四一九，基於一種情感的回溯，請容許我進行更細節的紀錄。前一天，我和一位朋友才去到西螺，參觀三月媽祖巡境的盛會、觀察藝術學院的戲劇系學生隨行的野台戲演出，這天特意為此趕回台北。遊行隊伍在傍晚集結於台大校本部前，我因為晚到差點錯失了跟隨，然後我們沿著羅斯福路等路線一路往北，經過台北車站前的時候天已經黑了，我記得當時已經愈形龐大的隊伍曾經停駐下來，似乎有意進佔車站大廳，而我們幾個朋友，為著彷彿佔領了台北交通樞紐的街頭的片刻，而感到難以抑止的興奮、以及孩童般的新鮮感。然後我們進入了中山北路——走在快車道上，當時已間接

聽聞同時的電子媒體已經開始有點不可置信般地報導這個正在快速擴張的和平抗議隊伍……雖然參與的心情隨之高昂，不免有些為那些因為遊行隊伍而轉進慢車道顯得略略雍塞的車陣感到抱歉，然而正進入這樣的思緒時，意外地，我們發現其實也有為數不少的駕駛者就在塞車的慢車道搖下車窗大聲為遊行者加油打氣起來，經過幾個橫跨中山北路、擠滿觀看者的陸橋時，更是不乏同樣的鼓舞聲援……我第一次走在這樣的隊伍裡、可能也是僅有的一次，身為龐大隊伍裡渺小的一員，卻歡喜地越走越前，直到靠近指揮者（邱義仁）的指揮車附近。帶著出乎意料之外的尊嚴感以及參與感，一路向北走，直到過了中山橋、過了圓山，來到士林受阻於上陽明山的前路、折回市內、再受阻於長安東路、轉進長春路、最後徹夜與憲警對峙於林森北路上……我記得我們曾經奔跑起來、記得不斷地有路人在加油……黎明將近，驅散令已下達，總指揮終於做出讓步……希望支持者轉到台大法商學院聚合……

之後的五月，星之暗湧已經開排，我也開始固定的上下班生涯，一直到演出、到劇本出版、到更後來的種種離散重聚……我其實沒有太把這個事件與劇場、與寂寞的星之暗湧聯結起來，時間上的關係，其實更接近某種機遇。然而，就在現在，我深深地重新察覺兩者間的對照、以及互相可以檢視的

眼神。而當年的在野者如今已經成為執政者，我開始感覺經年累月地情感投注、支持之後的距離，不見得是失落、只是感覺彷彿該開始另一段新的旅程，讓心裡重新空出來，空出來，之後也許是全新的人事進駐、也可能是與更久遠前離散的故舊的重遇。那麼現在，當我們再度開始工作這個劇本時，我們要從什麼樣的命題開始？——為什麼還要再回到這個劇本？接著問——有什麼不同？有多少重現？有多少更動或隱藏？……因此兩千年的星之暗湧，或許不再是為了一種運動的失落感而做，或許不再有錐心的痛感，只有寂寞的凝視持續著——而我期待一個關於旅行、關於交會錯身、關於沈默與微笑的演出。

西元兩千年三月一位辭演星之暗湧的演員來信

DEAR 米蓋：

　　重看了星之暗湧（及你的詩），這劇本現在看來仍是很美的，但其中巨大的寂寞是那麼沉重，我不知所措。

　　生命旅程至此，寂寞已不是為賦新詩強說愁的模擬想像，他是每一次的呼吸、是早晨起床睜開的第一眼，在隨時可以潰堤的絕望淚水中……當整個生命樣態已深陷其中，幾乎載沉載浮於命題當中時，我質疑我是否有能力將此命題以藝術形式呈現？

　　年少的輕狂熱情與對理想的懵懂嚮往，讓我們得以以激昂的身姿雄辯滔滔；而今，對我們而言，藝術（選擇以劇場形式）卻只可能成為救贖與超越我們自身的「道具」嗎？！

因為年少、因為開荒、因為時代背景、因為滿腔革命熱情，讓我們以衝突激烈的方式工作，直到臨開演前終於上場。種種因為，讓我們及觀眾都興致昂然樂此不疲；但現時的我，不僅對生命毫無指望、熱情蕩然無存之外，我還沒有任何信念。記得 Tarkovsky 的《鄉愁》裡，那個執意要護著燭火走完荒蕪乾涸水池的人嗎？老實說，我心裡是多麼地羨妒他，竟有個東西可以相信、可以去為那個什麼而努力活著……我也渴求一個活下去的理由，如果「理由」都顯得太奢侈的話，那麼，甚至給我一點不那麼快消失的、小小的樂趣也可以。

　　我與世界格格不入，甚至與自己也是了。劇中角色的寂寞，始於個個自囚於自身的理想或信念當中，但他們仍可以說是幸福的，因為他們仍有所執著。而我在現實與什麼之間悠悠晃晃，也無法真的自閉或者決裂，每一個一天都像從我全身每個細胞拼命擠過去似地，就這樣喘息地過完一天。

　　劇本的寂寞太濃烈，距離的美感無法產生；又因為生命已失去熱情、沒有理念，讓我與每個角色、場景都有無法跨越的鴻溝……這就是現在的我。

　　你知道我為什麼一直沒有回絕你的邀約嗎？除了河左岸、

朋友、劇場等感情因素外，在我內心深處唯一真正的理由是：
一幕始終在腦海徘徊不去的場景——黑幕、黑地板空無一人的
排練場。

　　為什麼？黑幕、黑地板空無一人的排練場？對我而言，那
是一切的源頭，一個神秘未知的開始。在其中，我總能感受到
生命力的啓動——為了一個神秘未知的旅程。我想回到那裡！
我需要回到那裡！

　　我需要將劇中角色忠實地演出或發展新的人物都可以，你
是一個專制專斷的導演或技巧純熟善於誘導的導演也都好，我
不曾有過不參與的念頭。但是星期五的會面，竟讓我連這渴望
都可以放棄，我不知道如何說明白，我只是無力與那麼多的東
西夾纏不清。如果我們還能再合作的話，唯一的可能性是你覺
得這種無力亦是我們想表達的？！

　　但我一定會去看戲的。
　　祝你　排戲順利

月惠　2000 / 3 / 29　00：45

神秘

的

回信

十

二

請問你有更年輕的時代寫的作品嗎？所有前面的文字幾乎都
是接近中年、中年以後寫的吧？年代也都在 1991 年之後。我
回頭多讀了一些，察覺到更多神秘相近的頻率。我三十二歲
那年出事，奇異的是，我失去的記憶是幾乎整個之前的十幾
年，我沒有當兵的記憶、沒有大學的記憶，我好像從一個小
孩直接跳級到現在接近中年的狀態。如果，我是遺憾先生，
我想看到他三十歲之前的樣子……

包裹 013

一篇完成跟一篇用開始做結尾的小説

一篇完成跟一篇用開始做結尾的小説

小杜 (23歲)

　　小杜是我的朋友，然而，我算不算他的朋友卻值得保留。他是一個海水浴場的救生員，我因為與他同事而認識他。那一年，學校剛放暑假，透過游泳教練的介紹，我來到這個北部縱貫線上的小浴場工讀——當救生員。

　　那個夏天，真是詭異到了極點，就像我第一回來到這個海灘的感覺。那天上午，教練騎機車載著我，從鄰近的小鎮出發，往浴場報到上工。教練是個喜歡喝酒的消防隊隊長，顯然昨晚他又喝多了，略略浮腫的眼，連連的哈欠，和一付仍沉陷於宿醉中的苦臉。坐在後座，我一直都是提心吊膽的……到達浴場之前，機車進入與鐵道交錯的一段地底甬道，教練正回頭對我說：「這裡出去就到——」話沒完車子便熄了火，他邊嘟囔地咒罵著，邊發動著車，我因此自後座先下來，這時，一列火車正經過頭頂，在彷彿一切都將震崩的吼聲中，我掩起耳朵，轉身剛好望見洞外遠遠的浴場大門。

管理員不在，教練將我交給另一位救生員老詹之後，便先行離去，在一棟做為辦公室的老舊平房廊下，目送教練的車出了大門，轉身卻發現老詹不見了；我走進屋裡，裡頭有一個大櫃枱，看來是管理一些泳具出租的，我探身張望，發現根本沒人在後頭，旁邊還有一隔開的小房間，我推門進去，裡頭原來是收存遊客寄放衣物的陰暗空間，突然，自角落冒出聲音：

　　「你是新來的救生員？」我點點頭有些不知所措，看著一位瘸腿的老人自我一時未注意到的暗處踱出，他板著臉懷疑地打量著我，見我沉默著，便又開口：

　　「我看到隊長帶你來的……」底下他用台語嘟噥了一番，我沒聽懂，直到最後才彷彿聽到他說，以後我可以把東西放在這裡，我趕忙向他道謝，他卻沒理我，逕自走到窗口的桌前坐下，我一時不知怎麼是好，直到老詹出現在門口喚我，才趕緊離開跟了上去。老詹自顧在前頭大步走著，頭也不回地告訴我，那是老劉，負責管理寄放衣物的，以前鎮上的老大，我喔一聲算是回應，心底卻反而有了更多的疑惑，然而此時，我只想能跟上老詹的步子就不錯了。

　　站在淺灘上，聽著老詹替我解說浴場的安全範圍和概略的

形勢，海水靜靜地浮湧著一種不太澄淨的感覺，我有些心不在焉地想著，這個海灘和我預期的相差太遠。老詹繼續交待著工作與職責，我卻看著不知何時出現在腳下的一片漂流物——一些木屑、一些灰燼、幾個空罐，還有——一塊半纏到我腳上的破布？我把它撿起，愕然察覺竟是件染了點暗紅血跡的女用褻褲——天殺的，這樣的一個海灘，晦氣！

前三天，小杜一直沒有出現。透過和老詹的交談，我開始期待這位「很踐」的伙伴，並有過幾次誤認——對於代他來上工的朋友。其中有一個很瘦，鷹喙般的鼻樑在兩側削陷的岩壁間突顯得很，他不停得瞇著眼，咒罵著越界的小鬼、西南風和混膩的沙與汗——「媽的！這種死人工作——」，不過，由於生疏，我們還維持著對彼此的客氣。那天老詹輪休，一整個下午，最悶最熱的時段，我讓他在防風林內睡了場大覺，直到潮水又退了，陽光的威猛也退了，他才又下來替班，打了個哈欠伸伸細腰，順手拿起不知道哪個遊客擱在枱子邊的香煙。

「抽煙？」我搖搖頭僵僵地笑了下，他把煙點著抽了口。

「你要累了可以先走，人剩的不多，我一個人可以應付。」

「沒關係啦，現在走也沒車搭。」說完我跳下瞭望台，倒拖著示警的紅旗，在淺水邊來回走了幾趟，不時看看錶，時候差不多了，我回到枴子邊收拾好東西。

「那——」我怯怯地帶著有些誇張的笑：「我先走了——小杜！」

他動都不動保持向遠處前望的姿態，沒什麼反應，彷彿自言自語地：「小杜在台北，我不是小杜！」

第二天是另一個人來代小杜的班，我仍然錯認了他。

「我不是小杜！」紅黑的龐大軀體與濃重的台灣國語回轉過來，一陣風沙揚起，他不得不閉上嘴，打消了繼續解釋的念頭，擺擺手只吐出一口檳榔。

很自然地，我沒有再把來接班的人當成小杜。然而，第四日，我有些不悅地問起到底小杜什麼時候回來時，眼前這張年輕的臉孔，有些猶豫而不解地看著我：「我是杜傑明。」

小杜並不高，但是身材結實勻稱，尤其古銅的膚色，恰到

好處且均匀得漂亮極了——有些人便顯得太黑，要不便是脫皮脫得斑斑落落的，一塊紅一塊黑。他蓄著半長的頭髮，底下是一張年輕俊挺的臉孔。

剛認識小杜，是件愉快的事，因為相對於他，帶著妻小住在這兒的老詹，便顯得沉默、蒼老得多，尤其那一臉濃密的腮鬍，過黑而略顯削瘦的軀體，總讓我想到海明威小說裡，那個一無所獲的老人。面對他，你彷彿可以聞到一股濃濃淬淬的汗味，而那種味道，能立刻讓人感到活著是一種負擔的宿命。而小杜，開朗、充滿自信，就像誰也沒辦法栓住他，隨時在退了潮的淺灘上跑著，偶而翻一兩個筋斗。至此，每天搭將近兩個鐘頭的車上工，不再是那麼令人畏煩的事。

小杜無疑是個迷人的傢伙，尤其對於一些初入盛年、經常在午後帶著孩子來到浴場的婦人，他應該是單調的生活裡，一些意外的、驚喜的遐想對象——那些對孩子容易變得煩躁的語氣、有意無意進睬近又躲開的眼神，還有藉口擺放衣物於瞭望枱下時的搭訕……，這些，我都經常得以在巡行淺灘時，遠遠地有些鄙夷地發現。而小杜，總高高地坐在上頭，瞇起眼不在乎地望著遠遠的外海，像得沉默捉狹的神。

當然，小杜所能吸引的，絕不僅是年紀稍長得女人。記得他回來的第一天，黃昏時，潮水已經退遠，太陽的底端已切到水平線，這是在此處你能預期的最好時刻。我剛把瞭望枱往前拖了十來公尺到淺灘裡，重新放好裝備，再爬上去坐好。這時，一些遊客已開始收著東西準備離去，水退到這兒是極限，浴場安全範圍也到了極限，西北角的岩礁此刻完全露出水面，有一些人在上頭撿著貝殼；左手邊的西南方向則是一隆起但未露出水面的狹長淺灘，呈半弧狀延伸出去，恰好像個臂彎設了外限，一群小鬼就在上頭奔逐、打水仗踢著高高的水花，我不得不多注意些——再往外，可就是教人回不來的區域了，近岸些的地方是一群女人，距離遠了，年紀很難分辨，而且太陽正落到她們身後，背著光，她們幾乎只是一群黑影。小杜這時不聲不響地冒了出來，猴似地三兩下便爬上這頗顯侷促的頂板，他大剌剌的在圍欄上坐下，兩腿張得開開的，呈九十度剛好架上兩側，我不得不稍稍調整自己的位置，往前方開放的一側挪去。兩人沉默了半晌，風吹得有些涼，我正想告訴他，我想上去休息時，他卻開口了，眼神有些空洞，定定地朝西南角望著：

　　「看到那些馬子沒有？」我順著他冷冷的眼光望去，「全是在鎮上旅館轉的，媽的！一個比一個賤！看那個——那個穿白衣服，幹！有一回讓她給勾上，本來看她長得還有些樣子，

結果，進了旅館，褲子都脫了，沒想到裡頭一點肉都沒有，全是骨頭，媽的，胃口一下子全倒光了，我乾脆穿了褲子就給錢，然後叫她走路！」

　　他說完，我嚥了口水，尷尬地想笑兩聲，卻發現聲音不大對，這種生活經驗對於我，簡直是不可思議，況且，這還不過是我們剛認識的第一天哪！我藉口下去巡一巡，趕忙離開了瞭望枱；喘口氣，我抬起臉讓風吹著，想看看能否使騷熱的臉平撫些，不過，天殺的！沒一會兒，眼鏡上卻因此沾滿了水汽，我把紅旗挾在腋下，邊走邊取下眼鏡，拉起 T 恤衣角擦著，並刻意地朝右灘走。然而當我戴回眼鏡，抬頭卻赫然發現，那群女子不知何時已轉到前頭礁石區外緣，笑鬧著尖叫著，我掉頭就想走，卻禁不住又回頭多看兩眼，並且想起，我還得吹起哨子，揮紅旗對她們示警哩！先是有些遲疑地吹了微弱的兩聲，十分洩氣地發現根本沒人理睬，我只好再向前去些，鼓足氣連吹幾響，這下她們全看過來了，並開始戲謔地朝我潑水，看看我、交頭接耳地私語，我尷尬得不等她們完全離開危險區，便轉身離去。轉身前，我還是多看了眼小杜提到的女子──深邃的眼、厚厚的唇，不像其他人的喧鬧，她只緩步跟在後頭，沉靜而和緩地淺淺笑著。

我曾經懷疑那個女孩的真正身分，還有她與小杜間的關係，甚至這麼想：會不會她竟是小杜心底的對象？可是，不久後的一個下午，在小杜匆匆穿了衣服，離開半個小時後，伴隨他回到浴場的，竟是名高大的金髮女子，小杜親暱地牽著她，沒有做任何介紹，只在她換上簡單的泳裝後，拉著她便往水邊去了。這樣的一個午後出現這樣一個女人，不僅讓人感到突愕，也更加叫我迷惑了。

　　那天，我們忙著製作一條將近兩百公尺長的警戒繩，老詹要我留下在防風林前的竹棚下趕工，我得把圓柱狀的中空浮標一個個穿上繩索，然後按該有的間隔固定，這使我的手掌紅腫，幾乎都快磨破，心底一直嘀咕著。老詹從水邊回來後，注意到我往下頭望的好奇眼神，笑著主動對我提起，說是小杜的女朋友，我問他們怎麼認識的？

　　「誰知道！」老詹笑著搖頭，「去年小杜剛退伍來到這裡工作就有了，那時我老婆孩子都還沒搬過來住，小杜就跟我住在浴場，那個女的來了好幾次——都在這裡過夜……」老詹沒有說下去，只有些曖昧地笑著，我又再問他：

　　「那——小杜的英文一定不錯囉？」

「哪有，破的要死！」停了一下，想到才又接著說明：「那女的會一些簡單的中文。」

後來，金髮女子自己先回到棚下，她向老詹笑笑算打過招呼，然後找起背袋，我趕忙起身，因為袋子正好在我後頭，她看了眼對我友善地笑著。

「嗨！I'm Bertie——」她邊說著邊過來取背袋，我只笑著回應聲嗨，感到自己臉上的熱度，忙著又低下頭繼續工作。然後我一直覺得心神難定，一會兒我看見她擠出大量的防曬乳，毫無忌憚地往身上擦抹，一會兒又聽到她語意不清地向老詹說話，然後是抓起大草帽搧著，搧著又起身跑下海灘把帽子給小杜，又尖叫著跳過燙腳的沙地回來……，沙子一直飛到我眼裡耳中，漸漸地那個肉體變得巨大而模糊，我開始陷入不知是自己的、或感染自她的莫名的焦燥……，一直到我突然發現，她正朝著我說話，這才使我重新踏著一片堅硬的現實。她用生硬的國語與慢得可笑的語調問我們在忙什麼？我抬頭有些愕然，而後發現老詹不在棚下了，我只好開始向她解釋，但是說了半天，顯然她仍舊不懂，我便試著改用英文和她溝通，這下懂了，她高興地用英文稱讚我說得不錯。「Much better than Du——」她說，我們繼續聊著，用一些簡單的句子，偶爾她用中文，用

錯了便嘎嘎笑起。後來我仍然好奇地問起：

「How did you get to know Du ？」她乍時有些愕然，但立刻又笑開。

「Well, that's a long story,」誇張的語調說完又神經質地開始大笑，然後很快地收住，強抑著笑繼續說──「you wouldn't wanna hear it......」我聳聳肩，覺得不好再追問，這時小杜正要穿過沙地回來，她轉開視線，揮著手對他叫著，然後喃喃地讚嘆──不知是對我，或只是自言自語：

「Look at that... such a perfect shape...」一點也不假，那個「完美之軀」正溼淋淋的在赤熱的沙地上躍進，想到那些沒有膚血之色的雕塑，相形之下便顯得矯造，小杜回到棚下，板著臉慢慢地用中文向柏蒂說著，他的腳割傷了，要她到管理部拿他的背袋過來，我在一邊用英文幫著傳述，她緊張兮兮地，好不容易弄懂便匆匆離開，小杜卻還寒著臉，冷冷地看我：

「你英文屌是不是？以後不要再給我逮到你跟她聊天！」我心裡不舒服，但一句話也沒應，在柏蒂回來之前，我便停下手邊的工作，逕自到淺灘邊上替了老詹的班。

至於那個鎮上的女子，我還經常地看到她。事實上，那一群女子通常都在清早來，而在人潮湧入之前離去，極少在其它時刻出現。而她，大部分時候還是和其它人在一起，還是靜靜地笑著，有時，單獨一個人也來。好幾次，我遠遠地看著她那種彷彿在等待什麼，等到入神的樣子，看著卻連自己也入了神。有一天，如往常我第一個到海灘，水裡只三五個早泳者，我扶立起固定在下工時拖上來平置於沙地的瞭望枒，把裝備放好，然後脫了上衣，想先下水悠遊一番，然而當我正熱著身，拉著腿筋時，竟發現她也在水中，我停下動作倒吸口氣，看她正要上岸，並敏感地覺得她朝我這而來──而事實上正是如此，我突然感到莫名的心虛與嫌惡，但仍裝作若無其事般地，掉頭走向瞭望枒，重新套上外衣，匆匆離開沙灘，一直到人漸漸多了，才回去工作。

　　漸漸地，我發現小杜並不如最初時想像地令人愉悅，他有時比最燥熱的日光還要暴烈，有時又捉狹得令人心煩；那一次他不知怎麼去惹弄了老劉，就看到他從房裡跑了出來，用台語叫喊著：「老猴！老猴！……」而他自己邊跑邊蹦跳著卻更像隻潑猴，老劉一拐一拐地追出來，漲紅了臉，一手扶在廊柱上，一手握緊手杖揮著，邊氣急敗壞地罵著，邊又像忍不住快哭出來似地，等我走近了，才發現他身上的衣服

自小腹到下褲全濕透了。

　　除此之外，大部分時候，小杜卻是相當寡言的，尤其對我，更是顯得生疏而隔閡；但我相信，這不會是柏蒂的關係，因為在她離開後的一段日子，我們仍相當友善。有一回，他告訴我他明年想考大學，問我一些關於聯考分組的問題，真令人驚訝，他連這東西都有些搞不清。我詳細地向他解釋，他含含混混地應著，也不知弄清楚沒，倒是對加重計分的部份有著極高的興趣，他像小孩一般盤算著，如果考哪一組，哪一科可以加分，而哪科又是他可能有把握的，最後，更是喜孜孜地告訴我，當過兵的，總分還可以加重多少……；我記得剛認識他時，曾經問他是否還在唸書？他當時冷笑一聲說：「唸書？幾百年前的事囉！」這個時候，我又想知道他以前唸什麼學校，他簡單地回覆──「幾所坑死人的爛高中罷了！」

　　那天收工後，我正要離開，還只穿條泳褲到處遊竄嬉耍的小杜卻叫住我：

　　「小葉！回家啦？幹嘛每次都這樣匆忙地趕！」我停下向他解釋，我必須搭上六點前的火車，否則搭下一班七點多的回到家太晚了，他揮著手打斷我的話：

「晚就晚嘛！那麼急著回去幹嘛？抱老婆？走啦走啦，今天老鳥帶你這隻菜鳥逛逛見識見識！」

「去哪？」我有些緊張，小杜已經拉住了我。

「就這裡呀！你來這兒工作，不到處走走都不知道這裡有多好──收了工，抽根煙看看風景，哇噻，真爽！」他邊走邊說，得意極了。經過賣茶葉蛋的，他打了個招呼順手便拿了兩個──一個塞給我，沒給錢，拉著我又走了。

他帶我鑽入難行的防風林裡穿梭，我有些無奈地跟在後頭，沒好氣地聽他一會兒扯著嗓子唱軍歌，一會兒又冒出個極露骨的的葷笑話。我們來到浴場的另一側，那兒有一排廢棄的小屋，小杜告訴我是以前用來出租的休息室，房子後頭就是浴場外圍的鐵絲柵欄。小杜突然跑過去，在銹黑的鐵絲網前解起手，完事後他向我招手要我到小屋前頭，我踏過荒蔓的雜草，提心吊胆的怕有蛇什麼的。我們從一道道的門前走過，每道門都掛著鎖，可是沒有一個是好的，上頭不是佈滿銹就是給敲壞了半垂著，門上的玻璃也是沒一塊完整的，甚至有些屋頂都已半塌。小杜突然停下，往其中一間裡頭指：

「看到沒有，都是衛生紙！這裡呀，我以前常來『抓猴仔』，最多狗男女到這邊來『那個』了！」他沒說出來，卻做了個極具象的暗示動作。我們回到防風林，爬過沙丘到了海灘這一側，浴場到這一角隆起個小丘，鐵絲柵欄從林中往下延架，可是卻被破壞得如同虛設，不少熟悉地形的遊客都是從此處進出。我們在林子邊一棵斜傾的樹幹上坐下，這裡可以望見整個浴場所在的海灣，景觀的確令人流連。小杜四下走動著，突然撿起一些東西。

　　「幹！怎麼又來了。」我好奇地走過去，看他手上撿的原來只是幾個塑膠袋，便不解地問怎麼回事，他卻似乎不怎麼想解釋，只簡單地回答說是吸膠的。

　　「以後如果你碰上了，離他們遠一點，先找到其他人再解決！」小杜正色地說完，又嘟噥一番，滿口粗話，還彷彿聽到夾了幾個罵女人的字眼，就像他知道那些人似地，他邊罵著，然後把袋子狠狠地甩開。我可以感覺到小杜似乎有些掃興，回去的路上自己走在前頭不太說話了，一直到我們繞道經過女更衣室後頭時，看著嘩嘩流出的沖洗的水，他的興致又來了，撿了塊石頭就往高高開著的窗戶投入，然後聽到一聲女人的尖叫，他又高聲笑著蹦跳跑開了。等我跟上他時，發現他正雙腿

大開地蹲著，在一個提著錄音機和背袋，也蹲在路邊似乎正等
著同伴的小女生面前，不知道他是否說了些什麼，或者根本也
不用說，小女生紅著臉有些不知所措地，時而抬頭四望，時而
低著頭，就是不敢看小杜一眼。

六點多了，火車當然沒搭上。我有些不快地在廊下等小杜
載我到鎮上搭客運汽車。他換好了衣服出來，又抱起老詹的小
女孩，親熱地逗弄了一會兒，然後，似乎才記起我還在等著，
才又繞到屋後牽了車出來。

機車狂猛地在微暗的天色中疾馳，小杜平日大部分時候
因微濕而服貼的頭髮，這時在風中乾了卻極狂野地蓬散開，坐
在後座，這一頭浮飛的髮佔據了我大片的視界，也吸引著我相
當的時間，為著它近看時奇怪的感覺，那種感覺，彷彿──彷
彿你可以將難以數計的它們一根一根仔細地分開看清，而每一
根，又都像在對你轟然吼著。

那天晚上回到家，我突然覺得莫名的煩躁，不安與焦慮蠕
鑽著心室。夜裡，我僅僅得以入睡片刻──在夢到一整片海裡
都是黑色的髮絲，和撞見小杜與柏蒂在防風林裡的做愛之後，
便沒有辦法再入睡。

第二天清晨，在火車上我沈睡過去，醒來時發現浴場早過了，列車靜靜地停在終站的某個大城，一時間，在透過窗格照入空寂車廂內的晨光裡，我竟無法確定自己是否已經清醒。一個多鐘頭後我趕到浴場，直到中午過了，都沒有見到小杜，問起，老詹才告訴我他一早來過，接了個電話，神色匆匆地又離開了。次日，我輪休，回台北與幾個朋友做假期中的聚會，接受大家對我格格不入的黝黑的訝異與訕笑。接著我回來後，又是小杜輪休，我們因此一連好幾天沒有碰到面。

　　似乎就是從再見到小杜時開始，他對我板著臉的時候越來越多，實在想不透是什麼理由，我有些無奈，卻不想去改變什麼。倒是後來，有一些常來浴場說是義務幫忙，實則都在耗時間、掛個哨子吹吹過乾癮的人，和他們熟識後，我一直都能維持著友善融洽的交往。他們都叫我「眼鏡仔」或「大學生」，有幾次小杜聽到了，只冷笑露著不以為然又似乎有些鄙夷的目光在一旁不吭聲。偶而，我也開始抽一兩支煙，試著加入他們的聊天；小杜若在，當然也和他們極熟稔地、大聲地以台語談話。小杜是個外省孩子，雖然平日台語用得不比國語少，但是在這種情況，總讓我覺得，他是刻意地想讓無法以台語交談的我，感到隔閡而無法打入他們。

有幾回，我無意間聽到小杜和管理員間的爭執，似乎是關於他的工作情況、薪水，甚至去留的問題，我不禁開始懷疑，小杜對我的態度，會不會就與這些問題有關？管理員可能拿我和小杜來比的，是不是因此就讓他覺得受到排擠……然而，想到這些，並沒有解開什麼疑惑，我一點把握也沒有，仍然感到一種無力的茫然。

有一天，縣政府的有關單位來了一批人，要檢查浴場安全設施和衛生情況；那天風浪出奇地大，浴場裡根本沒有幾個遊客，外海那邊烏烏的雲壓得低低的——像塊大海綿，隨時都有可能掉入海中把海水吸乾，而岸上東天這頭，卻仍然詭異地透設著陽光。一大早，管理員便到了，緊張地忙上忙下打點著，然而真正費著力卻是我們這些人。小杜也難得準時出現，彷彿這天真的是個不尋常的日子。

那些人巡視上頭的設施和器具後便轉到了海灘，他們手上拿著一些記錄板，另外還有提著裝檢驗器材大箱子的，面對這些煞有其事的安排，我竟然感到略略的緊張，他們記錄了一些東西後，其中一個人拿了個試管向我走來，把它交給我後，順手一指——

「你到那個區域取些海水回來。」我有些遲疑，但是老詹和小杜似乎都還忙著別的事，沒人有什麼反應，我吸口氣，只好開始往海裡去。游了約莫十來公尺，我停下取水，浪比我想像的還大，水位也比我預期的深——根本採不著底；我突然感到強大的恐懼罩下，但是仍然掌握住了。裝了水後我一手需緊握並塞住試管，另一手因此有些尷尬而奇怪地不知該如何划動，我試著往前去了些，正覺得稍稍可行，一個浪頭打下，頓時眼前全花了，猛地我倒抽口氣卻連水也吸進嗆著，我立刻陷入極度的惶恐，掙扎著，又不知多喝了幾口水，再又一個浪頭打下，心想：完了，我幾乎已經感到一種瀕臨於放棄的絕望，手腳與意識都逐漸癱軟時，一隻有力的手突然冒出揪住我的頭髮，我嚥下最後一口氣灌入的海水，開始感到重新的浮昇和滿溢的安全感。

「你他媽的真是笨！」才一上到岸，小杜放開我便開始激動起來，我癱軟地坐在沙地上，仍然有些心悸和寒意，看看手中試管竟然還在。

「叫你去死，你還真的去呀！笨！笨！回不來是活該！」

這時，其他人包括老詹都沈默地站在一邊看，我說不上

來他們對我的目光，是譴責抑或是該有的體恤甚至嘉許。還是那個人走過來向我拿了試管，裡頭的水剩得不多，而且還不知道是不是原先盛的，他轉身就要走時，小杜卻氣勢凌人地擋住了他。

「你也是，那個地方浪頭那麼高，去了出人命怎麼辦？你們到底懂不懂！」小杜看那人冷冷地沒什麼反應，氣得更上前一步，老詹忙著跑過來拉開了他。我始終像僵了一般頹坐在那邊，一直到仍在憤憤地叫罵的小杜的聲音遠了，其他人也離開了，才起身將自己稍事整理，掛好哨子，爬上瞭望椅，並發現四下有幾個瘦黑的小鬼攀圍在椅邊，沈默地睜大眼正好奇地盯著我，好像要把人給看穿似的。

那次後，我愈來愈覺得無法在浴場待下去，事情一件接一件地發生，就像那些常常好端端就冒出來的漂流物——要不就沒有，要不就一大片。首先是兩個禮拜之後，一個假日的次晨，浴場北灘發現一具死屍，是溺死或是他殺，眾說紛云，無法確定，所幸事發不在我們值勤期間，我們並沒有刑責。那天，屍體在運走前，人已經漸漸多了，多得像趕都趕不散的蒼蠅，我並不想過去看，甚至還刻意地躲著；但是，在他們離開時，為了幫忙維持漸亂的秩序，我還是看到了令我反胃的蒼白無表情

的身軀面貌。

　　這件事過沒多久，小杜和老詹各下去拖救回一個；浴場一下變得緊張兮兮地，管理員煞有其事地宣布輪休暫停實施，我和老詹沒說話，小杜也只冷笑了聲：「伊娘哩！你看我休不休……」再加上天候不好，動不動就吹西南風，外帶灰得教人喪氣的天，整個海灘便像是塊揉皺了被丟開的破抹布。然後管理員帶來衛生檢查的消息，說是沙地太髒還要再來複檢；午后，浴場就來了一批臨時的清潔工，大多穿著長褲長上衣，戴著帽子口罩，神祕兮兮地，一整個下午安靜而迅速地進行著工作，他們在沙灘上將垃圾分成幾堆集中，直接醮油點火燃燒，濃黑的煙騰昇著，直直的沖入灰茫的天，幾次我在瞭望枱上轉身看著那些煙，一直覺得真像某種詭異的宗教祭儀。小杜那天出現時，煙已燒了許久，他板著臉扛著一枝常常的紅旗標竿，從其中兩堆火間被煙燻得眯著眼走過來，他把竹竿往枱邊一靠，人便爬了上來，指著安全區右側外圍便自顧說著：

　　「那裡——昨天剛插的旗子今天來就斷了，幹！一定是被人折斷的，你要看牢，不要讓人動竿子！」不等我說話，小杜又從後側蹦下，抓起竿子往水裡去了。

到傍晚時又起風了，一些黑黑的灰燼混著沙塵向東北邊高起的沙丘滑滾而去，我拉起毛巾的一角掩住口鼻，一邊心底嘀咕著這樣的鬼日子人還這麼多，一邊往水邊走去替班，小腿肚上一陣陣風沙打著隱隱刺痛；小杜轉過身遠遠地看見我下去了，人便跳下枱子一頭鑽進水裡。在瞭望枱上，我無聊地和一個常來浴場的義工抽著煙，有一句沒一句地說著話，突然從水裡傳來哨音，我緊張地向下觀望著尋索著，很快地沿小杜移動的方向發現，一個年輕人正攀在半截露出水面的旗竿上前後搖晃著，不等我下去，小杜斷續的哨音已經到了他身邊，小杜一手把他扯了下來，水花濺起，桿子猛地幌了下便斜斜地歪著，由於距離和四周太多的人，我無法一直看著他們的移動，直到接近岸邊，我有些不解地看著小杜時時回頭，偶而還伸手催促著跟在後面的年輕人，上了岸，小杜大聲地喚我過去，我把小紅旗交給身邊的人後，便急忙而且納悶地趕去。小杜看我跟上了沒有停下腳步，繼續領著我們向防風林走去，順手撿起一截蠻粗的木條塞過來要我拿著，看他蹦緊了臉又還不時回頭凶惡地對那人斥喚，心底雖還是茫茫然地卻也不敢問，我回頭看看瞭望枱，有些懊悔；我該自己留在那兒讓另一個人過來的，到了林子邊小杜停下轉過身來：

　　「進去！」我嚇了一跳以為是對我吼，那個年輕人一直沒

說話，顯然強抑著，蒼白的臉卻顯得緊張，或許還有些憤怒與無奈，這時，我差不多已經明白將會是怎麼回事，心裡恐怕不比那人鎮定，又不得不配合著小杜——這時他湊過來低聲說著：

「裝兇一點，待會兒不用你動手，除非他給我跑。」我強作平靜地點點頭。

「要不要找老詹過來！」好不容易有個機會我趕忙建議，或許事情能有個轉機，可是小杜卻像沒聽見似地自顧自走開，朝林子裡狠狠推了一直沒動的年輕人一把。

「幹！」一進去，小杜便讓人措手不及地衝上去拳打腳踢，「你踐是吧！很屌喔……」沒幾下便教那人彎下腰抱緊腹部護著，小杜稍微停歇了下，嘴裡卻仍咄咄地質問著他在水裡的行為，我站在後頭緊緊握著木條，除了手心冒汗，全然地不知道該做些什麼，一陣風吹過，我像乍醒似地才聽到滿耳的蟬聲與感覺輕微的暈眩。

「我有朋友在下頭！」年輕人終于開口，呼吸有些促急，而且可以明確地感覺他的顫抖，小杜應都不應上前又是一頓捶打，我看著他背上筋骨的聳動，一時間眼裡竟全只剩那些賁扭

的肩背肌肉。

「你有朋友？幾個、幾個，統統叫上來呀！」小杜吼著，突然頓下、恍然大悟似地指著那人的頭頂說：

「還在當兵是嗎？哪個單位的？嗄？那個單位──你是兵還是官？」年輕人有意保持著緘默，睜大眼反看著小杜。

「當官嗎？是嗎？那好，我就恨當官的，幹！」說著他又要上前，這回對方開始擋著躲避了，兩人廝扭一番，那人跪倒在地又被制住，小杜沒有再動手，只又吼又叫，說了些警告的狠話後掉頭便走，我呼了口氣慶幸這場虐待總算結束，把木棒丟開，不管那個仍抱著肚子跪在地上，伊呀尖著聲音低泣的倒楣鬼，逕自回後頭休息。

更晚些時，我再回到水邊，遊客已經少了許多，我看見小杜在水裡，非常熱絡地和幾個很小的小鬼玩在一起，互相追打嬉耍著，翻個身潛水……就像早些時候什麼都沒發生過似地，我一直看著他們的身影，竟為小杜一種童稚的專注所吸引和困惑。

小杜還是和管理員不斷有衝突，而且一次比一次厲害，我透過老詹得知，管理員不滿他的工作態度，再加上他實際並沒有救生員執照，幾次都想藉故請他走路，然而小杜是不會走的，老詹笑得有些神祕：

　　「他在附近道上有些背景，搞起來，走路的不會是他。」

　　最後一次看到他們的衝突，是在某日中午休息時，我突然聽到小杜慣有的暴燥，然後看著管理員邊跑邊回轉對罵的肥胖身軀衝出管理部，像個打輸了架的小孩跑開。

　　再往後的日子，愈教我感到吃力的是邊增的工作量──連著幾個週日，浴場為了招徠遊客，辦了一些老掉牙卻的確能收成效的活動──什麼尋寶、抓鴨子、海灘美女攝影之類的。柏蒂在美女攝影的那天又來過一次，小杜為了她被誤作攝影對象遭到調戲，差點沒把人給打傷。

　　至於對我，小杜一直仍然保持冷漠的態度，只有一次他出奇地友善，原來是有事商量──他希望我能和他一個在鎮上游泳池當救生員的朋友互調工作，他要我考慮考慮，那時我倒覺得奇怪他只遊說著卻不強硬的態度，或許正因為如此，我沒有

立即回覆他，而事實上，我想是因為我根本不打算再有另外的什麼工作，我在心底決定，只等他再提起時，便乾脆藉這樣的調動，停止我的工讀。然而，小杜卻一直沒再提過。

我還是硬著頭皮，一日挨過一日地繼續著工作，偶而聽著脾氣越來越大的管理員的挑剔。對於他，我不知該怎麼說，那天他衝著也在管理部打些零工的老詹的老婆吼，還打了那個還沒上小學的小女孩一巴掌，害得平日沈靜溫和的老詹差點就要動粗，他於是又晃動肥胖的身軀跑開。除了這些，還有日子變得更漫長無趣之外，一切似乎又回復到我剛來時的平靜與秩序。

回想在那兒的最後一日，心情同天氣一般開朗。近九月有點秋天的感覺了，風輕浪緩的日子，遊客卻不多，防風林中的蟬聲仍大得足與潮聲相抗，一整日就幾個小鬼老要跳出警戒線外，我便像趕鴨子似地和他們窮耗。一直到潮都退遠了，才又來了五六個一律蓄長髮，穿緊身窄腳褲的年輕人，看他們只脫去了上衣，呼嘯地便衝入水中嬉鬧，本想吹吹哨子，過去警告他們不能著長褲下水，但想水那麼淺，只要不出界，又能發生什麼事，況且眼看火車的時刻就要到了，我也沒心思再留意，收了東西，向遠遠在水裡的小杜打過手勢便離開了。回到

管理部，沖洗過換好衣服，我才發現——天殺的！——錶讓我落在瞭望台上忘了拿。匆匆又趕回沙灘，穿過防風林，突然覺得天天聽著的蟬聲此刻顯得太過龐鉅地刺耳。我遠遠地便望見小杜，在左灘背著光暗暗的身影。再一眼看到他時，他漂亮地翻了個筋斗，我不由自主地浮起會心的笑，然後意識到怕搭不上車了，才又加快腳步越過退了潮便顯得過長的沙地。當我拿了錶正要離開時，身後突愕而緊張吹起的哨音，再一次轉移了我的注意力，我轉身困惑地發現小杜身邊多了幾個人影，一時我竟懷疑哨音是不是小杜吹的，然而一聲比一聲急的尖銳哨音解答了這個疑問——然而我始終不知道是哨音吹了把人引上，還是人圍上了他才吹起哨音——我向前去了幾步，又猶豫地停住，此時，一直沒有移開的視線開始使我的呼吸促急起來——哨音停了，整個時空似乎停頓了那麼幾秒，然後水花濺起，有人推了小杜一把，小杜一個踉蹌之後，穩住了立刻反撞回前頭的人，將他撞開後便死命地向這頭跑，我慌慌地把哨子掏出銜上嘴邊，卻遲遲沒吹響它。一群人追著小杜，突然從水裡撞出另一個身影——此時我才注意到正是那群晚到的年輕人——小杜被截下，立刻和他衝突起開始扭打成一團，我抓著錶的手上已都是冷汗，哨子自嘴邊掉落，我才蹲下去將它撿起，便聽到小杜一聲極痛苦的嚎叫，下一個動作再起時，我無比震懼地了解事實，一把刀，自他身上拔起，遠遠拉開又刺下，又拉開

⋯⋯，我驚得掉頭拔腿就跑，雖然感覺那麼吃力而且又是在沙地上，我仍然使盡力氣地跨著步，無法再多留一秒。跑著，我開始聽到另外的人倉惶的驚叫，叫聲很快地超過我向林子後方遞傳，我突然記起些什麼，腳下沒停只順手一撒，將右手中一直捏緊的哨子丟開，過了防風林，老詹和一群人拿著一些器械與我擦身而過，似乎根本沒人注意到我，只匆匆地往沙灘趕去。

我的心仍然在狂跳著，衝出浴場大門時，遠遠地聽到火車鳴起的汽笛⋯⋯。

之後，我再也沒有回去過，我甚至不知道，那群圍殺小杜的人是誰？為什麼要殺他？學校不久之後便開學了，我的薪水透過教練的代領，輾轉冷冷地交到我手上。我回到城裡繼續忙碌於校園生活，有時也談談知識分子如何如何，社會國家如何如何⋯⋯偶而，當我想到或必需提到那個海灘時，被呈現或敘述著的，總是經過淨化、美化的一個浪漫的樂園，大不了強調一些工作的難度與威風。

只有那麼一回，在某個週末和幾個朋友到公館逛逛書店消磨時間，我們穿過地下道過街，一出地下道，迎面便遇上金髮的柏蒂，她緊偎在一個高大俊挺，也是金髮的外國男子身側，

或許根本是忘了，也或許是有意規避，她沒有認出我，感覺似乎有一些目光瞟來，卻只是像任何兩個陌生人都可能發生的一樣；我不顧友人的叫喚和懷疑的眼光，怔怔地看著她走過之後的背影。那個初春的午后──濕而寒冷──我撐開傘時，在僅僅很短的一時間，又突然感受到那種悶熱的煩燥，濃膩撲鼻的防晒油氣味，殺殺作響的蟬聲與一片白亮得刺眼的光芒。

新兵戰士傅德寧／ Blue Sky （1989）

1

新兵戰士傅德寧入伍後第一次離開營區，神祕的軍用卡車前往陌生角落的途中，看見斷橋他以為生命正要往橋上開去，但是突然地轉彎。他感到離別的感傷——對一座死去的橋直到班長突然斥喝，甚至還來不及發現荒溪已經是記憶、或者幻覺，同車出公差的弟兄剛剛零落地笑過，班長說了一個笑話——關於傅德寧的，只有傅德寧來不及加入，憂鬱不自主地變成了反抗。

2

看見野兔竄過芒草叢的秋日溪畔，正在一場漫長的徒步旅行途中十九或二十一歲的日治時代醫校生，還在談論著島國

身世的祕密變更時，轉眼已經剩下幻影，而傅德寧或我們仍然二十九或三十一歲，並不顯得更老，是時間的軌跡因為一隻野兔無意間的閃失。溪水或許水深方向以及速度也變了。而父親只是父親，誰的父親並不重要，倒影卻仍然九或十一歲地對著逃兵的野兔臉上浮出了微笑……

3

無意間看見班長的裸體，並沒有與失去性別、個性的同梯弟兄明顯差異的結構，但是緩慢自憐的水自臉盆傾洩而下，速度成為一種尊嚴。傅德寧入伍教育第七日，尚未回復對彼種尊嚴的奢望。毛髮也是，淌水的，頭髮、鄙視眼光上方的眉毛、深夜的短髭、腋毛、平坦小腹下方的陰毛，無不暗示縱慾的自主權利。但是外觀有什麼特別差異，只是在這樣濕淋淋的軀體前面，沒有了頭髮、囚犯般穿著內衣褲的傅德寧顯得如此猥瑣。

他才是赤裸裸被剝去什麼的人。如此而已。

4

　　所有人都知道的，第二排排長與輔導長並不尋常的關係，除了傅德寧。甚至他們都已那麼經常毫無忌憚地在連上弟兄面前怪異地調情。傅德寧太過緊張了。溪畔的野兔不斷回頭看著他。他開始憂慮隨時可能探出的獵槍指著他——傅德寧的腦門。自然他不會察覺，長官們的曖昧與他的緊張，同時都是同梯入伍的受壓迫者作為反抗與輕蔑的訕笑材料。

5

　　第二次離開營區。進過三次禁閉室的傅德寧一個人。一九八八年一月底，他越過芒草的山頭，遭遇一大片的墓地。所有認得與不認得的祖先，都探頭沈默地看到他，所有的目光都有著早就知道會這樣的會意、有一些則摻雜著悲傷或者憤怒。傅德寧看不到他們、也不認得四週荒涼兀立的樹。他專心地聽著遙遠彼方山村傳來的炮竹聲、收音機裡的客家山歌。

　　傅德寧變成沒有父親的小孩，在陰暗的廳堂裡躲在神桌底

下，睡醒時，可能是黃昏，剛從田裡回來的祖母開了收音機，傳出一樣遙遠的歌謠。

6

高潮。傅德寧完全無法預期的際遇。他人的性的狂喜成為一種逃亡選擇的逼迫。一個撞見兩個長官私密歡愛的新兵，命運已進入接近失控的速度。恐懼巨大到沒有了聲音。

7

一小隊的軍人突然出現在眼前，武裝的、面容紅黑暗黝、一整群的濃重汗酸，帶隊者下了休息的命令之後便逕直向傅德寧走來，他蹲下來，問他有沒有看到一個阿兵哥——高高的、嘴唇薄薄——眼睛有點像單眼皮……小傅德寧十三歲，搖搖頭之後轉身沈默地走進荒涼的枯樹林與芒草叢間——再過去，就是軍隊的新訓中心。冬天午後的空氣，太遠而失去方向的、只剩下隱約像是收音機傳出的客家山歌……

最後／ 晴空

　　傅德寧很快即將死去。我們同時現身於時間的密室。我、我的敘事者與傅德寧，在互相望得見對方、卻彼此歪斜的相異平面。我的敘事者察覺傅德寧的逃亡即將洩露他的心事，無辜者成為背叛者。他，被背叛者，因此決意背叛我。

　　小說的開始這樣寫著：

　　　晴　空
　　（新兵戰士傅德琳逃出了中心）

　　小傅德琳十三歲，沈默地獨自走在荒涼的枯樹林與芒草叢間——再過去，就是軍隊的新訓中心。他聽到冬天午後的空氣中太遠而失去方向的、隱約像是收音機傳出的客家山歌……

　　一小隊的軍人突然出現在眼前，武裝的，面容紅黑暗黝。一整群的濃重汗酸，帶隊者下了休息的命令之後便逕直向傅德琳走來，他親切地蹲下：「怎麼一個人在這裡？有沒有看到一個阿兵哥——高高的、嘴唇薄薄——眼睛有點像你喔，都是單眼皮……」

小傅德琳沒有回答，轉身往前走去，往前走五十公尺，停住，回頭看著綠色的身影，他發現太遲了，他立即已經二十歲，哨音自那頭瘋狂地吹起，芒草間的一大團綠影開始慌張地變形、移動。但是他只是站著，太遲了……

神秘
　的
　回信

最後

結果你沒有出現。台北車站一樓大廳東北角的咖啡店，二〇一三年十二月十一日，我依約前往。

那是一個奇特的空間，我必須這麼說，遠看有點侷促，但是越過一層薄膜般的界線，空間變得寬敞，忙碌人群的動線像是鏡頭拍攝的另一面……。

奇特，但也莫名其妙，因為哪有人開咖啡店招牌就叫「咖啡店」……。

我張望著找你，雖然不確定你是不是跟包裹裡唯一的一張照片長的一樣。店裏頭大部分位子都空著，可明明是開在車站大廳裡的店。更奇特的是服務生卻立即認出我來──遺憾先生嗎？他說。

為什麼？為什麼他這麼確定是我？為什麼空氣不太一樣了，原來走進車站時聽到的各種聲響，在這個角落也顯得遙遠了。我不想正面回應那位服務生，我真的不願意自己是你一直一直堅持著的那位某某先生。但我想我不情願的神色間接讓他獲得確認──有您的一封留言，麻煩稍後，他說。

甚麼嘛，你已經來過了？還是你根本沒有來，只是派個快遞或甚麼的送來一封信？我突然開始懷疑這個地方是你開的……。

奇特的服務生連同你的信一起送上我根本沒有點的黑咖啡──不加糖不加奶精對吧？他的語氣幾乎帶著一種炫耀，我完全不想答話，但的確一切正如他所言。我只好接過信，然後坐下，你的信上這樣寫著──

你是説我是曾經跟你工作過的演員？

（不是。比那個複雜。）

我跟你有過交往？

（沒有。）

那是怎麼個複雜？

（你是一個逃逸的角色——我創造的角色。）

挖勒，你是説我不是真的？只是虛構出來的？那你現在是在跟甚
麼説話？

（真實的存在永遠重疊著虛構的想像，你無法被歸類。）

好的，謝謝，現在連真的假的都分不清了……就説逃逸好了，你
告訴我角色怎麼逃逸？從哪逃到哪？至少。

（從作品逃到現實，從現實逃到平行世界。）

你是誰？

（監看者，追捕者，作者，追捕者，穿越者，追捕者……）

夠了，拜託。那我是誰？

（你是 M，你是遺憾先生。你可能不是你，總之。）

我不是我的話？那——

（再見。記得帶走下一個包裹。）

———————————————

再沒有比這更無賴的了，我想。我應該立即揉掉那封胡言亂語
的信，起身離開，但我發現我已經坐在自己的家裡。此刻，我
準備關上我的電腦，奇特的服務生出現在我的銀幕上，他説——

強制關機可能會使得尚未儲存的工作遺失，遺憾先生，前面不
遠處就是遺憾的海，您確定仍然要做這個動作？

是的。這次我清楚回答了他。

包裹 014

星光劇院

星光劇院

（狂風暴雨，雷電交加之中……兩個狼狽透濕的身體——）

天使：撐著！妳會度過的，上帝說喜樂是最好的藥……

女人：可是我身上沒這個藥，藥在妳的手上，不要走……

（突然舞台刺眼白光掃射，音樂大作——）

Come on, come on, come on, come on

Now touch me, baby

Can't you see that I am not afraid?

What was that promise that you made?

Why won't you tell me what she said?

What was that promise that you made?

I'm gonna love you

Till the heavens stop the rain

I'm gonna love you

Till the stars fall from the sky for you and I　（The Doors〈touch me〉）

1

他睡著了

在六樓排練場外的陽台

雨下著，四月

排練場裡的年輕演員聚精會神

反覆反覆反覆爬升著音階

跟隨鋼琴伴奏發聲練習

他的戲首演前兩個禮拜

沒抽完的煙還鬆鬆地夾在

因為疲倦而垂掛在椅子邊的手上

一個後中年導演的手上

在六樓的排練場外

他的夢開始急速老了

（呼吸呼吸呼吸

小心別在夢裡睡著

別在夢裡睡著）

他的愛人呼喚起他

不存在的

那個人在那個劇院一個

叫做星光的幻影劇院

2

在夢裡他哭著醒來

在夢裡他是個小孩

他明白黑夜不會過去

恐懼的門外沒有人等待

我不是你愛的人他說

我懂但請不要

讓我哭著回到夢裡

3

一切結束的那天早上

她顯得異常清明，平靜

甚至開朗或者豁達

她如常簡單清理了內室

煮了咖啡泡了麥片

聽顧爾德彈奏巴哈的二聲部與三聲部創意曲

那些她小時候也練習過的作品

但她更愛聽到錄音室裡的鋼琴家

隨旋律進行入神自在的輕聲哼唱

她甚至是沒有意識到她是想要終結的

她的愛死在星光劇院

但她跟那個絕情的導演其實都活的好好的

只是愛死了

她的不甘心讓她繼續活著

活了很久

而一切都沒有結束

直到那天早上

她喝著咖啡

最後一次

拿出老舊的劇本

讀著那個導演為她創造的角色

那些台詞、那些情節

那些她充滿孺慕的密密麻麻的手寫筆記

在某個秘密的巨大心理轉折出現前

她還用符號標示了抽象而幾何的線條與箭頭

可是她不記得那個裡面的意義了

她突然察覺這個陌生的失去

沉默了

然後像在舞台上的表演

她閣上劇本起身推開落地窗爬上陽台邊欄

包含一個神祕微笑的回眸中

她以下墜結束了一切

但是一切都沒有過去

啊原來不會過去

在星光劇院的陰暗時刻

過了子夜的每個晚上

她遊走，並這樣感嘆

4

在五十一歲的第一天

他會記得

是個晴天，多雲，但晴朗

他沒有進城

準時的起床，準時的沿著河岸慢跑

天黑前打盹，天沒全黑

開了客廳的燈

他手寫記了一些筆記

一些話，想對他知心的合夥人說的貼心的話

解釋他的複雜處境，爭取諒解

但平靜不求一切有所轉圜的話

在五十一歲的第一天

他沒有覺得更老

但透徹了解了歲數無法擺脫的內在意義

以及外在觀感

即使不是所有人都知道這個數字

即使知道的人也善意的沒有任何惡意

但生命裡不再有決鬥

連說出累了這樣的話都得謹慎

儘管如此，他不想記掛這個歲數

因為歲數繫掛了他

在五十一歲的第一天

他奇異的反而希望已經六十四

那個有過幸福的披頭四年輕時

哼唱著的魔術數字

但他不確定到那時他懂那樣的心情

他心裡有個讓他想唱這歌的名字

原本以為還可以說若即若離

不過那個名字真的正在走開

如果不是六十四那得是三十二

但他真的覺得沒錯過甚麼

他固然知道裡頭的優勢

卻也清楚重來不會更好

愚昧的人生嗎

天開始黑的時候

他想問自己

但又覺得只是數字愚昧

他應該對人生更加敬畏

讓激情與令人眼紅的角色

交給他的演員

這是導演的智慧

愚昧又悲傷的智慧

跋

M 如盲腸般的一九八四

一九八四，喬治歐威爾小說中的老大哥年代終於到來。世界慶幸、或難掩些許失望於預言的沒有成真。儘管如此，麥金塔電腦還是在前一年拍攝了新的廣告，宣稱因為他們的產品讓一九八四不至於「一九八四」。但這是在西方資訊工業的最前線，世界距離個人電腦、網路世界、讓現實 realtime 虛擬化的諸般種種，尚且遙遠，那還是紙本文藝時日不多的末代盛世。一九八四，距離臉書的創建還有多少年？那時誰也不可能知道，M 可以的話也許會想問二十七年後的自己，世界有了甚麼不同？世界很大，時間很長──還沒真的出發的那麼理所當然。可是終於天也不長、地也不久，中年的 M 感到沮喪，他想回答、可以回答，但 M 已經不在那裏。

一九八四，在台灣、在北台灣，在台北都會區外緣的小鎮，M 這個文學院二年級的大學生正在為是否放棄原本主修的西班牙語、背著家人轉入現實上更弱勢的中文系而苦惱。M 的世界不大，

甚至相當狹窄，空間上動線最遠端在老家苗栗鄉下群山環繞的客家小鎮，剛渡過他們壯年時期朝向中年後半的 M 的父母在彼處形成牽引，一個在農會上班一輩子、一個在當地小學教書一輩子，甚且在農曆年過後就要邁向家庭重大的下一階段——將老舊的平房改建成新的樓房。除此之外，大學生的日常動線非常簡省——校園、校園邊上的山上的學生社區，側門的水源街、另一端的新區大田寮，假日時，以一個半鄉下小孩的心情、沿著淡水河邊的老鐵道搭火車進台北城，無疑地，那猶仍是有著朝向優越傾斜的文藝探索動線，城裡有電影圖書館、有做作的咖啡店或茶藝館，有彼時 M 還一個都尚未結識的文藝圈明星。

一九八四，距離 M 的導演作品首度在國家劇院演出還有十四年。做為後來超過二十年劇場導演生涯的前導，那時 M 的決心雖然尚未明確，甚至不時感到文青式的焦慮空茫，但隱約的意識、模糊的熱情確實已然萌生。一九八四年元旦過後，他的手寫記事小簿子記著——一月二十五日中華體育館，日本神鼓童，一月二十六日國父紀念館，Merce Cunningham 舞團……是，一個藝術節，對應著年底的影展、M 的行事曆重大而具體的規劃，那種可依循、有所依循的存在感與季節性節奏，理所當然地超過日常的學業與生活律動許多、太多，就像他上台北念大學之前，瘋狂埋首黑膠唱片、西洋音樂與舊俄翻譯小說幾乎形成的「控」。後來

的 M 每每回首，總是好奇那樣越過平均值、幾近異常的吸收裏，到底有多少出自真心的熱愛、又有幾分源自無解的遁走逃逸，總是，真的就是無法回頭的旅程了嗎？一九八四，還沒有人回頭，也還沒有義無反顧的不回頭。

一九八四，春天了也是現代主義的文學的春天，尚未進入後現代主義風潮的 M 行禮如儀、甚至一知半解地追隨他心目中的重要文學指標，他長期訂閱的中外文學期刊四月發佈了現代詩創作獎，第二名的夏宇、第三名的劉克襄，一個側寫劇場演員、一個俯瞰淡水河，深深鼓動著熱烈習作時期的文學青年，M 迫不及待在不到兩個月時間內寫下的一組聯篇詩作裡反映了不自覺的夏宇模仿，又在後來拿了學校文學獎的另一組作品反映了不自覺的劉克襄致意。現代詩，在八〇年代小孩的 M 的身上，烙印下比他自己所能察覺的更深的印記，那麼微小的 M，那麼無以回報的養分。又再下一期，中外文學封面的小框框外，加掛了恭賀蔣經國先生李登輝先生就任總統副總統的紅字，又再一期，是這本學院聖典般的期刊的十二周年紀念，M 對於季節之間可以如此的連結邏輯，感到了微妙的、談不上批判性的起伏。

一九八四，距離 M 的父親辭世還有二十三年，這一年夏天 M 的哥哥出事了──一個少尉預官距離退伍不到三個月時因頂罪或

誣陷進了軍監，十年過去、二十年過去，M 從來沒有真正弄清楚案子的內情，卻從不懷疑哥哥的清白冤屈。為了讓前途正好的年輕人不留下紀錄，父親花了多少心思去請託、去低聲下氣，加上正在進行中的家屋工程，那一年剛過五十一歲生日的他，面臨了一個焦灼白頭的悶熱夏日。儘管在秋天之前，事情就會獲得合理的解決，M 的哥哥很快被平反，但 M 深深相信他們一家人因此錯失過一次一種人生的平順，而沒有人知道陰影如何蔓延，也許就像村上春樹《1Q84》書中女主角爬下高架道路逃生梯之後那樣，世界若無其事地開始錯格。M 記得那個週末，跟著姊姊與姊夫開車到嘉義去探視哥哥，他似乎從來不曉得南部這麼遠，高速公路穿過的嘉南平原，一直延續著，沒有變化的風景讓他感覺像是另一種監牢，最後在會面時，M 的哥哥平靜極了，沒有太多複雜情緒地說著裡面的起居作息，最後要 M 幫他買一些電腦的專業書籍，好像只是他暫時到了某個偏遠的異鄉……M 記得門外濃重的夏日綠蔭、蟬鳴、四個年齡相近手足至親間充滿信任默契的微笑……而那些在離開一九八四之後，卻再也沒有機會更接近地漸行漸遠、而且在 M 的父親離開之後兩三年間近乎崩解。

　　一九八四，距離 M 的姊姊疲倦於自己的中年因而開始心事重重掛在憂鬱邊緣還有多久？ M 不確定，但是那年夏天結束前，姊姊帶著未滿周歲的 M 的外甥回鄉下給身心俱累的中年母親過生日

的時光還在悲喜交雜的記憶角落閃動浮沉。九月 M 回到台北開始他的中文系生涯，前一個凹陷的季節彷彿已經相隔多年，快速跳動的場景，接著秋天了，M 回到一個文藝青年的狂熱養成，露宿騎樓徹夜排隊購票、十月底開始廝殺國際影展，那一年專題柏格曼，接著豐盛到爆的莒哈絲、布列松、高達、安哲羅普洛斯、溫德斯、拉斯馮提爾……終於到了十二月，荒謬喜劇般卻頗具象徵意味地、飽撐了一年的 M 得了急性盲腸炎，在緊急送治的小鎮尋常醫院裡，M 記得麻醉藥開始作用失去意識前，簡陋手術間裡有汙垢的磁磚一度讓他錯覺是在鄉下外婆家的陰暗廚房……

　　一九八四，距離柏林圍牆被推倒還有多久？一九八四，距離台灣九二一、日本三一一大震災還有多久？一九八四，距離 M 結束在跨國唱片公司整整十年的工作還有多久？台灣新電影風起雲湧、政治解嚴也不到幾年的時間，但是一九八四——那個河左岸紀元前一年——才隨興改編黃凡小說參加了校內戲劇比賽，再一年，M 就在現代詩之外、決絕地選擇了劇場，成了對的選擇，也成了錯的志業。M 的一九八四記憶，如他中年之後惡劣睡眠裡的人事雜沓之夢，M 也許只想記得那年中秋節的前一晚，他與父親母親一起登上剛完成灌漿工程的家屋頂樓灑水，山影寂靜，幸福的堅毅憧憬與幽微的憂傷並存，在未知未來之前，那時，M 和他的家人非常沈默。

黎煥雄

河左岸劇團、創作社劇團、銀翼文化、人力飛行劇團創始成員,到二○一三年,總共二十八年。

曾任 EMI 唱片國外部資深經理(古典／爵士),十年。

苗栗大湖客家子弟,一輩子。

新竹中學四年＋重考一年、淡江大學六年＝西語系兩年×中文系三年。

出版:詩集《寂寞之城》,劇本《地下鐵／一個重新想像的旅程》。

〈阿茲海獸〉(萬芳《我們都是愛著的》專輯)入圍第二十四屆金曲獎最佳作詞人。

劇場旅程 1985—2013

1985 年 6 月《我要吃我的皮鞋》(共同創作／演員,河左岸劇團－淡水大田寮學生公寓)

1986 年 4 月／10 月《闖入者》(導演／劇本改編,河左岸劇團－淡江大學實驗劇場／新象小劇場)

1987 年 5 月／7 月《兀自照耀著的太陽》(導演／劇本改編,河左岸劇團－新象小劇場／皇冠小劇場)

1987 年 10 月《拾月－在廢墟拾月看海的獨白》(導演／劇本改編／演員,河左岸劇團－淡金公路錫板海邊)

1988 年 7 月《地下室手記浮士德》(副導演／劇本改編／演員,優劇場－優劇場)

1988 年 10 月《無座標島嶼－迷走地圖序》(導演／劇本改編,河左岸劇團－蘭陵小劇場)

1991 年 7 月《星之暗湧－迷走地圖 I》(導演／共同編劇,河左岸劇團－臺北尊嚴)

1992 年 2 月《海洋告別 1—迷走地圖 II》（導演／共同編劇，河左岸劇團—臺大校園）

1992 年 5 月《海洋告別 2—迷走地圖 II》（導演／共同編劇，河左岸劇團—濱江路大佳里活動中心）

1992 年 10 月《海洋告別 3—迷走地圖 II》（導演／共同編劇，河左岸劇團—國家戲劇院實驗劇場）

1993 年 4 月《海洋告別 3—迷走地圖 II》（導演／共同編劇，河左岸劇團—花蓮鳳林國中禮堂／花蓮文化中心）

1994 年 4 月／5 月《賴和—迷走地圖 III》（導演／編劇，河左岸劇團—彰化市中山堂／皇冠小劇場）

1997 年 5 月《夜夜夜麻》（導演，創作社劇團—新舞台）

1998 年 4 月《夜夜夜麻》（導演，創作社劇團—國家戲劇院）

1998 年 11 月《虛構飛行—給演員 S 的信》（導演／編劇，河左岸劇團—耕莘小劇場）

1999 年 6 月《一張床四人睡》（導演，創作社劇團—南海藝術館）

2000 年 5 月《星之暗湧 2000》（導演／共同編劇，河左岸劇團—華山烏梅酒廠）

2000 年 10 月《妻夢狗》（導演／劇本改編，河左岸劇團「台灣文學劇場劇展」—皇冠小劇場）

2000 年 12 月《童話公路—施工中》（導演／編劇，「聖誕節狗也會跳舞」聯演—差事劇場）

2001 年 12 月《烏托邦 Ltd.》（導演，創作社劇團—新舞台）

2002 年 6 月《從今而後》（導演／編劇，河左岸劇團—牯嶺街小劇場）

2003 年 1 月《彎曲海岸長著一棵綠橡樹—河左岸的契訶夫》（導演／劇本改編，河左岸劇團—華山烏梅酒廠）

2003 年 7 月 幾米音樂劇《地下鐵》（導演／編劇，創作社劇團—國家戲劇院）

2003 年 12 月 史特拉汶斯基《大兵的故事》（導演／劇本翻譯，國立中正文化中心—國家音樂廳）

2003 年 7 月 幾米音樂劇《地下鐵》（導演／編劇，創作社劇團—國家戲劇院）

2003 年 12 月 幾米音樂劇《地下鐵》（導演／編劇，創作社劇團—澳門文化中心）

2004 年 3 月 幾米音樂劇《地下鐵》（導演／編劇，創作社劇團—國家戲劇院）

2004 年 5 月《燃燒的地圖—河左岸的安部公房》（導演／劇本改編，河左岸劇團—國家

戲劇院實驗劇場）

2004 年 7 月 幾米音樂劇《地下鐵》（導演／編劇，銀翼文化－上海美琪劇院）

2004 年 12 月《舞者阿月》（共同導演，國立中正文化中心－國家戲劇院）

2004 年 12 月 貝里尼歌劇《諾瑪》（導演，NSO 國家交響樂團－國家音樂廳）

2005 年 1 月 幾米音樂劇《地下鐵》（導演／編劇，銀翼文化－新加坡濱海劇院）

2005 年 8 月 幾米音樂劇《幸運兒》（導演／共同編劇，銀翼文化－國家戲劇院）

2005 年 10 月《kenji》（導演／編劇，誠品戲劇節「作家紀事」－誠品敦南店）

2006 年 9 月 華格納歌劇《尼貝龍指環》（導演，NSO 國家交響樂團－國家音樂廳）

2007 年 5 月《看不見的城市》（共同導演／共同編劇，國立中正文化中心－國家戲劇院）

2007 年 6 月《夜夜夜麻》（導演，創作社劇團－社教館城市舞台）

2007 年 8 月 胡伯汀克歌劇《糖果屋》（導演，TSO 臺北市立交響樂團－社教館城市舞台）

2008 年 9 月 幾米音樂劇《向左走向右走》（導演／編劇，人力飛行劇團－台北小巨蛋）

2008 年 12 月《吳義芳 45 獨舞》（導演，風之舞形－文山劇場）

2009 年 11 月《浮世情話 SPEAKING IN TONGUES》（導演／劇本翻譯，人力飛行劇團－誠品信義店）

2010 年 1 月《時光旅社》（導演，越界舞團－臺北藝術大學舞蹈廳）

2010 年 2 月《很久沒有敬我了你》（導演，NSO 國家交響樂團／角頭音樂－國家音樂廳）

2010 年 6 月《在棉花田的孤寂》（導演，人力飛行劇團－國家戲劇院實驗劇場）

2010 年 9—10 月 幾米音樂劇《向左走向右走》（導演／編劇，人力飛行劇團－北京／重慶／廣州／深圳／武漢／杭州）

2010 年 11 月《銀河鐵道之夜》（導演，人力飛行劇團－臺北藝術大學舞蹈廳）

2011 年 3 月 理查史特勞斯歌劇《艾蕾克特拉》（導演，NSO 國家交響樂團－國家音樂廳）

2011 年 9 月《星之暗湧 2011》（導演／共同編劇，人力飛行劇團－牯嶺街小劇場）

2012 年 2 月《台北爸爸紐約媽媽》（導演／劇本改編，人力飛行劇團－國家戲劇院）

2012 年 3—4 月《台北爸爸紐約媽媽》（導演／劇本改編，人力飛行劇團－高雄／台南／台中）

2012 年 7 月 幾米音樂劇《地下鐵》（導演／編劇，人力飛行劇團－國家戲劇院）

2012 年 7—8 月 幾米音樂劇《地下鐵》（導演／編劇，人力飛行劇團－高雄／台南／台中）

2012 年 12 月《台北爸爸紐約媽媽》（導演／劇本改編，人力飛行劇團－國家戲劇院）

2013 年 3 月《落葉傾城張愛玲》（導演，國立中正文化中心－國家音樂廳）

2013 年 4 月 幾米音樂劇《向左走向右走》（導演／編劇，人力飛行劇團－社教館城市舞台）

2013 年 5 月 幾米音樂劇《向左走向右走》（導演／編劇，人力飛行劇團－台南／苗栗／
桃園／台中）

2013 年 8 月《安德烈的妹妹們》（導演／編劇，人力飛行劇團－牯嶺街小劇場）

2013 年 11 月《瓷淚 china》（導演／劇本改編，人力飛行劇團－國家戲劇院）

作者	黎煥雄
攝影	許斌、鮑志雄、吳忠維
圖片提供	國家兩廳院、河左岸劇團
編輯	翻訳会社 ｜ transxtrans
美術設計	永真急制 WORKSHOP
董事長	陳國慈
發行人	李惠美
社長	劉怡汝
總編輯	黎家齊
責任企劃	李慧貞
發行所	國家表演藝術中心
讀者服務	郭瓊霞
地址	100 台北市中正區中山南路 21-1 號
電話	02-33939874
傳真	02-33939879
網址	http://npac-ntch.org
E-Mail	parmag@mail.npac-ntch.org
印製	三陽文化股份有限公司
出版日期	中華民國一〇三年六月
ISBN	978-986-04-1331-1
統一編號	1010300948
首刷特價	NT$ 600

遺憾先生遺憾的包裹掉進了遺憾的海：黎煥雄劇場文集 / 黎煥雄著 .-- 臺北市：

國家兩廳院 , 民 103.06

　面；　公分

ISBN 978-986-04-1331-1(精裝)　　　　848.6　　　　　103009607

YWOO610

首刷特價 $600